RACHEL GRIFFIN

BRING ME YOUR MIDNIGHT

Aus dem Englischen von
Antoinette Gittinger und Cornelia Stoll

Verlag Friedrich Oetinger · Hamburg

1. Auflage
2024 Verlag Friedrich Oetinger GmbH,
Max-Brauer-Allee 34, 22765 Hamburg
Deutsche Erstausgabe
Alle Rechte vorbehalten
Originalausgabe © 2023 *Bring me your midnight*
Copyright © 2023 by Rachel Griffin
Published by Sourcebooks Fire, an imprint of Sourcebooks
© Übersetzung: Aus dem Englischen von
Antoinette Gittinger und Cornelia Stoll
© Umschlaggestaltung: 2023 by Sourcebooks
Erin Fitzsommins and Liz Dresner / Sourcebooks
Unter Verwendung von © Shutterstock, taesheosa, Buryi Bogdan,
@Getty Images, nudiblue, @istock / Getty Images shunli zhao
Vignetten unter Verwendung von @ istock / Getty Images
vectortatu, shunli zhao
Satz: Sabine Conrad, Bad Nauheim
Druck und Bindung: GGP Media GmbH,
Karl-Marx-Straße 24, 07381 Pößneck, Deutschland
Printed 2024
ISBN 978-3-7512-0506-1
www.oetinger.de

*Für Dad.
Danke, dass du mir beigebracht hast,
dass es darauf ankommt, glücklich zu sein,
und dass du mich daran erinnerst,
wenn ich das vergesse.*

Eins

Meine Mutter sagte mir einmal, ich könne von Glück reden, dass ich immer wisse, wohin ich gehöre. Ich wurde mit dem Nachnamen Fairchild auf einer kleinen Insel westlich des Festlandes geboren, und das bedeutete, dass ich meine Herkunft schon kannte, bevor ich je danach suchen musste. Sie hatte recht, wie so oft, trotzdem habe ich immer gespürt, dass ich meinen wahren Ursprung in den Tiefen des Meeres finden würde.

In der schneidenden Kälte und der dumpfen Stille des Salzwassers fühle ich mich heimischer als in dem verschnörkelten Haus mit seinen fünf Schlafzimmern, das nur zwei Häuserreihen vom Ufer entfernt steht. Jetzt heißt das Wasser mich willkommen, als ich hineinwate und untertauche. Die Geräusche der Insel verklingen, bis sie ganz verschluckt werden. Mein langes Haar wogt in alle Richtungen, ich stoße mich vom felsigen Grund ab und schwimme mit geöffneten Augen. Die Strömung wird stärker, und ich achte auf die Bewegung der Wellen und auf Anzeichen eines unruhigen Seegangs, aber das Meer ist ruhig.

Für den Moment.

Ich lasse mich auf dem Rücken treiben. Die Sonne erhebt sich über den Horizont und vertreibt die Morgendämmerung. Das diesige Grau des frühen Morgens wird von Strahlen goldenen Lichts verdrängt, die auf der Wasseroberfläche funkeln. Ich bin ganz allein hier draußen. Fast könnte ich mir einbilden, ich sei unbedeutend, nur ein winziger Fleck in einem unermesslich großen Universum. Auch wenn Letzteres sicherlich zutrifft, unbedeutend bin ich nicht. Dafür hat meine Mutter gesorgt.

Ich drehe mich um und tauche zum Meeresgrund hinab. Tiefer und immer tiefer, bis das Wasser kälter wird und das Sonnenlicht verblasst. Ich bin vollkommen unerreichbar. Kurz vor dem Grund halte ich inne und genieße, dass mich hier weder Erwartungen noch Pflichten einholen. Ich schwelge darin, dass sich mein Leben hier unten so selbstbestimmt anfühlt. Meine Brust sticht, und meine Lungen lechzen nach Luft. Schließlich gebe ich nach und stoße mich zurück an die Oberfläche. Das Meer schleudert mich hinaus, und ich schnappe nach Luft.

Es ist immer noch früh am Morgen, aber in einiger Entfernung erwacht die Hexeninsel zum Leben. Viele von uns stehen mit der Sonne auf, um jede Minute ihrer Magie zu nutzen. Mit dem Nahen des Winters werden auch die Tage kürzer, und die langen Nächte hier im Norden bedeuten, dass wir bald noch weniger Zeit für unsere Magie haben werden.

Sanfte Wellen umspülen meinen Körper, und ich hole noch einmal tief Luft. Ich habe schon viel zu viel Zeit hier draußen verbracht und habe mich gerade zum Ufer gewendet, als etwas meine Aufmerksamkeit auf sich zieht. Es sieht aus wie eine Blume, hell und zart, die aus dem Meer der Sonne entgegen wächst. Ich schwimme auf sie zu, sie ist nur eine Armlänge von mir entfernt und schaukelt über der Wasseroberfläche, als wollte sie mich auffordern, die Hand auszustrecken und sie zu pflücken.

Ich blinzele und die Blume verschwindet. Ich schaue mich suchend nach ihr um, aber da ist nichts. Wahrscheinlich habe ich sie mir nur eingebildet. Mein Verstand ist von dem bevorstehenden Ball benebelt und hat mir an meinem Lieblingsort einen Streich gespielt. Doch die Friedlichkeit des Morgens ist damit vertrieben. Ich schwimme zurück, denn mir bleibt zu wenig Zeit, sie wiederzuerlangen.

Als meine Knie schon beinahe am Grund schürfen, stehe ich auf und stapfe den steinigen Strand hinauf. Dabei kämpfe ich gegen den Drang an, mich noch einmal nach der Blume umzusehen. Ich wringe meine Haare aus und hole das Handtuch aus meiner Tasche. Salz klebt an meiner Haut, so vertraut, dass ich mir nicht mehr die Mühe mache, es abzuwaschen. Ich schlüpfe in die Sandalen, zwirble meine Haare im Nacken zu einem Knoten zusammen, dann packe ich meine übrigen Sachen ein.

»Beeil dich, Tana«, ruft Mr Kline vom Gehweg herüber. »Deine Mutter ist schon unterwegs.«

»Schon? Sie ist eine halbe Stunde zu früh.«

»Du bist nicht die Einzige, die heute mit der Sonne aufgestanden ist.«

Ich winke ihm dankbar zu und eile zu unserer Parfümerie. Die Gedanken an den Ball und der Ärger über die Verspätung schlagen mir auf den Magen. Eigentlich sollte ich schon im Laden sein und mich auf den morgendlichen Touristenansturm vorbereiten, aber die erste Fähre legt erst in fünfundvierzig Minuten an, und ich habe dem Fahrplan noch nie so viel Beachtung geschenkt, wie meine Mutter das gerne hätte.

Ich biege in die Hauptstraße ein, wo Dutzende von kleinen Zauberläden die Kopfsteinpflasterstraße säumen. Schaufensterfronten in Babyrosa und Himmelblau, Zartgelb und Minzgrün erheben sich aus den Nebelschleiern, die wie so oft über der Hexeninsel liegen. Sie laden die Menschen zum Hereinkommen ein und versichern ihnen sanft, dass die Magie so süß und zart ist wie die Farben der Türen, durch die sie eintreten. In einer Stunde wird dieser Straßenzug von Touristen und Stammkunden vom

Festland überlaufen sein, die unsere Insel besuchen, um Parfüms, Kerzen, Tee, Backwaren, Naturtextilien und das, was wir sonst alles mit Magie anreichern, zu kaufen.

An den Mauern wuchern üppige grüne Weinreben, und über den Hauseingängen ranken sich Glyzinien – jedes Detail soll vermitteln, dass dieser Ort besonders ist, aber nicht bedrohlich, eigenartig, aber nicht angsteinflößend, verwunschen, aber nicht gefährlich.

Eine Insel, die so schön ist, dass man vergessen könnte, dass sie einst ein Schlachtfeld war.

Die bronzenen Straßenlampen sind von großen Seidelbaststräuchern umrahmt, deren starker Blütenduft die Luft mit mehr Magie erfüllt, als wir es je könnten. Ich renne über das Kopfsteinpflaster, bis ich vorne an der Ecke die Parfümerie sehe. Dort wartet meine beste Freundin, in jeder Hand eine Tasse Tee.

Ich beuge mich nach vorne und stütze meine Hände auf die Knie, um zu Atem zu kommen. Sie betrachtet mich skeptisch.

»Hier«, sagt Ivy und hält mir die Tasse unter die Nase. »Unsere Muntermacher-Mischung.«

»Ich brauche deine Magie nicht.« Den Tee ignorierend stecke ich den Schlüssel ins Schloss, ducke mich unter einen lavendelfarbenen Glyzinienregen und öffne die Tür.

»Wirklich? Du siehst nämlich schrecklich aus.«

»Wie schrecklich?«

»Du hast Seetang im Haar und Salzkrusten in den Brauen.«

Ich greife nach dem Tee und nehme einen großen Schluck. Wohlig rinnt er meine Kehle hinab und beruhigt meinen Magen, seine Magie wirkt sofort. Meine Gedanken werden ganz wach, und Energie strömt durch meinen Körper. Ich eile ins Hinterzimmer, ziehe meine nasse Kleidung aus und schlüpfe in ein einfaches blaues Kleid.

»Setz dich«, fordert Ivy mich auf. Dankbar sehe ich sie an. Ihre dunkelbraunen Augen funkeln, als sie mit ihren Händen über mein Gesicht fährt, das Salz von meiner Haut entfernt und stattdessen ein leichtes Make-up auflegt. Ich habe für so etwas einfach kein Talent. Für den Geschmack meiner Mutter schminke ich mich meist zu dramatisch, aber bei Ivy wird es jedes Mal perfekt. Ich bändige währenddessen meine Haare, lasse sie sofort trocken werden und in sanften Wellen über meinen Rücken fallen. Ivy hält mir einen Spiegel hin.

Das Kleid hebt das Blau meiner Augen hervor, und meine kastanienbraunen Haare sehen mit den Wellen nicht ganz so langweilig aus. An meinem Äußeren verrät nichts, dass ich vor Kurzem im Wasser war. Das wird meiner Mutter gefallen. Ich dagegen mag es lieber, wenn ich von der Natur berührt aussehe – leicht zerzaust. Eben wie ein Mensch und kein Gemälde, das nicht ruiniert werden darf.

»Danke für dein Hilfe, Ivy.«

»Wie war das Schwimmen?«

»Zu kurz.«

In diesem Moment klingelt das Glöckchen an der Tür und meine Mutter eilt in den Laden.

»Guten Morgen, Mädchen«, sagt sie, als sie zu uns ins Hinterzimmer kommt. Ich setze mich unwillkürlich aufrechter hin.

»Guten Morgen, Mrs Fairchild«, sagt Ivy lächelnd.

Meine Mutter sieht wie immer sehr gepflegt aus. Sie hat ihr blondes Haar zu einem einfachen Knoten hochgesteckt, ihre sonnengebräunte Haut schimmert unter dem neuen Make-up, das sie in Mrs Rhodes' Kosmetik-Shop erstanden hat. Sie trägt einen pinkfarbenen Lippenstift, und ihre blauen Augen strahlen hell und intensiv.

Sie ist immer adrett. Eine perfekte Hexe der neuen Zeit.

Meine Mutter betrachtet den nassen, vom Seetang verschmutzten Boden. »Ivy kann nicht immer hier sein, um deine Versäumnisse zu vertuschen, Tana. Mach das sauber«, sagt sie und geht zurück nach vorne in den Verkaufsraum.

Ich schnappe mir einen Wischmopp aus dem Schrank und wische den Schmutz auf, dabei versuche ich die tadelnden Worte meiner Mutter nicht an mich herankommen zu lassen. Ich werfe die Reste vom Seetang weg, die ich in den Laden geschleppt habe, und räume den Wischmopp erst wieder ein, als die Fliesen richtig trocken sind. Magie lässt sich nur an lebenden Dingen praktizieren, und das trifft auf den Fußboden leider nicht zu.

»Hätte fast geklappt«, flüstere ich. »Danke nochmal.«

»Gern geschehen«, erwidert Ivy und nippt an ihrem Tee. Auch sie ist immer sehr adrett gekleidet, immer pünktlich bei der Arbeit und nie zerzaust oder verschlafen, wenn sie in den Teeladen ihrer Eltern kommt. Ihre braune Haut leuchtet auch ohne Magie, und ihre dunklen Locken schwingen bei jeder Bewegung leicht über ihre Schultern.

Ich nehme ein Büschel getrockneten Lavendels aus einem Glasgefäß an der Wand und hole Mörser und Stößel aus dem Schrank unter der Arbeitsfläche. Mein Dad und ich haben sie aus einem großen Stück Treibholz angefertigt, das wir am Strand gefunden haben. Ich fahre mit der Hand über die glatte Holzmaserung.

Durch die vorderen Fenster des Ladens dringt die Morgensonne in den hinteren Raum und beleuchtet die verschiedenen Pflanzen- und Kräutersorten. Ivy schlürft ihren Tee, während ich den Grundstoff für ein Badeöl zubereite. Ich schließe die Augen und stelle mir vor, wie es ist, einzuschlafen und die tiefe Ruhe und das sanfte Wegsinken zu spüren. Ich lasse dieses Empfinden in den Lavendel einfließen, bis die Blütenblätter davon durchtränkt sind. Die praktische Anwendung von Magie ist meine Lieblingstätigkeit, und obwohl ich ein Öl herstelle, das andere beruhigen soll, hat es auf mich die gleiche Wirkung. Dann bin ich richtig glücklich und fühle mich ganz bei mir.

Die Türglocke klingelt wieder und ich öffne widerstrebend meine Augen. Noch bevor ich aufblicke, erkenne ich die Stimme von Mrs Astor, einer Stammkundin vom Festland, die das Hexendorf vor allem aus zwei Gründen aufsucht: Magie und Klatsch.

»Guten Morgen, Ingrid«, zwitschert sie und ergreift die Hand meiner Mutter, eine Geste der Freundschaft, die, wie meine Mutter immer wieder betont, nur möglich ist, weil Generationen von Hexen vor uns Opfer gebracht haben.

»Wie geht es Ihnen, Sheila?«

»Das sollte ich Sie fragen«, erwidert Mrs Astor ernst. »Auf dem Festland kursieren Gerüchte, wie Sie sicher wissen.«

»Ach wirklich?« Meine Mutter rückt auf der Ladentheke ein paar Glasflaschen aneinander.

Ich drehe der Tür zum Vorderzimmer den Rücken zu und versuche, mich auf meine Lavendelzubereitung zu konzentrieren.

Ivy stupst mich am Arm an und nickt in Richtung der beiden Frauen. »Hör zu«, flüstert sie.

»Spielen Sie nicht die Unschuldige, meine Liebe. Irgendetwas mit Ihrer Tochter und dem Sohn des Gouverneurs?«

Ich halte die Luft an und bin gespannt, was meine Mutter antworten wird. Das Gerücht ist natürlich wahr, aber, wie meine Mutter immer betont, es kommt auf den richtigen Zeitpunkt an.

»Sie wissen genauso gut wie ich, dass ich nichts sagen möchte, bevor nichts fest vereinbart ist.«

»Und, können wir bald mit einer ... *Vereinbarung* rechnen?«

Meine Mutter zögert. Dann: »Ja, ich denke schon.«

Mrs Astor stößt einen kleinen Schrei aus, dann gratuliert sie meiner Mutter und kauft im Überschwang zwei neue Parfüms.

Ich schließe leise die Tür zum Vorderzimmer, lehne mich dagegen und schließe die Augen.

»Neuigkeiten verbreiten sich schnell«, sagt Ivy.

»Neuigkeiten verbreiten sich so schnell, wie meine Mutter es will«, korrigiere ich sie.

Obwohl ich eben erst schwimmen war, würde ich am liebsten aus dem Laden hinausrennen und mich wieder in die Fluten stürzen, nur um Mrs Astor und meiner Mutter und den Erwartungen, die auf mir lasten, zu entfliehen.

Ivy trinkt ihren restlichen Tee und reicht mir meine Tasse. »Du solltest das austrinken.«

Ich leere sie in einem Zug.

»Bevor ich mich auf den Weg mache, wie kommst du mit all dem zurecht? Als deine Mutter entschieden hat, dass es nun an der Zeit sei, dich mit Landon zu verloben, war das eine Sache. Aber es ist eine andere Sache, jetzt, wo es wirklich so weit ist.«

»Das ist für uns enorm wichtig«, sage ich. »Es wäre die hochrangigste Heirat zwischen einer Hexe und einem Festlandbewohner, die es jemals gab. Sie würde den gesellschaftlichen Stellenwert unseres Hexenzirkels endgültig festigen.«

Ivy verdreht ihre Augen. »Ich habe dich nicht nach der Meinung deiner Mutter gefragt. Wie kommst du damit zurecht?«

Ich seufze und rücke näher zu ihr heran. »Hast du die Artikel über den Brand in den Docks gelesen?«

Ich habe so leise gesprochen, dass ich nicht einmal sicher bin, ob Ivy mich gehört hat, aber nach einer kurzen Pause schüttelt sie langsam den Kopf. »Nur das, was hier in der Zeitung stand.«

»Ich bin zum Festland hinüber und habe sämtliche Zeitungen gelesen, die ich bekommen konnte«, erzähle ich und behalte die Tür im Auge, falls meine Mutter hereinkommen sollte. »Und weißt du was? Es stand fast nichts drin.«

Ivy sieht mich verwirrt an. Das Feuer ereignete sich vor einem Monat: Ein Festlandbewohner, der der Magie und den Hexen misstraute, ruderte in einem hölzernen Boot zu unserer Insel und steckte unsere Docks in Brand, um die Fährverbindung zwischen dem Festland und der Hexeninsel zu zerstören. Er wollte uns abschotten. Sobald meine Mutter davon erfuhr, sagte sie, es sei an der Zeit, mich mit Landon zu verloben.

»Warum bist du dort hin?«, fragt Ivy.

»Ich weiß nicht. Ich wollte wahrscheinlich sehen, wie die Festlandbewohner darüber denken und ob sie es genauso sehr verurteilen wie wir. Ich hätte nie gedacht, dass ich nur drei kurze Artikel finden würde, in denen nicht einmal erwähnt wird, um was es eigentlich ging. Ich weiß, dass nur eine kleine Gruppe von Menschen so denkt, aber solche Dinge werden so lange passieren, bis das Festland eine klare Haltung zur Hexeninsel gefunden hat. Und wie lässt sich das besser erreichen als dadurch, dass der zukünftige Herrscher eine Hexe heiratet? Es ist die überzeugendste Botschaft, die sie senden können. Wäre die Brandstiftung auch passiert, wenn Landon und ich bereits verheiratet gewesen wären und das Festland den Schutz der Hexeninsel offiziell in ihr Gesetz geschrieben hätte? Wir wissen nicht einmal, wie hart der Täter bestraft werden wird, wenn er es überhaupt wird. Wir glauben, dass wir durch das Meer geschützt sind, aber das stimmt nicht.«

Ivy nickt. »Mom hat in jener Nacht unsere Türen abgeschlossen. Ich kann mich nicht erinnern, dass sie das zuvor jemals getan hat.«

»Es ist an der Zeit, dass Landon und ich unsere Verlobung bekanntgeben. Ich bin bereit.«

Tatsache ist, dass der Brand nur den Zeitpunkt beeinflusst hat. Seit dem Tag meiner Geburt ist mein Leben vorbestimmt. Das ist meine Rolle – unseren Hexenzirkel zu sichern, indem ich unseren Platz unter den Festlandbewohnern stärke. Ich bin stolz darauf, diese Rolle zu übernehmen, auch wenn es nicht meine Entscheidung ist.

»Also dann«, sagt Ivy und legt ihren Arm um meine Schultern. »Wenigstens sieht er gut aus.«

»Das stimmt allerdings«, sage ich lachend.

Ivy nimmt meine Teetasse und geht zur Tür.

»Danke, dass du gefragt hast«, sage ich. Sie dreht sich um. »Es ist schön, wenn sich jemand für einen interessiert.«

»Ich bin froh, dass du das so siehst, denn ich werde es immer wieder ansprechen.« Lächelnd geht sie hinaus und verabschiedet sich von meiner Mutter.

Ich weiß von den Hochzeitsplänen meiner Eltern, seit ich ein kleines Mädchen war, und Landon ist ein netter Kerl. Er ist anständig und freundlich. Wir werden unsere Verlobung offiziell am Tag meiner Bündnisfeier bekannt geben, bei der ich mich für immer unserem Hexenzirkel verpflichten werde. Dieses Ritual muss jede Hexe durchlaufen, es ist eine Entscheidung, die niemals geändert, die niemals rückgängig gemacht werden kann. Ich muss mich zwischen meinem Hexenzirkel und der Außenwelt entscheiden, den Schwur mit Magie besiegeln und nie mehr zurückschauen. Ohne diese Entscheidung wird die Magie zu einer unberechenbaren und gefährlichen Kraft.

Auch die Magie braucht ein Zuhause.

In vielerlei Hinsicht bereite ich mich schon seit neunzehn Jahren auf den Ball vor. Es liegt nahe, ihn mit Landon zu feiern.

Meine Mutter hat nie mit mir über die Pläne gesprochen, die meine Großeltern in die Wege geleitet haben. Sie hat mich nie gefragt, ob ich damit einverstanden bin, die Hexeninsel zu verlassen und Teil der Herrscherfamilie des Festlandes zu werden.

Ob ich meine Magie gegen Juwelen und das Schwimmen gegen gesellschaftliche Verpflichtungen eintauschen möchte.

Hin und wieder denke ich, dass es schön wäre, wenn sie mich fragen würde, und sei es nur, damit ich ihr in die Augen sehen und ihr mit voller Gewissheit sagen kann: *Ja, ich stehe zu dem Weg, den wir eingeschlagen haben.*

Ich liebe meine Eltern und meinen Hexenzirkel von ganzem Herzen. Ich liebe diese Insel von ganzem Herzen. Und ich werde alles dafür tun, um unseren Platz in dieser Welt zu sichern, auch wenn das bedeutet, einen Mann zu heiraten, den ich nicht liebe, um damit das zu schützen, was ich liebe.

Zwei

Ich nehme immer den langen Weg nach Hause. Ich atme gerne die salzige Luft und spüre die Steine unter meinen Füßen, höre, wie die Wellen wieder und wieder ans Ufer schlagen. Der östliche Rand der Hexeninsel endet in der Passage, dem Meeresarm zwischen Insel und Festland.

Am Horizont zeichnen sich unzählige Gebäude und belebte Straßen ab. Das Wahrzeichen der Stadt ist ein großer Uhrenturm, und obwohl wir die Glocken so weit draußen nicht hören können, ist seine Präsenz bis hierhin zu spüren. Es ist ein beeindruckender Anblick, und von den Ufern der Hexeninsel aus sieht er beinahe märchenhaft aus, wie aus einem Buch.

Ich kann mir nur schwer vorstellen, wie mein Leben aussehen wird, wenn ich Landon heirate und auf dem Festland lebe. Die Hexeninsel, mit ihren felsigen Stränden und Kopfsteinpflastern, alten Steinhäusern und Pflanzen, die überall wuchern, ist mein Zuhause. Ich liebe es hier. Und obwohl das Festland nur eine Fährstunde entfernt ist, kommt es mir zu weit weg vor.

Ich werde natürlich immer noch hierherkommen. Ich werde meinen Eltern in der Parfümerie helfen, und ich werde in jeder Vollmondnacht zur *Erupta* hier sein, aber diese Momente, in denen ich nach Hause gehe, am Strand stehen bleibe und auf das ferne Festland schaue, werde ich vermissen.

Ich will nicht stattdessen vom Festland auf die ferne Hexeninsel schauen müssen.

Ich schüttle den Kopf. Es ist nicht so, dass ich es nicht will, rede ich mir ein. Es ist nur so, dass ich mich erst daran gewöhnen muss. Ich finde es tröstlich, dass die ersten Hexen auf dem Festland lebten, dass sie nur zur Bewahrung ihrer Magie von dort weggezogen sind. Wenn sie sich dort ein Leben aufbauen konnten, kann ich das auch.

In einer Stunde geht die Sonne unter, und einige Stunden später wird die letzte Fähre abgelegt haben. Dann wird die Insel zur Ruhe kommen und tief einatmen können, nach einem langen Tag voll hektischen Treibens, begieriger Touristen und sanfter Magie. Eine Magie, die das Leben eines Menschen nicht wesentlich beeinflussen kann und die auch keine grundlegenden Veränderungen bewirken kann. Eine Magie, die nur ein Schatten dessen ist, was meine Vorfahren praktizierten. Aber das ist der Preis dafür, dass wir in der Gesellschaft akzeptiert werden, dass man uns die Hände schüttelt, anstatt sie zu fesseln, dass man uns auf die Wangen küsst, anstatt uns zu ohrfeigen, dass man unsere Insel bejubelt, anstatt sie niederzubrennen.

Ich habe immer nur die sanfte Magie der Hexeninsel gekannt, aber ich habe Geschichten gehört, was unsere Vorfahren alles vermochten. Die Elemente beherrschen. Den Tod überlisten. Menschen manipulieren. Manchmal macht es mir Angst, wenn ich mir vorstelle, dass die gleiche Magie, die durch ihre Adern floss, auch durch meine fließt, dass es etwas in mir gibt, das viel mächtiger ist als die Parfüms in unserem Laden oder auch Ivys stärkster Tee.

Ich lasse mich am Ufer nieder. Es ist mir egal, dass mein blaues Kleid feucht und schmutzig wird und dass meine Mutter dann wie üblich mein Aussehen kommentieren wird, wenn ich nach Hause komme. Sie will, dass ich ordentlicher, gepflegter, vorzeigbarer aussehe.

Mehr wie sie.

Aber sie sieht nicht, was ich sehe: Die schönsten Dinge auf der Welt sind wild.

Ich stecke meine Finger zwischen Steine und Sand, ertaste die schroffen Kanten und rauen Körner. Unser Ufer ist schmaler geworden, die wilden Strömungen haben es zerfressen, zu anderen Teilen der Insel gespült oder ganz verschluckt.

Meine Mutter sagt, ich würde mir zu viele Gedanken machen und dass sie und die anderen Leiterinnen des Hexenzirkels alles unter Kontrolle haben. Aber die Strömungen werden immer stärker, und bald werden sie womöglich ein Boot von der Wasseroberfläche reißen und auf den Grund des Meeres ziehen.

Ob die Festlandbewohner uns immer noch akzeptieren werden, wenn unsere Strömungen einen von ihnen in den Tod reißen?

Aber wenn ich erst einmal mit Landon verheiratet bin, wird sein Vater den Schutz der Regierung auf uns ausdehnen, und zwar nicht nur in Form von Versprechungen, die bei noblen Feiern gemacht werden, sondern als schriftlich festgelegtes Gesetz. Dann kann uns der Schutz nicht mehr genommen werden, auch dann nicht, wenn ein Schiff in unseren Gewässern versinkt oder unsere Strömungen stärker werden.

Von einer solchen Sicherheit konnten meine Vorfahren nur träumen, denn nicht einmal der Wegzug vom Festland hatte ihnen sie gewährt. Denn kaum hatten sich die Hexen auf der Insel niedergelassen, wuchs die Angst unter den Festlandbewohnern. Das Einzige, was ihnen noch mehr Angst machte, als unsere Magie direkt auf ihren Straßen zu erleben, war, uns überhaupt nicht mehr zu sehen: Wer weiß, was wir alles auf der Insel anstellen würden ...

Am Anfang war es eine aus purer Verzweiflung geborene Idee,

die Magie als etwas darzustellen, an dem man sich erfreuen konnte, statt sie fürchten zu müssen. Aus einem finsteren Hexenversteck einen Ort zu machen, den die Festlandbewohner gerne aufsuchen würden. Aus schierer Willenskraft schufen meine Vorfahren eine völlig neue magische Ordnung, indem sie ihre Kräfte abschwächten und ihren Alltag auf der Insel so gestalteten, dass sie überleben konnten. Sie praktizierten die Magie nur noch bei Tageslicht und verbargen sie nicht mehr in der Dunkelheit. Sie gaben die beängstigenden Seiten der Magie auf und verstärkten die wundersamen Seiten. Sie waren freundlich zu den Festlandbewohnern, die die Insel bewachten, und lächelten, wenn sie sie eigentlich an den Grund des Meeres verfluchen wollten.

Und es zahlte sich aus.

Die Wellen rollen jetzt schneller an das Ufer und umspülen meine Beine. Ich schließe die Augen und lausche, der Rest der Hexeninsel verblasst, während ich mir vorstelle, unter Wasser zu sein. Stille ist meist unerträglich zerbrechlich, sie wird von einer einzelnen Stimme, einem zerbrochenen Glas oder einem gedämpften Schrei durchbrochen. Aber unter Wasser ist die Stille dicht, massiv und undurchdringlich.

Der Himmel färbt sich orange und rosa, als hätte Mrs Rhodes ihre grellsten Lidschatten über dem Horizont verschmiert. Wenn ich nicht rechtzeitig zum Abendessen zu Hause bin, werde ich für mehr als nur für mein Aussehen gescholten, also stehe ich auf und strecke mich.

Ich hole noch einmal tief Luft und atme die salzige Seeluft ein, doch dann halte ich inne, weil etwas im Wasser meine Aufmerksamkeit auf sich zieht.

Eine Blüte, genau wie die, die ich am Morgen gesehen habe.

Es wird von Minute zu Minute dunkler, aber ich bin mir sicher, dass ich richtig gesehen habe. Ohne nachzudenken, stürze ich mich in die Wellen und tauche unter. Ich schwimme auf die Blüte zu, die mit den Wellen des Meeres auf und ab schwankt.

Als ich näherkomme, verharrt sie an Ort und Stelle, als wäre sie irgendwie auf dem Grund verankert. Die Wellen glätten sich, und die Blüte wird deutlicher sichtbar. Mein ganzer Körper spannt sich an, ich schnappe nach Luft und strauchle zurück.

Das kann nicht sein. Ich habe noch nie eine in echt gesehen. Mein Herz hämmert gegen meine Rippen, und Angst erfasst mich.

Die Blume schaukelt von einer Seite zur anderen und sie entfaltet sich erst mit dem Einbruch des Abends oder in Anwesenheit einer Hexe. Die trompetenförmige Blüte hat strahlend weiße, beinahe schimmernde Blütenblätter, die an den Vollmond erinnern.

Es ist die Mondblume, trügerisch schön und tödlich für Hexen.

Mit ihren eng zusammengerollten, langen weißen Blütenblättern sieht sie jedoch nicht bedrohlich aus. Sie sieht wunderschön aus.

Aber wahrscheinlich sind wir dazu bestimmt, zu denken, dass die gefährlichsten Dinge schön sind.

Vor meinen Augen entfalten sich langsam die Blütenblätter, während ich vor Angst zittere. Das Meer wird unruhig, und mir stockt der Atem, als die Blume von einer Strömung erfasst und im Wasser herumgewirbelt wird, immer schneller und schneller, bis sie schließlich unter die Wasseroberfläche gesogen wird. Ich strample mit den Beinen und werfe die Arme vor mich, versuche mit aller Kraft, etwas Abstand zwischen mich und die Strömung zu bringen. Ich schwimme, so schnell ich kann, und flehe das Ufer an, mir auf halbem Weg entgegenzukommen.

Das Land kommt immer näher, und ich strecke meine Arme aus, so weit es geht. Schließlich berühre ich den Boden und ziehe mich das letzte Stück den Strand hinauf, ohne auf die schroffen Steine zu achten, die meine Knie aufschürfen.

Die Mondblume ist verschwunden, aber ich bin mir sicher, dass sie da war. Sie hat mich so in den Bann gezogen, dass es mir schwerfällt, sie als das zu sehen, was sie ist: ein Warnsignal.

Bevor die Hexen hierherzogen, wurde die Insel ausschließlich zum Sammeln von Früchten und Kräutern betreten, und auch das nur selten. Die Ausflüge galten durch endlose Felder dieser giftigen Blumen als gefährlich. Doch als auf dem Festland der Gebrauch von Magie verboten wurde, zogen die Hexen es vor, auf die Insel zu ziehen, wo sie von den Gesetzen des Festlandes unbehelligt waren. Es dauerte Jahre, bis die Blumen beseitigt waren. Am liebsten würde ich in die Vergangenheit zurückreisen und den Hexen, die vor mir kamen, erzählen, dass die Festlandbewohner uns eines Tages helfen werden, die tödlichen Blüten zu vernichten. Dass sie uns helfen werden, hier eine neue Heimat aufzubauen, nachdem sie uns so viele Jahre zuvor verbannt hatten. Und dass sie ihre Sache so gut machen werden, dass die nachkommenden Generationen von Hexen ihr Leben lang keine einzige Mondblume zu Gesicht bekommen werden.

Bis heute.

Ein spitzes Kribbeln kriecht vom Nacken aus meine Wirbelsäule hinab. Ich kehre dem Wasser den Rücken zu und renne den ganzen Weg nach Hause. In dem zweistöckigen Haus sind sämtliche Lichter an, durch die hohen Glasfenster sehe ich meinen Vater beim Kochen und meine Mutter, die gerade ein Glas Rotwein einschenkt.

Sie setzt das Glas an ihre Lippen und schließt die Augen, schafft so ihre eigene Art von Stille.

Ich gehe zur Rückseite des Hauses und schlüpfe leise in den Waschraum. Dort ziehe ich mir sofort mein klatschnasses Kleid vom Leib, wickle mich in ein Handtuch und gehe leise die hintere Treppe hinauf.

»Tana«, sagt meine Mutter hinter mir. Ich zucke zusammen. »Wo bist du gewesen?«

Sie fragt, obwohl es offensichtlich ist, wo ich gewesen bin. »Ich dachte, ich hätte etwas im Wasser gesehen.« Aus meinem Kleid tropft Wasser auf die hölzernen Stufen, ich rolle es in mein Handtuch ein, damit es nicht weitertropft.

»Ich habe dir doch gesagt, du sollst sofort heimkommen und deinem Vater beim Abendessen helfen. Warum bist du überhaupt dort gewesen?«

Ich schweige, denn sie wäre mit keiner Antwort zufrieden.

Meine Mutter seufzt. »Geh dich waschen, und dann kannst du mir erzählen, was du gesehen hast.« Ihr Wein schwappt im Glas hin und her, als sie sich umdreht und weggeht.

Ich eile nach oben, um mich abzutrocknen, und erhasche mit Schaudern einen Blick auf das Meer. Das Meer ist mein sicherer Rückzugsort, meine Zuflucht, mein Hafen. Aber heute Abend war es gefährlich.

»Genau zur rechten Zeit«, sagt Dad, als ich die Küche betrete. Er hat ein Geschirrtuch über seine Schulter geworfen und hält einen Holzlöffel an den Mund, um den Eintopf zu probieren, der auf dem Herd köchelt.

»Es tut mir leid, dass ich dir nicht helfen konnte.«

»Bestimmt hattest du einen guten Grund.« Dad zwinkert mir zu und deutet auf die Besteckschublade. »Du könntest den Tisch decken.«

Ich nehme alles Nötige heraus und decke den Tisch für drei Personen, wie meine Mutter es mir beigebracht hat. Heute Abend ist ein zwangloses Abendessen, aber ich kann einen Tisch auch für ein Zwölf-Gänge-Menü decken – das musste ich zwar noch nie, aber es ist, wie mir meine Mutter versichert, trotzdem wichtig, dass man es beherrscht.

Wir setzen uns zu Tisch, ich lege meine Serviette in den Schoß und nehme einen großen Schluck Wasser.

»Versuche, heute Nacht gut zu schlafen«, sagt Mom und schaut mich über ihr Glas hinweg an. »Du solltest für den Ball morgen richtig ausgeruht sein.«

Es ist eine Feier für Marshall Yates, Landons Vater, anlässlich seines zehnten Regierungsjahres, seitdem Marshall Yates senior den Anforderungen des Regierens nicht mehr gewachsen war und seine Rolle nur noch formell hatte ausüben können. Es wird ein großes, lautes Fest werden, und die Augen aller werden auf Landon und mir liegen.

»Das ist dein erster Auftritt, seit die Festlandbewohner gehört haben, dass möglicherweise eine Verbindung zwischen dir und Landon besteht.« Sie sagt *gehört*, als sei nicht sie es, die die Gerüchte in die Welt gesetzt hat. »Wir müssen damit vorsichtig umgehen.«

»Tana wird das schon machen«, sagt Dad und wendet sich mir zu. »Landon freut sich darauf, dich zu sehen – nur darauf kommt es an. Und du willst ihn wahrscheinlich auch unbedingt wiedersehen.«

Ich freue mich darauf, meinem zukünftigen Ehemann zu begegnen, aber noch mehr freue ich mich darauf, unseren Bund zu besiegeln und die Gesichter unserer Ältesten zu sehen, wenn sie die Nachricht erhalten. »Natürlich«, sage ich und nehme einen Löffel von meinem Eintopf.

Dad lächelt Mom an, doch diese scheint nicht überzeugt zu sein. Wir sitzen einige Minuten schweigend am Tisch, dann setzt Mom ihr Glas ab und sieht mich an.

»Eines Tages wirst du ihn lieben«, sagt sie und nickt dabei bekräftigend.

Ich möchte ihr glauben. Landon war so lange nur eine Fantasievorstellung, über die ich beim Einschlafen nachdachte – wie er sein, wie unser gemeinsames Leben aussehen wird. Aber jetzt ist er keine vage Idee mehr, kein ferner Punkt am Horizont, und ich möchte, dass die Realität zu dem Bild passt, das ich mir all die Jahre in meinem Kopf ausgemalt hatte.

Ironischerweise hätten meine Eltern, wäre die neue Ordnung nicht gegründet worden, einfach ein Parfüm zusammenbrauen können, das mich bis über beide Ohren in ihn verliebt macht. Aber diese Art von Magie gibt es nicht mehr.

Ich lächle meine Mutter an. »Ganz bestimmt.«

Sie nickt zustimmend. »Erzähle uns doch, was du im Wasser entdeckt hast«, wechselt sie das Thema.

Die Frage versetzt mich in Anspannung und meine Handflächen beginnen, zu schwitzen. Meine Angst von vorhin kehrt zurück und nagt an meinen Nerven, doch plötzlich bin ich mir meiner Wahrnehmung gar nicht mehr sicher. Vielleicht war es nur ein gemeiner Scherz. Es gibt immer noch viele Festlandbewohner, die die Hexen hassen, die unsere Insel insgesamt ablehnen. Vielleicht wollte sich einer von ihnen einen Spaß daraus machen, und den Hexen weismachen, dass die Mondblumen auf die Hexeninsel zurückgekehrt seien.

Meine Mutter ist die Anführerin der neuen Hexen, und wenn ich ihr erzähle, dass ich die Blume gesehen habe, ist sie verpflichtet, der Sache nachzugehen. Ich bin hin und her gerissen, was ich tun soll. Ich will nicht unnötig eine große Sache daraus machen, aber wenn doch etwas dran ist, muss sie es wissen. Ich gehe jeden Tag ans Meer. Wenn ich wieder eine sehe, werde ich es ihr sagen.

»Nichts«, sage ich und versuche, mein rasendes Herz zu beruhigen. »Nur eine Blume.«

Sie sieht mich prüfend an, dann nickt sie. »Geh morgen bitte nicht ins Wasser. Es wird ein wichtiger Abend für dich.«

»Wichtig für uns alle«, erwidere ich, was ihr ein Lächeln auf das Gesicht zaubert.

Ich löffele meinen Eintopf, während meine Gedanken abschweifen, doch sie kehren immer wieder zu der Blume zurück. Sie kann alles Mögliche sein, wieso sollte sie ausgerechnet eine Mondblume sein, die nach so vielen Jahren plötzlich auftaucht? Trotzdem kann ich mich des Grauens nicht erwehren, das in meinem Inneren aufkeimt, sich nach außen hin ausbreitet und alles andere überwuchert.

Drei

Früher waren die Strömungen nie ein Problem. Ich weiß noch, wie ich als kleines Mädchen einfach die Hand meines Vaters losließ und mich ohne Zögern ins Wasser stürzte. Er saß währenddessen am Ufer, las ein Buch, unterhielt sich mit unseren Nachbarn und döste sogar ein, wenn das Sonnenlicht ihn gerade günstig traf. Damals war die Meerespassage ruhig und das Wasser klar. Sanfte Wellen streichelten den Strand, als wären sie ein Liebespaar. Erst als ich älter wurde, stand mein Vater am Ufer, während ich schwamm. Nah genug, um bei Bedarf in das Wasser zu rennen, immer auf der Hut vor dem unruhigen Meer.

Und eines Tages war es dann wirklich nötig.

Ich war vierzehn Jahre alt und forderte die Geduld meines Vaters und meine eigene Dreistigkeit heraus, als ich weiter hinausschwamm, als ich eigentlich durfte. Mein Vater rief vom Ufer aus nach mir, aber ich tat so, als würde ich ihn nicht hören, und tauchte vollständig unter, anstatt an der Oberfläche zu bleiben und zurückzuschwimmen. Ich tauchte mit offenen Augen und bemerkte, dass der Sand auf dem Meeresboden in einer heftigen Spirale herumgewirbelt wurde, sodass ich nichts mehr sehen konnte. Als ich begriff, was los war, war es schon zu spät.

Die Strömung erfasste zuerst meinen Arm, und ich wurde mit einer solchen Kraft unter Wasser gezogen, dass die Luft aus meiner Lunge gepresst wurde. Danach erinnere ich mich an nicht mehr viel, außer an das verzweifelte Verlangen, zu atmen, und das schiere Entsetzen darüber, dass ich keine Luft bekam.

Dad zog mich aus dem Wasser, presste auf meine Brust und beatmete mich, bis ich das Salzwasser aus meinen Lungen spuckte. Ich dachte, er wäre wütend auf mich, wütend darüber, was er wegen mir durchgemacht hatte, aber das war er nicht. Abends, nachdem ich ins Bett gegangen war, hatten meine Eltern ihren bisher schlimmsten Streit. Mein Vater schreit nicht, wird nie laut oder aggressiv, aber an diesem Abend schrie er meine Mutter an.

Ich verstand zwar nicht jedes Wort, aber ich hörte genug, um zu begreifen, dass er ihr die Schuld an den Strömungen gab. Bis dahin hatte ich geglaubt, die Strömungen seien natürliche Vorgänge unserer komplexen Natur. Ich hatte nicht gewusst, dass wir daran schuld waren, dass sie eine Folge unserer *Erupten* waren, bei denen wir unsere überschüssige Magie ins Meer entluden. Ich konnte in dieser Nacht nicht schlafen und rätselte über das, was ich gehört hatte. Irgendwann knarrte meine Zimmertür, und meine Mutter trat leise an mein Bett. Ich hatte die Augen geschlossen, weil sie nicht wissen sollte, dass ich wach war. Sie setzte sich auf den Bettrand und strich mir sanft über das Haar, ihre Hand zitterte, und ihr Atem ging flach, als würde sie mit den Tränen kämpfen. Aber am nächsten Morgen war sie wieder ruhig und gefasst und schalt mich dafür, dass ich so weit hinausgeschwommen war.

Ich fragte meine Eltern, was das alles zu bedeuten hatte, wollte verstehen, wie mein Vater meiner Mutter so etwas vorwerfen konnte, aber ich bekam nie eine Antwort.

Ich habe es seitdem noch viele Male versucht – immer mit dem gleichen Ergebnis.

Es vergingen Monate, bis meine Eltern mich wieder zum Meer

ließen, und das auch erst, als sie sahen, wie unglücklich ich ohne Wasser war. Sie waren schockiert, dass ich wieder schwimmen wollte, nachdem ich fast mein Leben verloren hatte, aber für mich war das kein Thema. Für mich war das Meer immer etwas Vollkommenes. Sie machten strenge Vorgaben, wann, wie lange und wo ich schwimmen darf. Ab und zu übertrete ich diese Grenzen, aber meistens halte ich sie ein.

Wenn ich an diesen Tag zurückdenke, denke ich nicht an die Strömung oder die Angst oder die schreckliche Enge in meiner Brust. Ich denke daran, wie mein Vater meine Mutter anbrüllte und ihr die Schuld für etwas gab, das unmöglich ihre Schuld sein konnte. Und ich denke an meine Mutter, die mit zitternden Händen gegen die Tränen ankämpfte, als sie mir über das Haar strich.

»Tana?« Die Stimme meiner Mutter holt mich in die Gegenwart zurück, und mir wird klar, dass ich das große Ölgemälde hinter der Theke der Parfümerie angestarrt habe, das die Meerespassage abbildet. »Mrs Mayweather hat dich etwas gefragt.«

»Entschuldigen Sie, ich war wohl gedanklich woanders«, sage ich und lächle die Frau vor mir an. Sie ist im Alter meiner Mutter und hat eine Tochter auf dem Festland, die dieselbe weiterführende Schule wie Landon besucht. In den letzten Wochen kam sie regelmäßig auf die Hexeninsel, was vermutlich an den Gerüchten liegt, die über mich kursieren.

»Wahrscheinlich denkt sie an den Ball heute Abend«, sagt sie mit einem wissenden Lächeln. »Wir können doch mit dir rechnen?«

Ich sehe meine Mutter an, und sie nickt nur.

»Ich denke, davon kann man ausgehen«, sage ich, den Tonfall nachahmend, den ich von meiner Mutter schon tausendmal gehört habe, wenn sie sich bescheiden geben will.

»Dann freue ich mich umso mehr darauf.« Mrs Mayweather

nimmt ihre elfenbeinfarbene Tasche vom Ladentisch, verabschiedet sich und geht.

Ich schlüpfe in das Hinterzimmer, bevor mich eine andere Kundin aufhalten kann. Ich sehne mich nach meiner Magie, die meine Nerven entspannt und meinen Geist zur Ruhe bringt. In diesem Zimmer, umgeben von Blumen und Kräutern und leeren Glasgefäßen, scheint alles andere in den Hintergrund zu treten. Ich weiß, dass meine Vorfahren viel aufgegeben haben, um die neue Ordnung zu schaffen, aber ich kann mir nichts Schöneres vorstellen als die zarte Magie, die diesen Raum erfüllt. Dieses Leben ist kein Verlust, es ist ein Geschenk.

Ich nehme frische Rosenblüten und gebe sie in meinen Mörser. Ich bin vielleicht nicht so adrett wie meine Mutter und finde nicht immer die richtigen Worte, aber Magie ist eine Sache, die mir mühelos gelingt. Ich muss nicht mehrere Testmischungen herstellen, um alles richtig hinzukriegen, und ich muss auch nicht ständig meine Zaubersprüche überarbeiten, bis ich den gewünschten Effekt erziele. Magie ist für mich etwas Natürliches, so wie für meine Mutter Führungsstärke und für meinen Vater Aufrichtigkeit.

Ich möchte heute Abend ein besonderes Parfüm auftragen, es soll sich wie ein Funkeln anfühlen, wie dieser perfekte Moment, wenn man einen anderen Menschen sieht und das Innere zu vibrieren beginnt. Ich stelle es mir vor wie die letzte Note eines virtuosen Konzerts oder wie den ersten Rausch der Kälte, wenn man ins Meer eintaucht, überraschend und zart und beglückend.

Genau das hoffe ich heute Abend zu empfinden, wenn ich Landon auf dem Ball begegne.

Die Rosenblüten nehmen die Magie begierig auf, ich fülle sie in ein Glas um, gebe die Grundsubstanz hinzu und schwenke vorsichtig die Flasche.

»Ist das Tana dort hinten?«, fragt eine Kundin im Vorderzimmer, während sie durch den Türspalt lugt.

Seufzend decke ich mein Parfüm zu und setze ein Lächeln auf, dann gehe ich zurück nach vorne.

»Hallo, Mrs Alston.« Die Stammkundin vom Festland ist mit mehreren Tüten beladen, und ihre warme, beigefarbene Haut glänzt von einem frisch aufgetragenen Parfüm.

»Hallo, meine Liebe. Freust du dich auf den Ball heute Abend?« Das ist ihre Art, zu fragen, ob ich auch kommen werde, und nach einer kurzen Pause antworte ich.

»Ja.«

Ihre Augen werden größer, und sie lächelt mich breit an. »Dann bis später«, sagt sie, zahlt und entschwindet aus der Parfümerie.

Erst als die Tür ganz geschlossen ist, wendet sich Mom mir zu. »Geh doch nach Hause und mach dich für den Ball fertig.«

»Aber es ist noch nicht einmal Mittag«, entgegne ich. »Ich brauche doch nicht den ganzen Tag, um mich fertig zu machen.«

»Nein, Liebes, aber du musst auch nicht den ganzen Tag mit Fragen bombardiert werden. Geh nach Hause, und ich kümmere mich allein um den Laden.« Ihr Ton ist sanft, aber entschlossen.

»Also gut, wenn du meinst.«

»Gut.« Sie küsst mich auf die Stirn, und ich gehe gerade zur Tür hinaus, als eine neue Welle von Kundinnen in den Laden strömt. Bevor sich die Tür hinter mir schließt, höre ich noch die herzliche Begrüßung meiner Mutter, die die Gäste willkommen heißt, als seien sie allerbeste Freundinnen. Manchmal denke ich, wie anstrengend es sein muss, so hohe Ansprüche an sich selbst zu stellen, aber eigentlich bewundere ich sie.

Der Himmel ist bewölkt, und die Pflastersteine sind glitschig vom Regen. Ich schlinge meinen Schal über den Kopf und mache mich auf den Heimweg. Ich vermeide jeglichen Blickkontakt, damit ich mit niemandem reden muss. Bis jetzt kannten die meisten Leute nur meine Mutter, sodass ich mir keine Sorgen machen musste, außer von Stammgästen vom Festland, auf der Straße angesprochen zu werden. Aber ich vermute, das wird sich nach dem heutigen Abend ändern.

Ich komme an Ivys Teeladen, der *Verzauberten Tasse*, vorbei. Sie klopft von innen an die Schaufensterscheibe und winkt mich herein. Ich schaue zur Parfümerie hinüber und vergewissere mich, dass meine Mutter mich nicht beobachtet, dann verschwinde ich im Laden. Die *Verzauberte Tasse* gehört zu meinen Lieblingsläden auf der Hauptstraße und das nicht nur, weil sie Ivys Familie gehört. Die Wände sind in einem matten Rosa gehalten, die Sockelleisten sind in einem satten Goldton lackiert, und an der Decke befinden sich farblich abgestimmte Stuckleisten. Kerzenleuchter tauchen den Raum in ein sanftes Licht. Ivys Eltern haben sich selbst nach der Elektrifizierung der Insel für Kerzenlicht entschieden, weil der Laden seinen ursprünglichen Charme behalten sollte. Aber das eigentliche Herzstück des Ladens ist der große Kronleuchter in der Mitte des Raumes mit den an Goldketten befestigten zwölf Teetassen, in denen jeweils eine elfenbeinfarbene Kerze brennt. Die Stühle sind mit rosafarbenem Samt bezogen, und die Tische mit vergoldeten Teelöffeln und Spitzenservietten gedeckt.

»Wohin gehst du?«, fragt Ivy, räumt einen Tisch in der hinteren Ecke frei und bedeutet mir, mich zu setzen.

»Nach Hause. Heute Morgen haben mich die Kunden mit Fragen über Landon belagert, und ich glaube, ich habe sie nicht so gut gehandhabt, wie meine Mutter es sich gewünscht hätte.«

»Niemand kann so gut mit solchen Fragen umgehen wie deine Mutter.«

»Ich weiß. Die Messlatte liegt unfassbar hoch.«

»Ich wollte gerade Pause machen. Willst du dich eine Weile dazusetzen, bevor du nach Hause gehst?«

»Unbedingt. Meine Mom denkt anscheinend, ich würde den halben Tag brauchen, um mich für den Ball herzurichten.«

Ivy lacht. »Was erwartet sie? Dass du jede einzelne Haarsträhne in Locken legst?«

»Das würde ihr garantiert gefallen«, erwidere ich und lege meinen Schal über die Stuhllehne.

»Bin gleich wieder da. Hast du einen besonderen Wunsch?«

»Ich lasse mich überraschen.«

Ich mache es mir auf meinem Platz bequem, und ein paar Minuten später kommt Ivy mit zwei Teetassen zurück. Sie setzt sie auf dem Tisch ab, dann nimmt sie mir gegenüber Platz. Wie gewöhnlich verrät sie mir nicht, welchen Tee sie zubereitet hat – ich soll es erraten.

Ich nippe daran. Es ist ein schwarzer Tee mit einem Hauch von Zimt und Orange, der mich verwegen und kräftig durchströmt.

»Und?«

»Zuversicht?«

»Du bist nah dran, aber knapp daneben.«

Ich meine, aus dem Augenwinkel meine Mutter zu sehen, aber anstatt mich zu ducken, damit sie mich nicht entdeckt, setze ich mich aufrecht hin und beuge mich vor. Als die Frau sich umdreht, kann ich sie besser sehen, es ist nicht meine Mutter, aber ich glaube, ich weiß jetzt, welchen Tee Ivy mir eingeschenkt hat. Ich sehe sie an und lache.

»Mut?«

»Ja. Für heute Abend.«

»Wieso sollte ich heute mutig sein müssen?«

»Also erstens stehst du nicht gern im Mittelpunkt, und zweitens ist es das erste Mal, dass die Festlandbewohner dich in ihrer

Welt sehen, also werden sie dich genau beobachten. Es ist außerdem euer Debüt, als Paar aufzutreten, und es wird erwartet, dass ihr tanzt. Vor allen Leuten. Das ist nicht gerade wenig.«

Ich nehme noch einen Schluck Tee, einen viel größeren als zuvor. »Weißt du, bis gerade eben war ich eigentlich gar nicht nervös, also danke dafür.«

»Gern geschehen.« Ivy lächelt und führt ihre Teetasse zum Mund.

»Was trinkst du eigentlich?«, frage ich, aber bevor Ivy antworten kann, hört man eine Tasse auf dem Boden zerschellen. Ich schaue auf und sehe eine ältere Frau, die an der Marmortheke steht und Mrs Eldon, Ivys Mutter, anschreit.

»Der ist zu stark«, keift sie und fuchtelt mit ihrem Zeigefinger vor Mrs Eldons Gesicht herum. »Ich merke doch, dass Sie mich verzaubern wollen! Niemand hier trinkt den Tee!«, ruft sie zu den anderen Besuchern des Ladens. Im Raum wird es ganz still, alles Reden und Plappern ist von dem Geschrei der Frau erstickt worden. Ivy steht auf und tritt an die Seite ihrer Mutter.

»Ich kann Ihnen versichern, dass alle Tees in diesem Geschäft sämtliche Normen der niedrigen Magie erfüllen«, sagt Mrs Eldon. »Wenn Ihnen diese spezielle Mischung nicht gefällt, tauschen wir sie gerne gegen etwas aus, das Ihnen besser schmeckt.«

»Ich bin kein Dummkopf«, sagt die Frau, deren langer grauer Pferdeschwanz hin und her schwingt. »Das Problem ist nicht der Tee, es ist die Magie. Hier gibt es schwarze Magie, ich spüre sie doch.« Sie spuckt diese Worte förmlich aus, und ein leises Murmeln geht durch den Raum. Ich bin schockiert über ihre Dreistigkeit. Schwarze Magie gibt es schon seit Jahren nicht mehr auf der Insel, sie wurde mit der neuen Ordnung so gut wie ausgerottet.

Mrs Eldon tritt einen Schritt näher an die Frau heran, ihr eben noch geduldiger Gesichtsausdruck wird hart. »Ich verbitte mir solche Worte in meinem Laden. Wenn Ihnen unsere Ware nicht zusagt, steht es Ihnen frei, zu gehen, aber ich werde Ihre Respektlosigkeit nicht länger dulden.«

»Ihr werdet alle einer Gehirnwäsche unterzogen. Jeder Einzelne von euch«, sagt die Frau und schaut sich im Laden um. »Ihr solltet gegen die Existenz dieser Insel protestieren, anstatt ihre Taschen auch noch mit Geld vollzustopfen!«

»Das reicht«, sagt Mrs Eldon. Sie geht zum Ladeneingang und hält die Tür auf. »Es ist Zeit, dass Sie gehen.«

»Dieser Ort ist eine Schande. Ihr solltet euch alle schämen.« Die Frau drängt sich an Ivys Mutter vorbei auf die Hauptstraße. Sie hinterlässt eine bedrückende Stille.

Mrs Eldon atmet tief durch und schließt die Tür, dann wendet sie sich an die anderen Kunden. »Es tut mir furchtbar leid«, sagt sie.

»Damit das klar ist: Ich hätte mir einen stärkeren Tee gewünscht«, sagt ein Mann am anderen Ende des Ladens, und das reicht aus, um das Unbehagen zu brechen, das sich im Raum breit gemacht hatte.

Die Leute lachen, irgendjemand sagt: »Hört, hört!«, und dann heben die anderen Kunden zustimmend ihre Teetassen und trinken darauf, mehr statt weniger Magie zu wollen.

Mrs Eldon lächelt und kehrt zum Ladentisch zurück, aber ich sehe, wie sehr die Auseinandersetzung sie mitgenommen hat, wie angespannt ihre Schultern sind und wie sorgenvoll ihr Blick ist. Ivy und ich haben nicht viele Zusammenstöße dieser Art erlebt – die Leute kommen auf die Hexeninsel, weil sie die Magie *mögen*. Aber unsere Eltern, und vor allem unsere Großeltern erinnern sich an schlimme Zeiten, als die Mehrheit der Festlandbewohner die Magie am liebsten völlig ausradieren wollte. Sie erzählen uns

Geschichten davon und erinnern uns daran, wie viel Glück wir haben, aber das zu hören und es konkret zu erleben, sind unterschiedliche Dinge.

Ivy legt einen Arm um ihre Mutter und flüstert ihr etwas ins Ohr. Mrs Eldon nickt, dann entschuldigt sie sich und geht ins Hinterzimmer.

»Alles in Ordnung mit dir?«, frage ich und gehe zu Ivy, die hinter der Ladentheke steht. Ihre Augen sind feucht.

»Mir geht es gut«, sagt sie und wischt sich über die Augen. »Das sind Tränen der Wut. Zu sehen, wie jemand so mit meiner Mutter spricht ...« Sie bricht ab, unfähig, ihren Satz zu beenden.

»Ich weiß«, sage ich und nehme ihre Hand. »Warum kommt jemand hierher, der die Magie hasst?«

Man könnte leicht dem Eindruck erliegen, dass die gesamte Bevölkerung des Festlandes so ist wie die Stammgäste der Hexeninsel, aber dem ist nicht so. Wie viele Menschen auf dem Festland schauen über die Passage zu unserer Insel hinüber und wollen, dass sie verschwindet? Wie viele Menschen wollen die Magie immer noch vollständig ausrotten? Es macht mir Angst, dass es dort, wo es auch nur einen solchen Menschen gibt, auch noch andere gibt. Und es wäre entsetzlich, wenn diese Leute beim Gouverneur auf offene Ohren treffen würden.

Ich glaube nicht, dass es viele Leute sind, die uns wirklich vom Festland abschneiden wollen und die bereit wären, unsere Docks im Schutze der Dunkelheit niederzubrennen. Aber offenbar gibt es ja Leute, die nicht in einer Welt leben wollen, in der Magie akzeptiert wird. Selbst die sanfte, milde Magie der neuen Ordnung ist für manche zu viel. Aber wenn man die Magie abschaffen will, muss man auch uns abschaffen.

Die Erinnerung an die Mondblume drängt sich mir wieder auf, und ich muss schwer schlucken.

»Woran denkst du gerade?«, fragt Ivy und holt tief Luft. Ihre Augen sind trocken, und ihre Wut ist wie weggeblasen.

Ich seufze und stürze den restlichen Tee in einem Zug herunter. »Dass ich heute Abend makellos aussehen muss.«

»Dann geh jetzt lieber«, sagt sie. »Du hast ziemlich viele Haare.«

Vier

Es ist eine klare Nacht. Die ganze Fährfahrt über habe ich nach Spuren einer Mondblume gesucht, konnte aber nichts entdecken. Mit wackeligen Beinen gehe ich das Festlandufer hinauf, und als ein Auto vorbeirauscht, zucke ich zusammen. Auf der Hexeninsel gibt es keine Autos. Ich atme tief durch, beim rhythmischen Plätschern der Wellen entspannt sich mein Herzschlag. Die Villa des Gouverneurs ragt vor mir auf, sie ist von unten bis oben erleuchtet, und die festlichen Klänge einer Musikkapelle wehen in die Nacht hinaus.

Mehrere Menschen lehnen an den Balkongeländern im zweiten und dritten Stock, in der Hand halten sie erlesene Drinks in Kristallgläsern, ihre Seidenkleider und lockeren Hochsteckfrisuren schwingen in der lauen Brise. Ich verschränke die Arme vor meiner Brust.

Mein blassrosa Kleid schnürt meine Rippen so sehr ein, als stelle es sicher, dass meine Lunge und mein Herz nicht aus der Brust springen. Das Oberteil geht in fließende Schichten aus durchsichtigem Stoff über, die bis auf die Spitzen meiner Satinschuhe fallen, kurze Flügelärmel bedecken meine Schultern. Ich wollte eigentlich lieber ein graues Kleid anziehen, das an den Morgennebel auf der Hexeninsel erinnert, aber meine Mutter war dagegen und bestand darauf, dass ein rosanes angemessener sei.

Mein Make-up ist dezent, und mein gelocktes, langes Haar fällt tief über meinen Rücken.

Jetzt steigen meine Eltern die große Steintreppe hinauf, ich gehe hinter ihnen her und zupfe an meinen weißen Abendhandschuhen.

»Du wirst das wunderbar machen«, sagt Ivy, die nun neben mir hergeht.

»Ich bin so froh, dass du hier bist. Danke, dass du mitgekommen bist.«

Landon hatte angeboten, dass ich eine Freundin mitbringen könnte, wenn ich mich dann wohler fühlte, und ich bin ihm dankbar für diese Geste. Ivy ist selbstbewusst und kommt mühelos mit jedem ins Gespräch, der in ihrer Nähe ist. Sie trägt ein narzissengelbes Kleid, das von ihren Schultern bis kurz über den Boden reicht. Ihre Lippen sind zartrosa geschminkt, und um ihren Hals liegen drei Perlenketten.

Ich wende mich um und atme noch einmal die kühle, salzige Luft ein, bevor wir hineingehen und die Hitze von Hunderten anderer Körper einatmen werden.

»Ich bin auch froh, dass ich hier bin«, sagt sie, »aber wenn du jetzt ins Wasser springst, schwöre ich ...«

»Entspann dich, ich atme nur kurz durch.« Ich drehe mich wieder zu ihr um. »Sollen wir?«

Sie hakt sich bei mir unter. »Auf geht's.«

Wir gehen durch die offenen Flügeltüren, und der Luftzug, den ich eben noch eingeatmet habe, entweicht meinen Lungen.

Eine große Marmortreppe führt von der Mitte des Raumes nach oben und gabelt sich am oberen Ende, wo jede Seite in einen anderen Flügel des Hauses mündet. Hoch über uns hängt ein Kristallleuchter, der das Licht auffängt und Regenbögen in den Saal wirft. Auf Cocktailtischen stehen bunte Blumen in üppigen

Arrangements. Die Wände sind in einem sanften Mintgrün gestrichen, das so beschwingt wirkt wie die Musik.

Kunstvoll gewebte Teppiche in leuchtenden Farben und mit goldenen Quasten besetzt weisen uns den Weg in den Ballsaal, wo meine Eltern bereits in einem Meer von Menschen verschwunden sind. Auf einer Bühne spielt ein Streichquartett, das ich sofort wiedererkenne, weil es von der Hexeninsel kommt. Kein Wunder, dass sich alle so prächtig amüsieren – mit jeder Note, die die Musiker spielen, senden sie Wellen der Begeisterung und des Glücks in den Saal.

Es macht mich einen Moment lang traurig, dass die Festlandbewohner glauben, sie bräuchten Magie, um sich richtig zu vergnügen. Ich empfinde eine Verbitterung, die mich erschreckt. Hexen ist es verboten, nach Sonnenuntergang irgendeine Form von Magie auszuüben, aber der Gouverneur hat eine Ausnahme beantragt, der meine Mutter zugestimmt hat. Bei jemand anderem hätte sie das niemals genehmigt.

Aber ich finde es eine Verschwendung, für *sowas* eine Ausnahme zu machen.

Hinter der Bühne erstreckt sich die Gartenanlage, sehnsüchtig schaue ich aus dem Fenster.

»Denk nicht mal daran«, sagt Ivy. »Man hat dich nicht eingeladen, damit du dich stoisch in den Garten stellst.«

»Aber das kann ich so gut.«

»Da widerspreche ich dir nicht, aber dafür ist später noch genug Zeit. Ich hole uns ein paar Drinks, dann machen wir unsere Runde.«

Manchmal denke ich, dass alles viel besser wäre, wenn Ivy meinen Platz einnehmen könnte. Ich bin eine direkte Nachfahrin von Harper Fairchild, jener Hexe, die unseren Hexenzirkel gegründet und die Grundlagen der niedrigen Magie geschaffen hat. Das ist auch der Grund, warum meine Mutter das Oberhaupt unseres Hexenzirkels ist. Der Zusammenschluss zwischen der mächtigsten Hexenfamilie und den mächtigsten Festlandbewohnern ist die größte Absicherung, die wir erreichen können.

Aber Ivys Familie gehört zu den Ursprungsfamilien, und wenn ich sehe, wie sie durch den Raum schwebt und wie sie von Blicken verfolgt wird, wird mir klar, dass dieses Leben sehr gut zu ihr passen würde.

Ivy reicht mir einen Drink und stößt mit mir an. »Darauf, dass wir die Nacht überstehen.«

»Darauf kann ich trinken.«

Ich nehme einen kräftigen Schluck und sehe mich im Ballsaal um. An goldenen Stangen hängen große transparente Vorhänge, die sich an den offenen Fenstern mit der Brise bewegen, und an der Decke glitzern mehrere Kronleuchter. Im Saal riecht es nach Kerzenwachs und Salzwasser, und ringsum stehen Kristallständer mit Gestecken aus weißen Rosen. Es wirkt alles so großartig und imposant und hat nichts mit meinem Leben auf der Hexeninsel zu tun.

Meine Eltern unterhalten sich im vorderen Teil des Saals mit Marshall und Elizabeth Yates. Sie wirken entspannt und locker, als wäre es selbstverständlich, die gemeinsame Gesellschaft zu genießen.

Als ob wir uns das nicht verdienen müssten.

Und dann ist er plötzlich da.

Landon.

Er umrundet eine große Marmorsäule und schaut sich im Saal um. Er ist groß, und sein marineblauer Anzug spannt leicht über seiner breiten Brust. Seine Haut ist glatt und gebräunt, und sein dunkelbraunes Haar ist kurz geschnitten. Er steht da, als gehöre ihm der Saal, als gehöre ihm die ganze Welt.

Einen Atemzug lang starre ich ihn an, dann trifft sein Blick auf meinen. Ein Lächeln umspielt seine Lippen, es scheint aufrichtig zu sein, und es erhellt den Saal. Ein Lächeln, das so aussieht, als habe er tatsächlich die ganze Welt geschenkt bekommen.

Ich versteife mich neben Ivy und merke, dass ich keine Ahnung habe, wie ich meinen zukünftigen Ehemann begrüßen soll. »Tana, du solltest ihn vielleicht merken lassen, dass du dich freust, ihn zu sehen«, flüstert Ivy mir zu. »Du siehst nämlich gerade so aus, als wolltest du dich aus dem Fenster stürzen und den ganzen Weg nach Hause schwimmen.«

Ich muss lachen. »Danke für dein hilfreiches Feedback, Ivy.«

»Gern geschehen.«

Ich trinke noch einen Schluck, aber eigentlich könnte ich jetzt Ivys Mut-Mischung von heute Mittag gebrauchen. Ich schließe für einen Moment die Augen und stelle mir vor, wie es sich anfühlt, wenn ich sie trinke. Sie fühlt sich so an, wie Landon auftritt, als verdiente ich es, hier zu sein. Ich richte mich auf und recke mein Kinn in die Höhe. Ich straffe meine Schultern, und dann fällt mein Blick direkt auf Landon. Ich schenke ihm ein schüchternes Lächeln, neige meinen Kopf und winke ihn heran.

Er kann nicht hören, wie mein Herz unter meinem viel zu engen Kleid rast, wie meine Lungen nach Luft ringen. Mutig sein und sich mutig fühlen sind zwei ganz verschiedene Dinge.

»Tana«, sagt er, als er mich erreicht, nimmt meine Hand und küsst sie sanft. »Du siehst bezaubernd aus.«

»Danke«, erwidere ich.

»Ivy«, sagt Landon und richtet sich auf. »Es ist schön, dich wiederzusehen.« Er nimmt nicht ihre Hand. Der ganze Saal soll wissen, dass er heute Abend nur Augen für eine Person hat: mich.

»Ebenso«, sagt sie, während sie ihm ein freundliches Lächeln schenkt.

Die Musik verklingt und die Zuhörer klatschen begeistert. Die Musiker verbeugen sich leicht, dann setzen sie sich wieder und spielen weiter. Diesmal ist es ein langsameres Stück, ein Walzer, und Landon reicht mir seine Hand.

»Darf ich um diesen Tanz bitten?«

Ich halte kurz inne, denn ich weiß, dass ein Tanz alles verändern wird, dass ich dann nicht mehr unbemerkt bleiben werde. Ich atme tief ein, halte die Luft an und zähle bis drei, dann atme ich wieder aus. »Es wäre mir eine Freude.«

Ich gebe Ivy mein Glas und lasse mich von Landon in die Mitte des Raumes führen. Die Menge teilt sich, und ihre Blicke verfolgen uns, als wir uns einander zuwenden. Er hält mich an meiner rechten Hand, meine linke liegt auf seiner Schulter. Zögernd legt er seine andere Hand auf meinen Rücken, seine Fingerspitzen streifen die freie Haut oberhalb des Saumes. Mein Atem stockt, und schließlich hebe ich meinen Blick zu ihm empor. Wir sehen uns einen, zwei, drei Takte lang an, dann wird die Musik lauter, und wir kreiseln durch den Raum.

Landon ist ein geübter Tanzpartner, er führt mich sanft, selbst wenn ich einen Schritt verpatze oder mich zu sehr auf seine Finger konzentriere, die meine Haut berühren. Sein selbstbewusster, sicherer Blick weicht nicht von mir ab.

Ich hatte mir vorgestellt, dass es schrecklich sein würde, vor so vielen Leuten zu tanzen, dass ich die ganze Zeit ihre Blicke auf mir spüren würde, aber ich bin ganz und gar auf Landon konzentriert, darauf, wie er meine Hand hält, wie seine Berührung nur ein Wispern auf meinem Rücken ist, wie sich sein Atem mit meinem vermengt. Tanzen ist in seiner Welt so selbstverständlich, aber für mich ist es etwas ganz Intimes. Hier ist mein zukünftiger Ehemann, und das erste Mal, dass ich seine Berührung auf meiner Haut spüre, ist in Anwesenheit eines Publikums.

»Gefällt es dir?«, fragt er und scheint nicht zu bemerken, wie uns die anderen im Saal beobachten.

»Sehr, danke.«

»Tana«, sagt er, und seine bernsteinfarbenen Augen schauen mich ernst an, »ich frage, weil ich es wirklich wissen will.«

Mir sind seine Berührung und der Zitrusduft seines Atems so präsent, dass ich mich kaum konzentrieren kann, und er führt mit mir eine Konversation, als wäre das alles ganz normal.

Ich lache, so leise, dass nur er es hören kann. »Es ist schon etwas überwältigend«, gebe ich zu. »Ich bin es nicht gewohnt, im Mittelpunkt zu stehen.« Ich wende meinen Blick nicht von ihm ab, weil ich unser wachsames, tuschelndes Publikum nicht bemerken will. Ich möchte weder die stolzen Blicke meiner Eltern noch die neidischen Blicke der Festlandmädchen sehen. Ich versuche, ruhiger zu atmen, aber mein Kleid ist so eng, dass ich kaum Luft bekomme.

»Du wirst dich daran gewöhnen«, sagt er. »Das ist sowieso alles nur zur Schau. Für unsere Eltern. Was hältst du davon: Wenn das Lied zu Ende ist, setzen wir uns raus in den Garten. Unseren Eltern wird es gefallen, und wir können dem Haus einmal den Rücken zukehren. Außerdem wird uns etwas frische Luft guttun.«

Mein Herz schlägt noch schneller. Dieser Mann, den ich kaum kenne, hat genau das Richtige gesagt. »Das fände ich sehr schön.«

»Ich auch.«

Bei den letzten Takten der Melodie wirbelt Landon mich noch einmal herum, dann umfasst er mich fester und neigt mich behutsam nach hinten, sodass mein Haar fast den spiegelnden Boden streift. Er beugt sich über mich, sein Gesicht ist nur noch wenige Zentimeter von meinem Hals entfernt.

»Ich liebe dein Parfüm«, murmelt er und zieht mich langsam wieder hoch. Er lässt mich nicht los, auch dann nicht, als das Musikstück verklungen ist. Ich warte auf den Funken, den Rausch, den letzten Tusch in diesem Konzert der Gefühle, aber ich spüre nichts. Wahrscheinlich ist das inmitten all dieser Menschen auch nicht möglich, und ich sage mir, dass dafür noch Zeit genug ist. Es wird später noch kommen. Landon beugt sich weit zu mir und flüstert: »Was für eine Show, Miss Fairchild.«

Ich lächle, ein schüchternes Lächeln, das kaum meine Lippen berührt, aber es reicht aus, dass um uns herum Beifall aufbrandet.

Plötzlich wird mir schwindlig, und ich greife nach Landons Oberarm, um mich abzustützen. Er bleibt ruhig stehen und wartet geduldig, bis ich mein Gleichgewicht wiedergefunden habe. Sein Zeigefinger sucht eine Haarsträhne von mir, und als ich ihn loslasse, streicht er sie vorsichtig hinter mein Ohr. »Damit haben wir es uns verdient, uns für mindestens zwei Lieder in den Garten zurückzuziehen, da bin ich mir sicher.«

Er zwinkert mir zu und führt mich von der Tanzfläche. Ivy wartet an der Bar auf uns, mit dem Rücken zum Marmorsims, die Ellbogen aufgestützt, als hätte sie sich noch nie in ihrem Leben so wohl gefühlt. Mit einem amüsierten Gesichtsausdruck prostet sie mir zu.

»Das war eine großartige Vorstellung«, sagt sie.

»Ich habe Tana gerade gesagt, dass wir uns dadurch wahrscheinlich etwas Zeit im Garten verschafft haben.«

Sie mustert Landon, dann entspannen sich ihre Gesichtszüge. Sie scheint erleichtert zu sein. Erleichtert darüber, dass der Mann, mit dem ich schon verlobt war, bevor ich überhaupt sprechen konnte, mich so gut einschätzen kann, dass er weiß, dass eine Ruhepause im Garten jetzt genau das Richtige für mich ist. Wir wechseln einen Blick, dann sieht Ivy wieder zu Landon.

»Gute Idee«, sagt sie.

»Möchtest du mitkommen?«, frage ich.

»Auf keinen Fall. Ich habe mich nicht herausgeputzt, um mich im Garten zu verstecken.«

»Mögen dich alle mit Bewunderung betrachten«, sage ich.

Sie verneigt sich. »Danke.«

Landon nimmt meine Hand und führt mich nach draußen. In der kalten Nachtluft fange ich an, zu zittern, trotzdem könnte ich mich nicht besser fühlen. Ich kann wieder das Wasser hören und die Wellen, die gegen die Felswand plätschern. Mein ganzer Körper entspannt sich.

Wir spazieren in die hinterste Ecke des Gartens und setzen uns auf eine Steinbank mit Blick auf die Passage. Die Lichter der Hexeninsel flackern in der Ferne. Mir fährt ein Stich durch die Brust, weil ich weiß, dass ich in nicht allzu ferner Zeit jeden Tag diese Sicht haben werde.

Landon zieht seine Jacke aus und legt sie mir über die Schultern. Das bringt mich zurück in die Gegenwart.

»Danke.«

Er nickt. Wir sitzen entspannt beisammen und schweigen. Ich bin noch nie ein Freund von Partys gewesen, aber ich liebe es, sie vom Rande aus zu betrachten: nah genug, dass ich die Musik und das Stimmengewirr höre, und doch weit genug, dass die Geräusche in den Hintergrund treten und ich meine eigenen Gedanken noch höre.

Ich liebe es, wenn die Menschen Spaß haben, lachen und Momente erleben, an die sie sich noch jahrelang erinnern werden. Ich stelle mir gerne die Gespräche und die schüchternen Blicke vor, und wie es ist, wenn man zum ersten Mal mit einer Person tanzt, die man sehr mag.

»Woran denkst du gerade?«, fragt mich Landon.

»Wie sehr ich mich freue, dass die Leute dort drinnen einen wunderbaren Abend verbringen.«

Er sieht mich an. »Du bist ein wirklich guter Mensch«, sagt er zu meiner Überraschung.

Wir lieben uns nicht. Wir kennen uns kaum, aber im Laufe des Abends entdeckt jeder von uns etwas über den anderen. Es ist eine große Erleichterung, herauszufinden, dass derjenige, den zu heiraten man nicht die Wahl hat, ein guter Mensch ist. Das ist kein virtuoses Gefühlskonzert, aber es ist immerhin etwas.

Vielleicht hat meine Mutter recht. Vielleicht werde ich ihn eines Tages lieben.

»Ich habe ein Geschenk für dich.« Er zieht eine smaragdgrüne Samtschachtel aus seiner Hosentasche und reicht sie mir.

»Was ist das?«

»Es ist ein Versprechen«, sagt er und sieht mir in die Augen. »Ein Versprechen, dass ich dein wahres Ich kennenlernen werde. Nicht die Person, die du für deine oder meine Eltern sein sollst, sondern dich, so wie du bist.«

»Landon«, setze ich an, aber mehr als seinen Namen bringe ich nicht heraus. Vom Wasser weht eine Brise herüber und fährt mir durch mein Haar. Meine Finger zittern, als ich die Schachtel öffne. In der Mitte liegt ein Stück Meerglas. Ich lächle, als ich es herausnehme und in meiner Hand spüre. Seine glänzenden Ränder sind vom Meer noch nicht lange rund geschliffen worden. Die türkisfarbene Scherbe fühlt sich an, wie gerade vom Strand aufgelesen, rau, kantig und vollkommen.

»Deine Mutter hat mir erzählt, dass du das Meer liebst. Ich muss zugeben, dass ich es immer nur als eine Unannehmlichkeit wahrgenommen habe, aber es ist mir wichtig, die Dinge zu kennen, die du liebst, denn diese Dinge sollen dich nach unserer Heirat hierher begleiten.«

»Eine Unannehmlichkeit?« Ich kann nicht glauben, dass jemand die Passage nicht mit Ehrfurcht betrachten kann.

»Ja, natürlich. Es trennt mich von meinem Ziel.«

Ich sehe ihn an. Diese Verbindung ist für ihn genauso wichtig wie für mich, aber anstatt, dass mir das Sicherheit gibt, muss ich mich fragen, ob für ihn und seinen Vater noch etwas im Spiel ist, von dem ich nichts weiß. Ich schaue zu Boden und schelte mich für diesen Gedanken. Meine Mutter hat mit mir offen über die Bedingungen der Vereinbarung gesprochen. Sie wollen mehr Kontrolle über die Hexeninsel, über unsere Magie, und sie wollen einen Anteil an unserem Silber. Wir wollen Schutz. Beide Seiten profitieren davon.

»Ich weiß nicht, was ich sagen soll.« Ich umschließe das Meerglas fester, finde in diesem Moment dadurch Halt. »Ich danke dir.«

»Gern geschehen.«

Meine Hände zittern und ich bin mir nicht sicher, ob das an der Kälte liegt. Landon berührt zögernd meine Fingerknöchel, und als ich sie nicht zurückziehe, umschließt er meine Hand. Das Zittern hört auf. Ich senke den Blick und frage mich, wie viel davon nur gespielt und wie viel echt ist, ob auch er hofft, dass wir uns eines Tages so lieben werden, wie meine Mutter sagt.

Ein neues Musikstück wird im Ballsaal angestimmt und Landon erhebt sich. »Ich glaube, wir schulden dem Saal einen letzten Tanz«, sagt er.

Diesmal verhindert seine Berührung nicht, dass ich wahrnehme, wie sich alle Leute im Ballsaal nach uns umdrehen, als wir eintreten. Mein Herz rast, aber ich halte mich gerade und stütze mich auf Landon.

»Dann lass uns das Beste daraus machen.«

Er lächelt und führt mich durch die Menge, ohne meine Hand auch nur einmal loszulassen.

Fünf

Die Fähre setzt ruhig über die Passage. Mom und Dad flüstern aufgeregt miteinander. Sie sind von dem gelungenen Verlauf des Abends ganz überwältigt. Ivy schläft, ihr Kopf ruht auf meiner Schulter, der Saum ihres Kleides berührt den Boden zu ihren Füßen. Es gibt keine anderen Fahrgäste, ein deutliches Zeichen dafür, dass wir, von den Musikern abgesehen, heute Abend die einzigen Hexen auf dem Fest waren. Müde kauere ich in meinem Stuhl, aber zum Schlafen bin ich innerlich zu unruhig.

Ivy bewegt sich und sackt in ihrem Sitz zusammen. Ihr Kopf fällt nach hinten und ich nutze die Gelegenheit, mich zum Bug zu schleichen. Ich habe das ganze Deck für mich allein. Ich gehe zur Reling und schließe die Augen. Der Wind peitscht durch meine Haare, und ich fröstle am ganzen Körper. In dunkler Ferne sehe ich die Hexeninsel, meine wundervolle Insel, auf der nach einem arbeitsreichen Tag die meisten Bewohner ruhig schlafen. Sie sieht so friedlich aus.

»Das hast du großartig gemacht heute Abend«, sagt meine Mutter hinter mir.

Ich drehe mich um, um sie anzusehen. Sie hat ihren Schal fest um Schultern und Arme geschlungen. Es sieht aus, als würde der Wind ihr ausweichen wollen. Als meide er sie lieber ganz, als zu riskieren, dass ihr Haar durcheinandergerät, das immer noch in einer strengen, perfekt sitzenden Hochfrisur steckt.

Sie sieht zufrieden aus, und das gibt mir ein Gefühl der Wärme.

»Danke, Mom. Ich bin froh, dass du glücklich bist«, sage ich, denn ich freue mich wirklich.

Das ist es nämlich, was ich mir eigentlich wünsche: dass die Menschen, die ich liebe, glücklich sind.

Glücklich und sicher.

Sie nickt. »Das bin ich. Und dein Vater ebenfalls.«

»Schön.«

»Die Vorbereitungen für deine Bündnisfeier laufen genau nach Plan. Dieser Abend ist der perfekte Zeitpunkt, deine Verlobung mit Landon bekanntzugeben.«

»Das glaube ich auch. Ich kann es kaum erwarten.«

»Wirklich?«, fragt sie und mustert mich.

»Wirklich.« Mit einem Lächeln drehe ich mich zum Meer um. Der zunehmende Mond spielt Verstecken mit den Wolken, kommt einmal in den Blick, glitzert auf der Wasseroberfläche und verschwindet dann wieder.

Ich freue mich schon mein ganzes Leben lang auf meine Bündnisfeier und kann es kaum erwarten, vor all meinen Freunden und meiner Familie den Schwur abzulegen. Wenn ich ehrlich bin, mache ich mir Sorgen, dass die Bekanntgabe meiner Verlobung an diesem Abend dem Bindungsversprechen die Schau stehlen könnte. Doch meine Mutter ist sich sicher, dass das nicht passieren wird.

Wahrscheinlich hat sie recht. Meine Heirat mit Landon wird dem Hexenzirkel Schutz gewähren. Und in derselben Nacht werde ich dem Zirkel mein Bindungsversprechen geben. Darin liegt eine wunderbare Harmonie.

Die meisten Hexen haben bisher nur vage Gerüchte über Landon und mich gehört, genauso die Festlandbewohner. Für den Fall, dass das Ehebündnis doch noch scheitern würde, hatte meine Mutter unsere Verlobung mein ganzes Leben lang geheim gehalten. Die Hexen werden von ihrer Bekanntgabe überwältigt sein.

Ich drehe mich um, aber meine Mutter ist gegangen. Unvermittelt kommt mir ein Wiegenlied in den Sinn und ich summe es leise zum Klang der Wellen vor mich hin.

Sanft wie Magie, beruhigender Tee,
spend' deine Kräfte an die See.

Doch wenn sie sich wenden,
und dich kriegen,
wird deine Schwäche dein Unheil besiegeln.

Sanft wie Magie, fröhlich und leicht,
gegen das wilde Meer ist niemand gefeit.

Ich wollte schon immer wissen, wer es geschrieben hat und woher die Worte stammen. Es scheint eine Warnung zu sein, wahrscheinlich von den alten Hexen, die ihre dunkle Magie nicht aufgeben und sich nicht der neuen Ordnung anschließen wollten. Es war nur ein einziger, kleiner Hexenzirkel, der uns alle lieber in Gefahr gebracht hätte, als zur niedrigen Magie überzutreten. Aber man hat seit vielen Jahren nichts mehr von ihm gesehen oder gehört.

Als wäre er verschwunden.

Die meisten neuen Hexen glauben sogar, dass er mittlerweile ausgestorben ist. Niemand will dunkle Magie praktizieren, wenn das den Verlust von Sicherheit, Geborgenheit und dem Zuhause bedeutet. Wenn es möglicherweise zur Folge hat, dass man in einer Gefängniszelle auf dem Festland zugrunde geht.

Die Worte geistern mir immer noch durch den Kopf, aber sie erschrecken mich nicht mehr so wie früher. Wenn ich erst einmal mit dem Sohn des Gouverneurs verheiratet bin, können sich die Festlandbewohner nicht mehr gegen uns wenden.

Von irgendwo in der Ferne höre ich ein kreischendes Geräusch. Ich schrecke von der Reling zurück und spähe in die Dunkelheit, suche nach der Herkunft des Schreis und entdecke einen Seelöwen. Er scheint in einer Strömung gefangen zu sein.

Es ist eine unserer Strömungen. Mit wehem Herzen sehe ich dem Tier zu und wünsche mir, dass ich ihm irgendwie helfen könnte, weiß aber, dass das nicht geht. Man kann nichts tun.

Der heulende Seelöwe gerät in einen Strudel, er dreht sich und dreht sich und dreht sich. Seine Schreie zerren an meinen Nerven und schnüren mir die Kehle zu. Mir wird schlecht, ich beuge mich über die Reling und könnte schwören, dass das Tier mir direkt in die Augen sieht. Tränen schießen mir in die Augen, und ich möchte ihm sagen, dass es mir leidtut, unendlich leid, dass die Strömungen, die wir hervorrufen, ihm das Leben kosten.

Ivy eilt zu mir und ergreift meine Hand, als hätte sie Angst, ich könnte mich ins Wasser stürzen.

»Wir können nichts tun«, sagt sie. Ich beuge mich, so weit es geht, über die Reling, aber Ivy zieht mich behutsam zurück. Wir müssen zusehen, wie das Tier im Wasser trudelt und seine Schreie in der Nacht verhallen.

Dann wird es unter die Wasseroberfläche gezogen und das Geräusch endet abrupt.

Unheimliche Stille.

Mir fließen Tränen übers Gesicht. Tief durchatmend versuche ich meine Fassung wiederzuerlangen. Die Strömungen werden immer stärker, erodieren unsere Insel und töten die Meerestiere. Sie zerstören das, was wir lieben.

Meine Mutter sagt, man habe alles unter Kontrolle, die Leitung des Hexenzirkels kümmere sich darum. Aber das kann doch nicht stimmen, wenn ich trotzdem gerade zusehen musste, wie ein Seelöwe in seinem eigenen Lebensraum ertrinkt.

Ich erinnere mich an den Abend vor fünf Jahren, als ich fast ertrunken wäre, an die wütende Stimme meines Vaters, als er meiner Mutter die Schuld daran gab. Was wird er ihr heute Abend in der Abgeschlossenheit ihres Schlafzimmers sagen, flüsternd, damit nichts durch die Tür dringt? Wird er ihr auch hierfür die Schuld geben? Oder waren seine Worte damals nur durch die Angst ausgelöst, das einzige Kind fast verloren zu haben?

»Es tut mir so leid«, flüstere ich.

Das Schiff nähert sich den Docks der Hexeninsel und verlangsamt seine Fahrt. Ivy und ich gehen unter Deck. Sie lehnt sich an die Wand der Fähre. Ich stütze meinen Kopf an ihre Schulter, dabei entwicht mir ein tiefes Seufzen.

»Ist alles in Ordnung?«

»Es geht mir gut«, versichere ich ihr.

»Die Strömung wird immer schlimmer«, sagt sie.

»Ja.« Ich halte inne und senke meine Stimme. »Ivy, und wenn das ein Mensch gewesen wäre? Ein Festlandbewohner? Es ist nur eine Frage der Zeit, bis das passiert, und wenn Landon und ich dann noch nicht verheiratet sind …«

Meine Mutter kommt zu uns, und ich spreche nicht weiter, aber ich sehe die Sorge in Ivys Augen.

»Kommt, Mädchen, wir bringen euch nach Hause«, sagt sie. Wir gehen zum Ausgang, und sie hakt sich zwischen uns ein. »Der Abend heute war ein unglaublicher Erfolg. Gut gemacht.«

Wir gehen hinter meinem Vater über den wackeligen Steg auf die Mole. Der Himmel wird zunehmend bewölkter, Mond und Sterne sind nicht mehr zu sehen. Alles ist dunkel.

Wir machen zuerst an Ivys Haus halt. Bevor sie hinein geht, umarme ich sie fest.

»Glaubst du wirklich, dass das passieren wird?«, flüstert Ivy und erwidert meine Umarmung. »Was du gesagt hast, dass die Strömungen einen Festlandbewohner ertränken könnten?«

»So schlimm ist es noch nicht«, sage ich, um sie nicht noch mehr zu beunruhigen. »Mom meint, der Rat habe alles unter Kontrolle.« Ich drücke Ivy fest an mich, sie nickt und eilt ins Haus.

Meine Eltern schlendern gemächlich weiter. Sie haben die Arme umeinander gelegt und schwelgen schon in den Erinnerungen des Abends. Ich gehe ihnen hinterher. Dabei geht mir das Wiegenlied und das Geräusch des ertrinkenden Seelöwen nicht mehr aus dem Kopf.

Ich umklammere Landons Meerglas, seine scharfen Kanten graben sich in meine Haut.

Zuhause angekommen geht meine Mutter in die Küche und schenkt zwei Gläser Wein ein, während mein Vater ein Feuer im Kamin entfacht.

»Möchtest du uns noch ein wenig Gesellschaft leisten, Tana?«, fragt sie.

»Ich bin müde.«

»Natürlich. Ruh dich aus, Liebes.«

Ich nicke und gehe die Treppe herauf. Das fröhliche Lachen meiner Eltern begleitet mich noch in das obere Stockwerk.

Ich liebe dieses Geräusch.

Mein Zimmer ist dunkel. Ich lege das Meerglas auf meine Kommode und mache mir nicht die Mühe, das Licht einzuschalten, bevor ich mein Kleid ausziehe. Ich habe das Gefühl, dass ich zum ersten Mal in dieser Nacht richtig durchatmen kann. Ich gehe ins Bad und wasche mir das Gesicht, kämme mir die Haare und putze mir die Zähne.

Ich will mich gerade ins Bett verkriechen, als ein schwaches Licht von draußen meine Aufmerksamkeit erregt. Ich nehme das Meerglas wieder in meine Hände, öffne das Fenster und das Rauschen der Wellen strömt in mein Zimmer. Ich setze mich auf die Fensterbank, lasse das Glas durch meine Hände gleiten und betrachte die Welt dort draußen.

Das Licht wird immer heller und heller, es kommt von der Rasenfläche an unserem Haus, ein schwacher Glanz in der Dunkelheit. Ich knie mich hin, beuge mich aus dem Fenster und versuche, das Licht zu fixieren. Dann kann ich es erkennen.

Eine einzelne Mondblume, die friedlich über dem perfekt gestutzten Rasen schwebt.

Ein Schauer kriecht mir über den Rücken.

»Nein«, flüstere ich. »Das ist nicht möglich.«

Ich blinzle und schaue noch einmal hin, aber sie ist da, so untrüglich wie die Wolken am Himmel und das Frösteln in der Luft. Eine Blume, die so giftig ist, dass schon eine einzige Berührung tödlich sein kann, erhellt von einer Lichtquelle, die ich nicht ausfindig machen kann.

Aber wenn sie sich wenden,

Ich umklammere das Meerglas noch fester.

und dich kriegen ...

Seine Kanten schneiden in meine Haut. Ungläubig starre ich auf die Blume.

wird deine Schwäche dein Unheil besiegeln.

Erst als Blut an meinem Handgelenk herunterläuft, merke ich, dass ich mich geschnitten habe. Ich lasse das Meerglas los, und es fällt klirrend auf den Boden. Ich eile ins Bad und halte meine Hand unter den Wasserhahn, und erst als die Blutung aufzuhören scheint, gehe ich zum Fenster zurück.

Aber das Licht und die Blume sind nicht mehr da.

Sechs

Ich weiß, dass ich spätestens jetzt meine Mutter über die Blume informieren müsste, doch als ich am nächsten Morgen hinunterkomme, ist sie schon fort. In der vergangenen Nacht ist ein Kind auf der Insel zur Welt gekommen, und es ist Tradition, dass die oberste Hexe ein Neugeborenes mit rituellen Segnungen in den Hexenzirkel aufnimmt.

Dad hat mir ein üppiges Frühstück mit frischem Obst, Eiern, Scones und Zimtschnecken gemacht, und das lässt mich die weiße Blume fast vergessen.

»Wieso dieser Aufwand?«, frage ich, decke den Tisch und brühe etwas von Ivys Muntermacher-Mischung auf.

»Muss es denn unbedingt einen Grund geben?«

Ich sehe ihn mit hochgezogenen Augenbrauen an, und Dad lacht. »Ich werde dir nicht immer so ein großes Frühstück machen können, das ist alles.«

Bei dieser Bemerkung wird es mir eng in der Brust. Uns ist beiden klar, dass sich die Dinge ändern werden, dass das gemeinsame Frühstück bald keine Selbstverständlichkeit mehr sein wird.

»Ein wahrhaft betrüblicher Teil des Erwachsenenlebens«, sage ich.

Wir setzen uns und ich suche mir die größte Zimtschnecke aus. »Wie hast du sie so groß hinbekommen?«

»Gezaubert«, erwidert er zwinkernd.

Ich lache. Normalerweise verzichtet Dad in der Küche auf Magie – er glaubt, dass sonst ihre Wirkung nachlässt. Aber von Zeit zu Zeit macht er eine Ausnahme.

»Gute Entscheidung.«

»Du und Landon habt fantastisch ausgesehen.« Er sagt es so beiläufig, aber ich weiß, dass er es anspricht, um zu sehen, wie es mir mit gestern Abend geht. Dad versteht die Bedeutung des von mir eingeschlagenen Weges und unterstützt ihn, aber ich glaube, er fühlt sich schuldig, weil man mir eigentlich keine andere Wahl gelassen hat.

Als Mom und er sich kennenlernten, verliebten sie sich sofort ineinander. Er sagte, es war, als ob er bis dahin in Schwarz-Weiß gelebt hätte. Erst die Begegnung mit ihr konnte seine Welt in Farbe verwandeln. Es war leidenschaftlich, aufregend und doch harmonisch und ich weiß, dass er sich das Gleiche für mich wünscht.

Ich möchte ihm sagen, dass ich darauf hoffe, eines Tages Landon zu sehen und ein Kribbeln im Bauch zu spüren. Aber Dad soll nicht denken, dass ich unglücklich bin, also sage ich lieber nichts.

»Landon ist ein guter Mann«, sage ich stattdessen. »Ich bin froh, dass wir etwas Zeit miteinander verbringen konnten. Er wird mich gut behandeln.« Das ist nicht genau das, was ich sagen will, aber ich bin zuversichtlich, dass es wahr ist, und es auszusprechen beruhigt etwas in mir.

Dad nimmt einen Schluck von seinem Tee. »Das wird er«, stimmt er mir zu.

»Er hat mir gestern Abend ein Stück Meerglas geschenkt. Er sagte, es sei ihm wichtig, dass die Dinge, die ich liebe, auch nach unserer Heirat noch einen Platz in meinem Leben haben.« Ich lächle bei der Erinnerung, aber sie wird von dem Gedanken getrübt, dass die Scherbe gerade blutverschmiert auf dem Boden meines Zimmers liegt. Ich taste nach dem Schnitt in meiner Handfläche und zucke zusammen.

»Danke, dass du mir das erzählt hast«, sagt Dad und räuspert sich.

»Ja, es war eine wirklich schöne Geste.«

Er nickt, und ich merke, dass er fürchtet, vor Rührung nicht mehr weitersprechen zu können. Ich werde das so sehr vermissen, wenn ich auf das Festland ziehe. Plötzlich kann auch ich vor Rührung nicht mehr sprechen.

Nach dem Frühstück stellen wir das Geschirr in die Spüle und räumen gemeinsam die Küche auf, ein Ritual, das wir uns nach vielen gemeinsamen Mahlzeiten wie dieser angewöhnt haben.

»Darf ich dich auf deinem Weg zur Parfümerie begleiten? Ich möchte etwas frische Luft schnappen«, sagt Dad, nachdem ich den letzten Teller weggeräumt habe.

»Das wäre schön.«

Als ich die Haustür öffne, zucke ich zurück. Auf der Türschwelle liegt eine Blume. Hektisch suche ich den Rasen nach der Mondblume von letzter Nacht ab, kann aber nichts finden. Ich beuge mich hinunter und hebe die Blume auf, eine einzelne Rose mit einem handgeschriebenen Zettel.

Diese Rose habe ich heute Morgen im Garten gefunden –
Sie hat dieselbe Farbe wie dein Kleid. Danke für die Tänze.

Landon

Mein Herz hört auf, zu rasen, und ich lächle vor mich hin, drücke die Rose an mein Gesicht und atme tief ein.

»Was ist das?«, fragt Dad. Ich drehe mich um und zeige ihm die Blume. Den gleichen erleichterten Ausdruck, den ich gestern

Abend auf dem Ball bei Ivy gesehen habe, sehe ich jetzt bei meinem Vater, als er den Zettel liest.

»Wie hat er sie wohl hierher bekommen?«, frage ich mich laut, gehe ins Haus zurück und fülle eine kleine Vase mit Wasser. Dad schneidet den Stiel an, dann stellt er die Rose hinein, und wir verlassen gemeinsam das Haus.

»Er ist der Sohn des Gouverneurs. Ich kann mir vorstellen, dass er viele Möglichkeiten hat, sie hierherzubringen.«

Dad nimmt den längeren Weg zur Parfümerie, der am Strand entlangführt. So kann ich einen Blick aufs Wasser werfen. Ich suche die Oberfläche nach Blumen ab, aber an diesem Morgen ist es neblig, und ich kann nur ein paar Meter über die Uferlinie hinaussehen.

Vom dichten Nebel begleitet biegen wir in die gepflasterte Hauptstraße ein. In den Cafés, Teestuben und Bäckereien herrscht morgens schon reger Betrieb, nur wir öffnen sonntags die Parfümerie etwas später. Vor allem im Winter ist es schön, wenn wir vor der Arbeit noch etwas Tageslicht für uns haben. Sonst würden wir unsere magischen Stunden alle dem Geschäft opfern.

Ich schließe die Tür auf und schalte das Licht ein. Dad folgt mir und hilft mir beim Aufbauen, bevor er wieder aufbricht.

»Was steht bei dir heute an?«, frage ich ihn noch.

»Uns geht Lavendel und Sandelholz aus. Ich gehe auf die Felder und dann in die Hütte, um Öl zu extrahieren. Später komme ich dann wieder und fülle unsere Vorräte auf.«

»Dann viel Spaß bei der Suche«, sage ich. Dad lächelt, gibt mir einen Kuss auf den Kopf und geht.

Den ganzen Tag über strömen Kunden herein, und ich bin überrascht, wie viele von ihnen mich auf Landon ansprechen. Zum Glück kommt meine Mutter eine Stunde nach Ladenöffnung und verschafft mir eine dringend benötigte Verschnaufpause.

Bewundernd beobachte ich ihr gewandtes Auftreten. Ihre Antworten enthalten immer einen angemessenen Anteil an Diskretion. Sie stolpert nicht über ihre Worte oder schaut beim Sprechen auf den Boden. Sie weiß in jeder Situation das Richtige zu sagen und hat nicht den Drang, aus dem Laden zu rennen und ins Meer zu springen.

An manchen Tagen gibt sie mir das Gefühl, dass mit mir etwas nicht stimmt. Dann empfinde ich eine übermächtige Frustration darüber, dass ich die Dinge nicht mit diesem Anschein von Leichtigkeit tun kann, wie ich es bei ihr oder Ivy beobachte. Aber heute bin ich dankbar für ihre Fähigkeit.

Für sie.

Um Punkt sechs Uhr schließen wir die Tür ab und drehen das »GESCHLOSSEN«-Schild nach draußen. Heute Nacht ist Vollmond, und wir müssen uns für die *Erupta* fertig machen. Die Touristen strömen zu den Docks, um die letzte Fähre zu erwischen.

Nur Hexen dürfen sich auf der Insel aufhalten, wenn wir unsere überschüssige Magie in den Ozean leiten.

Das einzige Problem mit der niedrigen Magie ist, dass sie in unserem Körper ungenutzte Energie hinterlässt, die wir eigentlich nicht verkraften können. Wenn wir sie nicht loswerden, kann sie uns töten. Deshalb wird die Insel etwa alle neunundzwanzig Tage bei Vollmond abgeschottet und die überschüssige Magie ins Meer abgestoßen.

Dies ist, ironischerweise, unser mächtigster Zauber und der einzige, der nachts erlaubt ist.

Es ist eine wilde, gewaltsame Zurschaustellung von Magie, die die Festlandbewohner in Angst und Schrecken versetzen würde. Deshalb ist es zu einem tabuisierten Ritual geworden, für das sich der Hexenzirkel schämt und an dem man eigentlich nur äußerst ungern teilnimmt.

Deshalb wird darüber auch nicht offen gesprochen. Wir erwähnen nicht den Stress, der ihr vorausgeht, und sprechen auch in den folgenden neunundzwanzig Tagen nicht darüber.

Genau das ist es, was mich eigentlich stört – wir zerstören unsere Insel, schaden unseren Meeresbewohnern und vernichten unsere Ernten für ein Ritual, das die Hexen selbst *verabscheuen*.

Ich habe es nie laut ausgesprochen, aber ich freue mich jedes Mal auf die *Erupta*. Ich fühle mich stark, wenn diese Art von Magie durch mich hindurchfließt. Ich schäme mich nicht und finde es auch nicht eklig – ich fühle mich lebendig und mit meiner Magie auf eine Weise verbunden, die ich im Laden niemals erreiche. Ich wünschte nur, ich könnte all diese Energie für etwas Gutes einsetzen, anstatt sie ins Meer abzuleiten, wo sie weiter unkontrolliert ihr Unwesen treibt.

»Alles fertig, Tana?«, fragt meine Mutter.

Ich nicke, nehme meine Tasche und verlasse mit ihr den Laden. Der Nebel hat sich gelichtet, und ein leichter Nieselregen fällt auf die Insel, der das Kopfsteinpflaster glitschig macht und die Blätter der Strauchpflanzen schwer herunterhängen lässt. Das Moos, das die Dächer säumt, sieht im Regen grüner aus als sonst. Ich atme tief den herrlichen Regenduft ein.

Die letzte Fähre legt ab, und ich beobachte, wie sie sich immer weiter von der Hexeninsel entfernt. Man kann förmlich spüren, wie sich die Insel entspannt, wie die Last der gierigen Touristenmassen von ihr abfällt, wie sie zur Ruhe kommt und durchatmet.

»Ich habe eine kurze Besprechung mit dem Rat, geh doch schon mal nach Hause, wir treffen uns dann dort.«

»Klar. Ist alles in Ordnung?« Das reguläre Treffen war letzte Woche, und es ist ungewöhnlich, dass so bald ein weiteres stattfindet.

»Ja, gewiss. Ich denke nur, dass einige Mitglieder über den Ball des Gouverneurs informiert werden möchten.«

»Du meinst über mich«, sage ich und bereue die Worte sofort.

Meine Mutter bleibt mitten im Regen stehen und sieht mich an.

»Es geht nicht nur um dich, Tana. Was du hier tust, ist für uns alle. Für unsere Kinder, und die Kinder unserer Kinder. Hat der Rat nicht das Recht, zu wissen, dass nach Generationen voller Ungewissheit und Angst diese Zeit nun fast vorbei ist? Dass die Festlandbewohner uns endlich akzeptieren werden und wir nicht mehr befürchten müssen, dass ein einziger Fehltritt unsere Freiheit gefährden könnte? Unser Leben?«

Ich blicke zu Boden. »Es tut mir leid. Ich wollte damit nicht sagen, dass ich nur an mich denke.«

Meine Mutter entspannt sich und seufzt. Sie legt ihren Arm um mich, und wir gehen weiter. »Ich weiß, Liebes. Du empfindest es nicht als so unsicher, da die Lage schon eine Weile stabil ist. Aber vergiss nicht, dass wir auf dieser Insel leben, weil die, die vor uns kamen, hier im Exil lebten. Sie waren gezwungen, hierher zu kommen, um ihre Magie zu bewahren, und sie hatten keinerlei Annehmlichkeiten, an die sie vom Festland her gewöhnt waren. Dauerhafte Sicherheit und Freiheit ist etwas, wovon die Generation vor dir – und auch vor mir – nicht zu träumen gewagt hätte.«

»Ich verstehe. Es tut mir leid«, sage ich und denke an die Frau in Ivys Teestube, an die Brandstiftung.

Mom drückt mich kurz, dann lässt sie den Arm sinken. Aber ich fühle mich verunsichert. Nicht wegen Landon oder der bevorstehenden Hochzeit. Es ist die Dringlichkeit, die mich bedrückt. Vor nicht einmal drei Monaten war Landon nicht mehr als ein Punkt in der Ferne, und jetzt haben meine Eltern kein anderes Gesprächsthema mehr, und sogar der Rat tagt außerplanmäßig wegen ihm.

Wegen mir.

Wegen uns.

Ich frage mich, ob die Brandstiftung nur inszeniert war, nur ein Vorwand, den Zeitplan zu beschleunigen, aber sobald ich das denke, bekomme ich ein schlechtes Gewissen.

»Dann bis Mitternacht«, sagt meine Mutter und meint damit die Zeit, zu der wir uns treffen, um das Wort »Erupta« nicht aussprechen zu müssen.

Mom geht zum Gemeindehaus, und ich laufe am Ufer entlang nach Hause.

Ich verlangsame meine Schritte und denke über die Worte meiner Mutter nach. Der Rat will nicht über den Ball des Gouverneurs plaudern. Sie wollen genau wissen, wie lange es dauern wird, bis sie mit einer Verlobung, einem Bündnis zwischen den Hexen und den Festlandbewohnern rechnen können.

Sie wollen wissen, ab wann sie in Sicherheit sein werden.

Weil sie Angst haben.

Ich summe vor mich hin, während ich am Wasser entlang gehe. Dann bleibe ich abrupt stehen.

wird deine Schwäche dein Unheil besiegeln

Dein Unheil.

Dein Unheil.

Sieben

Es ist Mitternacht. Der Vollmond steht unverdeckt am schwarzen Himmel, sein Licht glitzert auf der Meeresoberfläche und taucht den Strand in mattblaues Licht, in dem ich die Hexen um mich herum erkenne.

Am Strand steht eine große weiße Säule, die von einer Kupferschale gekrönt wird.

Ich zupfe mir ein Haar aus und lege es in die Schale, dann steche ich mir in den Finger und lasse einen einzelnen Blutstropfen hineinfallen. Rauch steigt aus der Schale auf und die Strähne und das Blut verschwinden.

Ich gehe zum Wasser hinüber. Die hinter mir wartende Hexe durchläuft die gleiche Prozedur.

Sobald wir uns alle auf diese Weise in das Ritual eingeschrieben haben, beginnt die *Erupta*.

Niemand von uns ist stark genug, um seine Magie aus eigener Kraft abzustoßen. Magische Parfüms, Tees und Gebäck sind wunderbar – sie ermöglichen unseren Lebensunterhalt hier auf der Insel und sind der Grund, warum die Festlandbewohner uns allmählich akzeptieren –, aber sie erfordern nur geringe Mengen von Magie.

Die *Erupta* kommt nur durch die vereinte Kraft aller zustande.

Wir tragen identische weiße, wallende Kleider. Die lockeren

Gewänder fallen uns bis zu den Knöcheln und sehen wie Nachthemden aus. Die ältesten Hexen stehen am Ufer in einer Reihe. Dahinter steht die Generation meiner Eltern und dahinter wir, die Jüngsten. Wir sprechen nicht miteinander, sondern schauen hinaus aufs Wasser oder hinunter auf den felsigen Strand. Scham ist ein mächtiges Gefühl, welches jeden hier an diesem Ufer dazu bringt, sich voneinander abzuwenden, obwohl das Ritual Teil unseres Wesens ist.

Manchmal glaube ich, dass es eher die Scham ist als die Angst, die unser Überleben als Hexenzirkel sichert. Die *Erupta* ist ein Grundpfeiler der neuen Ordnung, der es uns möglich gemacht hat, mit dem Festland in einen konstruktiven Dialog zu treten. Sie beendeten ihren Feldzug gegen die Magie erst, als wir ihnen bewiesen, dass wir durch die neue Ordnung keine Bedrohung mehr für sie darstellen. Die *Erupta* sollte eigentlich ein Fest sein, das unser Überleben, unseren Mut und unseren Verstand feiert. Und das Opfer, das wir bringen. Aber ein weiterer Pfeiler der neuen Ordnung ist die völlige Abkehr von der dunklen Magie, und seit vielen Generationen geschieht diese Abkehr nicht mehr nur aus reiner Überzeugung, sondern vor allem auch aus Scham. Sobald die dunkle Magie zu etwas wurde, dessen man sich schämen musste, wollte sie niemand mehr ausüben.

Und so ist es geblieben.

Wir befinden uns am westlichen Rand der Insel, die auf das offene Meer hinausgeht. Wir würden uns niemals zum Ostufer begeben, das dem Festland zugewandt ist. Denn obwohl die Passage sehr breit ist und wir wissen, dass die Festlandbewohner uns von so weit weg nicht sehen können, kämen wir uns dort immer noch zu schutzlos vor. Also ziehen wir zum westlichen Ufer und kehren dem Festland an einem Abend im Monat den Rücken. Nur an diesem einen.

Ich zucke zusammen, als in der kupfernen Schale hinter mir die Flammen auflodern. Es bedeutet, dass nun alle versammelt sind.

»Lasst uns beginnen«, sagt meine Mutter. Ihre Stimme wird von einer Welle der Magie getragen, sodass alle sie hören können.

Gemeinsam waten wir ins Wasser, die ältesten Hexen gehen am weitesten hinaus, die jüngeren folgen. Diejenigen, die noch zu jung sind, um ihre Magie abzustoßen, werden von ihren Eltern an der Hand gehalten, denn der Zauber ist stark genug, um die wenige ungenutzte Magie in ihren Körpern ins Meer zu leiten.

Ich stehe schon bis zu den Knöcheln im Wasser, als ich aus dem Augenwinkel etwas bemerke. Ich drehe mich um. Es ist ein kleines, kreisrundes Licht, genau wie das, das ich vor meinem Schlafzimmerfenster gesehen habe. Es schwebt über dem Sand und beleuchtet eine Mondblume.

Ich sehe mich um, aber anscheinend hat es niemand bemerkt, denn alle anderen blicken auf das Wasser hinaus.

Das Licht wird heller, ich kann es nicht länger ignorieren. Vorsichtig wende ich mich vom Wasser ab und vergewissere mich mit einem Blick über die Schulter, dass mich niemand beobachtet. Die eigentliche *Erupta* findet frühestens in zwanzig Minuten statt, und ich brauche für die Vorbereitung nicht so lange wie einige der anderen.

So leise wie möglich eile ich den Strand hinauf, umrunde ein Dickicht aus blühenden Sträuchern und laufe in Richtung der Lichtquelle. Da ich vom Ufer aus nicht mehr gesehen werden kann, gehe ich schneller, denn die leuchtende Kugel scheint sich von mir zu entfernen.

Doch je näher ich komme, desto schneller bewegt sie sich von mir weg.

Ich fange an, zu rennen, und komme zu einer Wiese, auf der in nächtlicher Brise lange Gräser wehen. Ich hole mir ein paar Kratzer, als ich mich hindurchzwänge, doch behalte das Licht dabei, so gut es geht, im Blick.

Es taucht auf und verschwindet wieder, dann ist es ganz weg. Ein Schauer läuft mir über den Rücken.

Ich renne zu der Stelle, an der ich es zuletzt gesehen habe, lasse mich dabei vom Licht des Vollmondes leiten – und stoße geradewegs mit einer anderen Person zusammen.

Ich stürze zu Boden, bin schockiert und verwirrt. Der Aufprall war so stark, dass mir die Luft wegbleibt. Stöhnend fasse ich mir an den Bauch und rolle mich auf die Seite. Niemand dürfte hier sein – es sind doch alle am Strand.

»Was zum Teufel?« Die Stimme kommt aus ein paar Metern Entfernung. Schnell stehe ich auf und sehe mich um.

Vom Boden erhebt sich langsam eine Person. Ein Junge, den ich noch nie zuvor gesehen habe. Vorsichtig trete ich einen Schritt zurück. Er muss vor Beginn der großen *Erupta* die Hexeninsel dringend verlassen.

»Hast du die Fähre verpasst?«, frage ich.

»Du hast mich komplett umgerannt«, sagt er und übergeht meine Frage. »Wo zum Teufel sind deine Manieren?«

Ich bin völlig verdattert und starre ihn mit offenem Mund an.

»Und?«, fragt er. Sein dunkles Haar ist zerzaust und fällt ihm vor die Augen, das Mondlicht überzieht seine bleiche Haut mit einem schwachen blauen Schimmer. Seine Kinnpartie ist angespannt, und er sieht mich wütend an, als hätte ich ihn absichtlich angerempelt, mehr noch, als hätte ich das, was er am meisten auf der Welt liebt, getötet.

»Es tut mir leid«, sage ich und bemühe mich um einen ruhigen Ton, für den Fall, dass seine Eltern wichtige Leute auf dem Festland sind. »Ich hätte besser aufpassen müssen.«

Er schaut mich missmutig an, in seinem Blick liegt Enttäuschung.

»Hast du das Licht gesehen?«, fragt er, und mein Herz schlägt schneller.

»Hast du es gesehen?«, erwidere ich.

»Schon mehrmals«, sagt er, und fährt sich mit der Hand durch die Haare. »Ich finde einfach nicht heraus, wo es herkommt.«

»Ich auch nicht.«

Genau dort, wo wir stehen, ist das Licht ausgegangen. Plötzlich bricht der Boden an einer kleinen Stelle auseinander, und eine einzelne Mondblume sprießt zwischen uns auf und treibt große, herzförmige Blätter aus.

Ich mache einen Satz nach hinten, um genügend Abstand zwischen der Blume und mir zu schaffen, aber ich will nicht vor ihr weglaufen. Diesmal nicht.

Der Junge sieht mich spöttisch an.

»Das ist eine Mondblume«, sage ich.

»Ich weiß, was das ist.« Und mit diesen Worten hebt er sie vom Boden auf und drückt sie an seine Lippen.

Er streckt mir die Blume entgegen, und ich weiche noch weiter zurück. »Komm mir nicht zu nahe.«

»Angeblich sind diese Blumen für Hexen giftig«, sagt er, während er die Blume betrachtet und sie zwischen seinen Fingern hin und her dreht.

Ein mulmiges Gefühl macht sich in meinem Bauch breit, und alle meine Sinne sagen mir, dass ich von hier verschwinden muss. Mir bricht der kalte Schweiß aus, und ich frage mich, wer dieser Mensch ist. Ist er einer von denen, denen Hexen so sehr verhasst sind, dass er die Blume gleich auf mich werfen wird? Ich müsste eigentlich weglaufen, aber aus einem unerklärlichen Grund bleibe ich wie erstarrt stehen.

»Eine Berührung soll tödlich sein.« Dann sieht er mich an und lächelt, und für einen schrecklichen Moment denke ich, dass er hier ist, um mich umzubringen. »Aber ich verrate dir ein Geheimnis«, sagt er und beugt sich zu mir. »Es ist nicht wahr.«

Ich muss heftig schlucken. Schweißperlen sammeln sich in meinem Nacken, und ich zittere. »Ich weiß nicht, wer du bist, aber du musst gehen. Und zwar sofort.«

»Warum sollte ich? Ich lebe hier.«

»Das ist unmöglich.«

»Aber sicher«, erwidert er. »Alles ist möglich.«

Er fährt mit seiner rechten Hand durch die Luft, und die leichte Brise der Nacht wird zu einem Sturmwind, der mich umwirft und mein Haar und mein Kleid in alle Richtungen peitscht.

Dann lässt er seine Hand sinken und der Wind legt sich wieder. Ich weiß, was ich sehe, ich weiß, was ich auf meiner Haut spüre. Doch ich kann mich nicht überwinden, die einzig denkbare Erklärung für das Gesehene zu akzeptieren. Ich kneife meine Augen zu, schüttle den Kopf und versuche, die beiden Wörter, die in meinem Kopf widerhallen, zu verdrängen, aber es gelingt mir nicht. Sie werden lauter und lauter, bis ich schließlich anerkennen muss, was ich gesehen habe: eine perfekte Darbietung dunkler Magie.

Auf meinen Armen bildet sich eine Gänsehaut, und ich trete einen weiteren Schritt zurück.

»Nein«, ist alles, was ich herausbringe.

»Nein?«, fragt er, zieht die Stirn in Falten und hebt erneut die Hand. Der Wind wird stärker, und ich stürze zu ihm und schlage seinen Arm nach unten.

»Diese Magie ist verboten, und ich werde sie auf meiner Insel nicht dulden.«

»Unsere Insel«, sagt er. »Und wo ich herkomme, ist sie ganz bestimmt nicht verboten.«

Unsere Insel. Was er sagt, ergibt keinen Sinn. Ich habe mein ganzes Leben hier verbracht und bin noch nie jemandem begegnet, der dunkle Magie anwendet. Wenn das, was er sagt, wahr ist, dann …

»Du kommst aus dem alten Hexenzirkel«, sage ich nahezu lautlos, mehr zu mir selbst als zu ihm. Ich kann nicht glauben, dass ich die Worte überhaupt ausgesprochen habe. Ein Schauer läuft mir über den Rücken.

»Wolfe Hawthorne«, sagt er und hält die Blume noch einmal in die Höhe. Ein großer silberner Ring ziert seine rechte Hand und glitzert im Mondlicht. »Und ja, ich bin Mitglied des alten Hexenzirkels.«

Ich starre ihn an, außerstande, etwas zu sagen.

»Ist es nicht üblich, dass du nun an der Reihe bist, dich vorzustellen?«, sagt er.

»Tana«, antworte ich wie in Trance. »Mortana Fairchild.«

»Nun, Mortana, ich versichere dir, dass diese Blume nicht giftig ist. Fass sie an.«

Ich starre die Blume an und spüre eine unwiderstehliche Anziehungskraft, ein starkes Verlangen, das ich nicht ignorieren kann. Ich habe so etwas noch nie empfunden, und einen Moment lang frage ich mich, ob man mich mit einem Zauber belegt hat, der mich dazu verführt, sie zu nehmen und damit nach meinem eigenen Tod zu greifen. Ich kann mich nicht dagegen wehren. Es fühlt sich an, als wäre ich außerhalb meines Körpers und würde mich dabei beobachten, wie ich zitternd die Hand ausstrecke, um die Mondblume entgegen zu nehmen.

Ich halte sie in der Hand.

Und nichts passiert.

Es tut nicht weh. Es brennt nicht. Mein Herz schlägt weiter.

Langsam führe ich die Blume an mein Gesicht und atme ein.

Die Blütenblätter streifen meine Haut, aber ich bleibe unversehrt. In allen Texten, die ich über die Mondblumen gelesen habe, ist von unmittelbaren Schmerzen die Rede, denen ein schneller Tod folgt. Aber ich fühle mich normal. Ich versuche, zu begreifen, was ich erlebe, aber mir fällt keine Erklärung ein. Ich bin völlig ratlos.

»Hast du sie verzaubert?«

»Wie sollte das möglich sein, wenn sie für Hexen giftig ist?«

Ich schüttle den Kopf und starre auf die Blume. Ich verstehe es nicht, und das bringt mich zur Verzweiflung. Die Mondblume ist die erste Pflanze, die ich sofort zu erkennen gelernt habe. Weil es für unser Überleben so entscheidend ist. Und nun halte ich sie in der Hand, als wäre sie eine gewöhnliche Lupine.

Ich suche nach irgendeinem Sinn, der die Gedanken, die in meinem Kopf auseinanderdriften, zusammenhält, aber es gelingt mir nicht.

Ein Schweißtropfen rinnt an meinem Nacken hinunter. Dann, mit einem Mal, komme ich wieder zu mir und erkenne, was ich hier tue und mit wem ich spreche.

Ich lasse die Blume fallen und mache einen Satz nach hinten. Mein Herz klopft so heftig, dass ich das Gefühl habe, es könnte mir die Rippen brechen.

»Den alten Hexenzirkel gibt es nicht mehr«, sage ich.

»Woher willst du das wissen?« Sein Tonfall klingt gelassen, fast amüsiert, und in mir steigt plötzlich Wut auf.

»Ich weiß nicht, für wen du dich hältst, aber das ist nicht lustig. Den alten Hexenzirkel gibt es nicht mehr.« Das muss eine Art Scherz sein, ein ausgeklügelter Streich, um mich bloßzustellen. Aber dann denke ich daran, wie der Wind aufkam, wie ich ihn auf meinem Gesicht spürte, und ich realisiere, dass er die Wahrheit sagen muss. Ich betrachte die Blume auf dem Boden. Tausend Fragen schießen mir durch den Kopf. Die lauteste, hartnäckigste von allen – die, die am einfachsten zu beantworten sein sollte und sich dennoch anfühlt, als würde sie alles bedrohen, was ich je gekannt habe – kommt wieder und wieder:

Warum hat es nicht weh getan?

In diesem Moment ertönt ein raues, tiefes Brüllen vom Ufer her. Die Hexen stoßen in einem gemeinsamen Akt ihre Magie ins Meer.

Ich drehe mich zu dem Geräusch um. Langsam und stetig erfasst mich ein Entsetzen.

Nein. Das kann nicht sein.

Das Geräusch wird immer schrecklicher, und ich kann nur noch fassungslos in Richtung Meer starren. Dann hört es mit einem Mal auf.

Die Stille der Nacht übernimmt wieder die Oberhand, und mein ganzer Körper beginnt, vor Angst zu zittern.

Ich habe es verpasst.

Ich höre das Rauschen des Ozeans und das Rascheln des Grases, den Wind in den Bäumen und den Schrei einer Eule. Dann fällt mir der Junge wieder ein.

Langsam drehe ich mich nach ihm um, aber er ist nicht mehr da.

Ich schlage meine Hände vor das Gesicht, schließe die Augen und wünsche mir nichts sehnlicher, als dass ich die Zeit um zwanzig Minuten zurückdrehen und das verdammte Licht ignorieren könnte.

Ich kann es einfach nicht fassen, dass ich die *Erupta* verpasst habe.

Endlich reagieren meine Beine und ich renne zum Ufer, verstecke mich in den Büschen und beobachte, wie die Hexen aus dem Meer waten. Die *Erupta* hat sie enorm viel Energie gekostet, und sie gehen wie in Zeitlupe.

Niemand darf wissen, dass ich sie verpasst habe. Vor allem nicht wegen meiner bevorstehenden Verlobung und der Position meiner Mutter im Hexenrat. Ich warte, bis die ältesten Hexen an mir vorbeigegangen sind, dann renne ich ins Wasser und mache mein Gewand nass. Der Stoff klebt an meinen Beinen, als ich wieder an das Ufer hinaufstapfe. Meine Eltern stehen aneinandergeschmiegt auf dem Gehweg. Ich gehe langsam auf sie zu. Wir gehen gemeinsam nach Hause, aber ich kann das Zittern, das meinen ganzen Körper erfasst hat, nicht unterdrücken.

Die einzige Person, von der ich weiß, dass sie eine *Erupta* verpasst hat, war Lydia White, und das ist fast zwanzig Jahre her.

Sie starb zehn Tage später an den Folgen der überschüssigen Magie, die sich in ihrem Körper gebildet hatte.

Seitdem hat niemand mehr eine *Erupta* verpasst. Wir schaffen es immer, alle Hexen an dieses Ufer zu bringen, egal wie schwierig es auch sein mag.

Meine Augen füllen sich mit Tränen. Um mich zu beruhigen, atme ich mehrmals durch. Ich will nicht, dass meine Eltern etwas mitkriegen. Selbst wenn ich ihnen erzählen würde, was passiert ist, würde es nichts nützen. Die *Erupta* funktioniert nur, weil wir sie mit Hilfe unserer kollektiven Macht ermöglichen.

Eine unbeschreibliche Traurigkeit erfasst mich. Meine Augen brennen, und jedes Mal, wenn ich schlucken will, fühlt es sich an, als steckten Glassplitter in meinem Rachen.

Ich kann nicht glauben, dass ich sie verpasst habe.

Aber ich werde das wieder in Ordnung bringen, ich muss.

Ich zähle in Gedanken einen Countdown: zehn Tage. Ich habe zehn Tage Zeit, um eine Lösung zu finden. Wenn es mir nicht gelingt, wird mein Schicksal dasselbe sein wie das von Lydia White, und alles, wofür mein Hexenzirkel so lange gekämpft hat, wird verloren sein.

Acht

Ich liege wach im Bett und finde keinen Schlaf. Die *Erupta*, der Junge, die Mondblume – all dies wirbelt mir wie ein Orkan im Kopf herum. Landons Meerglas zittert in meiner Hand; an seinen Rändern klebt immer noch mein getrocknetes Blut. Ich weiß nicht, warum ich vergessen habe, es zu säubern.

Im Haus ist es still. Dunkel. Meine Eltern werden ausschlafen – am Tag nach der *Erupta* sind immer sämtliche Läden auf der Hexeninsel geschlossen. Es fehlt uns dann einfach die Energie, sie zu betreiben, wir brauchen danach einen Tag Erholung.

In Gedanken spule ich die Ereignisse der *Erupta* noch einmal ab, kann mich aber einzig und allein darauf konzentrieren, dass ich nicht sterben will. Ich will nicht von der Magie, die ich so sehr liebe, lebendig aufgefressen werden. Und ich habe Angst. Alles, was ich über Lydia Whites Tod weiß, deutet auf schmerzliche, qualvolle zehn Tage hin. Wenn ich versuche, mir vorzustellen, wie sich das anfühlt, werden meine Handflächen feucht.

Ich bin so wütend auf mich und auf den Jungen, dem ich unglückseligerweise über den Weg gelaufen bin.

Ich weiß, ich muss mich mit ihm befassen, muss herausfinden, wer er ist und woher er kommt. Aber das hat noch Zeit. Zuerst muss ich schnellstens meine überschüssige Magie abstoßen und mein Leben retten.

Ich klettere leise aus dem Bett, lege das Meerglas auf den Nachttisch und schlüpfe wieder in das weiße Gewand der *Erupta*. Ich öffne die Schlafzimmertür und schleiche geräuschlos die Hintertreppe hinunter, obwohl ich weiß, dass meine Eltern tief und fest schlafen. Sie sind erschöpft, und ich sollte es ebenfalls sein.

Draußen halte ich mich im Schatten und renne, so schnell ich kann, zur Westküste der Insel. Weit und breit ist keine Menschenseele zu sehen.

Seit der *Erupta* sind erst ein paar Stunden vergangen. Wenn die Magie noch in Ufernähe fließt, noch in den Untiefen wirbelt und in der Luft schwirrt, kann ich sie dazu nutzen, meine eigene Magie loszuwerden. So könnte ich das Problem am besten in den Griff bekommen.

Es muss funktionieren. Es ist meine einzige Chance.

Ich wate ins Wasser, stolpere und schürfe mir die Hände und Knie auf. Ich rapple mich wieder auf und wate weiter, bis mir das Wasser an die Rippen reicht. Um meine Beine herum bilden sich kleine Strömungen, und zum ersten Mal in meinem Leben bin ich froh, sie zu spüren. Es bedeutet, dass ich nicht zu spät bin und die Macht meines Hexenzirkels immer noch zu spüren ist, ja, darauf wartet, mich von der überschüssigen Magie zu befreien.

Bitte, lass es so sein.

Ich strecke die Hände in die Höhe, die Handflächen zum Vollmond gerichtet, schließe die Augen und atme ruhig durch. Mein Herz schlägt wie wild, und ich spüre einen stechenden Schmerz in der Brust.

Ich stelle mir vor, im Hinterzimmer der Parfümerie zu stehen, wo ich den getrockneten Blumen und Kräutern, aus denen wir unsere Düfte machen, Magie einflöße. Kleine Zaubersprüche für Ruhe, Freude, Aufregung, Zuversicht, Durchsetzungskraft, all die Dinge, die wir mit unserer Magie erzeugen können und für die die

Festlandbewohner bezahlen werden. Ich sehe mich über den abgenutzten Arbeitstisch beugen und Lavendel, Sandelholzöl, Flieder und Glyzinien zusammensuchen. Magie durchströmt mich und steigt nach oben, aber ich lasse sie noch nicht frei, denn ich muss noch mehr von ihr abrufen.

Immer wieder gehe ich die Arbeitsroutine durch, als wäre es ein ganz normaler Tag im Laden, als würde ich die Parfüms und Kerzen herstellen, die ich so sehr mag. Dabei bemühe ich mich nach Kräften, so viel Magie wie möglich zu erzeugen. Von jeher hat sich die Magie für mich wie eine natürliche Erweiterung meines Ichs angefühlt, wie etwas, um das ich mich im Gegensatz zu den meisten anderen nicht allzu sehr bemühen muss, und ich verlasse mich darauf, dass mir dieses angeborene Talent helfen wird.

Die Luft um mich herum ist noch erfüllt von der Energie, die die Hexen hier zurückgelassen haben. Ihre überschüssige Magie wühlt das Meer auf, es entstehen starke Strömungen, die an Geschwindigkeit zunehmen. Ich stelle mich breitbeiniger hin, um das Gleichgewicht nicht zu verlieren. Dann hole ich tief Luft.

Das kann funktionieren.

Es wird funktionieren.

Um mich herum steigt Wasser auf, schwappt in alle Richtungen, gewaltig, eisig und voll von der Kraft, die ich so dringend benötige. Als mir das Wasser bis zum Kinn reicht und ich das Salz auf den Lippen schmecke, beginne ich meine persönliche *Erupta*. Ich strecke die Arme zum Himmel hoch und brülle in die Stille der Nacht hinein, bemühe mich, so viel Magie wie möglich zu beschwören.

Ich habe die Augen zusammengekniffen und die Muskeln angespannt, Magie strömt aus mir heraus wie Wein aus einer Flasche. Sie fließt ins Meer und vereint sich mit den entstehenden Strömungen, die meinen zitternden Körper umspülen. Ich gebe mich ihr hin, ehrfürchtig, aber auch erschrocken über die gewaltige Kraft, die mich durchflutet.

Dann hört es unvermittelt auf.

Es geschieht so schlagartig, dass ich ins Wasser falle, als sei meine Magie das Einzige gewesen, was mich aufrecht gehalten hat. Ich fahre herum, zwinge mich, aufzustehen, würge an dem Salzwasser, das ich geschluckt habe. Ich finde wieder Halt unter den Füßen, strecke die Arme zum Himmel und fange von vorne an.

Hektisch beschwöre ich Bilder aus der Parfümerie herauf und versuche, mich in das Gefühl einzudenken, Magie über leuchtende Blumen und den würzigen Duft der Erde zu verströmen. Doch es ist sinnlos.

Die Strömungen lassen meinen Körper los, tänzeln weiter hinaus ins Meer und nehmen die Kraft mit, die ich benötige. Die Luft um mich beruhigt sich, und am Ufer ist es wieder unerträglich still.

Ich flehe meine Magie an, zurückzukehren, aber ich kann nur eine kleine Menge heraufbeschwören, nur so viel, wie ich sonst benötige, um eine Ladung Parfüm herzustellen, vielleicht auch zwei.

Den Rest kann ich nicht abrufen. Ich bin nicht stark genug.

Ich schreie in den Nachthimmel und schlage mit den Fäusten auf das Wasser ein, bin jetzt wütender auf das Meer als an dem Tag, an dem ich fast ertrunken wäre. Tränen rollen mir übers Gesicht, und ich versuche ein letztes Mal, wenn auch vergeblich, mehr Magie aus meinem Inneren zu erzeugen.

Aber sie kommt nicht.

Es ist vorbei.

Ich weiß nicht, wie lange ich im Wasser stehe. Als ich mich zwinge, umzukehren, bricht bereits die Morgendämmerung an.

Ich bin klatschnass, als ich den Strand hochgehe. Ich wähle den langen Heimweg, über Felder und Waldwege, atme die Gerüche der Insel ein, die ich so sehr liebe.

Der Plan, die am Ufer verbliebene Energie zu nutzen und zu versuchen, meine eigene *Erupta* in Gang zu setzen, war meine einzige Hoffnung. Jetzt bin ich völlig am Ende und weiß nicht, was ich tun soll, sofern es überhaupt etwas zu tun gibt. Ich frage mich, wie meine Eltern reagieren werden, wenn sie es herausfinden, und was Ivy sagen wird und Landon, wenn er mich ein letztes Mal sehen will.

Ich denke, es wäre schön, ihn wiederzusehen.

Unser Haus kommt in Sicht, und ich nehme die Wendeltreppe, die zu unserer Dachterrasse hinaufführt. Ich verzichte darauf, aus meinem Kleid zu schlüpfen, lasse mich einfach auf unsere Bank dort fallen und wickle mich in eine dicke Wolldecke. Es scheint ein guter Zeitpunkt zu sein, um den Sonnenaufgang zu beobachten. Schließlich habe ich nur noch neun weitere Gelegenheiten dazu.

Die graue Morgendämmerung wird von leuchtenden Orange- und Rosatönen abgelöst. Die ersten Sonnenstrahlen erscheinen am Horizont und tauchen das Meer in goldenes Licht. Wäre dies irgendein anderer Tag, würde ich jetzt aufwachen und mich freuen, nach der langen Nacht meine Magie anzuwenden.

Und plötzlich erfasst mich Wut. Diese Magie, über die ich mein Leben lang verfügt habe, deretwegen ich jeden Tag mit der Sonne aufgestanden bin, hat mich im Stich gelassen. Sie frisst mich von innen auf und wird mich bald umbringen.

Der ultimative Verrat.

Als der Himmel schließlich völlig mit Blau überzogen ist, gehe ich in mein Zimmer und ziehe meine feuchten Sachen aus. Meine Eltern schlafen noch. Ich greife nach dem Meerglas auf meinem Nachttisch und schlüpfe ins Bett.

Schließlich werden meine Augenlider schwer, und meine Hände kommen zur Ruhe.

Dann fällt mir der Junge vom Feld ein, und ich setze mich im Bett auf.

Wolfe Hawthorne. Wenn der alte Hexenzirkel wirklich existiert und er tatsächlich dazugehört, kennt er die dunkle Magie. Ich erinnere mich daran, wie er den Wind anrief, als wäre das ganz natürlich, wie unaufgeregt er die Mondblume in seinen Händen hielt.

Er kann mir helfen.

Neun

Als ich aufwache, durchdringt der Schmerz der Erinnerung an die vorangegangene Nacht meine Brust und raubt mir den Atem. Ich setze mich im Bett auf, ziehe die Knie an und drücke sie fest an mich. Meine Eltern sind unten, doch ich weiß nicht, wie ich ihnen gegenübertreten soll.

Sie werden es in meinen Augen sehen, an meiner Stimme erkennen. Sie werden merken, dass etwas nicht stimmt.

Der Gedanke an ihren Gesichtsausdruck, wenn ich ihnen gestehe, dass ich die *Erupta* verpasst habe, bringt mich zu einer Entscheidung. Ich kann ihnen das nicht zumuten, nicht, bevor ich nicht alle Möglichkeiten ausgeschöpft habe.

Ich werde nach Wolfe Hawthorne suchen. Und wenn ich ihn gefunden habe, werde ich ihn zwingen, mir zu helfen.

Ich habe keine Ahnung, wo er ist, doch er hat gesagt, dass dies *unsere* Insel ist, also kann er nicht allzu weit weg sein. Ich springe aus dem Bett, ziehe mich an und packe eine Tasche.

Als ich nach unten komme, trinken meine Eltern gerade Tee. Sie haben noch ihre Schlafsachen an, sitzen zusammen auf der Couch und haben eine Wolldecke über die Beine gelegt.

»Möchtest du Tee, Tana?«, fragt Dad.

»Nein, danke«, erwidere ich. »Ich frühstücke nur schnell und mache mich dann auf den Weg.«

»Wohin willst du denn heute? Es ist doch alles geschlossen.«

»Ich will einen Spaziergang machen«, sage ich. »Ich genieße es, die Insel für mich allein zu haben, ohne die vielen Touristen.« Ich versuche, ruhig zu sprechen, klinge jedoch ungeduldig und viel zu laut.

Meine Mutter blickt zu mir hoch. »Alles okay, Liebes? Ich denke, du solltest dich nach der letzten Nacht ausruhen. Ich will nicht, dass du es übertreibst.«

Ich zwinge mich zu einem Lächeln. »Es geht mir gut. Ich werde es ruhig angehen lassen, versprochen.«

»Na gut, in Ordnung. Viel Spaß, und sei aber bitte vor dem Abendessen wieder da.«

»Bin ich«, erwidere ich.

Ich schnappe mir etwas Obst aus der Küche und eile zur Haustür, bevor sie es sich anders überlegen. Es ist beißend kalt, und ich schlinge die Arme um die Brust, als ich die Treppe vor dem Haus hinunterspringe und den Weg zur Westküste der Insel einschlage. Das scheint mir der beste Ausgangspunkt zu sein.

Der Himmel ist bedeckt, eine graue Wolkendecke hängt tief über der Hexeninsel. Ich kann kaum die Küste erkennen, das Meer wird von den Wolken verschluckt. An jedem anderen Tag würde es mich beruhigen, das Festland in der Ferne nicht zu sehen und so zu tun, als wären nur wir hier, als könnten wir geschützt und nach Belieben Magie erzeugen.

Nur wir. Nur wir und diese Insel und unsere Magie.

Aber ich kann es nicht genießen. Ein Schmerz hat sich tief in mir eingenistet. Vielleicht ist es die überschüssige Magie, die mich langsam umbringt.

Ich weiß es nicht.

Felsenstrände umgeben die Insel, während ihr Inneres von dichten Wäldern und verwilderten Feldern beherrscht wird. Hier gibt es Nadelbäume, die so hoch sind, dass sie in den Wolken verschwinden, zahllose grüne Riesen, die über uns wachen. Sie wiegen sich im Wind, als besäßen sie ihre eigene Magie, und bei dieser Vorstellung muss ich lächeln. Wenn Blumen, Kräuter, Bäume und Felder, Meere und Berge nicht magisch sind, weiß ich nicht, was magisch sein soll.

Die salzige Luft tut meiner Lunge gut, wirkt heilsam. Ich könnte fast denken, dass alles wieder gut wird, wenn ich sie nur lange genug einatme.

Als ich zur Westküste komme, besteht keine Gefahr mehr, jemandem zu begegnen. Alle Läden und Häuser befinden sich im Osten, sodass dieser Teil der Insel verwildert ist. Die Gründer des neuen Hexenzirkels hatten beschlossen, die Insel an der Ostküste zu besiedeln – sie dachten, wir wären motivierter, die neue Ordnung der Magie einzuhalten, wenn wir das Gefühl hätten, dass die Festlandbewohner uns ständig im Auge behielten.

Und obwohl das Festland so weit entfernt ist, dass man keine Details erkennen kann, ist es doch immer da. Es erinnert uns stets an die Macht, die auf der anderen Seite der Passage herrscht.

Doch auf der Westküste ist vom Einfluss der Festlandbewohner nichts zu spüren. Hier ist das Gras hoch, die Sträucher dicht. Es gibt keine gepflegten Gärten, kein sorgfältig verlegtes Kopfsteinpflaster, keine pastellfarbenen Türen oder leuchtende Straßenlaternen.

Hier ist alles wild.

Der Wind wird stärker, weht mir durch die Haare und über meine Haut. Als ich durch die Bäume auf das Feld zusteuere, wo ich Wolfe getroffen habe, verfolgt mich das Geräusch der Wellen, die sich am Ufer brechen. Meine Schritte werden langsamer, als mir bewusst wird, was ich hier tue.

Die dunkle Magie aufzugeben bedeutete unter anderem, den

Festlandbewohnern die Vorstellung zu nehmen, wir wären mächtig genug, um den Lauf der Dinge zu ändern. Denn wenn es diese Art von Magie noch gäbe, würde sie immer jemand zu seinem Vorteil nutzen. Niemand sollte über eine solche Art von Macht verfügen, also haben wir ganz auf sie verzichtet.

Das haben wir zumindest angenommen. Wenn es stimmt, was Wolfe Hawthorne gesagt hat, gibt es immer noch einen Hexenzirkel, der diese Magie praktiziert.

Die Vorstellung, dies meiner Mutter zu erklären, tut mir weh: Uns allen wurde weisgemacht, der alte Hexenzirkel würde nur in unserem Geschichtsunterricht und unseren Mythen existieren, wo er doch in Wirklichkeit hier auf dieser Insel wirkt und sie mit seiner Magie vergiftet. Doch zuerst muss ich Wolfe finden.

Lange Grashalme kitzeln meine Haut, als ich durch das Feld laufe, in dem ich ihm zum ersten Mal begegnet bin. Ich trete sie zur Seite und gehe auf die Stelle zu, an der wir zusammengeprallt sind. Ich finde sie sofort – das Gras ist an dieser Stelle plattgetreten, und die weiße Mondblume liegt, inzwischen verwelkt, immer noch auf dem Boden.

»He du«, höre ich eine Stimme hinter mir.

Ich zucke zusammen und drehe mich um. Ein paar Meter von mir entfernt steht Wolfe Hawthorne. Er blickt verärgert drein, als gehöre ihm dieses Feld und als sei ich ein Eindringling.

»Was tust du hier?«, fragt er.

»Das könnte ich dich genauso gut fragen.«

»Ich bin wegen der Mondblume zurückgekommen. Wenn die Leute wüssten, dass sie auf der Insel wächst, würde Panik ausbrechen.«

»Verständlicherweise. Seit Jahrzehnten sind auf der Hexeninsel keine mehr gewachsen.«

»Hat man dir das gesagt?«, fragt er verärgert.

Es war keine gute Idee, hierher zu kommen.

»Ich habe dir erklärt, warum ich hier bin. Jetzt bist du dran«, sagt er.

Ich zögere, weiß nicht, ob ich antworten oder das Weite suchen soll. Ich weiß, was ich tun *sollte*, aber ich brauche seine Hilfe. Ich bleibe stehen und betrachte ihn. Sein Kinn ist spitz und er hat die Augen zu Schlitzen verengt. Ich frage mich, ob er immer so unfreundlich dreinblickt oder ob das etwas mit mir zu tun hat.

Ich schlucke schwer und zwinge mich, ihm in die Augen zu sehen. Mein Herz klopft zum Zerspringen, aber ich verberge meine Angst vor ihm. »Ich brauche deine Hilfe«, sage ich schließlich.

Er neigt den Kopf zur Seite. »Meine Hilfe?«

»Ja, wenn du der bist, der du zu sein vorgibst.«

Er lacht, aber es klingt freudlos. »Was für eine interessante Art, mich um Hilfe zu bitten, wo du mir doch unterstellst, dass ich ein Lügner bin.«

Ich seufze. »Kannst du dunkle Magie praktizieren oder nicht?«

»Hohe Magie«, erwidert er.

»Was?«

»Sag mir, Mortana, welche Art von Magie setzt du ein?«

Ich lasse mir mit meiner Antwort etwas Zeit, da ich nicht weiß, worauf er hinauswill. »Natürlich niedrige Magie.«

»Und wie nennt man die richtig?«

Frustriert atme ich aus. »Ebbe-Magie. Aber was hat das mit alldem zu tun?«

»Alles«, erwidert er und bückt sich, um die verwelkte Mondblume aufzuheben. »Und was glaubst du, woher dieser Name kommt?«

»Von den Gezeiten«, antworte ich, wobei ich eine gewisse Ungeduld in meiner Stimme nicht verbergen kann. »Wegen der Sanftheit der Ebbe.«

»Und wie, glaubst du, ist der neue Hexenzirkel auf diesen Namen gekommen?«, fragt er mit nervtötender Langsamkeit, die Mondblume dabei zwischen den Fingern drehend.

»Ich habe keine Zeit für dieses Spielchen«, sage ich und hebe die Stimme, da mir nur allzu bewusst ist, dass wir jede Sekunde, in der wir uns unterhalten, dazu nutzen könnten, mich von meiner überschüssigen Magie zu befreien.

»Glaubst du wirklich, unsere Vorfahren hätten von ihrer eigenen Magie so geringschätzig gesprochen, wie der neue Hexenzirkel es tut? Mit Sicherheit nicht. Bevor der neue Hexenzirkel gebildet wurde, nannte man unsere Magie Flut-Magie«, sagt er in scharfem Ton.

Ich starre ihn schockiert an, wundere mich, dass ich den Begriff noch nie zuvor gehört habe. Dabei drängt sich mir ein anderer Gedanke auf.

»Wegen der gewaltigen Kraft der Flut«, fügt er hinzu. »Bringen sie euch denn gar nichts bei?«

Jähe Wut erfasst mich.

»Ich ...« Ich wünsche mir nichts mehr, als ihm zu widersprechen, aber ich weiß nicht, was ich sagen soll. Warum hat man mir das nie erzählt? Ich schließe den Mund und blicke zu Boden.

»Um auf deine Frage zurückzukommen: Ja, ich kann hohe Magie anwenden.« Sein Ton ist arrogant und herablassend und ich koche vor Wut. Wenn er die Wahrheit spricht, ist das ein Teil unserer Geschichte, den ich hätte kennen sollen.

Ich verdränge den Gedanken für den Augenblick, atme tief durch und fasse mir ein Herz, nach dem zu fragen, was ich eigentlich brauche. »Ich stecke in Schwierigkeiten«, sage ich schließlich. »Ich habe gestern Abend die *Erupta* verpasst, und wenn ich die überschüssige Magie nicht loswerde, werde ich daran sterben.« Ich wundere mich, dass es mir gelingt, gleichmütig zu klingen, ja, dass es mir trotz meiner Angst gelingt, überhaupt einen Ton herauszubringen.

»Ojemine.«

Mir fällt die Kinnlade herunter. »Ojemine? Im Ernst?«

»Ja.« Er streicht sich die Haare aus dem Gesicht und sieht mich an. Ich spüre, wie ich unter seinem Blick ganz klein werde, und bemühe mich, aufrecht zu stehen und die Schultern zu straffen. Ich hebe das Kinn und schaue ihm in die Augen.

»Weißt du, wenn ihr ›neuen Hexen‹ hohe Magie anwenden würdet, wäre das kein Problem.« Die Art, wie er *neue Hexen* ausspricht, verrät eine tiefe Abscheu.

»Nun, das tun wir nicht, und deswegen *ist* es ein Problem. Hilfst du mir nun, meine eigene *Erupta* durchzuführen, oder nicht?«

Wolfe schaut zur Seite und legt dann die Finger unters Kinn, als bedürfe meine Frage gründlicher Überlegung. Dann lässt er das Kinn los und erwidert meinen Blick.

»Nein.«

Mein Herz schlägt schneller und ich kann mich nur mühsam beherrschen. »Nein?«

»Nein«, erwidert er mit Nachdruck.

»Und warum nicht?«, frage ich. »Es ist deine Schuld, dass ich in diesen Schlamassel geraten bin«, sage ich und werde lauter.

»Meine Schuld? Du bist doch diejenige, die mit mir zusammengestoßen ist.«

»Du machst mich wahnsinnig«, knurre ich. »Du hättest jetzt die Chance, deine dunkle Magie für etwas Gutes zu nutzen.«

Seine Augen sprühen Funken, und er kommt auf mich zu, bis er so nah vor mir steht, dass ich seinen Atem auf meiner Haut spüre. Ich zwinge mich, stehen zu bleiben.

»Du hast keine Ahnung, wozu ich meine Magie einsetzen kann.«

Wir starren uns kurz an, wobei keiner von uns ein Wort verliert.

Gestern Abend ist mir nicht aufgefallen, dass seine Augen grau marmoriert sind; es ist dasselbe Grau, mit dem der Himmel überzogen ist, wenn ein Sturm aufzieht. »Bitte«, sage ich schließlich so leise, dass er es nicht hören würde, wenn er nicht so nah wäre.

»Nein«, wiederholt er, wenn auch weniger bestimmt.

»Warum?« Meine Augen brennen von den aufsteigenden Tränen. Mir kommt das Wort wie ein Flehen, ja fast wie ein Gebet über die Lippen.

Er tritt einen Schritt zurück. »Willst du es wirklich wissen?«

Ich nicke, möchte nicht sprechen und meine Stimme weiter zittern hören.

»Dann komm mit.« Er stopft sich die Mondblume in die Hosentasche, greift nach meiner Hand und zerrt mich mit zum Strand.

Ich stolpere hinter ihm her, versuche, mit ihm Schritt zu halten. Seine Hand ist rau und sein Griff fest, aber nicht unangenehm.

Als wir an der Stelle des Strands angelangt sind, an der gestern Abend die *Erupta* stattfand, lässt er meine Hand los und deutet aufs Meer.

»Deshalb«, sagt er wütend, aber ich sehe nichts als Wasser.

»Ich verstehe nicht.«

»Eure *Erupten* zerstören diese Insel. Ihr tötet die Tiere, ruiniert unsere Ernte und unsere Küsten werden immer schmaler. Eure Strömungen werden noch unsere gesamte Insel verschlingen, bevor ihr etwas dagegen unternehmt. Und wer weiß, was geschehen wird, wenn die Strömungen irgendwann die Schiffe zum Kentern bringen, wenn Menschen ertrinken. Hexen sollten der Natur dienen, und sieh nur, was ihr ihr antut.« Seine Stimme wird lauter und seine Worte kommen immer schneller, wirken wie Wurfgeschosse und treffen mich mitten ins Herz, denn er hat recht. »Deshalb, Mortana, werde ich dir nicht bei einer *Erupta* helfen.«

Ich nicke und lasse den Blick über das Meer schweifen, das ich so sehr liebe. Ich habe nichts zu sagen, denn seine Gründe überzeugen mich. Sie klingen gut und richtig.

»Du hast recht«, sage ich leise. »Dagegen lässt sich nichts einwenden.«

Ich lege mir die Tasche über die Schulter und wende den Blick ab, bevor mir die Tränen über die Wangen rollen. Ich gehe den Strand hoch, trockne mir die Augen und hoffe, dass er mein Weinen nicht bemerkt.

»Das war's dann?«, ruft er mir hinterher.

Ich bleibe stehen und drehe mich langsam zu ihm um.

»Du nimmst es also einfach in Kauf, zu sterben?« Er klingt immer noch aufgebracht, und ich verstehe nicht, was er von mir will.

Ich sehe zu ihm, antworte aber nicht. Was gibt es noch zu bereden? Ich habe ihn darum gebeten, mir dabei zu helfen, meine überschüssige Magie loszuwerden, und er hat abgelehnt. Das war's dann.

Er kommt den Strand hoch und bleibt vor mir stehen. »Es gibt noch eine andere Möglichkeit«, sagt er.

Ich blinzle und versuche, mich nicht zu sehr der aufkeimenden Hoffnung hinzugeben. »Und die wäre?«

Seine Augen blitzen und ein kleines Lächeln umspielt seine Mundwinkel. »Ich kann dir ein paar Zaubersprüche beibringen, die ausreichen müssten, die Magie aus deinem Körper auszustoßen. Du wirst nicht sterben und du wirst die Kraft der Strömungen nicht verstärken.«

Er beobachtet mich aufmerksam, während ich seine Worte zu verarbeiten versuche. »Du sprichst von dunkler Magie. Du willst mir dunkle Magie beibringen?«

»*Hohe* Magie«, korrigiert er verärgert. »Und ja, ich werde dir so viel beibringen, dass du in der Lage sein wirst, deine überschüssige Magie loszuwerden.«

»Warum?«, frage ich. Was springt für ihn dabei raus?

Er schweigt. Sein Gesichtsausdruck verändert sich, wirkt angespannt, und die Art, wie er mich anblickt, jagt mir einen Schauer über den Rücken. »Weil du mich beleidigt und einen Lügner genannt hast und mir unterstellst, ich würde meine Magie für dunkle Zwecke einsetzen. Ich will, dass du in dein großartiges Haus in deinem geschützten Hexenzirkel zurückkehrst und bei jedem Atemzug daran denkst, dass du nur aufgrund der Magie, die du so sehr hassen sollst, am Leben bist.«

Ich bin fassungslos. Ich öffne den Mund, um etwas zu sagen, bringe jedoch kein Wort heraus.

»Wenn du meine Hilfe willst, dann komm um Mitternacht hierher. Ich mache dieses Angebot nur einmal«, sagt er.

Dann ist er verschwunden.

Zehn

Das Abendessen mit meinen Eltern verläuft nicht so schlimm, wie ich befürchtet hatte. Es wäre sicherlich schlimmer geworden, wenn ich heute Morgen beschlossen hätte, mich meinem tödlichen Schicksal zu ergeben. Wie auch immer, mein Entschluss steht fest, und ich habe seit meinem Heimweg nicht an ihm gezweifelt.

Ich will leben, und ich glaube nicht, dass das bedeutet, dass ich meine Magie oder die Wertvorstellungen, die man mir beigebracht hat, nicht respektiere. Ich denke, dass das einfach mein natürlicher Überlebensinstinkt ist.

Morgen besucht Landon die Hexeninsel und meine Eltern überlegen gerade, was wir unternehmen und wen wir besuchen sollen. Es wird unser erster öffentlicher Auftritt auf der Insel sein, ein sehr deutliches Zeichen für die anderen Hexen, dass sich alles ändern wird. Sie werden in uns nicht nur zwei junge Leute sehen, die sich zum allerersten Mal in ihrem Leben verlieben, die schüchtern und albern und unsicher sind.

Sie werden in uns vielmehr eine politische Allianz sehen. Eine wandelnde Zusicherung von Schutz und Sicherheit.

Sie werden uns als das glanzvolle Finale eines Spiels sehen, das wir vor Generationen begonnen haben.

Ein Spiel, das wir gewinnen werden.

»Ein Picknick«, werfe ich ein und unterbreche meine Eltern.

Mom löst die Lippen vom Glas und Dad blickt von seinem Teller hoch.

»Was?«, fragt meine Mutter.

»Landon und ich werden ein Picknick machen. Ich werde dir rechtzeitig sagen, an welchem Strand es stattfinden wird, und du kannst diese Information dann nach Belieben verbreiten. Landon und ich werden uns an eine Stelle setzen, wo uns alle sehen können und wir aber auch eine gewisse Privatsphäre haben. Wir müssen uns unterhalten und besser kennenlernen können, ohne das Gefühl zu haben, von Scheinwerfern angeleuchtet zu werden. Für euch mag es darum gehen, Aufmerksamkeit zu erregen, aber für mich geht es schließlich um meine Zukunft.«

Meine Mutter nickt immer nur, bis ich zu Ende geredet habe. Dann öffnet sie den Mund, um etwas zu sagen, aber Dad kommt ihr zuvor.

»Das ist eine großartige Idee, Tana, das sollte sich einrichten lassen.«

Mom räuspert sich und schluckt das, was sie sagen wollte, hinunter. »Ja, das sollte sich einrichten lassen.«

»Prima.«

Ich erhebe mich vom Tisch, trage meinen Teller in die Küche und spüle ihn ab. Dann fülle ich ein Glas mit Wasser und gehe die Treppe hinauf.

»Gehst du schon schlafen?«, fragt Dad. Er und Mom sitzen immer noch am Tisch vor ihren Tellern, die Gläser halb voll.

»Tut mir leid, ich bin einfach erschöpft. Es war ein langer Tag.«

»Nach der letzten Nacht war es vermutlich keine gute Idee, spazieren zu gehen. Ruh dich aus, Liebes«, sagt Mom.

Ich nicke und gehe die Treppe hinauf. Bevor ich die oberste Stufe erreiche, höre ich, wie sich meine Eltern eifrig über meine

Picknickidee unterhalten. Ich gehe ins Bad, wasche mir das Gesicht und putze die Zähne. Dann krieche ich ins Bett und kann es kaum erwarten, dass es Mitternacht wird.

Mein Herz rast, als ich die Hintertreppe hinunterschleiche und mich leise aus dem Haus stehle. Ich habe noch nie so hinter dem Rücken meiner Eltern gehandelt. Doch ich habe keine Schuldgefühle, auch wenn ich mir das nicht erklären kann.

Landons Besuch morgen bedeutet, dass die gesamte Insel uns erleben wird, es bedeutet Tratsch und aufmerksame Beobachter. Danach wird mein Leben nie wieder wie vorher, und ich bin froh, dass ich mein Vorhaben noch vorher hinter mich bringen kann.

Am Westufer wartet Wolfe bereits auf mich. Als ich ihn sehe, beschleunigt sich mein Herzschlag. Angst und Adrenalin strömen durch meine Adern, und ich muss meine Beine zwingen, auf ihn zuzugehen.

»Ich bin beeindruckt«, sagt er. »Ich freue mich, dass dein Überlebensinstinkt gesiegt hat.«

»Musst du denn immer so gehässig sein?«

»Das ist nicht fair. Ich habe dir schließlich eine Blume mitgebracht. Und noch mehr.« Er kommt einen Schritt auf mich zu und zaubert eine Mondblume hinter seinem Rücken hervor.

Seine Augen funkeln im Mondlicht, haben die Farbe der Wellen, die sich am Ufer brechen. Mir stockt der Atem und ich greife unwillkürlich nach der Blume.

Aber er schüttelt den Kopf. »Du sollst sie nicht halten«, sagt er.

Mein langes Haar weht in der Nachtluft. Wolfe streicht es behutsam zurück und steckt mir die Blume hinters Ohr.

»Da«, sagt er, »für die Königin der Finsternis.«

Ich streiche mit der Hand über die weichen Blütenblätter. *Königin der Finsternis.*

»Machst du dich über mich lustig?«, frage ich leise. Er steht direkt vor mir, und wir sehen uns an, sind nah genug, um uns zu berühren.

»Ich wollte dich nur necken, aber jetzt ... Es sieht hübsch aus.« Er räuspert sich und tritt einen Schritt zurück.

Meine Wangen glühen, und ich hoffe, er bemerkt nicht, wie rot ich werde. Die Blütenblätter fühlen sich an meinen Fingerspitzen wie Samt an, und seit gestern Abend geistert mir immer noch die Frage durch den Kopf: *Warum tut es nicht weh?*

Ich lasse die Blume los und beschäftige mich jetzt nicht näher mit dieser Frage, da es Dringenderes zu tun gibt.

»Können wir das jetzt hinter uns bringen?«, frage ich und achte darauf, dass meine Stimme ruhig klingt.

»Was immer meine Königin befiehlt«, erwidert er mit einer Verbeugung, wobei es diesmal offensichtlich ist, dass er sich über mich lustig macht. Ich schüttle genervt den Kopf.

»Was muss ich tun?«

»Wir werden mit den Gezeiten spielen«, sagt er. Dabei leuchten seine Augen auf und sein Tonfall wird aufgeregt. Dennoch wirkt er nicht freundlich, sein Gesicht besteht weiterhin nur aus harten Linien und scharfen Kanten. Seine Stimme klingt immer leicht verärgert, und doch steckt anscheinend hinter all dem ein Junge, der seine Magie über alles liebt.

Ich vermute, das haben wir gemeinsam.

»Wird das dem Meer weiteren Schaden zufügen?«

»Nein«, erwidert er. »Warum nimmst du an, dass du stirbst, wenn du deine überschüssige Magie nicht anwendest?« Er wartet meine Antwort nicht ab und spricht weiter. »Sie ist schließlich eine Gabe und *soll* genutzt werden. Zaubersprüche und Amulette verbrennen Magie, sobald sie eingesetzt werden. Eure *Erupta* ist deswegen so schädlich, weil die Magie im Meer vibriert, unkontrolliert und ohne Rhythmus. Deshalb werden auch die Strömungen immer stärker.«

Er klingt wieder verärgert und seine Worte wirken spitz und anklagend.

»Ich verstehe«, sage ich.

»Wirklich?«

Seine Frage hängt zwischen uns in der Luft, und ich atme sie ein, halte sie in meinem Inneren fest. Dann sehe ich ihn an. »Ja.«

»Gut. Lass uns anfangen.« Er zieht die Schuhe aus und geht ans Ufer, bis ihm die ersten Wellen um die Füße spülen. Ich mache es ihm nach.

»Bei der hohen Magie geht es um Ausgewogenheit. Sie erfordert Respekt und Geduld von demjenigen, der sie ausübt. Sie erfordert Disziplin. Der einzige Zeitpunkt, an dem sich dir die Gelegenheit bietet, eine bedeutsame Menge Magie zu nutzen, ist während der *Erupta*. Ein Ritual, das dich energetisch völlig in Beschlag nimmt. Aber in der hohen Magie kannst du dich nicht so gehen lassen, wie du es während eurer *Erupta* tust. Du musst ständig kontrollieren, wie deine Umwelt auf die Energie reagiert, die du nutzt. Sie folgt einem bestimmten Rhythmus, genau wie die Gezeiten. Das Eine solltest du dir heute Abend einprägen: Bei der Magie geht es nicht um dich, sondern um die Erde.«

Er lässt seine Aussage so stehen, geht nicht weiter darauf ein. Seine Worte wühlen etwas in mir auf, eine Wahrheit, die wohl schon immer in mir ruhte, die ich aber jetzt erst erkenne.

»Lass uns mit etwas Einfachem beginnen«, sagt er.

Mein Herz schlägt wie wild, so laut und schnell, dass ich mich frage, ob Wolfe es trotz des Meeresrauschens hören kann.

»Spürst du die Brise, die vom Wasser her weht?«, fragt er.

»Ja.« Die Angst lässt meine Stimme rau und leise klingen.

»Es ist einfacher, mit etwas zu arbeiten, das bereits existiert.

Viel einfacher, als etwas aus dem Nichts zu erschaffen. Schließ jetzt die Augen«, sagt er.

Seine Aufforderung ignorierend beobachte ich ihn, wachsam und nervös, verängstigt und unsicher. Ich glaube nicht, dass ich es schaffe.

»Du brauchst keine Angst zu haben«, versichert er mir. »Du tust nichts Unnatürliches. So sehr du dich auch dagegen wehren möchtest, diese Magie, die wir heute Abend fließen lassen, sie gehört zu dir. Schließ die Augen.«

Ich möchte mich dagegen wehren, aber ich glaube ihm, dass er mir helfen will, also atme ich tief durch und schließe die Augen. Ich spüre immer noch seinen Blick, meinen leeren Magen, mein pochendes Herz, meine Gänsehaut und meinen heißen Nacken.

»Wir lassen uns vom Wind über das Wasser tragen.«

Freies Schweben. Ich reiße die Augen auf und schüttle den Kopf. »Auf keinen Fall«, sage ich. »Das kann ich nicht.«

»Warum?«

»Weil ... weil das auf jeden Fall ...« Meine Worte verlieren sich.

»Weil das auf jeden Fall zur hohen Magie gehört?«

Ich nicke.

»Nun, deswegen sind wir doch hier. Überleg mal – wenn du erfolgreich bist, wirst du nie mehr auf die *Erupta* zurückgreifen müssen.«

Bei diesen Worten verändert sich sein Gesichtsausdruck. Dann macht er einen Schritt auf mich zu und noch einen und noch einen, bis er mir so nah ist, dass ich den Duft seiner Haut wahrnehmen und das Glitzern des Mondlichts auf seinem Haar sehen kann. »Mortana, heute Abend sollte dich nicht die Vorstellung ängstigen, hohe Magie einzusetzen. Ängstigen sollte dich eher, dass du sie danach immer wieder einsetzen willst.«

Ich starre ihn an. »Du irrst dich.«

»Nicht in dieser Beziehung«, erwidert er. Er betrachtet mich einen Moment lang, dann spricht er weiter. »Von Natur aus mit jedem Lebewesen auf dieser Erde verbunden zu sein – das ist unsere Bestimmung. Sobald du lernst, diese Verbindung zu spüren, kannst du hohe Magie anwenden.«

Ich nicke zu seinen Worten. Wenn ich in der Parfümerie arbeite, brauche ich nicht lange, zu überlegen, welche Blumen oder Kräuter am besten zu der Art von Magie passen, die ich in sie fließen lasse. Ich weiß es einfach. Meine Finger greifen nach den Dingen, die ich brauche, und ignorieren die, die ich nicht benötige. Ich denke nicht darüber nach, sondern handle instinktiv.

»Schließe die Augen und konzentriere dich auf den Wind. Er wird etwas in deinem Inneren aufrütteln, und du musst es einfach nur zulassen.«

Ich nicke erneut und folge seiner Anweisung. Ich konzentriere mich darauf, wie der Wind durch mein Haar fährt, über meine Haut streicht, wie ich ihn fast in meinem Inneren spüren könnte, wenn ich ganz still wäre. Automatisch breite ich die Arme aus und strecke meine Hände zum Himmel. Ich lege den Kopf in den Nacken und atme tief ein.

Magie vibriert in mir, als wolle sie die Luft in meiner Lunge elektrisieren.

»Genau so.« Wolfes Worte beflügeln mich. Je intensiver ich die Luft einatme, desto mehr Magie steigt in mir auf.

Nach einigen Augenblicken kann ich nicht mehr erkennen, wo die Luft endet und die Magie einsetzt. Wir sind miteinander verbunden, genau wie bei meiner Arbeit in der Parfümerie. Nur dass es statt getrockneter Kräuter und Blumen dieses Mal der *Wind* ist.

»Lass dich nach hinten fallen und sag dem Wind, er soll dich tragen«, sagt Wolfe.

Es klingt so absurd, so einfach, so harmlos. Ich habe Angst, aber wenn ich falle, weiß ich, dass das Wasser mich auffangen wird, also tue ich, was er sagt.

Ich konzentriere mich auf die Verbindung und lasse mich nach hinten fallen. »Bitte fang mich auf«, flüstere ich in die Nacht – und erhalte eine Antwort.

Ich keuche, als sich mein Körper aus dem Wasser in die Luft erhebt. In jedem Teil meines Körpers wird Magie lebendig, als würde sie durch meine Adern strömen und wäre mein ganzes Leben dafür bereit gewesen.

Meine Augen füllen sich mit Tränen, aber ich halte sie geschlossen, aus Angst, die Verbindung zu verlieren.

»Ich kann es nicht glauben«, flüstere ich und kann meine Rührung nicht verbergen.

»Unglaublich, nicht wahr?«

Ich öffne die Augen. Wolfe ist direkt neben mir, schwebt in der Luft, hat den Rücken dem Wasser zugekehrt. Er sieht mich auf eine unbeschreibliche Weise an. Die harten Linien und scharfen Kanten in seinem Gesicht sind jetzt weicher geworden.

Er ist schön.

Bei diesem Gedanken erschrecke ich, verliere meine Verbindung zur Magie und falle in das Wasser unter mir.

Wolfe blickt grinsend auf mich herab und lässt sich dann fallen.

»Du hast es so gut gemacht. Was ist passiert?«

»Ich wurde abgelenkt«, erwidere ich betreten.

»Fürs erste Mal war es richtig gut. Lass es uns noch einmal versuchen.«

Da ich jetzt weiß, wie es sich anfühlt, ist es einfach, die Verbindung aufzunehmen, und innerhalb weniger Augenblicke schwebe ich erneut in der Luft. Magie fließt durch mich hindurch und strömt in den Nachthimmel, als ich mich noch weiter vom Boden entferne. Mein gesamter Körper entspannt sich, als die Magie aus mir herausströmt, als würde ich mit jedem Augenblick ein weiteres Lebensjahr wiedergewinnen.

Ich werde nicht in neun Tagen sterben.

Tränen rollen mir übers Gesicht und die kühle Nachtbrise trocknet sie auf meiner Haut. Ich strecke die Arme aus und genieße es, zu schweben. Zu leben.

»Mortana, komm wieder runter«, sagt Wolfe, und seine Stimme klingt, als wäre er weit weg. Ich blicke nach unten und sehe, wie weit nach oben ich geschwebt bin, doch statt Panik empfinde ich Stolz.

»Kannst du es etwa nicht mit mir aufnehmen?«, rufe ich ihm zu.

Ich höre, wie er lacht. »Das hättest du wirklich nicht sagen sollen.« Mit einer Handbewegung bringt er den Wind zum Stillstand, und ich verliere die Verbindung zu ihm. Ich schreie auf, als ich abstürze, direkt auf das Wasser zu.

Ich stelle mich auf den harten Aufprall ein, doch kurz bevor ich aufschlage, gleitet ein Luftstrom unter mich und trägt mich behutsam zu der Stelle, an der sich Wolfe befindet. Er blickt auf mich herab, sein Gesichtsausdruck ist unergründlich. Wir sehen uns einige Atemzüge lang an. Dann lässt er behutsam die Arme unter mich gleiten und stellt mich wieder auf die Füße.

»Das war gut«, sagt er. »Du kapierst sehr schnell.«

Er sagt es so, als würde es ihn verwundern, und irgendwie macht mich das nervös. Ich kehre ihm den Rücken zu und schüttle den Kopf, versuche, das Gefühl, in der Luft zu schweben, zu verdrängen. Denn ich habe Angst, ich könnte erkennen, dass das der größte Spaß war, den ich je erlebt habe. Dass ich mich noch nie so lebendig gefühlt habe.

»Nein«, sage ich laut. Nichts hiervon ist real. Es ist lediglich das Hochgefühl, etwas Verbotenes zu tun. Es ist die Erleichterung, dass ich nicht sterben muss. Das ist alles.

»Was hast du?«, fragt Wolfe.

»Nichts«, antworte ich und wende mich ihm wieder zu. »Sind wir fertig?«

»Fertig?«, wiederholt er und lacht. »Das war erst das Aufwärmen. Bist du bereit für den Hauptteil?« Er hält den Blick starr auf mein Gesicht gerichtet, fordert mich heraus, ihm überallhin zu folgen.

Ich fröstle und verdränge die Angst, die sich in mir aufbaut. Ich schaffe das. Und wenn, dann kann ich leben.

»Ich bin bereit«, sage ich.

Elf

Vor uns breitet sich das Meer aus, erstreckt sich in die Dunkelheit, so weit das Auge reicht. Es herrscht Ebbe. Wir gehen bis zu einer Stelle hinaus, wo es weniger Felsen gibt und der Sand feiner ist. Der Strand ist nass und glänzt im Mondlicht.

Das Meer scheint unendlich zu sein.

»Findest du es nicht ein bisschen extrem, die Gezeiten zu manipulieren? Ich meine, hat die Magie sogar darüber Macht?«

Wolfe zieht eine Augenbraue hoch. »Unsere schon.«

Die Geringschätzung in seiner Stimme – seine Verurteilung – entgeht mir nicht.

»Du tust so, als seist du was Besseres als ich, weil du ›hohe Magie‹ praktizierst, aber das bist du nicht. Der einzige Grund, weshalb du diese Magie überhaupt einsetzen kannst, ist, dass die neuen Hexen die Festlandbewohner davon überzeugt haben, dass sie nicht mehr existiert.«

Wolfe macht einen Schritt auf mich zu. Er ist einige Zentimeter größer als ich, und ich muss zu ihm hochblicken, um ihm in die Augen schauen zu können.

»Wir haben *euch* davon überzeugt, dass es uns nicht mehr gibt. Wir leben für uns, im Verborgenen, damit wir unsere Lebensweise beibehalten können. Wir müssen uns verstecken, weil eure schwachen, von Angst beherrschten Vorfahren nur allzu bereit waren, ihre Identität aufzugeben. Nur damit die Massen besänftigt werden. Ihr seid alle Feiglinge.« Seine Stimme klingt tief und rau, und er weicht meinem Blick nicht aus.

Ich beuge mich leicht vor. »Wenn wir nicht die neue Ordnung geschaffen hätten, wären deine Vorfahren getötet worden und du wärst nie geboren worden. Du verdankst uns dein *Leben*.«

»Ich schulde euch nichts.«

»Warum bist du dann hier mit mir?«, frage ich und fordere ihn zu einer Antwort heraus. Wir starren uns an, sind beide rot vor Wut. Er schüttelt den Kopf und fährt sich mit der Hand durch die Haare. Dann tritt er einen Schritt zurück und wendet sich von mir ab. Ich habe so viele Fragen und möchte so gern sein Leben auf dieser Insel verstehen. Doch im Augenblick muss ich mich darauf konzentrieren, zu überleben.

»Willst du leben oder nicht?«, fragt er schließlich.

»Ich will leben.«

»Dann lass uns diese Magie loswerden.«

Ich folge ihm wortlos, versuche, meinen Ärger und meine Fragen hinunterzuschlucken.

Als wir am Wasser angelangt sind, wendet er sich mir zu. »Das Nächste, was ich dir zeigen werde, erfordert sehr viel Magie. Es ist ein Zauber für Fortgeschrittene, den du vermutlich nicht ausführen kannst. Aber wir werden daran arbeiten und es versuchen, bis du wieder geschützt bist.«

»Danke.«

Er nickt und wendet sich wieder dem wogenden Meer zu.

»Knie nieder. Das wird dir helfen, eine stärkere Verbindung zum Wasser aufzubauen.«

Ich lasse mich in den Sand sinken und tauche die Hände ins Meer. Wolfe kniet sich neben mich und macht es mir nach.

»Konzentrier dich jetzt darauf, wie das Wasser sich anfühlt. Auf seine Temperatur, darauf, wie es fließt und wie viel Sand es enthält. Atme es ein und schmecke es auf den Lippen. Dieses Wasser ist in dir – spüre es und verbinde es mit dem Wasser um dich herum.«

Es ist eine Erweiterung dessen, was wir vorhin mit dem Wind getan haben, was ich täglich in der Parfümerie tue. Es sollte nicht schwierig sein, den Ort, an dem ich mich am wohlsten fühle, mit der Magie in mir zu verbinden, aber der Ozean ist so unermesslich groß, so mächtig.

»Ich spüre die Magie in mir, aber ich weiß nicht, wie ich sie mit dem Meer verbinden kann.«

»Stell dir vor, dass dein Körper völlig durchlässig ist. Das Wasser umflutet dich nicht, sondern fließt durch dich hindurch. Es befindet sich nicht außerhalb von dir, sondern in dir. Sprich deine Einladung an das Wasser laut aus.«

Wenn ich sonst Magie anwende, schweige ich. Unsere Ebbe-Magie ist sanfter, erfordert nicht die Macht der Worte. Ich fühle mich plötzlich befangen und richte mich auf. »Ich weiß nicht, was ich sagen soll.«

»Es ist wie ein Gebet«, sagt er, und etwas an der Art, wie er die Worte ausspricht, wühlt mein Inneres auf, bringt es in Bewegung, als würde es Platz für die Worte schaffen. »Du kannst die Worte laut aussprechen oder für dich behalten. Das ist dir überlassen. Aber du musst das Meer bitten, in dich hineinzufließen und deine Magie aufzuspüren.«

»Und wie soll sich das anfühlen?«

»Das wirst du schon erkennen, wenn es so weit ist.« Er beobachtet mich, und obwohl ich im kalten Wasser knie, durchströmt mich ein Gefühl der Wärme.

Ich versuche es erneut. »Bitte mach meine Magie ausfindig«, sage ich. »Bitte hilf mir.«

Ich halte die Augen fest geschlossen und die Hände verkrampft ins Wasser, doch nichts geschieht. Keine Magie durchströmt mich, stattdessen beschleicht mich Angst, dass es nicht funktionieren wird, dass es unsinnig ist, es überhaupt zu versuchen.

»Mortana, es muss echt sein«, sagt Wolfe neben mir. »Du musst es so angehen, als würdest du es wollen, und nicht nur brauchen.«

»Aber ich will es nicht.«

Ich öffne die Augen. Er ist plötzlich so nah, dass sein Schenkel fast meinen berührt, während wir im Wasser knien. »Lass es zu – nur für eine Nacht.« Er spricht leise, aber mein gesamter Körper reagiert, als hätte er laut gerufen.

Lass es zu.

Behutsam tauche ich die Hände wieder ins Wasser und wende den Blick von Wolfe ab, bevor ich die Augen schließe. Ich atme die salzige Luft tief ein und warte ein paar Augenblicke, bevor ich sie wieder ausatme. Dann spreche ich.

»*Ozean um mich herum, Ozean in mir, berührt einander, lasst die Magie fließen.*« Ich weiß nicht, wie ich auf die Worte komme, aber sie fühlen sich natürlich an, und ich wiederhole sie immer wieder.

Und während ich dies tue, vibriert die Magie in mir.

Ich bin erleichtert, als sich die Magie in den mich umgebenden Raum entlädt, die kalte Nachtluft energetisch auflädt und das Wasser um uns herum in Bewegung setzt.

Alles erwacht zum Leben.

Ich erwache zum Leben.

Meine Worte werden immer lauter und bald ist mein ganzer Körper von Kraft erfüllt. Es ist dasselbe Gefühl wie vor einer *Erupta*.

»*Sanftes Meer, erheb dich hier, die See nur schlief, bis ich dich rief.*« Die Worte kommen mir wie von selbst über die Lippen, und bald danach folgt meine Magie und strömt mit ungekannter Kraft aus mir heraus. Es ist berauschend, beängstigend und verwirrend, aber ich höre nicht auf, dieselben Worte zu sagen, weil ich das Gefühl habe, dass etwas in mir zerbrechen würde, wenn ich damit aufhörte. Ich zittere am ganzen Körper, und ich kann nicht unterscheiden, ob es an meiner Angst liegt oder an der Magie, die durch mich hindurchfließt.

Mein Ich wird neu definiert. Das Wasser um mich herum und die Magie in mir eröffnen neue Wege, bis das Selbstbild von mir ein anderes geworden ist.

»Mortana!«, ruft Wolfe und packt mich am Arm.

Ich öffne die Augen noch rechtzeitig, um zu sehen, wie das Wasser steigt und auf uns zuströmt. Das Meer bricht über mir zusammen und reißt mich mit sich. Ich ringe nach Luft, als Salzwasser in meine Lungen dringt. Die Flut wird immer höher, und ich versuche verzweifelt, mich an die Oberfläche zu kämpfen, schaffe es aber nicht.

Ich spüre ein Brennen in der Brust, weil ich dringend Luft brauche, aber ich werde hin und her geworfen, verliere die Orientierung. Ich fange an, zu würgen und werde sofort daran erinnert, wie ich von einer magischen Strömung erfasst wurde und mein Vater meiner Mutter die Schuld gab. Und jetzt geschieht es wieder. Es ist eine andere Art von Magie, aber das Gefühl des Ertrinkens ist dasselbe.

Ich strample im Wasser, versuche, wieder an die Oberfläche zu kommen, aber ich weiß nicht, wo oben ist. Ich ringe nach Luft, vergeblich. Meine Muskeln sind angespannt und verkrampft. Und plötzlich fühlt sich mein Körper schwer an, so schwer.

Ich kann nicht mehr kämpfen. Ich bin völlig erschöpft, eine Erschöpfung, die intensiver ist als nach meiner stärksten *Erupta*. Langsam lockern sich meine Muskeln, und ich schließe die Augen.

Wenn das Meer mich will, soll es mich bekommen.

Ich ringe erneut nach Luft. Ich schaffe es nicht an die Oberfläche.

Bald wird es vorbei sein.

Ich sinke tiefer und tiefer, das Wasser in meinen Lungen zieht mich nach unten.

Ich berühre den Sand, und dann spüre ich einen Arm, der sich um meine Taille legt, und öffne die Augen.

Wolfe drückt mich an die Brust und strampelt mit den Beinen. Er strampelt und strampelt. Ich versuche, mich zu bewegen, zu helfen, aber ich schaffe es nicht. Um mich herum wird es dunkel.

Völlige Stille.

Plötzlich würge ich. Ich liege auf dem Rücken am Strand, Wasser schießt wie eine Fontäne aus meinem Mund.

»Gut, lass alles raus«, sagt Wolfe und hält behutsam meinen Kopf.

Ich huste und huste, bis ich davon überzeugt bin, dass ich gleich meine Lunge selbst herauspresse. Doch schließlich ist der Husten vorbei, und ich spüre eine starke Müdigkeit. Ich glaube nicht, dass ich jemals wieder aufstehen können werde.

Behutsam lässt Wolfe meinen Kopf los. Ich lasse mich zurück in den Sand fallen und starre hinauf in die Sterne. Er hockt sich neben mich, stocksteif, als könne er sich nicht entscheiden, ob er bleiben oder gehen soll. Dann lässt er sich auch langsam zurückfallen und legt sich neben mich.

Er ist jetzt dicht bei mir. Würde ich meinen Arm auch nur ein klein wenig bewegen, würde er seinen berühren. Würde ich die Hand ausstrecken, würde mein kleiner Finger seinen ertasten. Außer bei dem Tanz mit Landon bin ich einem Mann noch nie so nah gewesen, aber das hier fühlt sich anders an. Ich nehme mich auf eine völlig neue Weise, viel intensiver wahr, bin wie berauscht.

Alles an dieser Nacht ist neu.

Ich nehme an, es ist normal, dass ich mich zu ihm hingezogen fühle, schließlich hat er mir das Leben gerettet.

Der abnehmende Mond und die Sterne leuchten hell am Himmel. Tausende von Lichtpunkten im Dunkel der Nacht.

»Mortana«, sagt Wolfe neben mir, den Blick zum Himmel gerichtet, »weißt du, was du gerade getan hast?«

»Tut mir leid«, erwidere ich. »Ich habe den Spruch vergessen, weiß nicht mehr, was ich gesagt habe.«

»Nein«, sagt Wolfe und setzt sich plötzlich auf. Er hilft mir, mich aufzurichten, und ich sehe ihn an. »Du hast die Flut heraufbeschworen. Ganz allein. Du hast zum ersten Mal hohe Magie praktiziert.«

Mein Magen verkrampft sich.

»Ich habe noch nie so etwas gesehen«, fährt er fort.

»Ich bin schon immer gern geschwommen«, flüstere ich. »Es ist, als sei ich mit dem Meer verbunden. Dieses Gefühl hatte ich schon mein ganzes Leben lang.«

»Du bist unglaublich«, murmelt er so leise, dass ich es kaum hören kann.

»Ich bin unglaublich?«

Er schluckt schwer und wendet den Blick ab. »Ich meine das, was du getan hast. Was du getan hast, ist unglaublich.«

Du bist unglaublich.

Ich verdränge die Worte aus dem Kopf. »Ich befürchte, mir fehlt die Kraft, aufzustehen«, sage ich und übergehe seine Worte.

»Das ist gut«, sagt Wolfe, »denn es bedeutet, dass du ausreichend Magie losgeworden bist. Alles wird gut.«

Ich fühle, dass er recht hat. Mein Körper ist sogar noch schwächer als nach einer *Erupta*.

Alles wird gut.

Ich werde leben.

»Danke für das, was du getan hast.«

Wolfe blickt mich kurz an und wendet sich dann ab. »Gern geschehen.«

Eine Ewigkeit lang verharren wir in Schweigen. Der Himmel ist jetzt von einem intensiven Nachtblau überzogen. Ich weiß, dass ich zu Hause sein sollte, bevor meine Eltern aufwachen.

»Wie stellst du das an?«, frage ich. Ich sollte gehen, aber zum ersten Mal in meinem Leben möchte ich, dass die Nacht noch ein wenig andauert.

»Was?«

»Im Verborgenen zu bleiben. Was ist das für ein Leben?«

»Ein richtiges«, erwidert er. »Es ist nicht perfekt, aber immerhin unseres.«

»Aber wie ist es möglich, dass wir nichts von eurem Hexenzirkel wissen?«

Er bewegt unruhig den Kopf, sichtlich in Gedanken entscheidend, wie viel er mir davon verraten will. »Das Haus, in dem wir leben, ist durch Magie geschützt«, erklärt er. Ich warte darauf, dass er mir erklärt, wie Magie sie derart schützen kann, aber er geht nicht näher darauf ein. »Wir sind weitgehend autark. Wir bauen den größten Teil unserer Nahrungsmittel selbst an und die Insel sorgt in vielerlei Hinsicht für uns. Wenn wir in die Stadt gehen müssen, wenden wir einen Zauber an, der es uns ermöglicht, als Touristen durchzugehen. Niemand beachtet uns.«

»Hast du mich schon mal gesehen?«, frage ich flüsternd.

Er kehrt mir den Rücken zu und blickt auf das Meer. Ich rechne nicht damit, dass er die Frage beantwortet, doch dann presst er hervor: »Ja.«

»Haben wir schon einmal miteinander gesprochen?«

»Nein.«

Ich nicke. Dutzende Fragen gehen mir durch den Kopf, doch mir fehlen die Worte, sie zu stellen. Die Nacht vergeht wie im Flug. Es wird höchste Zeit, nach Hause zu gehen. Wolfe hilft mir auf die Beine, das Mondlicht spiegelt sich in dem Ring an seinem Finger. Als ich ein wenig schwanke, eilt er zu mir, um mich zu stützen. Ich fange mich und sage: »Alles wird gut.«

Ich streiche mir eine Haarsträhne hinters Ohr, und meine Finger berühren die Mondblume, die Wolfe mir geschenkt hat. Sie steckt dort noch immer, trotz allem, was geschehen ist. Jetzt gebe ich sie ihm zurück, denn ich weiß, dass ich sie nicht mit nach Hause nehmen kann, auch wenn ich es noch so gern täte.

Wolfe begleitet mich die Uferböschung hoch, bis wir bei der Straße angelangt sind. »Du hast mir das Leben gerettet«, sage ich.

»Schien mir eine sinnvolle Beschäftigung für einen Montagabend zu sein.«

»Spiel es nicht herunter.« Ich warte, bis er mir in die Augen schaut. »Danke, Wolfe Hawthorne.«

»Gern geschehen, Mortana Fairchild.«

Wir sehen uns eine gefühlte Ewigkeit an. Aus mir unerfindlichen Gründen scheint es unmöglich, dass ich mich auf den Heimweg begebe.

Absolut unmöglich.

»Du solltest jetzt besser gehen«, fordert er mich auf. Seine Worte klingen widerwillig.

»Werde ich dich wiedersehen?«

Erst nach kurzem Zögern antwortet er: »Willst du es denn?«

»Ja«, bricht es unwillkürlich aus mir heraus, bevor ich darüber nachdenken und die richtige Antwort geben kann, die natürlich *Nein* lauten müsste.

»Willst *du* mich wiedersehen?«, flüstere ich.

Er schweigt so lange, dass ich schon vermute, er habe mich

nicht gehört. *Wahrscheinlich besser so.* Er spannt und entspannt mehrmals den Kiefer, als würde er mit den Zähnen knirschen. Er sieht mich an, und sein Gesicht sieht dabei aus, als schmerze ihn mein Anblick.

»Ja«, sagt er schließlich, klingt aber aufgewühlt. Frustriert. Als sei es auch für ihn die falsche Antwort.

Und das stimmt. Es ist für uns beide die falsche Antwort.

Und doch dringt das Wort immer tiefer in mein Inneres, wo es sich festsetzt, schwer und bedeutungsvoll.

Willst du mich wiedersehen?

Ja.

Zwölf

Ich wache mit furchtbaren Kopfschmerzen auf. Mein gesamter Körper fühlt sich wund an. Ich fühle mich so zerschlagen, dass ich mir vorstellen könnte, den Rest des Jahres zu schlafen. Als hätte ich die *Erupten* der letzten zwölf Monate in einer einzigen Nacht erlebt. Aber ich werde leben und bin mir nur allzu bewusst, dass ich das Wolfe und seiner dunklen Magie zu verdanken habe.

Genau wie er es wollte.

Der Duft der Muntermacher-Teemischung dringt in mein Zimmer. Ich drehe mich um und stütze mich auf die Ellbogen.

»Guten Morgen«, begrüßt mich Ivy vom himmelblauen Polstersessel aus der Zimmerecke.

Ich reibe mir die Augen und stöhne. »Lass mich raten: Meine Mutter meinte, ich könnte etwas Unterstützung gebrauchen, um mich für mein Date heute zurechtzumachen.« Ich lasse mich aufs Bett zurückfallen und starre zur Decke hoch.

»Ganz richtig. Und bevor sie sich noch dieser Aufgabe widmet, habe ich das lieber in die Hand genommen. Und die Teemischung für dich ausgewählt.«

Ich greife nach der Tasse Tee, aber Ivy hält sie fest und neigt den Kopf zur Seite. »Du hast Sand in den Haaren.«

»Ich habe immer Sand in den Haaren.«

»Du hast aber heute *viel* Sand in den Haaren.«

Sie tritt an mein Bett und zieht die Bettdecke herunter.

»Tana, überall ist Sand. Was hast du heute Nacht getan?«

Ich will es ihr erzählen, jedes einzelne Detail: wie es sich anfühlte, vom Wind getragen zu werden, und mit dem Meer verbunden zu sein. Ich möchte ihr von Wolfe erzählen, wie er neben mir im Sand lag, wie sich seine harten Gesichtszüge milderten, als er mich im Mondlicht anblickte.

Ich möchte ihr von meiner Angst berichten, dass eine einzige Nacht mit dunkler Magie bewirken könnte, auf eine unwiederbringliche Art beschmutzt worden zu sein und für immer mit einer Schuld, mit einem Stigma leben zu müssen.

Ich möchte ihr sagen, dass ich mich geirrt habe.

Ivy fragt mich immer, wie ich über gewisse Dinge denke, wie es mir geht, wie ich meinen eigenen Bedürfnissen nachkomme, obwohl mein gesamtes Leben darauf ausgerichtet ist, den Bedürfnissen anderer nachzukommen. Und ich weiß nie, was ich antworten soll.

Aber ich weiß genau, welche Gefühle die letzte Nacht in mir ausgelöst hat. Ich fühle mich nicht verräterisch oder schlecht, obwohl ich die dunkle Magie eingesetzt habe, die ich so sehr fürchten sollte – doch genau das macht mir Sorgen, mehr als alles andere. Gleichzeitig bin ich dankbar, dass ich am Leben bin.

»Ich war schwimmen«, sage ich.

»Ist nicht zu übersehen. Hast du dich dabei in den Meeresboden eingegraben und danach in Seetang eingewickelt?«

»Ich habe jemanden kennengelernt«, sage ich so leise, dass sich Ivy zu mir vorbeugen muss.

»Was heißt das?«

Ich nehme ihr die Teetasse ab und genehmige mir einen großen Schluck. Ich kann ihr nicht verraten, wer er ist und was er mir gezeigt hat, aber Ivy ist meine beste Freundin und irgendetwas muss ich ihr sagen. »Ein Junge, der am Strand war. Er ist mit mir geschwommen.«

Indem ich Ivy von ihm erzähle, es laut ausspreche, wird er real. Es ist tröstlich, dass er nach den Ereignissen der vergangenen Nacht nicht mehr nur in meiner Erinnerung existiert. Er wird ein lebendiges Geheimnis zwischen Ivy und mir sein.

»Du hast einen Jungen getroffen. Am Strand. Mitten in der Nacht. Und er ist mit dir geschwommen«, wiederholt sie in sachlichem Tonfall.

»Ja.«

Jetzt wirkt Ivy verblüfft. »Wer ist er?«

Meine Handflächen werden feucht und ich senke den Blick. Ich hätte voraussehen müssen, dass sie das als Erstes fragen würde. Obwohl ich es hasse, sie zu belügen, ist es noch schlimmer, jetzt die ganze Wahrheit zu sagen. Bei Weitem schlimmer.

»Er stammt vom Festland. Er hat die letzte Fähre verpasst und campierte am Strand.«

Ivy starrt mich an, und ich bin mir sicher, dass sie meine Lüge durchschaut und die dunkle Magie, die durch meine Adern fließt, erahnen muss. Dann verzieht sie den Mund und steht auf. »Nun, diese Geschichte verlangt dringend nach einer weiteren Tasse Tee, nicht wahr?«

Bevor ich antworten kann, ist Ivy bereits hinausgegangen und die Treppe hinuntergeeilt. Ich höre kurz, wie sie in der Küche rumort, und dann ist sie auch schon wieder zurück. Sie lässt die Tür hinter sich ins Schloss fallen, klettert aufs Bett, zieht die Beine unter sich und hält mir die Teetasse vors Gesicht.

»Ich höre«, sagt sie.

Ich lache, nehme einen Schluck und erzähle Ivy alle Details, ohne zu verraten, wer Wolfe in Wirklichkeit ist oder welche Art von Magie wir praktiziert haben. Ich berichte ihr nur, wie es war, mit ihm zu schwimmen, das reicht. Ivy rückt näher an mich heran, und am Ende meiner Erzählung klebt sie an jedem Wort.

Als ich schließlich zum Ende komme, schweigt sie kurz.

»Verdammt.«

»Das bringt es genau auf den Punkt«, sage ich und halte kurz inne, bevor ich weiterspreche. »Letzte Nacht habe ich zum ersten Mal in meinem Leben eine eigene Entscheidung getroffen, ohne darüber nachzudenken, was meine Mutter sagen würde oder welche Auswirkungen das auf den Hexenzirkel haben könnte. Und es beunruhigt mich, weil ...« Ich halte inne. Es gibt Dinge, die nicht laut ausgesprochen werden sollten.

»Weil es sich gut angefühlt hat?«

Ich sehe Ivy an und nicke beschämt.

»Das ist kein Anlass zur Sorge. Es würde mich mehr beunruhigen, wenn es dir keinen Spaß gemacht hätte, eine eigene Entscheidung zu fällen. *Selbstverständlich* hat es sich gut angefühlt. Du hast viel Verantwortung zu tragen, und das ist kein Zuckerschlecken.« Ivy sieht mich liebevoll an. Sie greift nach meiner Hand und drückt sie fest. »Ich bin so froh, dass du eine Nacht erlebt hast, in der sich alles etwas leichter angefühlt hat.«

»Wirklich?«, frage ich.

»Klar, diese Nacht ist besonders. Obwohl so vieles in deinem Leben vorprogrammiert ist, war dir diese eine Nacht vergönnt, die nach keinem Drehbuch ablief, sondern allein dir gehört hat.«

Es ist mir peinlich, dass sich meine Augen bei ihren Worten mit Tränen füllen. Ich kehre ihr den Rücken zu, wische die Tränen ab und atme tief ein.

Als ich mich wieder gefangen habe, sehe ich Ivy an und lächle.

»Danke für deine Worte.« Ich lehne mich an sie. Nachdem wir unseren Tee ausgetrunken haben, nehme ich die Tassen und stelle sie auf die Kommode.

»Okay«, sage ich, stelle mich vor sie hin und breite die Arme aus. »Hübsch mich auf für meinen künftigen Ehemann.«

»Tana«, tadelt sie mich, »da reicht selbst Magie nicht aus. Geh duschen!«

Sie mustert mich einige Sekunden, dann brechen wir in Gelächter aus. Ich befolge ihren Rat. Das Wasser stelle ich dabei so heiß wie möglich ein. Dampfend prasselt es auf mich herunter, spült jegliche Spur von Wolfe ab, jede Spur unserer gemeinsamen Nacht.

Dann stelle ich die Dusche ab, beobachte, wie die letzten Wassertropfen im Abfluss verschwinden, steige aus der Dusche, trockne mich ab und mache mich für Landon zurecht.

Ich habe meine Eltern gefragt, ob ich Landon unten an der Haustür empfangen kann, aber damit ist meine Mutter nicht einverstanden. Sie will, dass ich einen großen Auftritt habe.

Ich höre, wie meine Eltern ihm schmeichelnde Komplimente machen. Nervös werfe ich Ivy einen Blick zu. »Vergraulen sie ihn nicht gerade damit?«

»Er wird an so überengagierte Eltern gewöhnt sein«, sagt sie.

»Danke für deinen Beistand an diesem Morgen.« Ich werfe einen letzten Blick in den Spiegel, aber eigentlich weiß ich, dass mein Outfit für diesen Anlass perfekt ist. Ivys magische Hände haben jegliche Spuren der vorangegangenen Nacht verwischt. Mein Make-up ist dezent und wirkt erfrischend, betont meine blauen Augen und verleiht meinen Lippen einen feuchten Schimmer. Meine Haare habe ich zu einem klassischen Knoten zusammengesteckt, der meiner Mutter gefallen wird. Ich trage ein beigefarbenes Etuikleid, eine Perlenkette und cremefarbene Lederschuhe mit Blockabsatz.

Ich hätte mir dieses Outfit nicht selbst ausgesucht, aber ich vermittle damit klassische Eleganz und sehe vor allem aus wie jemand, der zu Landon passt.

»Gern geschehen«, erwidert Ivy und reicht mir meinen Schal. Ich umarme sie kurz und gehe dann zur Tür.

»Tana?«

Ich drehe mich um und sehe sie an.

»Viel Spaß.«

Ich nicke und öffne die Tür. Als ich um den Treppenabsatz biege, entdecke ich Landon, der unten auf mich wartet. Er sieht mich an und lächelt. Zu meiner eigenen Überraschung erwidere ich sein Lächeln aufrichtig. Es erleichtert mich, dass ich mich tatsächlich freue, ihn wiederzusehen.

Er trägt ein weißes Hemd und eine Tweedjacke. Ich habe plötzlich das Gefühl, dass wir Verkleiden spielen und uns gegenseitig eine Reife vorspielen, die zumindest ich nicht empfinde.

Aber ich denke, wenn ich schon eine Rolle spielen soll, habe ich mir mit Landon nicht den schlechtesten Spielpartner ausgesucht.

»Tana, du siehst großartig aus«, begrüßt er mich, als ich unten an der Treppe angelangt bin.

»Danke«, erwidere ich. »Du auch.«

Meine Eltern beobachten uns, und ich bin froh, als Landon fragt, was ich für heute geplant habe.

»Ich hatte an ein Picknick gedacht. Wir suchen uns unser Essen in einigen der Läden auf der Hexeninsel aus und setzen uns dann an einen meiner Lieblingsaussichtspunkte.«

Landons strahlendes Lächeln wirkt natürlich, er scheint wirklich begeistert zu sein. »Das klingt sehr gut«, sagt er.

Ich nehme den Korb und zwei Decken vom Tisch und verabschiede mich von meinen Eltern. Dann gehen wir zur Tür, die Landon für mich öffnet. Doch genau in diesem Moment höre ich, wie Ivy leise die Treppe herunterkommt. Landon und ich drehen uns beide nach ihr um.

In ihrem Gesicht zeichnet sich so etwas wie Dankbarkeit ab, als sie uns zusammen sieht. Ivy, meine beste Freundin, die schon fast so lange über dieses Arrangement Bescheid weiß wie ich, ist immer noch von der Tragweite dieser Verbindung beeindruckt. Ich blinzle ein paarmal, und wende dann den Blick ab, um mich nicht von den Emotionen des Augenblicks überwältigen zu lassen.

»Viel Spaß, ihr beiden«, verabschiedet sich meine Mutter von Landon und mir.

Ich lächle Ivy noch einmal kurz zu, bevor wir hinausgehen.

»Ich freue mich, dass du hergekommen bist«, wende ich mich an ihn.

»Und ich freue mich, hier zu sein. Danke, dass du einen so großartigen Tag geplant hast – ich bin sehr gespannt, die Insel aus deiner Perspektive kennenzulernen.«

»Ich fühle mich hier sehr wohl.«

»Wird es dir schwerfallen, die Insel zu verlassen?«

Ich bleibe stehen und mustere ihn. »Ja«, antworte ich ehrlich.

Er nickt. »Dann müssen wir uns viele Gründe ausdenken, damit du sie oft besuchen kannst.«

Es sind sehr nette Worte, aufmerksam und liebevoll, doch sie scheinen nicht auszureichen. Denn in diesem Moment erkenne ich, dass mir ein Leben mit ihm eventuell nicht genügen wird, auch wenn es sicher ein glamouröses, gutes und sogar sinnhaftes Leben sein wird.

Aber es wird vielleicht nicht *genug* sein. Und damit werde ich mich abfinden müssen.

»Worüber denkst du nach?«, fragt mich Landon, nachdem ich lange schweigend aufs Meer geblickt habe, statt auf seine Bemerkungen einzugehen.

»Über unser gemeinsames Leben.«

»Und über was genau?«

»Darüber, dass ich froh bin, dass die Wahl auf dich gefallen ist, obwohl ich kein großes Mitspracherecht dabei hatte, mit wem ich mein Leben verbringen werde.«

»Weshalb bist du darüber froh?«

»Weil wir dieselben Werte haben. Uns sind die Familie, unsere Verpflichtungen und der gesellschaftliche Fortschritt wichtig. Ehen wurden schon auf einer viel kleineren Basis aufgebaut.«

»Das ist sicherlich wahr«, stimmt er zu. »Glaubst du, du hättest dich bei freier Wahl je für mich entschieden?«

Die Frage überrumpelt mich. Bevor ich antworte, atme ich kurz durch. »Mir war schon immer bewusst, dass ich das nicht zu entscheiden habe«, sage ich. »Aber vielleicht hätte ich mir wirklich dich ausgesucht.« Ich kann mir vorstellen, dass eines Tages der Funke überspringen wird und ich Landon lieben werde. »Und wie steht's mit dir?«, frage ich.

»Ich habe mir bisher nicht groß den Kopf darüber zerbrochen. Aber ich würde in jedem Fall den Wunsch meiner Familie respektieren. Und in diesem Fall hat meine Familie dich ausgewählt.«

Diese Antwort ist weder romantisch noch schmeichelhaft, aber sie ist ehrlich. Und Ehrlichkeit ist das Beste, was wir im Augenblick einander bieten können.

Wir gehen weiter und dabei zeige ich ihm Teile der Insel. Er wirkt ehrlich interessiert, bleibt stehen, um Fragen zu stellen und sich alles genauer anzusehen. Mir gefällt es, ihn herumzuführen, ihm den Ort zu zeigen, den ich mehr als alles andere auf der Welt liebe.

»Ist das die einzige Kirche auf der Insel?«, fragt Landon und bleibt vor einem kleinen Steingebäude mit Spitzturm stehen. Sich herbstlich rot verfärbender Efeu rankt an den Seiten hoch.

»Ja.«

»Aber wie passt ihr alle hinein?«

»Tun wir nicht«, erwidere ich leichthin. »Findest du es nicht seltsam, dass man Gott eher in einem abgeschlossenen Raum begegnen soll als im Schutz der Bäume oder in offener Landschaft?«

Landon schweigt und ist in den Anblick der Kirche versunken. »Ja, das ist es wohl.«

Er wirft einen letzten, aufmerksamen Blick auf das Gebäude und eilt dann wieder zu mir. Wir biegen in die Hauptstraße ein, und ich beobachte, wie ihr malerisches Aussehen ihn in den Bann zieht, seine Augen leuchten auf, und er lächelt.

»Landon, bist du bereit, den besten Käse deines Lebens zu probieren?«, frage ich.

»Das ist eine recht anmaßende Aussage, Miss Fairchild.«

»Ich stehe dazu«, erwidere ich.

Landon legt den Kopf leicht schräg und mustert mich.

»Darüber werde ich mir selbst ein Urteil bilden.«

Es erklingt eine Glocke, als wir das Feinkostgeschäft *Zur Mausefalle* betreten. Mrs Cotts kommt sogleich herbeigeeilt, um uns zu begrüßen. Sie macht große Augen und fängt breit an, zu grinsen, als sie die berühmteste Tochter der Insel und den mächtigsten Sohn des Festlands vor sich sieht.

Landon ergreift meine Hand und lächelt selbstbewusst.

Und so nimmt es seinen Anfang.

Dreizehn

Nachdem wir unseren Picknickkorb mit Wurst, Käse, Brot und Rosenwasser gefüllt haben, gehen wir zu unserer letzten Station auf der Hauptstraße: der Parfümerie. Ihre Steinfassade ist von Glyzinien geschmückt, die die Luft mit ihrem süßen Duft erfüllen. Wir betreten den Laden, in dem sich gerade eine Gruppe von Festlandbewohnern befindet. Sie blicken sofort auf, als wir hereinkommen.

Stille zieht durch den Laden wie Nebel durch einen Wald.

Instinktiv senke ich den Kopf, doch Landon hält den Blicken stand. Er dreht sich um und flüstert mir ins Ohr: »Mach es ihnen nicht so leicht. Es ist schließlich unhöflich, Menschen anzustarren«, sagt er so leise, dass nur ich es hören kann. »Vermittle ihnen das.«

Ich richte mich wieder auf und blicke jedem der Schaulustigen fest in die Augen. Nun weichen sie mir aus, als hätte ich sie beim Stehlen erwischt.

Es ist ein gutes Gefühl, sie wissen zu lassen, dass ich ihr Gaffen wahrgenommen habe.

Schließlich setzen sie in gedämpftem Ton ihre Unterhaltung fort, verlassen den Laden und lassen uns allein zurück.

»Vergrault ihr gerade unsere Kunden?«, fragt Dad mit einem Augenzwinkern, als er aus dem Hinterzimmer tritt.

»So ähnlich«, antworte ich.

»Nun, ich lasse euch jetzt allein. Wenn ihr etwas braucht – ich bin hinten.« Bevor Dad verschwindet, lächelt er mir zu.

»Das ist also das Geschäft deiner Familie«, sagt Landon und blickt sich um. Die Parfümerie ist hell und luftig, mit honigfarbenen Holzregalen und einer weißen Tapete, die mit zarten, schwarz umrandeten Farnen bedruckt ist. Auf den Regalen stehen Dutzende von Pflanzen zwischen Reihen von Glasflaschen. Von der Decke hängt ein kleiner Kronleuchter, der mit kristallenen Rosenknospen verziert ist. Auf den Regalen stehen Votivkerzen sowie kleine Glasflaschen mit Kaffeebohnen.

Im Hinterzimmer summt Dad vor sich hin, ein gewohntes Geräusch, welches für mich zum Charme der Parfümerie dazugehört.

»Ja«, bestätige ich und schaue mich um.

Ich bin gern hier.

»Es ist schön hier«, sagt er. Ich blicke zu ihm hoch und lächle.

»Das finde ich auch.« Ich führe ihn zu dem Regal, auf dem unsere erdigeren, würzigen Düfte stehen. »Ich würde mich freuen, wenn du dir einen aussuchen und mit nach Hause nehmen würdest.«

»Wirklich?«, fragt er und lässt den Blick über die Etiketten wandern. Er wirkt erfreut und das macht mich glücklich.

»Unbedingt«, erwidere ich.

Er stellt den Picknickkorb ab und lässt sich Zeit, nimmt behutsam die Verschlüsse ab und schnuppert an jedem Duft. Dabei hält er immer wieder inne, um an den Kaffeebohnen zu riechen, denn dies neutralisiert die Geruchswahrnehmung wieder.

Schließlich entscheidet er sich für ein Parfüm namens »Treibholz«, ein sehr zarter Duft, der eine beruhigende Wirkung auf die Menschen im Umfeld des Trägers ausübt.

»Gute Wahl. Das ist einer meiner Lieblingsdüfte«, sage ich.

Er drückt auf den Sprühkopf und der salzige, frische Duft erfüllt den Raum.

»Er gefällt mir sehr«, sagt er, verschließt die Flasche und legt sie behutsam in unseren Korb. »Danke.«

»Gern geschehen. Bist du nun bereit für unser Picknick?«

»Aber ja.«

Ich spüre, wie mein Vater uns nachschaut, als wir den Laden verlassen, und es tut gut, die kühle Herbstluft einzuatmen. Eine leichte Brise umweht uns, und ich muss unwillkürlich an Wolfe denken.

Wie ich mit ihm über das Wasser geschwebt bin.

Wie ich von ihm an die Oberfläche gezogen wurde.

Wie ich neben ihm im Sand lag.

Ich schüttle den Kopf und verdränge die Bilder.

Ich führe Landon zu einem Strand an der Ostküste, wo wir picknicken und das Festland sehen können. Die meisten Festlandbewohner haben ihre Stadt jenseits der Passage gern im Blick – sie fühlen sich dadurch einfach wohler, wenn sie bei uns auf der Insel sind.

Ich breite eine unserer Decken auf dem Sand aus. Es ist ein ideal ausgewählter Platz, der an eine Düne mit langen Gräsern und Sträuchern grenzt und uns ein Gefühl von Privatsphäre vermittelt. Ich mache es mir auf der Decke bequem, während Landon unseren Korb ausräumt. Er zieht auch ein Bündel frischen Lavendels heraus und mustert es intensiv.

»Wie kommt es, dass die Blumen hier immer in voller Blüte stehen?«

»Aufgrund von Magie«, antworte ich. »Wie sonst könnten wir unsere Läden das ganze Jahr über offenhalten?«

»Faszinierend.« Er legt das Bündel beiseite und kniet sich

neben mich. Zuerst sitzen wir beide sehr steif da, beschränken uns jeweils auf unseren Rand der Decke, aber als die Herbstsonne über den Himmel wandert und die Flut sich zurückzieht, entspannen wir uns. Der Raum zwischen uns fühlt sich wieder luftig an, nicht wie eine unsichtbare Mauer, die zu überwinden wir viel zu ängstlich sind.

Ich nehme einen Schluck Rosenwasser und blicke zum Festland, das nach der Bündnisfeier mein Zuhause sein wird. Dieses Picknick wird dann nur noch eine Erinnerung sein, ein kleiner Moment, der nur allzu schnell wieder vorbeigezogen ist.

Landon bietet mir das letzte Stück Käse an, lässt sich zurückfallen und stützt sich auf die Ellbogen. Sein Blick ist auf die Passage gerichtet.

»Ich war ja skeptisch, aber ich muss zugeben, das war wirklich der beste Käse meines Lebens«, sagt er.

»Ich würde dir doch nichts vormachen.« Ich tupfe mir den Mund ab und lege die Stoffserviette wieder in den Korb.

»Nein, Tana, das würdest du wohl nicht.« Seine Stimme verrät eine Ernsthaftigkeit, die mich innerlich gefangen nimmt. Er sieht mich mit seinen bernsteinfarbenen Augen durchdringend an, und es fällt mir plötzlich schwer, den Blick abzuwenden.

Wir verharren einige Augenblicke lang so, und mein Herzschlag beschleunigt sich, als sein Gesicht sich meinem nähert. Ich bin wie erstarrt, gebe keinen Laut von mir, weiß nicht, wie ich mich verhalten soll.

Ein Teil von mir will meine Lippen auf seine pressen und sich ganz dem Augenblick hingeben. Würde ich dann die Schmetterlinge im Bauch spüren? Würde das in meinem Inneren einen Funken entfachen, der mich von Kopf bis Fuß in Brand steckt?

Ich frage mich, ob ich ihn dann immer und immer wieder würde küssen wollen – bis dass der Tod uns scheidet.

Aber ich habe auch Angst. Denn sollte ich keine Schmetterlinge im Bauch spüren und sollte sich kein Funke entzünden, würde ich das lieber erst *nach* unserem Eheversprechen erfahren. Natürlich würde es nichts an der Entscheidung ändern. Dennoch kann ich mich der Vorstellung kaum entziehen, dass mein zukünftiges Leben von echter Leidenschaft geprägt sein könnte.

Landon nähert sich mir, aber ich komme ihm nicht entgegen. Seine Augen suchen meine und in seinem Gesicht zeichnet sich so etwas wie Verständnis ab. Er nickt und tritt den Rückzug an, sodass wieder genug Abstand zwischen uns besteht.

»Tana«, sagt er ruhig und gefasst, »versprichst du mir bitte etwas?«

»Ja.«

»Gibst du mir ein Signal, wenn du irgendwann möchtest, dass ich dich küsse?«

Warum will er mich küssen? Weil er sich zu mir hingezogen fühlt, weil er mehr empfindet als die Pflicht, die uns zusammengebracht hat? Oder weil ich seine künftige Frau bin und das eben erwartet wird?

»Das werde ich«, erwidere ich. »Es liegt nicht daran, dass ich nicht von dir geküsst werden will, nur ... Ich weiß nicht, ob ich schon bereit dazu bin.«

»Ich verstehe«, sagt er.

Er mustert mich noch einen Augenblick lang und schaut dann wieder aufs Festland. Ich folge seinem Blick. Eine Weile sitzen wir so da, schweigend und nachdenklich.

»Es wird doch gut mit uns gehen, oder?«, frage ich und lasse zu, dass die Brandung das Unbehagen übertönt, das sich in meinem Magen ausbreitet.

»Das habe ich mich auch schon oft gefragt«, sagt er.

»Und zu welchem Ergebnis bist du gekommen?«

»Ich kann mir nichts Sinnvolleres vorstellen, als diese Pflicht zu erfüllen. Auch künftige Generationen werden sich noch an unsere Namen erinnern; wir leiten ein neues Zeitalter ein. Wie könnte es mit uns nicht gut gehen, da wir doch wissen, wie wichtig unsere Verbindung ist?«

Enttäuschung erfasst mich, und ich wünschte, ich könnte dieses Gefühl ausschalten. Was er sagt, entspricht der Wahrheit, genau das habe ich mir auch schon oft gesagt. Aber ich will mehr als das, mehr als die schönen Worte über Pflicht und Ehre. Vielleicht haben uns diese Ziele zusammengebracht, aber sie sind nicht das Einzige, wofür in diesem Bündnis Platz ist. Ich muss glauben können, dass es da noch mehr gibt.

Ich sage lange nichts. Doch Landon mustert mich auffordernd und schließlich antworte ich: »Es ist zweifellos etwas, das uns Halt geben wird. Aber die familiäre Pflicht wird nicht das Einzige sein, was uns glücklich machen wird. Können wir uns nicht noch andere Dinge erhoffen?«

Landon kraust die Stirn. Zum ersten Mal erlebe ich, wie seine selbstbewusste Haltung ins Wanken gerät. »Ich verstehe nicht ganz, was du meinst.«

»Unsere Pflichterfüllung ist der Grund für unsere Verbindung, aber wir müssen uns nicht darauf beschränken, oder? Wir könnten uns ja ehrlich gefallen. Wir könnten echte Leidenschaft empfinden, uns lieben. Warum sollen wir nicht darauf hoffen?«

»Hoffnung kann ein schlechter Ratgeber sein.«

»Was meinst du damit?«

»Sie ist nur schwer zu kontrollieren. Wenn man sich ihr hingibt, wünscht man sich schnell Dinge, die nie Teil des Plans waren.«

Seine Worte lassen mich erstarren: Es stimmt, es ist viel zu gefährlich, mich in Wünschen und Hoffnungen zu verlieren. Ich stimme seinen Worten uneingeschränkt zu, so zuwider sie mir auch sein mögen.

Ich muss bestürzt aussehen, denn Landon fasst behutsam unter mein Kinn und bringt mich dazu, ihm in die Augen zu sehen. »Tana, versteh mich nicht falsch. Ich glaube, wir werden ein außergewöhnliches Leben haben, und auch ein zufriedenes und angenehmes. Aber Liebe kann ich dir nicht versprechen. Ich kann dir viele andere Dinge versprechen, stärkere, die uns Halt geben werden, auch wenn wechselnde Gefühle oder familiäre Verpflichtungen uns belasten. Ich kann dir versprechen, dass wir nicht nur glücklich sein werden, sondern dass unser Leben auch einen Sinn haben wird, der uns auf eine weitaus stabilere Weise erfüllen wird, als Liebe es vermag.«

Ich nicke und versuche, seine Worte nicht persönlich zu nehmen, sondern als das zu akzeptieren, was sie sind: offen und aufrichtig. »Danke, dass du mir gegenüber ehrlich bist.«

»Nun, bei all den Dingen, die wir nicht kontrollieren können, ist es wohl umso wichtiger, ehrlich zueinander zu sein.«

»Ja, das will ich beherzigen. Ich verstehe deinen Standpunkt und weiß, dass du recht hast – aber Hoffnung ist etwas, das ich nicht so einfach aufgeben kann. Du brauchst mir keine Liebe zu versprechen, aber ich bitte dich, weiterhin offen für eine persönliche Verbindung zu sein, die nicht nur auf Pflichtgefühl beruht.«

Er nickt. »Versprochen.«

»Danke.« Ich wende mich wieder dem Meer zu und entspanne mich ein wenig. Wir haben etwas Wichtiges geschafft: uns einander anvertraut, dem anderen zugehört. Bevor ich Landon kennenlernte, hatte ich mir so viele Gedanken um ihn gemacht, hatte so viele Träume und Visionen, wie unser gemeinsames Leben aussehen und welche Gefühle er in mir wecken würde. Und ich hatte gehofft, dass alles sofort so sein würde, wie ich es mir am schönsten ausgemalt hatte. Aber wir sind einfach zwei Menschen, die sich erst kennenlernen müssen, und das braucht Raum und Zeit. Diese muss ich ihm geben. Und die muss ich mir geben.

»Sag mal, Tana«, beginnt Landon ein wenig lockerer. »Was würdest du jetzt gerade tun, wenn ich nicht da wäre?«

»Du zuerst«, sage ich, während ich immer noch über das gerade Gesagte nachdenke.

»Ungefähr eine Stunde östlich von meinem Zuhause gibt es Stallungen, wo mein Vater und ich uns häufig Pferde ausleihen für Ausritte in die Wälder. Manchmal sprechen wir über politische Angelegenheiten, aber oft reden wir auch einfach über dieses und jenes. Es ist eine angenehme Erholung vom Alltag.«

»Das klingt wunderbar«, sage ich.

»Reitest du auch?«

»Nein, aber ich würde es gern lernen.« Natürlich haben wir Pferde auf der Insel, aber ich habe es immer vorgezogen, zu Fuß zu gehen.

»Dann bringe ich es dir bei.«

Wenn ich an das Festland denke, stelle ich mir immer eine riesige Stadt vor, nur Ziegel und Beton, so weit das Auge reicht. Ich bin froh, dass das nicht zu stimmen scheint, dass es einen Rückzugsort gibt, den Landon aufsucht und den ich ebenfalls aufsuchen kann.

»Jetzt bist du dran«, fordert er mich auf. »Was würdest du tun?«

»Schwimmen.«

»Schwimmen? Im Meer? Im Herbst?«

Ich amüsiere mich über seine Reaktion. »Ich schwimme gern, dabei bin ich am glücklichsten.«

»Was gefällt dir so daran?«

»Alles«, erwidere ich. »Wie alles um mich herum ruhig wird, wenn ich unter Wasser bin. Ich habe dann das Gefühl, dass ich für alles unerreichbar bin. Dann bin ich frei von Erwartungen, Sorgen oder Unsicherheiten. Ich kann mich einfach dahintreiben lassen.«

»Ich glaube, das habe ich noch nie erlebt«, sagt er. »Zeigst du es mir?«

»Klar, sag mir einfach, wann.«

»Jetzt vielleicht?«

Ich betrachte unsere Kleidung, unser Outfit, das mir das Gefühl gibt, verkleidet zu sein. Ich kann mir nichts Besseres vorstellen, als es in Salzwasser zu tauchen.

»Es ist kalt«, wende ich ein.

»Das macht mir nichts.« Er löst die Schnürsenkel, streift die Schuhe von den Füßen, zieht die Socken aus und hilft mir hoch.

»Meine Mutter wird mich dafür umbringen«, sage ich, nehme den Schal ab und lasse ihn zu Boden fallen. Ich fröstle und bemerke, wie Landons Blick auf meinen nackten Schultern ruht.

»Du kannst es auf mich schieben.« Landon zieht sein Jackett aus, greift nach meiner Hand und zieht mich hinunter an den Strand, wo sich die Wellen am Ufer brechen.

»Ich werde es auf jeden Fall auf dich schieben«, sage ich, schlüpfe aus den Schuhen und wate ins Wasser. Mein Herz rast. Ich lasse den Blick schnell über die Wasseroberfläche schweifen, halte Ausschau nach einer Mondblume, aber da ist keine. Da ich bei Tageslicht mit Landon im Wasser bin, scheinen die Blumen weit weg zu sein, als hätte es sie nie gegeben. Und doch sind da nach wie vor meine Fragen über sie. Ich habe zu große Angst, sie laut zu stellen und dann Antworten zu erhalten, die nicht in meine Welt passen. Ich will nicht mit meiner Mutter darüber sprechen und erleben, wie die neuen Erkenntnisse auch ihre Welt auf den Kopf stellen. Also verdränge ich das alles wieder und konzentriere mich auf den Mann neben mir, der für unser Leben bei Weitem wichtiger ist als eine fast ausgestorbene Blume.

Als wir bis zu den Knien im Wasser stehen, sieht Landon mich an und sagt: »Eins.«

Ich lächle. »Zwei.«

»Drei«, sagen wir wie aus einem Mund, springen ins Wasser und schwimmen hinaus ins Meer. Als wir auftauchen, ringt Landon nach Luft.

»Das mit der Kälte war wirklich kein Scherz.«

»Du wirst dich daran gewöhnen.« Ich schwimme zu ihm hin und nehme seine Hände in meine. »Bist du bereit für den besten Teil?«

»Bereit.«

Wir holen beide tief Luft und tauchen dann unter die Wasseroberfläche. Ich beobachte, wie Landon die Augen öffnet. Erst blinzelt er, doch dann gewöhnt er sich an das Salz.

Und dann erlebe ich den Augenblick, in dem er begreift, was ich ihm gesagt habe, in dem er die Stille spürt, als wäre sie ein Lebewesen.

Er macht große Augen und sieht sich beeindruckt um. Sein kurzes braunes Haar bewegt sich hin und her, und aus seinem Mund steigen Blasen auf, wenn die Luft seinen Lungen entweicht.

Wir schauen uns eine Ewigkeit lang an. Es herrscht völlige Stille. Unsere Haare und Beine scheinen um uns herum zu schweben.

Als ich Schmerzen in der Brust verspüre, lasse ich Landons Hände los und schwimme an die Oberfläche. Beim Auftauchen schnappe ich nach Luft und schlucke das Salzwasser hinunter wie meine Mutter ihren Wein.

Kurz nach mir taucht auch Landon auf, und wir schwimmen einen Moment auf der Stelle, während sich unser Atem beruhigt.

Dann tauchen wir noch einmal. Als wir in tieferes Wasser vordringen, erregt etwas meine Aufmerksamkeit. Seegras umspielt uns, dreht und windet sich heftig, bis es von der Strömung mitgerissen wird, hinaus, mitten in die Passage. Der Sand auf dem Meeresboden wirbelt auf.

Wir müssen hier weg.

Ich fange Landons Blick auf und deute nach oben. Gemeinsam schwimmen wir an die Oberfläche.

»Wir müssen zurückschwimmen«, sage ich und schwimme bereits auf den Strand zu.

Landon folgt mir. Doch erst als wir das sichere Ufer erreicht haben, erwidere ich seinen Blick.

»Was war das?«, fragt er und richtet den Blick aufs Wasser.

Ich kann mich gerade noch zurückhalten, ihn über die Strömungen aufzuklären. Ich weiß nicht, ob den Festlandbewohnern bewusst ist, welchen Schaden wir dem Meer zugefügt haben, und ich weiß nicht, wie meine Mutter reagieren würde, wenn ich jetzt anfange, das rumzuerzählen.

»Nichts«, erwidere ich in einem ungezwungenen Ton. »Ich will nur nicht, dass sich der Sohn des Gouverneurs eine Erkältung zuzieht.« Ich sage es spielerisch, aber Landon beobachtet mich. Er weiß, dass es etwas gibt, das ich ihm vorenthalte, etwas, das ich nicht offen ausspreche.

Wir kehren zu unseren Decken zurück und wickeln uns ein, fröstelnd, nass und kalt. Wolfes wütende Worte kommen mir in den Sinn, als er meinen Hexenzirkel und mich beschuldigte, die Insel, deren Diener wir sein sollten, zu zerstören, und es ist mir zuwider, dass er recht hat. Ich hasse es, dass wir nichts dagegen tun können.

Welchen Sinn hat die Magie, wenn wir sie nicht dafür einsetzen können, unser Zuhause zu schützen?

Sobald mir dieser Gedanke durch den Kopf geht, versuche ich, ihn zu verdrängen, zu vergessen, aus meinem Gedächtnis zu löschen. Aber er schlägt Wurzeln, windet sich durch die Pfade und Gassen meines Ichs, gräbt sich darin ein. Er verankert sich in mir, und obwohl ich instinktiv spüre, dass er mir gefährlich werden wird, lasse ich ihn zu.

Vierzehn

Die Nachricht von meinem Treffen mit Landon verbreitet sich in Windeseile auf der Insel. Die Parfümerie erlebt einen Ansturm von Kunden. Meine Mutter kann ihre volle Charakterstärke unter Beweis stellen und fungiert als mein Bodyguard und meine persönliche Assistentin zugleich. Charmant umgeht sie die Fragen, die sie nicht beantworten will, und antwortet geduldig auf jene, die sie gerne hört.

Ich bin seit ein paar Tagen nicht mehr in der Parfümerie gewesen, aber ich kann ja nicht für immer wegbleiben.

Auf dem Weg dorthin mache ich einen Umweg über die Westküste und das Feld, auf dem ich Wolfe getroffen hatte. In aller Ruhe sammle ich Gräser und Seetang, durchquere dann den Wald in der Mitte der Insel und mache mich anschließend in Richtung der Hauptstraße auf. Die Westküste der Insel ist fast unberührt. Es ist schade, dass wir nur für die *Erupta* hierherkommen. Doch wenn hier häufiger Menschen wären, gingen die Eigenschaften verloren, die ich am meisten an ihr mag.

Ich biege auf die Hauptstraße ein, es sind nur noch wenige Schritte bis zur Parfümerie, als sich mir Mr Kline in den Weg stellt. Sein weißes Haar flattert in der Meeresbrise, und es zeigen sich schon zahlreiche Fältchen in seiner wettergegerbten Haut. Er nimmt seine Wollmütze ab, die er nun in den Händen hält.

»Hallo, Mr Kline«, begrüße ich ihn und drücke meinen Sammelkorb eng an mich. »Wie geht es Ihnen?«

»Danke, gut, Miss Tana.«

»Das freut mich sehr«, sage ich. Ich will gerade weitergehen, als Mr Kline erneut meinen Namen sagt. Er umklammert die Mütze und starrt auf das Kopfsteinpflaster, wirkt nervös. Als er mir wieder in die Augen blickt, sehe ich Tränen darin schimmern.

»Ich wünschte, meine Eltern könnten das noch erleben. Sie haben immer daran geglaubt, dass es eines Tages geschehen würde. ›Mach einfach weiter!‹, haben sie mir immer gesagt.«

»Landon ist ein wunderbarer Mann, ich habe großes Glück.« Ich lächle, als ich die Worte wiederhole, die meine Mutter mir eingebläut hat. Mr Klines Augen werden groß, als ich bestätige, was er bisher nur aus Gerüchten gehört hat. Er nimmt meine Hand und tätschelt sie.

»Landon kann sich glücklich schätzen«, sagt er.

»Danke.«

Behutsam entziehe ich ihm die Hand und schenke ihm noch ein Lächeln, bevor ich meinen Weg zur Parfümerie fortsetze. Doch ein paar Meter von ihr entfernt bleibe ich abrupt stehen. Vor dem Schaufenster drängt sich bereits eine Menschentraube. Ich bin wie gelähmt, kann mich nicht überwinden, weiterzugehen. Ich mache kehrt, bevor mich jemand entdeckt. Dann biege ich in eine Seitengasse, um von der Rückseite zur Parfümerie zu gelangen. Ich schlüpfe ins Hinterzimmer und atme erleichtert auf, bin dankbar, dass die Tür zum Verkaufsraum noch geschlossen ist.

Ich hänge meinen Mantel auf, stelle den Korb ab und nehme mein Sammelgut heraus.

Die Geräusche aus dem Laden treten in den Hintergrund, als ich die Gräser in einen Mörser gebe und zu Staub zermahle. Das vertraute Gefühl des Stößels in meiner Hand vertreibt meine Anspannung, und schon bald lasse ich die Erinnerungen an das Feld und an die Küste immer und immer wieder vor meinem inneren Auge abspielen.

Erinnerungen an die Magie.

Erinnerungen an Wolfe.

Ich schäme mich dafür, dass ich mich in jene Erinnerung flüchte, die Konturen seines Gesichts und das Gefühl seiner Magie wieder heraufbeschwöre. Ich schäme mich dafür, dass ich nachts, wenn es im Haus ruhig ist und meine Eltern schlafen, an ihn denke.

Die Nacht, die wir zusammen verbracht haben, fühlt sich nicht real an, sondern wie ein verschwommener, flüchtiger Traum, der bereits verblasst. Sie ist so weit von meinem Alltag entfernt, dass ich fast sicher bin, dass sie gar nicht stattgefunden hat. Und das ist gut so.

Zu träumen, ist in Ordnung, ungefährlich. Ein Traum kann deine Welt nicht aus den Angeln heben und sie dir unter den Füßen wegziehen. Er kann den Kurs deines Lebens nicht ändern.

Ich zermahle die Gräser weiter zu einem feinen Pulver, bin völlig darin vertieft. »*Wenn die Zeit dir eine Erinnerung nimmt, sprüh diesen Duft, bevor sie verschwimmt.*«

Ich merke nicht einmal, dass ich den Zauberspruch laut ausspreche, bis die Tür aufgerissen wird, und mein Vater hereinstürmt. Ich starre ihn an, warte auf einen Hinweis, dass er mich gehört hat, und versuche, mir eine vernünftige Erklärung zurechtzulegen, aber er schaut nicht in meine Richtung. Schnell schließt er die Tür hinter sich, lehnt sich mit dem Rücken gegen sie, als könne jeden Moment eine wütende Meute hereinstürmen.

Es ist nicht ausdrücklich verboten, Zaubersprüche laut auszusprechen, aber die meisten von uns vermeiden es, wegen der Macht, die es uns verleiht. Die niedrige Magie erfordert keine

Zaubersprüche. Mein Vater würde sicherlich Fragen stellen, wenn er mich plötzlich bei einem Spruch hören würde, nachdem ich neunzehn Jahre lang schweigend gezaubert habe.

Insgeheim tadle ich mich wegen meiner Unvorsichtigkeit, und dafür, dass ich der Erinnerung an die Nacht mit Wolfe nachhänge. Aber anscheinend hat mein Vater nichts bemerkt, und ich werde künftig vorsichtiger sein.

»Dad?«, frage ich, als er mich immer noch nicht angeschaut hat.

»Hey, Tana«, begrüßt er mich lachend. »Ich wusste nicht, dass du hier bist.«

»In einer wagemutigen Laune habe ich beschlossen, heute zur Arbeit zu kommen. Dann habe ich von der Straße aus die Menschenmenge entdeckt und mich durch die Hintertür in den Laden geschlichen.«

Dad nickt und meint: »Das war eine sehr gute Entscheidung.«

»Wie läuft's da draußen?«, frage ich.

Dad greift nach dem Mörser und einem Bündel Kräuter, die er darin zermahlen will.

»Deine Mutter hat alles im Griff. Sie könnte die gesamte Welt regieren. Und das Gute an unseren Inselbewohnern ist, dass sie anständig genug sind, auch etwas bei uns zu kaufen, wenn sie schon nur für den Klatsch zu uns kommen. Deswegen ist auch der Umsatz so enorm gestiegen.«

»Nun, immerhin etwas.«

»Ich werde die ganze Nacht hier verbringen und versuchen, unsere Bestände aufzufüllen.«

Mein Blick wandert zu den Gräsern in meinem Mörser und dem Sand neben mir, zu den Wildblumen vom Feld und dem Seetang vom Strand. Und auf einmal wird mir klar, was ich mit all dem tun will.

Ich will einen Duft für Wolfe kreieren, als Geschenk für seine Hilfe.

Ich nehme an, es ist normal, dass ich der Person, die mein Leben gerettet hat, danken möchte. Gleichzeitig will ich nicht vermitteln, dass ich die Anwendung der dunklen Magie gutheiße. Ich will nicht, dass er glaubt, dass die einflussreichste Tochter des neuen Hexenzirkels die dunkle Magie in Ordnung findet, denn nichts könnte weiter von der Wahrheit entfernt sein.

Aber ich möchte mich bedanken, und er soll wissen, dass mein Dank von Herzen kommt.

»Soll ich dir heute Nacht beim Auffüllen der Bestände helfen?«, frage ich. Auch wenn ich Wolfe ein Geschenk machen will, weiß ich, dass Dad meine Unterstützung gut gebrauchen kann.

Dad wirft mir einen Blick zu. »Ja, sehr gerne«, sagt er lächelnd.

Wir arbeiten schweigend. Seit Tagen fühle ich mich zum ersten Mal wirklich im Reinen mit mir, ausgeglichen, und während meiner Arbeit mit dem Stößel schwindet auch meine Scham. Dad summt vor sich hin, und ich zerreibe die Kräuter im Rhythmus der Melodie. Als die Hintertür geöffnet wird, blicken wir beide auf.

Ivy tritt mit drei Tassen Tee herein. »Ich komme mit Geschenken.«

»Eine wahre Heldin«, sage ich.

»Ich habe Energetisierung, Durchhaltevermögen und Stärkung anzubieten.«

»Ich nehme Durchhaltevermögen.« Ivy reicht mir eine Tasse. Ein wohltuendes Teearoma steigt mir in die Nase.

»Ich möchte Energetisierung«, sagt Dad. Ivy stellt den Tee auf den Küchentisch neben den Mörser. »Danke, Ivy. Du rettest uns das Leben. Tana, warum gönnst du dir nicht eine kleine Pause? Du wirst die ganze Nacht hier sein.«

»Danke, Dad.«

»Ich bringe Ingrid den Stärkungstee, auch wenn sie ihn wohl kaum benötigt.« Er zwinkert mir zu, schnappt sich die Tasse und steuert auf den Verkaufsraum zu.

»Hast du Zeit für eine Pause oder brauchen dich deine Eltern im Laden?«, frage ich Ivy.

»Wir haben gerade den mittäglichen Ansturm hinter uns. Ein paar Minuten kann ich mir gönnen«, sagt sie. »Sollen wir etwas frische Luft schnappen?«

»Gerne, solange wir nicht über die Hauptstraße gehen.«

Sie hält mir die Hintertür auf und wir gehen den Weg hinunter, der uns zum Wald führt.

»An was für einem Parfüm hast du gerade gearbeitet? Diese Kombination habe ich nie zuvor gesehen«, sagt Ivy. Ich erröte, schweige und starre angestrengt auf den Boden vor mir.

»Was für eines?«, fragt Ivy nach.

»Nichts Besonderes«, antworte ich und versuche, locker zu klingen. »Nur eine kleine Aufmerksamkeit für Wolfe.«

Ivy bleibt stehen und runzelt die Stirn. »Wolfe?«

»Der Junge, den ich am Strand getroffen habe.«

»Er hat also einen Namen«, sagt sie, wobei sich ihr Mundwinkel leicht kräuselt.

»Natürlich hat er einen Namen.«

Sie hält abwehrend die Hände hoch, und wir setzen unseren Weg fort.

»Und welche Art von Aufmerksamkeit soll es werden?«

Verlegen meide ich ihren Blick. »Ein Eau de Toilette, mit den Duftnoten unserer gemeinsamen Nacht.«

»Oh, Tana«, sagt Ivy erstaunt. »Das ist ein schönes Geschenk, aber es ist …« Sie ringt nach dem richtigen Wort.

»Hältst du es für übertrieben? Gibt es eine Etikette für Dankesgeschenke?«

Ivy schüttelt den Kopf, sieht mich dann durchdringend an. »Ich halte es für gefährlich.«

Die Worte beschleunigen meinen Herzschlag, verursachen mir Unbehagen, doch ich verdränge das Gefühl und halte meine Stimme unter Kontrolle. »Ist das nicht etwas dramatisch?«

Ivy scheint sich nicht aus der Ruhe bringen zu lassen und hakt sich bei mir unter.

»Dieser Junge könnte dir das Herz brechen«, sagt sie.

»Mir das Herz brechen?«, frage ich lachend. »Es ist doch nur ein Geschenk.«

»Ist es das?«

»Natürlich.« Am liebsten würde ich Ivy erklären, dass er mein Leben gerettet hat und dass es wohl das Mindeste ist, ihm dafür zu danken.

Eine Weile gehen wir schweigend weiter. Die Geräusche unserer Schritte auf dem weichen Boden und das Rascheln der Blätter im Herbstwind erfüllen die Luft zwischen uns.

»Du willst, dass er sich an dich erinnert«, sagt Ivy. Der Blick, mit dem sie mich ansieht, drückt Verständnis aus, aber auch Mitleid und Bedauern, und es frustriert mich, all das gespiegelt zu bekommen. Was sie sagt, klingt so lächerlich, aber die Art, wie mir bei ihren Worten die Röte in die Wangen steigt, verrät mir, dass sie recht hat. Sie hat recht, und ich hasse es.

»Du brauchst nicht etwas in eine Sache hineinzuinterpretieren, wo es nichts zu interpretieren gibt«, sage ich und nehme eine abwehrende Haltung ein. »Er hat mir bei etwas geholfen, und ich will mich nur bedanken. Das ist alles.«

Ivy beobachtet mich, sichtlich über meine Erklärung nachdenkend.

»Wie willst du ihn überhaupt wiedersehen?«

»Er hat mir gesagt, wann er das nächste Mal auf die Insel kommen wird«, lüge ich. Mir wird beinahe schlecht davon, wie leicht mir die Lüge über die Lippen kommt.

»Ich halte das nicht für eine gute Idee«, erklärt sie schließlich. Ich will gerade widersprechen, als sie wieder das Wort ergreift. »Aber du bist anscheinend noch nicht über diese Begegnung hinweg, und ein Wiedersehen könnte dir vielleicht helfen, damit abzuschließen.«

»Es gibt nichts, womit ich abschließen müsste«, sage ich.

»Warum willst du ihn dann sehen?«

Ich seufze tief, und Ivy legt den Arm um meine Schultern, lehnt ihren Kopf an meinen. Vielleicht hat sie recht. Vielleicht muss ich damit abschließen.

»Hör zu, wenn du ihm ein Geschenk machen willst, dann tu's, mach ihm ein Geschenk. Sag ihm, was du ihm unbedingt sagen willst, und sieh ihn dann nie wieder.«

»Du machst da gerade wirklich eine zu große Sache draus«, sage ich und wünsche mir, es sei so.

»Ich verstehe, dass du es als kleine Sache abtun willst, aber du hast bisher noch nie irgendetwas halbwegs Romantisches mit einem Mann erlebt, und ich denke, dass es dich deswegen stärker beeinflusst, als es sollte.«

»Ich weiß nicht, ob ich es *romantisch* nennen würde.«

Ivy lacht. »Du bist im Mondschein mit einem Festlandbewohner geschwommen. Ist das etwa nicht romantisch?«

»Ich weiß nicht. Vielleicht war es das«, sage ich schließlich. Es war notwendig. Und intensiv, erschreckend und erleichternd. Ich glaube nicht, dass es romantisch war, aber ich verstehe, was Ivy damit sagen möchte.

»Das bringt mich zu meinem letzten Punkt zurück. Bedanke dich, und das war's dann. Ziehe einen Schlussstrich, damit es dich nicht länger ablenkt. Das ist das Beste, worauf du hoffen kannst.«

Die Hoffnung ist nur schwer zu kontrollieren. Wenn man sich ihr hingibt, wünscht man sich schnell Dinge, die nie Teil des Plans waren.

»Okay. Nie wieder«, pflichte ich bei.

Sie studiert mein Gesicht, versucht wohl herauszufinden, wie ernst ich es meine. Dann nickt sie, als wäre sie zufrieden.

Sie wechselt das Thema, spricht über den Teeladen und über verschiedene Teesorten, an denen sie arbeitet. Als wir zur Hauptstraße zurückkommen, sagt sie: »Bitte, nimm es mir nicht übel.«

»Natürlich nicht.«

»Meine Eltern wollen, dass ich eine neue Mischung zusammenstelle ... inspiriert von dir und Landon ... Sie soll Tandon heißen.«

»Um Gottes willen. Nein«, sage ich schockiert.

»Ich habe meinen Eltern erklärt, dass es dir nicht gefallen würde, aber sie haben darauf beharrt.«

»Und mit welcher Magie würdest du diese Teesorte vermischen?«

»Mit Aufregung und Frieden«, sagt sie. Sie senkt die Stimme und sieht verschmitzt aus. »Ich würde noch einen Tropfen stillen Trotzes hinzufügen, nur für dich.«

»Sag, wann war ich jemals trotzig?«

»Du bist es täglich, wenn du leise darauf bestehst, den Weg, den deine Eltern für dich geplant haben, zu deinen Bedingungen zu gehen. Du bist trotzig, wenn du Landon gegenüber aufrichtig bist und in deinen hübschesten Kleidern schwimmen gehst.«

Nach einer kurzen Pause fährt sie fort: »Und du bist definitiv trotzig, wenn du einem Jungen namens Wolfe einen Erinnerungsduft kreierst.«

»Ich habe nie gesagt, dass es ein Erinnerungsduft sein soll.«

Der Zauberspruch von vorhin fällt mir wieder ein, und ich spüre, dass ich rot werde.

»Wie auch immer«, sagt sie und rollt die Augen.

Ich gebe es nicht zu, aber sie kennt mich zu gut.

Wir kehren in den Laden zurück, ich ziehe meine Jacke aus und gehe zum Arbeitstisch hinüber, um Wolfes Eau de Toilette fertigzustellen.

Dad steckt den Kopf herein. »Ich dachte mir schon, dass du es bist. Liebes, wir müssen das Auffüllen unseres Bestands verschieben – ich habe das Essen vergessen, das deine Mutter heute Abend für die Ratsmitglieder gibt. Können wir es morgen Nacht nachholen?«

Ivy und ich tauschen einen flüchtigen Blick, bevor ich antworte: »Klar, Dad, geht in Ordnung.«

»Prima«, sagt er, geht zurück in den Laden und lässt die Tür hinter sich ins Schloss fallen.

»Tana, nach diesem Abend darfst du Wolfe nie mehr sehen. Gib ihm dein Geschenk, mach einen Schlussstrich und stell sicher, dass er die letzte Fähre nimmt.«

Ich nicke. Sie hat recht, und zwar so sehr, dass mir das Herz wehtut.

»Nie mehr«, sagt sie.

»Ich weiß.«

Sie sieht mich an, den Kopf zur Seite geneigt. »Gut«, meint sie schließlich. Dann umarmt sie mich kurz und geht.

Fünfzehn

Kurz vor Mitternacht treffe ich am Strand an der Westküste ein. Er hat mir erklärt, wie ich ihn erreichen kann: Ich soll um Mitternacht seinen Namen in den Wind flüstern. Wenn er ihn hört, wird er kommen.

Ich bilde mir nicht ein, zu verstehen, wie seine Magie funktioniert, doch ein Teil von mir befürchtet, dass er mir falsche Anweisungen gegeben hat, damit ich mir idiotisch vorkomme, wenn ich am einsamen Strand seinen Namen flüstere.

Und doch tue ich genau das, als es Mitternacht ist. Ich spreche seinen Namen aus und dieser schwebt in den samtig schwarzen Himmel hoch.

»Wolfe.«

Ich sage seinen Namen nur einmal, was mir bereits schwer genug fällt, auch wenn es ein Flüstern ist. Dabei halte ich das Geschenk in den Händen, das ich für ihn kreiert habe. Ich weiß, dass unser gemeinsamer Abend für Wolfe nicht dieselbe Bedeutung hatte wie für mich, aber er hat mir das Leben gerettet, und das werde ich ihm nie vergessen. Aber vielleicht ist es auch die einzige Nacht gewesen, die wirklich mir gehört hat, eine Nacht, in der ich von dem Weg abgewichen bin, den ich mein ganzes Leben lang gegangen bin.

Ich beobachte die Wellen, die ans Ufer rollen. Plötzlich überkommt mich das Verlangen, mich ins Meer zu stürzen, den Wind heraufzubeschwören und im Mondlicht über dem Wasser zu schweben. Ich möchte den Atem der Erde spüren und die zurückflutenden Wellen wieder an die Stelle zurückholen, an der ich mich befinde.

Ich laufe den Strand entlang und versuche, gegen das aufsteigende Verlangen in mir anzukämpfen. Ich bleibe stehen, als mir Wolfes Worte wieder in den Sinn kommen.

Mortana, heute Abend sollte dich nicht die Vorstellung ängstigen, hohe Magie einzusetzen. Ängstigen sollte dich eher, dass du sie danach immer wieder einsetzen willst.

Ich schlucke schwer und lasse die Erkenntnis wirken: Ich will wieder dunkle Magie praktizieren.

Das weiß ich erst, seit ich wieder an diesem Strand stehe, an derselben Stelle wie damals, und eindringlich an die Magie erinnert werde, die durch meine Adern strömte. Aber Wolfe hatte recht, und das jagt mir Angst ein.

Es war ein Fehler, hierher zu kommen.

Ich stecke das Geschenk in meine Tasche und gehe den Strand zurück. Ich habe es eilig, zur Straße zu gelangen, die mich zur Geborgenheit unseres großen Hauses und meines dunklen Schlafzimmers führen wird, zu den wachsamen Blicken meiner Mutter und zu Landons Meerglas.

Die Straße, die mich sicher auf den mir vorbestimmten Weg zurückbringen soll.

Ich atme tief durch, als ich den unsicheren Felsstrand verlasse und das sichere Kopfsteinpflaster betrete.

Doch dann höre ich plötzlich seine Stimme.

»Mortana?«

Ich gebe meinen Beinen den Befehl, das Tempo zu beschleunigen und mich nach Hause zu bringen, aber sie stellen sich taub.

Langsam drehe ich den Kopf und sehe, wie Wolfe den Strand entlang läuft, auf mich zusteuert.

»Du hast nach mir gerufen.« Er neigt den Kopf zur Seite, doch sein Gesichtsausdruck verrät nichts. Ich weiß nicht, was er denkt.

»Das wollte ich eigentlich nicht«, erwidere ich und merke, wie lächerlich das klingt. Mein Blick wandert zur Straße.

Er tritt einen Schritt näher. »Du hast nicht nach mir gerufen?«

»Doch, habe ich, aber dann habe ich meine Meinung geändert.« Ich muss jetzt unbedingt den Mund halten. »Es tut mir sehr leid, aber ich muss gehen.«

Endlich gehorchen mir meine Beine, und ich eile die Straße hinunter, bleibe aber stehen, als seine Hand meine berührt.

»Weißt du, es ist nichts Schlechtes.«

Ich atme tief durch und begehe den fatalen Fehler, ihm in die Augen zu sehen.

»Was meinst du?«, frage ich und fürchte mich bereits vor seiner Antwort.

»Dein Verlangen nach hoher Magie. Ich wollte, dass du mich wiederfindest.«

Ich halte den Atem an und mache den nächsten Fehler, indem ich ihn nach dem Grund frage.

»Du besitzt eine unglaubliche Gabe. Wie kannst du das ignorieren?«

Ich weiche einen Schritt zurück. »Weil ich nichts mit deiner Magie zu tun haben will.«

»Warum bist du dann hier?«, möchte er wissen und wiederholt meine Worte von unserem letzten Treffen.

Ich hole tief Luft und greife in meine Tasche. »Ich wollte dir nur für das danken, was du für mich getan hast.«

Ich reiche ihm das Geschenk und betrachte die Wolken, die vor dem Mond ihres Weges ziehen. Ich vermeide es, ihm in die Augen zu blicken, als würde dies, wie beim direkten Blick in die Sonne, irreparable Schäden verursachen.

Ich höre, wie er den Verschluss abnimmt, den erdigen Duft einatmet und dann auf den Sprühknopf drückt.

Erinnerungen an unsere Nacht, in der wir dunkle Magie anwandten, kommen mir in den Sinn und überwältigen mich. Wolfe wird es wohl ähnlich ergehen. Und es wird bei jedem Sprühstoß so sein.

»Es ist ein Erinnerungsduft«, erkläre ich. »Etwas, das dich an mich erinnert.« Irgendwie möchte ich mich kleiner machen, schlinge die Arme fest um die Brust und halte den Kopf gesenkt. Vielleicht habe ich es mit dem Geschenk übertrieben, vielleicht ist es zu viel.

Vielleicht ist das alles hier zu viel.

»Danke«, erwidert er. Ich spüre, wie sich die Energie in der Luft verändert, als er behutsam mit den Fingerspitzen mein Kinn anhebt. »Aber ich werde mich auch so an dich erinnern.«

Die Worte sind so persönlich, so besonders. Aber er spricht sie aus, als seien es die schrecklichsten Worte, die er je gesagt hat.

»Warum bist du wütend?«

»Weil eure Lebensweise in krassem Widerspruch zu allem steht, wofür ich eintrete.« Er fährt sich mit der Hand durch die Haare. »Eure Bündnisse machen uns kleiner, eure Kompromisse machen uns schwach.« Er lässt den Blick übers Wasser schweifen und schüttelt den Kopf. »Ich *hasse* dich. Und gleichzeitig will ich dich.«

Seine Worte entzünden ein Feuer in mir, das alles in Flammen aufgehen lässt, was sich ihm in den Weg stellt. Ich kann nicht darüber hinwegsehen.

Ich *will* nicht darüber hinwegsehen.

»Ich darf dich nicht mehr wiedersehen.« Ich bin schockiert, als ich mich diese Worte sagen höre, mich endlich überwinde, das zu sagen, was ich zu Beginn hätte sagen sollen. Ich bin auch schockiert, wie verzweifelt ich will, dass die Worte eine Lüge sind, wie ich sie zu etwas umwandeln will, das zur Folge hat, dass ich noch weitere Nächte mit ihm verbringen werde.

Wolfe mustert mich flüchtig. »Dann wollen wir etwas Besonderes aus dieser Nacht machen.«

Er greift nach meiner Hand und zieht mich zurück zum Strand, zu dem unsicheren Boden, wo alles geschehen kann. Ich lasse ihn gewähren, obwohl mein Herz zum Zerspringen schlägt und mein Verstand mir rät, zu gehen.

Er lässt meine Hand nicht los, bis wir weit unten am Ufer sind, das Meer zu meiner Rechten und hoch aufragende immergrüne Pflanzen zu meiner Linken. Hier sind wir geschützt. In Sicherheit. Unsichtbar, während der Rest der Insel schläft.

Wolfe zaubert eine Mondblume aus der Tasche und bindet ihren Stiel um mein Handgelenk. »Um der Tradition willen«, sagt er.

»Wo findest du die?«, frage ich und betrachte die Mondblume.

»Wir haben sie zu Hause, doch die, die ich mit dir entdeckt habe, war die erste außerhalb unseres Bereiches. Es heißt, die erste Hexe auf dieser Insel sei auf einem Feld geboren worden, auf dem Hunderte von Mondblumen blühten. Als Erstes soll das Kind nicht nach seiner Mutter getastet haben, sondern nach einer Blüte. Ihr praktiziert die Magie nicht nur deshalb ausschließlich tagsüber, weil dies für das Festland akzeptabler ist, sondern auch, weil sie nachts im Mondlicht am mächtigsten ist. Wendet man sie tagsüber an, bedeutet das unwillkürlich, dass sie schwächer ausfällt.«

»Das habe ich noch nie gehört«, sage ich. Meine Finger zittern, als ich sie über die weißen Blütenblätter gleiten lasse. Ich kann nicht begreifen, warum sich Wolfes Geschichte über die Mondblume so stark von meiner unterscheidet. Ich verstehe nicht, warum ich keinen Schmerz verspüre, warum mein Leben verschont wird, wenn ich eine Mondblume in die Hand nehme. Diese verdammte Blume hat meinen Lebensweg erschüttert, und wenn er schließlich wieder geebnet ist, werde ich wissen, dass alles in jener Nacht begann, als sich herausstellte, dass die angeblich tödliche Mondblume keineswegs tödlich ist.

»Warum tut die Berührung nicht weh?«, frage ich schließlich leise. Während ich auf seine Antwort warte, halte ich den Atem an.

»Weil sie für Hexen nicht giftig ist.« Wolfes Stimme klingt gleichmütig, aber er beobachtet mich, als würde meine Reaktion irgendetwas bedeuten.

»Aber warum glaubt dann mein gesamter Hexenzirkel etwas anderes?«

Wolfe wirkt mit einem Mal angespannt. Er lässt den Blick über das Wasser schweifen, als würde er nach den richtigen Worten suchen. »Du solltest deine Mutter mal danach fragen«, sagt er, und es hört sich wie eine Provokation an.

»Aber warum glaubt meine Mutter, dass die Mondblume gefährlich ist?«

Wolfe atmet tief durch, was mich nervös macht. »Frag sie einfach.«

»Vielleicht werde ich das tun.« Ich streiche mit den Fingerspitzen über die Blütenblätter an meinem Handgelenk. Bei der Vorstellung, meine Mutter auf die Blume anzusprechen, dreht sich mir der Magen. Aber irgendetwas an Wolfes Tonfall lässt mich vermuten, dass es wichtig ist. Doch für den Augenblick verdränge ich den Gedanken.

»Gut, machen wir weiter. Jedes Lebewesen hat seinen eigenen Herzschlag, seine eigene Energie, die es in die Welt verströmt.«

Wolfe deutet auf einen Farn, der am Fuß eines Baums wächst und dessen Blätter im Wind rascheln. »Diese Energie ist für Hexen zugänglich, sie wartet nur darauf, eine Verbindung einzugehen.«

Er berührt die Pflanze und schließt die Augen. Dann atmet er ein paar Mal tief durch, wendet sich von dem Farn ab und berührt die kahle Erde daneben.

»Wo es einst einen gab, gib noch einen her«, flüstert er ehrerbietig, und schon wächst ein neuer Farn aus dem kahlen Erdboden, in voller Größe, lebendig und echt.

»Wie hast du das gemacht?«, frage ich voller Staunen. Ich gehe behutsam auf die Pflanze zu, befürchte, sie könnte verschwinden, wenn ich näherkomme. Sanft streiche ich über die Blätter.

Doch sie verschwindet nicht.

Wolfe berührt noch einmal die erste Pflanze, dann nimmt er meine Hand und legt sie auf seine.

»Schließ die Augen und konzentrier dich«, sagt er. »Was fühlst du?«

Bei seiner Berührung entzündet sich eine Flamme in meinem Bauch, aber ich weiß, dass er das nicht meint. Ich zwinge mich, mich nicht auf seine Finger zu konzentrieren, sondern auf alles andere.

Mein Leben lang habe ich mit Pflanzen zu tun gehabt. Nach einigen Augenblicken der Konzentration weiß ich genau, was er von mir erwartet. Ein vibrierender Strom kühler, sauberer Magie durchläuft seine Hand. Ich spüre ihn so deutlich wie das Feuer in meinem Bauch und den Wind in meinem Haar.

»Da«, sagt er. »Das war's.«

Behutsam ziehe ich die Magie von ihm an mich. Ich weiß nicht, weshalb ich es tue, woher ich überhaupt weiß, dass es möglich ist, aber es scheint mir ganz natürlich zu sein.

»*Wo es einst einen gab, gib noch einen her.*« Ich nehme den Herzschlag des Farns auf und pflanze ihn in die Erde.

Ein weiterer Farn schießt vor uns in die Höhe.

Ich pflanze noch viele weitere und beobachte, wie sie einer nach dem anderen aus der Erde schießen. Ich würde gern Hunderte, Tausende von ihnen pflanzen, mir meine eigene geheime Wiese anlegen, die ich nach Belieben aufsuchen könnte.

Noch einen, noch einen, noch einen.

Ich lache und freue mich riesig, als ich spüre, wie sich die Energie der Pflanze mit meiner eigenen verbindet.

Bei der niedrigen Magie ist das anders. Wir lassen unsere Magie in Dinge einfließen, die bereits existieren: Parfüm, Teeblätter, Make-up und Hefeteig. Aber diese Verbindung meiner Magie mit dem Farn, dem Wind und dem Meer, die ich bei meiner letzten Begegnung mit Wolfe erlebte, ist berauschend.

Und das soll auch so sein.

Sobald mir dieser Gedanke durch den Kopf geht, möchte ich mich davon lösen, aber es ist zu spät. Der Gedanke schlägt Wurzeln in meinem Kopf wie die Farne im Boden um mich herum.

»Danke, dass du es mir beigebracht hast«, sage ich. »Ich freue mich, dass ich es erleben durfte.«

»Ist das alles, was du heute Nacht tun möchtest?«

Ich spüre, wie die Magie in meinem Körper erwacht, vibriert und nach mehr verlangt. Aber das ist ein gefährliches Gefühl.

»Ja.«

Wolfe nickt. »In Ordnung.«

Wir schlendern zurück zum Hauptstrand, treten aus dem Schutz der Bäume heraus, und ich versuche, das flaue Gefühl in meinem Magen zu ignorieren.

Plötzlich erstarre ich vor Angst. Mrs Wright geht am Strand entlang, summt vor sich hin, ihr Hund springt ihr voraus. Sie gehört zusammen mit meiner Mutter zu den Ratsmitgliedern, und ich gerate in Panik, als sie näherkommt. Eine Wolke schiebt sich vor den Mond, und hüllt Wolfe und mich in Dunkelheit.

Aber bald wird sie uns entdecken.

Plötzlich übernimmt mein Körper die Kontrolle. Ich spüre die Brise über dem Meer, greife sie auf, lasse sie zu einem starken Wind anschwellen und übers Meer wehen. Gischt steigt auf und hüllt den Strand in einen dunstigen Nebel, der direkt auf Mrs Wright zuschwebt.

»Die Brise zum Sturm, hör auf mein Wort, gib mir Distanz und wehe hinfort.« Verzweifelt flüstere ich die Worte immer wieder und hoffe, dass sie ihren Zweck erfüllen.

»Oje«, sagt Mrs Wright so nah, dass ich sie hören kann.

Noch ein paar Schritte und sie wird uns sehen.

Ich wirble noch mehr Wind auf, den ich in ihre Richtung lenken will, aber Wolfe stößt mit mir zusammen, sodass wir in ein Dickicht aus Dünengräsern und Sträuchern geschleudert werden. Er landet direkt auf mir.

»Was war das denn?«, höre ich Mrs Wright sagen. Ihr Hund kommt angerannt, schnüffelt am Gras, winselt dann aber und läuft davon. Wolfe legt einen Finger auf die Lippen, und ich spüre seine Brust an meiner, und unser Atem vermischt sich.

Ich sorge für einen weiteren kräftigen Windstoß und schicke ihn Mrs Wright entgegen, die daraufhin den Rückzug antritt. Ich höre noch, wie sie etwas über unberechenbares Wetter murmelt, und dann verklingt ihre Stimme.

Mein Herz schlägt zum Zerspringen.

Wolfe liegt immer noch auf mir, nimmt mir den Atem.

Die Wolken ziehen ihre Bahn am Himmel, und der Mond taucht

wieder aus seinem Versteck auf. Er wirft sein blassblaues Licht über Wolfe, über sein zerzaustes Haar und seine grauen Augen, erhellt seinen Gesichtsausdruck und beleuchtet seinen Blick, der auf meinen Lippen haftet.

Ich habe nur einen Gedanken – ich will ihm ganz nah sein, will wissen, wie er sich anfühlt, wie er schmeckt. Ich will all das erkunden, was für mich verboten ist.

Fast hätte ich es getan, hätte fast die Augen geschlossen und meine Lippen auf seine gepresst, aber dann denke ich an die Erwartungen meiner Eltern und Landons Meerglas, an meine Vorfahren und an Ivys Vertrauen in mich.

Und ich kann es nicht tun.

Ich wünsche es mir mehr als alles andere auf der Welt, aber ich kann es nicht tun.

Ich räuspere mich und rolle zur Seite, stehe aber nicht auf. Stattdessen bleibe ich auf dem Rücken liegen und schaue zu den Sternen hoch.

Wolfe tut das Gleiche. Dann meint er: »Was ich dir jetzt sagen werde, wird dir nicht gefallen.« Ich wende mich ihm zu, aber er sieht mich nicht an, sondern hält den Blick auf den zunehmenden Mond und die funkelnden Sterne gerichtet.

»Worum geht's?«, frage ich und habe Angst vor dem, was er sagen könnte.

Ich denke an meine Anfänge in der Parfümerie zurück, als ich die Düfte mit Gefühlen anreicherte. Das fiel mir nie schwer. Und ich überlege, dass mir noch nie etwas, nicht einmal das Herstellen von Parfüm, so leichtgefallen ist, wie gerade den Wind über dem Meer zu beschwören.

»Was du soeben getan hast, ist für eine Hexe der neuen Ordnung nicht möglich. Du hättest es eigentlich nicht tun können.« Er schweigt kurz. »Weißt du, was mir das verrät?«

Ich sage nichts, bewege mich nicht, atme nicht und blinzle nicht. Ich warte auf seine Antwort, habe Angst, sie könnte meine ganze Welt auf den Kopf stellen.

Und dann tut sie es wirklich:

»Du praktizierst die falsche Magie.«

Sechzehn

Auf der Hauptstraße drängen sich die Touristen, Schals flattern in der Herbstbrise und behandschuhte Hände halten warme Getränke. Die Ahornbäume verändern sich, ihre grünen und gelben Blätter nehmen Schattierungen in Tieforange und Blutrot an. Die Pflastersteine sind noch nass vom Regen, aber heute ist es hell und klar, und das Sonnenlicht fängt die auf dem Laub und den Weinreben verbliebenen Regentropfen ein.

Ivy hat sich bei mir untergehakt, und wir folgen meiner Mutter, die sich einen Weg durch die Touristen bahnt. Ich freue mich, dass sie mit Einkaufstüten beladen sind, dass unsere Insel floriert und unsere Magie geschätzt wird. Doch ich habe auch Angst davor, dass das alles von heute auf morgen in sich zusammenfallen könnte.

Du praktizierst die falsche Magie.

Ich schüttle den Kopf und verdränge die Worte. Die *richtige* Magie ist diejenige, die uns beschützt, es uns ermöglicht, frei und ungezwungen zu leben, und die Sicherheit unserer Kinder gewährleistet.

»Hey, bist du noch anwesend?«, fragt Ivy und holt mich in die Gegenwart zurück.

»Tut mir leid, ich bin hier.«

Ivy rollt die Augen. »Grüß Wolfe von mir.«

»Ivy«, sage ich und hoffe, dass ich streng klinge. »Sag seinen Namen nicht, wenn meine Mutter in der Nähe ist. Und im Übrigen habe ich nicht an ihn gedacht.«

»Wie du meinst. Nur …« Sie verlangsamt ihre Schritte, um mehr Abstand zu meiner Mutter zu schaffen.

Ich sehe sie an. »Sag, was du zu sagen hast.«

»Hier steht dein Herz auf dem Spiel, Tana. Ich möchte nur, dass du vorsichtig bist.« Sie macht keine Anstalten, weiterzugehen. Stattdessen schluckt sie schwer und ringt die Hände.

»Und?«

»Und es geht auch um Landons Herz.« Sie spricht so leise, dass ich mich vorbeugen muss, um die Worte zu hören.

»Das glaube ich nicht«, sage ich leise, bereue es aber sofort.

»Wie meinst du das?«

Ich schüttle den Kopf und möchte weitergehen, aber Ivy hält mich zurück. »Vergiss, was ich gesagt habe. Es ist nicht wichtig.«

»Aber für mich ist es wichtig.«

»Er hat gesagt, dass die Pflicht wichtiger ist als alles andere, dass er mir nicht versprechen kann, mich zu lieben.«

»Hast du das gefordert?«

»Nein, natürlich nicht«, erwidere ich. »Ich habe ihn nur gebeten, offen dafür zu sein. Ich habe wohl immer gedacht, dass der Funke überspringt, sobald wir uns wirklich kennenlernen.« Ich zucke mit den Schultern. »Ich merke jetzt, wie albern das klingt.«

Meine Mutter ist inzwischen weit voraus, und wir setzen uns erneut in Bewegung. Ivy hat sich wieder bei mir untergehakt.

»Es ist nicht albern. Ich kann mir nicht vorstellen, dass jemand längere Zeit mit dir verbringen kann, ohne sich mit Haut und Haaren in dich zu verlieben. Eines Tages wird er verrückt nach dir sein, lass ihm einfach Zeit.«

Ich lächle bei diesen Worten, aber mein Magen verkrampft sich, denn so gern ich ihr auch glauben möchte, ich tue es nicht. Ich drücke ihren Arm. Ihre Anwesenheit neben mir fühlt sich gut an, verankert mich in dieser Welt, in dieser Magie und in diesem Leben. Sie versucht, mich zu beschützen, und ich bin ihr dankbar dafür. Irgendwann brauchen wir alle Schutz, und ich glaube, ich brauche ihn jetzt.

Denn manchmal drifte ich mitten in der Nacht, wenn die Insel schläft, einfach davon. Zu dunkler Magie und gebrochenen Regeln, zur Westküste und zu einem Jungen, der scharfsinnig und schön ist, wie ein roher Kristall, der aus der Erde gefördert wurde.

Doch jetzt will ich nicht davondriften. Also hake ich mich noch fester bei Ivy unter, während wir meine Mutter einholen.

»Seid ihr bereit, Mädels?«, fragt sie und bleibt vor Ms Talbots Modeladen stehen.

»Sehen wir uns nach einem Kleid um«, erwidere ich. Meine Mutter nickt zustimmend und rauscht dann so energisch in das Modegeschäft *Satin & Seide* hinein wie die Herbstbrise durch die Hauptstraße.

»Hallo, Ms Talbot«, sagt sie. Wir haben den Laden für uns. Mom hat einen Termin vereinbart, damit außer ihr, Ivy, Ms Talbot und mir niemand das Kleid vor dem Ball zu sehen bekommt. Es erscheint mir etwas übertrieben, aber ich freue mich auch, denn ich habe mein Leben lang diesem Ball entgegengefiebert.

Jede Hexe hat in der Nacht zu ihrem zwanzigsten Geburtstag ihren eigenen Ball, denn jede einzelne macht unseren Hexenzirkel stark. Wir werden mit jeder Hexe, die schwört, keine dunkle Magie zu praktizieren, und sich der neuen Ordnung verpflichtet, stärker. Unsere Gesellschaft stabilisiert sich und wir kommen dem Leben, das wir anstreben, immer näher.

Und mein Ball wird dieses Leben, mit der Ankündigung meiner Verlobung mit Landon, besiegeln.

Meine Mutter hat recht: Ich brauche das perfekte Kleid.

»Nun, Tana, das ist wirklich sehr aufregend«, sagt Ms Talbot, während sie eine Kanne Tee und drei Teetassen hereinbringt.

Wir nehmen auf einem elfenbeinfarbenen Sofa Platz, das gegenüber einem erhöhten Podest mit einer Spiegelwand steht. Der Raum ist makellos und hell, das Sonnenlicht strömt durch die deckenhohen Fenster und bringt die golden umrahmten Spiegel zum Funkeln.

»Was für ein Kleid stellst du dir vor, meine Liebe?«, fragt Ms Talbot, die jetzt erwartungsvoll vor mir steht.

Meine Mutter ergreift das Wort, aber ich unterbreche sie. »Ich hätte gerne ein Kleid in der Farbe des Meeres«, sage ich. »Als wäre ich aus dem Meer geboren. Mit einer Schleppe hinten. Keine Spitzen oder Rüschen. Ich möchte hinreißend aussehen, verführerisch.«

»Tana, willst du nicht etwas Helleres, Weicheres?«

»Nein.«

Meine Mutter nippt an ihrem Tee. »Na schön, das hört sich gut an.«

Ms Talbot klatscht in die Hände, eilt dann nach hinten, um Stoffmuster zu holen.

Ich lasse meine Gedanken schweifen, während Ivy und meine Mutter über Ivys Ball sprechen, der nur wenige Monate nach meinem stattfinden wird. Sie unterhalten sich locker und ungezwungen – begeistern sich für dieselben Dinge und betonen dieselben Worte. Sie passen beide so gut in dieses Umfeld, sind herzlich und dabei stark.

Wolfe irrt sich, was die niedrige Magie betrifft. Er irrt sich, wenn er uns für Feiglinge hält und für eine Schande für Hexen.

Er hält uns für schwach, weil er nicht über seine beschränkte Definition von Stärke hinaussehen kann.

Unsere Stärke kann bedeuten, sich zu verschleiern, zurückzunehmen, um die Menschen, die wir lieben, zu retten.

Unsere Stärke bedeutet, uns den Festlandbewohnern gegenüber verletzlich zu zeigen, damit wir akzeptiert werden.

Unsere Stärke bedeutet, es hinunterzuschlucken, wenn Menschen wie Wolfe es wagen, uns als schwach abzustempeln.

Ich schüttle den Kopf. Mein Gott, macht der mich wütend.

Ich atme schwer und verschränke die Arme, wünsche mir nichts mehr, als zur Westküste zu stürmen und ihm die Meinung zu sagen.

»Tana?«, fragt meine Mutter und führt die Teetasse halb zum Mund.

»Entschuldigung. Was hast du gesagt?«

Sie schüttelt den Kopf und stellt die Tasse auf die Untertasse, was ein klirrendes Geräusch verursacht. »Was ist denn in letzter Zeit mit dir los? Du bist so zerstreut und gedanklich abwesend. Doch ich brauche dich *hier*, Tana. Es ist wichtig.«

»Tut mir leid, Mom. Ich bin einfach müde.«

Sie mustert mich einen Moment lang intensiv. Schließlich nickt sie. »Nun, versuch, heute Abend früh zu Bett zu gehen. Auf dem Heimweg können wir kurz bei der *Verzauberten Tasse* Halt machen und etwas von der Schlafmischung besorgen.«

»Das ist eine gute Idee.«

»Ivy, willst du mich nicht noch weiter in deine Pläne mit dem Hexenzirkel einweihen?« Meine Mutter greift wieder nach ihrer Teetasse und wendet sich Ivy zu.

Manchmal denke ich, dass Ivy die Tochter ist, die meine Mutter gern gehabt hätte. Ich nehme es Ivy nicht übel – überhaupt nicht. Wenn überhaupt, dann wünschte ich mir, ich könnte mehr sein wie sie. Ich muss diese unglaubliche Rolle spielen, und ich weiß, dass ich sie schlecht verkörpere.

Ivy würde sie viel besser ausfüllen, und das wissen wir alle. Aber mein Nachname bedeutet, dass es meine Verantwortung ist, als würde ein Name einen Unterschied machen.

Dieser Gedanke erschreckt mich. Es spielt doch eine Rolle ... oder? Wann habe ich damit angefangen, diese Traditionen und Wertvorstellungen, die das Fundament unseres Zirkels bilden, zu hinterfragen?

Aber ich kenne die Antwort: Es war in dem Augenblick, in dem ich die Mondblume berührte und keinen Schmerz verspürte. Es war der Abend, an dem ich eine Magie anwandte, mit der ich nie in Kontakt hätte kommen sollen. Und das macht mich wütend, wütend darüber, dass ich es einem einzigen Menschen erlaubt habe, mir diese Gedanken einzuflößen. Die Teetasse zittert, als ich sie zum Mund führe. Schnell setze ich sie wieder ab, aber zu brüsk, sie knallt auf der Untertasse auf.

»Tana, pass doch auf«, ruft meine Mutter. Sie wirkt peinlich berührt, obwohl Ms Talbot sich immer noch im Lager aufhält. »Dein Verhalten ist beunruhigend. Bitte, reiß dich zusammen.« Sie schüttelt den Kopf. »Ich hoffe sehr, dass sich Landon von der herbstlichen Schwimmübung mit dir erholt hat. Was hast du dir nur dabei gedacht, Tana?«

»Er braucht sich nicht erholen«, sage ich, »es war seine Idee.«

»So, da wären sie«, säuselt Ms Talbot, als sie mit einigen Stoffballen auf den Armen auftaucht. Sie sind alle in Blautönen gehalten, dunkles Marineblau, Himmelblau, Schiefergrau und Azurblau. Die Stoffe schimmern im Licht wie das Meer bei Vollmond. Ich richte mich auf und berühre die Seide.

»Oh, Shawna, das ist ja wunderschön«, sagt meine Mutter und zieht ein Stück Stoff heraus.

»Diesen Stoff mag ich auch am liebsten«, sage ich. Es ist die schiefergraue Seide, ein blaugrauer Stoff, den man mit schäumenden Wellen verwechseln könnte. Mom wirft mir einen Blick zu, ein warmes Lächeln breitet sich auf ihrem Gesicht aus. »Dieser Stoff ist wie für dich gemacht«, sagt sie, und das füllt irgendwie alle leeren Stellen in meinem Inneren aus.

Sie ist stolz auf mich. Ich weiß es, selbst wenn sie sich aufregt, wenn ich meine Teetasse zu brüsk abstelle und gedanklich irgendwo anders bin. Sie strahlt es aus, und ich wünschte mir, ich wäre in der Parfümerie, dann könnte ich einen unserer Düfte damit bereichern und in die Luft sprühen, wann immer ich daran erinnert werden wollte.

»Tana, diese Farbe wurde extra für dich kreiert«, sagt Ivy.

Ms Talbot dirigiert mich zu dem Podest und nimmt meine Maße. Sie trägt eine schmale Nickelbrille und hat die Haare straff zu einem Dutt zusammengesteckt. Als sie Maß nimmt, kaut sie an der Unterlippe, schreibt alles auf und misst dann noch einmal nach. Das Oberteil wird eng anliegen und der Stoff von der Taille abwärts fließen, aber unter der Seide wird keine Krinoline oder ein zusätzlicher Stoff eingenäht werden. Das Kleid wird im Rücken zu einer Schleppe auslaufen und ich werde glitzern wie das Meer im Mondlicht.

Noch nie habe ich ein schöneres Kleid besessen; die Farben sind nicht zu vergleichen mit den Pastelltönen der Insel. Ich kann es kaum erwarten, es zu tragen.

Mom tritt an mich heran und legt mir eine Edelsteinkette um den Hals, ich spüre das Gewicht der Saphire.

Meine Hand wandert zu der Halskette, aber als ich mich im Spiegel betrachte, habe ich das Gefühl, dass sie nicht richtig zu mir passt.

»Ich hatte gehofft, deine Perlen tragen zu können«, sage ich.

Ich bemerke den überraschten Ausdruck im Gesicht meiner Mutter. Dann lächelt sie, schluckt schwer und nimmt mir die Kette wieder ab.

»Natürlich kannst du das«, erwidert sie und sucht meinen Blick im Spiegel.

Als Ms Talbot meine Maße notiert hat, bittet sie uns, in zwei Wochen zur ersten Anprobe zu kommen. Wir trinken unseren Tee aus und gehen wieder auf die Hauptstraße, wo zu dieser Tageszeit nicht mehr so viel Geschäftigkeit herrscht. Die Tage werden kürzer, und vor den meisten Geschäften hängen Laternen, die die rissigen, von Weinreben überwucherten Fassaden in ein warmes, bernsteinfarbenes Licht tauchen.

»Eigentlich möchte ich euch Mädels zum Essen einladen«, sagt meine Mutter und zieht Ivy und mich an sich.

»Nur wir drei?«, frage ich. Wir nehmen das Abendessen fast jeden Abend zusammen mit Dad ein. Ich kann mich nicht erinnern, dass mich Mom je mit einer Freundin zum Essen ausgeführt hat.

»Nur wir drei.«

»Ich habe nichts anderes vor«, sagt Ivy, und ich drücke mich an sie.

»Klingt perfekt.«

Es gibt Augenblicke, in denen ich das Gefühl habe, dass mich die Last der Erwartungen und der Verantwortung erdrückt, in denen ich befürchte, dass ich der Rolle, die mir zugedacht ist, niemals gerecht werden kann. Aber dann gibt es auch Augenblicke, in denen ich mich auf der Insel umsehe, meine Eltern und Freunde betrachte und von Kopf bis Fuß mit grenzenlosem Stolz erfüllt bin.

Jetzt ist einer dieser Augenblicke.

Beim Essen vermeiden wir das Thema Landon. Wir reden auch nicht über das Festland oder die Bündnisfeier oder die vorgeschriebene Etikette, wenn wir einen hohen Gast empfangen. Wir unterhalten uns über die kleinen, belanglosen Details, die unser Leben auf dieser winzigen Insel ausmachen.

Und sie bedeuten mir alles.

Siebzehn

Seit meinem Treffen mit Landon habe ich nicht mehr gut geschlafen, weil ich mir Gedanken um Dinge mache, die ich lieber ignorieren sollte. Die mich frustrieren, weil ich so vieles nicht verstehe und mir die ständigen Fragen Kopfschmerzen bereiten. Ich wünschte, ich könnte die Mondblume vergessen und die hohe Magie und Wolfe Hawthorne würden von einer tückischen Strömung davongetragen und nie mehr auftauchen. Aber ich kann sie nicht vergessen und bin deshalb sehr wütend auf mich.

Sobald meine Eltern sich ihrem abendlichen Tee widmen, nehme ich meinen Erntekorb und schleiche mich aus dem Haus. Ich muss meinen Kopf freibekommen und gehe am Ufer entlang zur Westseite der Insel, zu der wilden Küste, wo niemand mich stören wird. Ich habe meine Mutter noch immer nicht nach der Mondblume gefragt, weiß aber, dass ich es tun muss, um endlich Ruhe zu finden. Aber seit jener ersten Nacht, in der ich Wolfe auf dem Feld traf, habe ich ein ungutes Gefühl im Magen. Diese Begegnung könnte alles verändern und hat es vielleicht bereits. Doch ich bemühe mich sehr, die Kontrolle über mein Leben zu behalten. Und ich denke, nicht zu fragen, ist meine Art, damit klar zu kommen, mich daran zu klammern, wie alles war, bevor ich die *Erupta* verpasste.

Wolfe würde mich als Feigling bezeichnen. Vielleicht hat er sogar recht.

In der Parfümerie gehen die Veilchen und Narzissen aus, und ich mache mich auf den Weg zu der Stelle, wo sie wachsen. Es ist ein ruhiger Abend. Eine stimmungsvolle Dämmerung breitet sich über der Insel aus. Ich summe vor mich hin, während ich meinen Korb mit den Blumen fülle. Ich male mir aus, welch unterschiedliche Düfte ich kreieren kann, welche Kombinationen ich zusammenstellen und welche Magie ich ihnen einflößen werde. Fast täglich stelle ich Parfüms her, werde es nie satt, langweile mich nie und werde auch nicht ungeduldig. Magie für meine Haare und mein Make-up anzuwenden, ist für mich nichts weiter als eine Annehmlichkeit. Aber wenn ich im Hinterzimmer der Parfümerie die perfekte Mischung aus Duft und Magie finde, fühle ich mich vollkommen geerdet.

Zumindest war das so, bevor ich Wolfe begegnete. Nun muss ich einen Teil meiner Magie ignorieren, der darauf drängt, mehr davon einzusetzen. Und ich werde es ihm nie verzeihen, sollte sich meine niedrige Magie irgendwann so anfühlen, als sei sie nicht genug. Das werde ich nicht verkraften.

Mein Korb quillt über. Doch statt in Richtung Norden zu gehen und den Heimweg anzutreten, gehe ich weiter nach Süden. Der südwestliche Teil der Insel ist stark bewaldet. Während ich mich an den Bäumen vorbeischlängele, frage ich mich, ob es hier vielleicht ein Haus gibt, das durch Magie geschützt ist. Es scheint nicht möglich zu sein, denn ich habe jeden Teil der Insel schon oft erkundet. Doch ich habe bereits erfahren, dass sich scheinbare Unmöglichkeiten als durchaus möglich erweisen können.

Ich suche den Wald nach Hinweisen auf menschliches Leben ab – Gärten, Rauch oder Tore, die das bestätigen könnten, was ich nicht glauben will. Wenn es auf der Insel ein Haus gibt, das niemand kennt, dann müsste es in diesem Bereich liegen, am weitesten entfernt von den Häusern und Läden des neuen Hexenzirkels. Aber ich kann nichts entdecken.

Je weiter ich in den Wald eindringe, desto dunkler wird der Himmel. Plötzlich wird mir bewusst, wie weit ich mich von zu Hause entfernt habe. Ich will mich auf den Heimweg machen, als ich höre, wie in der Ferne ein Ast knackt.

Ich kneife die Augen zu, aber alles, was ich in der Dunkelheit wahrnehmen kann, sind die Schatten immergrüner Pflanzen.

»Wer ist da?«, fragt eine Stimme, die ich sofort erkenne.

Ich weiß nicht, was über mich gekommen ist, aber ich drehe mich in die andere Richtung und laufe weg, will nicht, dass er mich sieht. Ich will nicht, dass er erfährt, dass ich nach Anzeichen eines magischen Hauses oder eines vergessenen Hexenzirkels gesucht habe.

Es ist jetzt so finster, dass ich kaum erkennen kann, wohin ich trete. Ich bleibe mit dem Fuß an einer freiliegenden Wurzel hängen und falle auf den Waldboden. Mein Korb landet einige Meter von mir entfernt und die Blumen werden über den Waldboden verstreut.

Einen Augenblick lang herrscht absolute Stille.

»Mortana?«

Ich blicke hoch – Wolfe steht direkt vor mir. Ich will antworten, aber ringe nach Worten.

»Was tust du denn hier draußen?«, fragt er. Er streckt mir die Hand hin und ich greife langsam danach, ignoriere, dass mich die Berührung wie ein Stromschlag durchläuft.

»Ich habe mich verlaufen«, sage ich, stehe auf, kann ihm nicht in die Augen sehen.

»Du hast dich verlaufen? Auf dieser kleinen Insel, auf der du dein ganzes Leben verbracht hast?« Ich schaue ihn nicht an, höre jedoch den Spott in seiner Stimme, kann mir vorstellen, wie er grinst.

»Es ist sehr dunkel«, sage ich leise.

Ich gehe zu meinem Korb und sammle die verstreuten Blumen wieder ein. Wolfe bückt sich, um mir zu helfen. Als ich alle Blumen, die ich in der Dunkelheit sehen kann, in meinen Korb gelegt habe, richte ich mich wieder auf.

»Hast du dich verletzt?«, fragt Wolfe.

»Nein.«

Er sagt nichts weiter, sondern geht stattdessen los, pflückt Kräuter und Pflanzen und legt sie in meinen Korb. Ich folge ihm langsam, und ich bin gerührt, als ich beobachte, wie achtsam er mit jeder einzelnen Pflanze umgeht, sie behutsam herauszieht, als wäre sie aus Glas, das jeden Moment zersplittern könnte.

Undeutlich sehe ich, dass seine Finger verfärbt sind. Ich bleibe stehen, greife nach seiner Hand und halte sie dicht an mein Gesicht. »Du blutest ja.«

»Es ist kein Blut.« Er sieht mich an. »Ich habe gerade gemalt.«

»Du malst?«

»Ja.« Es klingt angespannt, als habe er etwas eingestanden, was er eigentlich geheim halten wollte.

»Was malst du?«

Wolfe setzt sich wieder in Bewegung, und ich folge ihm.

»Überwiegend Menschen.«

»Deinen Hexenzirkel?«

»Ja, meinen Hexenzirkel.«

»Warum?«, frage ich und wünsche mir, dass er weiterredet, diesen Teil von sich mit mir teilt.

»Wenn ich es nicht tue, wie soll man sich dann an uns erinnern?«

Diese Worte machen mich sprachlos, die unverblümte Ehrlichkeit. Ich würde gern etwas sagen, um die Wut zu mildern, den Schmerz, den ich in seiner Stimme höre, aber mir fehlen die Worte. Mein Hexenzirkel weiß nicht, dass sein Zirkel existiert. Er lebt verborgen in der Magie und im Schatten der Bäume.

»Ich werde mich erinnern.«

Wolfe wendet sich mir zu und legt Zedernholz in meinen Korb. »Und wirst du es deiner Mutter sagen? Deinem künftigen Ehemann? Oder bin ich ein Geheimnis, das du mit ins Grab nimmst?«

»Ich …« Ich verstumme, denn die Antwort ist zu schmerzlich, um sie laut auszusprechen. Ich starre ihn an. In diesem dichten Wald gleicht er mehr einem Schatten als einem Menschen. Er weiß, dass ich es niemandem sagen kann, dass unser und sein Schutz davon abhängen, dass das Festland glaubt, die dunkle Magie sei verschwunden. Aber es ist eine schmerzliche Tatsache, die den Rest meines Lebens an mir nagen wird.

Ich bin überrascht, als seine Finger mein Gesicht berühren, sanft über meine Wange streichen und mir eine Haarsträhne hinters Ohr schieben. »Genau das habe ich mir gedacht.«

Er macht, ohne ein weiteres Wort zu verlieren, kehrt, aber ich bleibe wie vom Donner gerührt stehen und betaste die Stellen, die seine Finger noch vor Kurzem berührt haben.

»Ich muss nach Hause«, stoße ich schließlich hervor und zwinge mich, loszugehen.

Wolfe verlangsamt seine Schritte und legt einen Narzissenstängel in den Korb. »Was tust du wirklich hier draußen?«, fragt er.

Ich drehe mich um und folge dem Rauschen der Wellen, möchte zum Strand, wo das Mondlicht den Heimweg beleuchten wird. Wolfe passt sich meinem Schritt an. Ich antworte erst, als ich am Strand bin und die beruhigende, salzige Luft einatme.

Schließlich wende ich mich Wolfe zu.

»Ich bin hierhergekommen, um Gräser und Blumen zu sammeln und über unser Gespräch nachzudenken. Ich glaube, unbewusst habe ich mich auf die Suche nach Beweisen für das gemacht, was du mir erzählt hast.«

»Du glaubst mir nicht?«

»Das habe ich nicht gesagt.«

»Warum suchst du dann nach Beweisen?«

Ich hole tief Luft. »Weil ich dir nicht glauben will.« Ich trete näher ans Wasser und setze mich in den Sand, müde, verlegen und verwirrt.

»Warum nicht?«

»Weil das einfacher ist, als die Alternative zu akzeptieren.«

»Und hast du irgendeinen Beweis entdeckt?« Er setzt sich neben mich auf den Boden. Seine Stimme verrät nichts, aber er strahlt eine Sanftheit aus, die ich vorher nicht an ihm bemerkt habe, und ich verstehe nicht, warum. Vielleicht kann er erkennen, was er alles in mir aufgewühlt hat.

»Na ja, ich bin dir begegnet. Entweder verfolgst du mich, oder du hast ein magisches Haus auf dieser Insel, dem ich etwas zu nahe gekommen bin.«

»Ich verfolge dich nicht«, protestiert er.

Ich halte kurz inne. »Ich weiß. Wie also funktioniert es? Woher wusstest du, dass ich hier im Wald bin?«

Wolfe verlagert sein Gewicht, und ich erkenne, dass er sich ebenfalls nicht wohl in seiner Haut fühlt, weil er nicht weiß, ob er mir vertrauen kann. Er weiß nicht, ob er zu viel preisgegeben hat oder ob ich nach Hause eilen und meiner Mutter alles, was ich erfahren habe, erzählen werde.

»Das Haus ist mit einem Zauber belegt, der Wärmesignale in den umliegenden Wäldern erkennen kann. Ursprünglich diente er dazu, die Hexen auf Tiere aufmerksam zu machen, die sich in der Nähe aufhielten. Die Hexen mussten essen, auch wenn die Ernte noch nicht so weit war. Wir nutzen ihn jetzt als eine Art Sicherheitssystem.«

Während er spricht, wird die Wut in mir immer stärker, aber es ist nicht nur das. Es ist die Wehmut darüber, dass dieser Wald hier, den ich mit ganzer Seele geliebt habe, so große Geheimnisse bewahrt, die alles zu zerstören drohen, was mein Hexenzirkel so mühsam aufgebaut hat.

»Wenn du mich nicht aufgehalten hättest, wäre ich dann schließlich auf dein Haus gestoßen?«

»Nein. Die Magie würde dafür sorgen, dass du einen Bogen darum machst.« Während er spricht, lässt er mich nicht aus den Augen.

»Ich hasse es, dass du für alles eine Erklärung hast«, sage ich, glaube aber, dass ich im Grunde genommen sagen will, dass ich es hasse, dass ich seinen Worten Glauben schenke. Ich hasse es, dass seine Worte Fragen in mir aufgeworfen haben, die ich nie stellen wollte.

»Ich hasse es, dass du so viele Erklärungen brauchst«, erwidert er, und ich glaube, in Wahrheit möchte er sagen, dass er es hasst, dass wir nichts über sein Leben wissen, als würde es sich nicht *lohnen*, darüber Bescheid zu wissen.

Und ich weiß nicht, was ich sagen soll, denn ein Teil von mir will es nicht wissen. Ein Teil von mir wünscht sich, ich könnte die Zeit bis vor der *Erupta* zurückdrehen und alles danach auslöschen, weil ich große Angst habe, noch mehr zu erfahren.

Ich habe solche Angst, all die Fragen zu stellen, die mich bewegen.

Ich habe solche Angst.

Aber jenseits der Angst, der Bedenken, der Zweifel und der Ungewissheit kann ich nicht leugnen, dass ich ihn kennenlernen möchte. Ich möchte erfahren, was ihn nachts wachhält, welche

Gedanken ihn beschäftigen, warum seine Gesichtszüge so hart sind und seine Worte so angespannt klingen.

Und es treibt mir die Tränen in die Augen und schnürt mir die Kehle zu, dass ich Wolfe Hawthorne mehr als alles andere in meinem Leben kennenlernen möchte. Und das ist verheerend.

»Sag mir, was du denkst«, sagt er.

Ich sollte ihn anlügen, etwas Banales antworten, aber er, seine Mondblume und seine Magie haben solche Risse in die Grundfesten meiner Welt geschlagen, dass diese allmählich zu zerbröckeln drohen.

»Du bist vielleicht das Schlimmste, was mir je passiert ist«, sage ich, meide aber seinen Blick, scheue mich sogar, nur in seine Richtung zu blicken.

Er atmet tief durch, hebt einen Stein vom Strand auf und schleudert ihn in die Wellen. »Ich weiß.«

»Warum dann? Warum möchtest du mich dann wiedersehen? Warum hast du mich im Wald gesucht, wo du mich doch einfach hättest ignorieren können?«

Er dreht sich zu mir um, schweigt aber, bis ich ihn schließlich ansehe, eine Entscheidung, die ich auf der Stelle bereue. »Weil ich egoistisch bin, und wenn ich sehe, wie du meine Magie anwendest, bekommt die Welt einen Sinn.«

Am liebsten würde ich ihn anschreien, ihm sagen, wie ungerecht er ist, wie unglaublich grausam das ist. Aber mehr als alles andere möchte ich ihm zuflüstern, dass in diesen Nächten, als er seine Magie im Mondlicht praktizierte, auch meine Welt einen Sinn bekam.

Sie wurde mit Sinn erfüllt, auch wenn sie auf den Kopf gestellt wurde.

Achtzehn

Eine Woche später kommt Ivy und übernachtet bei uns. Wir haben schon lange keine Pyjamaparty mehr gemacht. Und nachdem wir in meinem Zimmer gekichert und uns über Dinge amüsiert haben, die in keinerlei Zusammenhang mit harmlosen Blumen oder dunkler Magie stehen, habe ich das Gefühl, wieder ich selbst zu sein. Meine Eltern sitzen unten vor dem Kamin und trinken ein Glas Wein. Draußen ist es dunkel, das Licht in meinem Zimmer ist gedämpft.

Wir liegen auf dem Bett und lassen es uns mit einem Pappbecher Popcorn gut gehen.

»Übrigens haben wir bereits Dutzende von Vorbestellungen für unseren Tandon-Tee«, verkündet Ivy.

»Tatsächlich? Wer bestellt den denn?«

»Hexen auf dieser Insel, die endlich wieder durchatmen können, nachdem sie jahrelang die Luft angehalten haben.« Die Worte klingen ernst, und ich richte mich auf und stütze mich auf den Ellbogen.

»Das ist prima«, sage ich in sanfterem Ton. Das ist es. Es fühlt sich gut an, zu wissen, dass meine Beziehung zu Landon einem Hexenzirkel, der auf Angst gegründet wurde, Frieden beschert.

»Soll ich für dich eine große Tüte zurücklegen?«

Ich lache. »Klar«, sage ich. »Wie läuft der Laden überhaupt?«

»Bestens. Meine Eltern bringen mir immer mehr bei. Sie erwarten, dass ich ihn nächstes Jahr übernehme. Ich habe jede Menge Ideen, wie wir unser Geschäft ausbauen und unser Angebot noch erweitern können.«

»Wenn du einen Hochzeitstee herstellst, gehe ich auf die Barrikaden.«

»Ich werde *auf jeden Fall* einen Hochzeitstee kreieren, und er wird einen lächerlichen Namen bekommen, so was wie der Traum-Trauungs-Tandon-Tee.«

Ich verschlucke mich an einem Popcorn. »An dem Namen musst du noch feilen.«

»Ich habe ja noch etwas Zeit.«

»Aber ich freue mich sehr für dich. Der Laden wird unter deiner Leitung florieren.«

»Ich weiß.« Ivy lächelt. Es ist keine Überheblichkeit, aber sie ist sich ihrer Stärken bewusst und hat keine Lust, diese um des guten Scheins willen herunterzuspielen.

Das ist eine der Eigenschaften, die ich an ihr besonders mag.

»Ich habe nachgedacht«, sagt Ivy und rollt sich auf die Seite, um mich anzusehen. Sie klingt jetzt ernster. »Die Art und Weise, wie du Wolfe kennengelernt hast, ergibt keinen Sinn.«

Mein Magen verkrampft sich und meine Handflächen werden feucht.

»Müssen wir über ihn reden?«

»Nur ganz kurz. Ich bin nur neugierig, wie es passiert ist. Die Festlandbewohner führen eine Liste über die Besucher, die täglich hierherkommen, um sicherzugehen, dass alle abends zurückkehren. Sie hätten es erfahren, wenn jemand das Boot verpasst hätte, und deine Mutter benachrichtigt.«

Mein Magen verkrampft sich noch mehr. Ivy ist meine beste Freundin, und ich möchte mein Geheimnis mit ihr teilen. Mit ihr darüber zu sprechen, wird es vielleicht leichter machen, endlich mit meiner Mutter zu reden. Vielleicht wird es mir helfen.

Ich atme tief durch und komme zu dem Schluss, dass ich es Wolfe nicht schuldig bin, seine Geheimnisse zu bewahren, zumindest nicht Ivy gegenüber. »Ich war nicht ganz ehrlich zu dir. Ich wollte dich nicht erschrecken und war selbst von der ganzen Sache überrumpelt.« Ich schaue sie an, aber ihre Miene verrät nichts.

»Er ist ein Hexer«, sage ich behutsam.

»Aus welcher Familie stammt er? Ich habe diesen Namen nie zuvor gehört.«

Ich kämpfe mit mir, denn ich weiß, dass die Offenlegung dieses Geheimnisses alles verändern könnte. Unser Hexenzirkel glaubt, dass es die alten Hexen nicht mehr gibt, dass die dunkle Magie überholt ist. Ich weiß nicht, welche Folgen es hätte, wenn die Leute die Wahrheit erfahren würden. Aber ich will diese Last auch nicht allein tragen.

»Du musst mir schwören, dass du nichts verraten wirst«, sage ich schließlich.

Ivy richtet sich auf. »Warum?«

»Schwöre es.«

»Ich schwöre es«, sagt sie beklommen.

Ich setze mich ebenfalls auf, damit wir auf Augenhöhe sind. »Er stammt aus dem alten Hexenzirkel.«

Ivy lacht und schnaubt. »Einen Augenblick lang hast du mir wirklich Angst eingejagt«, sagt sie und streckt sich wieder auf dem Bett aus.

Ich nehme ihren Arm, ziehe sie behutsam wieder hoch und sehe sie durchdringend an. »Ivy, ich meine es ernst. Der alte Hexenzirkel existiert nach wie vor. Er ist klein, aber es gibt ihn. Wolfe gehört dazu.«

Ivys Lächeln verschwindet, und sie wird aschfahl. »Das ist doch nicht möglich.«

»Das habe ich auch gedacht, aber er hat es bewiesen.«

»Wie?«

Ich schweige und halte den Blick gesenkt. Das, was ich ihr jetzt sagen werde, werde ich nie mehr ungesagt machen können. »Er hat es mit Magie bewiesen.«

Ihr fällt die Kinnlade herunter und sie schüttelt den Kopf, immer wieder. »Aber das bedeutet ja ...«

Ich nicke.

»Dunkle Magie?«, sagt sie mit zitternder Stimme.

»Nun, eigentlich sagt man wohl ›hohe Magie‹, aber ja, du hast recht.«

Ivy sieht mich an wie eine Fremde, als seien wir uns nie zuvor begegnet. Es bricht mir das Herz, als ich den Verrat in ihrem Blick sehe.

»Und du hast zugelassen, dass er sie dir vorführt, hast ihn damit davonkommen lassen? Wir müssen es deiner Mutter sagen«, fährt sie fort und klettert vom Bett.

Ich greife nach ihrem Arm. »Ivy, nein. Bitte«, flehe ich sie an. »Hör mir einfach zu.«

Ivy blickt zur Tür, und es ist nicht zu übersehen, dass sie hin und her gerissen ist. Schließlich entspannt sie sich ein wenig und setzt sich aufs Bett.

»Es ist ... Es ist nichts Böses«, sage ich und wähle meine Worte sorgfältig aus. »Was er mir gezeigt hat, beruht auf einer Verbindung mit der Erde, ist ganz natürlich.«

Ivy starrt mich an. »Es ist *gefährlich*.«

»Nein«, sage ich, möchte unbedingt, dass sie es versteht. »Ich habe auch so gedacht, aber es war nicht schädlich oder etwas, wovor man sich fürchten muss.«

Ivys Miene ist verbittert, als habe sie etwas Saures gegessen.

»Ich kann verstehen, dass du ein Rendezvous mit einem Jungen am Strand hast, aber so was! Du solltest dich mal selbst hören! Woher willst du wissen, dass er mit seiner Magie nicht deinen Verstand verwirrt? Wie willst du wissen, ob er dich nicht mit einem Bann belegt hat, damit du so sprichst?«

»Natürlich hat er das nicht«, erwidere ich unwillkürlich.

Das würde er nicht tun.

Oder doch?

»Er hat mir das Leben gerettet«, sage ich, als Ivy nicht reagiert.

»Was meinst du damit?«

Ich lasse mich tiefer auf das Bett sinken. »Ich habe die *Erupta* verpasst. Es war ein Unfall, und Wolfe hat mir geholfen, meine überschüssige Magie abzustoßen, damit ich nicht sterbe.«

»Du hast *was*?«

»Ich weiß, ich hätte die *Erupta* nicht verpassen dürfen. Aber das habe ich, und ich bin nur noch hier, weil Wolfe mir geholfen hat.«

»Aber dein Leben ist jetzt beschmutzt«, meint Ivy.

Ich blicke sie ungläubig an. »Wenigstens lebe ich noch«, kontere ich und erhebe die Stimme. »Wäre es dir lieber, ich wäre tot?«

Ivy antwortet nicht sofort, und es quält mich, zu sehen, wie sie die Frage prüft und versucht, eine Antwort zu finden, die nicht zu einem Bruch zwischen uns führt. Aber dann schüttelt sie langsam den Kopf. Sie spricht es nicht laut aus, wagt es nicht, es in Worte zu fassen, aber ich habe verstanden.

Ich muss Ivy zeigen, muss ihr deutlich machen, dass mein Leben nicht beschmutzt ist, dass das, was man uns immer beigebracht hat, nicht der Wahrheit entspricht. Sie kennt mich besser als jede andere, und ich weiß, dass ich ihr das anvertrauen kann.

»Ich will dir etwas zeigen«, sage ich und ziehe sie vom Bett.

Wir gehen die Treppe hinunter. Meine Eltern unterhalten sich immer noch im Wohnzimmer. Leise öffne ich die Hintertür und führe Ivy ins Freie.

Unser Rasen ist perfekt gepflegt, bildet einen leuchtend grünen Kreis, der von Pflanzen und Gebüsch umgeben ist. Am Fuß eines Ahornbaums wachsen mehrere Farne.

»Tana, was machen wir hier draußen?«, will Ivy wissen. Ihre Stimme klingt argwöhnisch, aber ich weiß, dass ich es ihr erklären kann.

Ich habe die Hände in den Hosentaschen vergraben. Als ich sie herausziehe, halte ich mehrere Blütenblätter der Mondblume, die ich vergessen hatte, in der Hand. Sie stammen von dem Abend, an dem ich Wolfe das Geschenk gegeben habe.

»Da, schau«, sage ich und halte sie Ivy unter die Nase. »Das sind die Blütenblätter einer Mondblume. Ich kann sie berühren, ohne dass sie mir wehtun. Warum ist das so?« Ich gehe zu einem Farn und streiche mit den Fingern über die rauen Blätter, schließe die Augen, bis die Magie in mir die Energie der Pflanze erkennt. Ich ziehe die Magie ungehindert an mich, empfange sie behutsam und lasse sie in die Erde neben dem Farn fließen. Dabei flüstere ich die Worte, die ich mit Wolfe am Strand benutzt habe – und ein weiterer Farn schießt in die Höhe.

»Wie kann das gefährlich sein? Ist das nicht die natürlichste Art von Magie – mit der Erde zu arbeiten, statt ihr zu schaden?«

Ivy reißt die Augen auf und tritt einen Schritt von mir zurück. Mit wildem Blick starrt sie auf den Farn. »Du hast dunkle Magie praktiziert.« Sie spricht so leise, als verkünde sie ein Todesurteil und bereite sich darauf vor, mich sterben zu sehen. Es war eine Sache, als sie dachte, Wolfe hätte dunkle Magie eingesetzt, um mich zu retten; aber es ist eine völlig andere Sache, zu wissen, dass ich sie ebenfalls angewendet habe.

Ich gehe einen Schritt auf sie zu. »Verstehst du denn nicht? Es ist nichts Böses dabei. Sogar die Art und Weise, wie ich ihn erreiche, ist wunderbar: Um Mitternacht flüstere ich seinen Namen in den Wind, und wenn er ihn hört, taucht er auf.«

»Tana, darum geht es nicht. Natürlich ist es nichts Böses, einen Farn herbeizuzaubern oder um Mitternacht einen Namen zu flüstern. Aber die Magie, die diesen Farn zum Leben erweckt hat und dich befähigt, mit Wolfe Kontakt aufzunehmen, ist dieselbe Magie, die heilt, was nicht geheilt werden sollte, die Geister beschwört und die Rolle Gottes einnimmt.« Ihre Stimme zittert und sie ist außer sich vor Wut. »Diese Magie *ist* böse, und unsere Vorfahren haben es erkannt, sobald sie davon abließen. Sie vergiftet dich von innen heraus. Warum ist es uns deiner Meinung nach gelungen, die neue Ordnung so lange aufrecht zu halten? Weil wir jetzt wissen, dass die dunkle Magie schlecht ist. Wenn du glaubst, dass sie dich nicht bei lebendigem Leib auffressen wird, bist du eine Närrin«, sagt Ivy voller Abscheu. »Es ist dieselbe Magie, die unsere Vorfahren getötet hat, Tana. Wenn du eine Gedächtnisauffrischung brauchst, gehe ich jetzt sofort mit dir zu den Docks, damit du den Anblick der verkohlten Planken auf dich wirken lassen kannst, bis du dich erinnerst, dass die Art von Magie, die du mir gerade vorgeführt hast, uns fast völlig ausgerottet hätte. Wie konntest du das nur vergessen?«

Sie starrt mich wütend an, und ich weiß nicht, was ich sagen soll. Sie hat recht, aber ich kann mich nicht überwinden, es so zu glauben, wie ich es früher getan habe. Es bricht mir das Herz, zu erkennen, dass ich an Dingen zweifle, an denen ich noch nie gezweifelt habe. Ich möchte an unsere Magie glauben, was ich ja auch tue.

Aber ich glaube auch an die Magie, die ich mit Wolfe ausgeübt habe.

Ich fühle mich, als betete ich und wollte dabei Gott von der Schönheit des Teufels überzeugen.

»Ich weiß es nicht«, sage ich schließlich.

»Es liegt an ihm«, sagt sie. »An Wolfe.«

Ich betrachte den Farn, den ich gerade geschaffen habe. Ich will ihn hassen, ihn aus der Erde reißen und weit wegschleudern. Ich will über das, was ich gerade getan habe, empört sein, möchte es bereuen und mich bessern.

Ich will mich bessern.

»Tana«, schluchzt Ivy. Die Augen meiner besten Freundin haben sich mit Tränen gefüllt – meinetwegen. »Ist er es wirklich wert?«

Am liebsten würde ich sie anschreien, ihr erklären, dass es gar nicht um ihn geht, sondern um die Magie, darum, was wir aufgeben, um dieses Leben zu führen. Es geht darum, dass uns eingetrichtert wurde, eine bestimmte Pflanze sei tödlich, um dann festzustellen, dass es sich in Wirklichkeit nur um eine hübsche Blume handelt, die sich nicht von den anderen unterscheidet. Aber noch während ich das denke, gehen mir Ivys Worte unter die Haut, und ich weiß, dass sie recht hat.

Er ist es nicht wert.

Seine Magie ist es nicht wert.

Mir gefällt mein Leben. Ich liebe meine Eltern, Ivy und die Insel. Ich weiß, dass meine Ehe mit Landon auf eine Weise erfüllend sein wird, die ich mir im Traum nicht vorstellen kann. Aber Wolfe ist wie ein Tornado in mein Leben gestürmt, hat alles auf den Kopf gestellt. Zerstörerisch und gefährlich.

Das erkenne ich jetzt.

Der Gedanke macht mich traurig und Tränen steigen mir in die Augen. Ich blicke auf die weißen Blütenblätter in meiner Hand und stecke sie wieder in meine Hosentasche.

»Nein«, sage ich. »Tut mir leid, Ivy, unendlich leid.«

Sie mustert mich eine Weile, dann ist ihr Zorn verraucht und sie nimmt mich in die Arme. Ich erwidere ihre Umarmung voller Zuneigung und überlege, dass aus diesem Grund die Hexen vor mir so viele Opfer brachten. Deshalb befolgen wir die neue Ordnung und praktizieren niedrige Magie.

Ivy bedeutet mir alles auf der Welt. Ich werde Landon heiraten und aufs Festland ziehen, und wenn es allein zu ihrem Schutz geschieht, und nicht zum Schutz des gesamten Hexenzirkels und der Insel.

»Es tut mir leid«, wiederhole ich, löse mich aus der Umarmung und trockne meine Tränen. »Ich weiß nicht, was ich mir dabei gedacht habe.«

»Du hast etwas gewollt, das nur dir gehört«, sagt sie schlicht.

Ich nicke. Vielleicht ging es nur darum – ich wollte einfach etwas ganz allein für mich, bevor ich mich meinem Hexenzirkel verpflichte und den Mann heirate, den meine Eltern für mich ausgewählt haben.

Wenn sie es so formuliert, hört es sich nachvollziehbar an, ja, sogar verständlich.

Wir gehen ins Haus, steigen die Treppe hinauf, und ich schließe die Zimmertür hinter uns. Wir leeren den Pappbecher mit dem Popcorn, lachen unbeschwert und reden. Ich wundere mich, wie leicht wir wieder zur alten Vertrautheit zurückfinden. Nichts, nicht einmal die dunkle Magie, kann uns auseinanderbringen.

Aber während Ivy tief und fest neben mir schläft, überschlagen sich meine Gedanken, kommen nicht zur Ruhe.

»Mortana?«

Ich hebe den Kopf. Jemand scheint meinen Namen zu flüstern. Ich lausche, höre aber nur Ivys gleichmäßigen Atem.

Ich lege mich wieder hin und schließe die Augen.

»Mortana?«

Ich öffne schnell die Augen und spähe in die Dunkelheit. Nur eine einzige Person benutzt meinen vollen Namen. Als ich ihn ein drittes Mal höre, verstehe ich, was vor sich geht: Wolfe setzt seine Magie ein, fordert mich auf, an den Strand zu kommen.

Ich schließe die Augen, doch ich beruhige mich nicht. Heiße Wut steigt in mir hoch, schnürt mir die Luft ab. Meine Augen brennen, und das Schlucken fällt mir schwer.

Er ist es nicht wert, und ich hasse es, dass er mich in diese Lage gebracht hat, es geschafft hat, dass ich alles, was ich liebe, hinterfrage.

Er flüstert noch einmal meinen Namen, dann gibt er auf.

Das ist gut so. Hoffentlich sagt er nie wieder meinen Namen.

Kaum habe ich mir das gewünscht, rollt eine Träne über meine Wange und tropft auf mein Kopfkissen. Ich wische sie weg, atme tief ein und versuche, Schlaf zu finden.

Neunzehn

Sieben Nächte. Sieben Nächte lang versucht Wolfe, mich zu erreichen, flüstert um Mitternacht meinen Namen in den Wind, will mich an die Westküste locken. Und jedes Flüstern entfacht jähe Wut in mir, die sich von meiner Brust in den Hals, die Arme ausbreitet und die ich auf der Haut spüren kann.

Eine alles verzehrende Wut.

Als er heute Abend erneut meinen Namen in den Wind flüstert, folge ich seinem Ruf. Ich schleiche mich aus dem Haus und gehe die leere Straße entlang, wobei ich den goldenen Lichtschein der Laternen meide. Ich höre nicht auf, zu laufen, bis ich die Küste im Westen der Insel erreiche. Dort entdecke ich Wolfe, vom Mondlicht angestrahlt, den Rücken mir zugewandt.

Es ist fast wieder Vollmond.

»Was willst du?«, frage ich, noch bevor er sich mir zuwendet, und bemühe mich nicht, die Schärfe in meiner Stimme zu mildern.

Er dreht sich zu mir um.

»Bitte hör auf, deinen Freunden von mir zu erzählen.«

Ich bleibe stehen. »Wie bitte?«

»Bei mir zu Hause gibt es Windspiele, die nur dann anschlagen, wenn Gefahr droht, dass wir entdeckt werden. Letzte Woche schlugen sie das erste Mal seit Jahren wieder an.«

»Spionierst du uns aus?« Meine Wut flammt wieder auf, als ich einen Schritt auf ihn zugehe. Ich kann nicht verstehen, wie ich mich auf jemanden wie ihn einlassen konnte.

»Wir können keine Gespräche mit anhören. Die Windspiele sind mit Magie versehen, und wenn bestimmte Worte oder Sätze gesagt werden, erzeugen sie Töne. Wir können nur diese Töne hören, nicht aber die Worte und Sätze. Wie dem auch sei, sie waren jahrelang nicht zu hören. Das hat mich vermuten lassen, dass du sie ausgelöst hast. Also: Hör auf, über mich zu reden.«

Verlegenheit mischt sich mit Wut – eine schreckliche Kombination. Ich stehe voll unter Strom.

»Wenn du mich nicht in Ruhe lässt, werde ich jeder einzelnen Hexe auf dieser Insel von deiner Existenz erzählen.«

»Wenn sich das Windspiel nicht in Bewegung gesetzt hätte, hätte ich nicht nach dir gerufen. Wenn du willst, dass ich dich in Ruhe lasse, hör auf, über mich zu reden. Denk nicht mehr an mich. Mach mir keine Geschenke mehr, und setz meine Magie nicht ein, als wärst du dafür bestimmt.«

Mein Kopf glüht und vernebelt meinen Verstand. Ich bin kaum fähig, zu denken. »Ich habe meine Bestimmung und die hat *nichts* mit deiner Magie zu tun.«

Er kommt auf mich zu. »Glaubst du allen Ernstes, dass du für den Sohn des Gouverneurs bestimmt bist?«

Dann landet Sand auf seiner Brust und in seinem Gesicht, noch bevor ich überhaupt den Gedanken gefasst habe, in die Düne neben mir zu treten. Er tritt zurück und wischt sich die Augen. Eine bedrückende Stille breitet sich zwischen uns aus.

Das ständige Rauschen des Meeres kann meinen Herzschlag nicht übertönen.

»Tut mir leid«, sage ich, entsetzt über mein Verhalten. »Ich wollte dich nicht treffen.«

Er spuckt Sand aus und blinzelt mehrmals.

»Entschuldige dich nicht«, sagt er ernst. »Du entschuldigst dich zu viel.«

»Und du zu wenig«, kontere ich.

Ich kann meinen Atemhauch in der kühlen Herbstluft sehen. Wolfe steht so nah bei mir, dass der Hauch über sein Gesicht streicht, bevor er sich in Luft auflöst.

»Wofür soll ich mich entschuldigen?« Es klingt herausfordernd und überheblich, was mich erneut in Wut versetzt.

»Für alles«, sage ich und deute auf das Meer. »Du hast dafür gesorgt, dass ich die *Erupta* verpasst habe, hast mich gezwungen ...«

»Ich habe dir das Leben gerettet«, unterbricht er mich.

»Ich war gezwungen, deine dunkle Magie anzuwenden und dich weiter zu sehen ...«

»Bezeichnen wir es also wieder als dunkle Magie?«

»Unterbrich mich nicht immer!«, schreie ich und vergesse für einen Moment, dass niemand wissen soll, dass ich hier bin. Meine schneidenden Worte hallen einen Atemzug lang nach, bevor sie vom Meer verschluckt werden.

»Ich war glücklich, bevor du aufgetaucht bist.« Ich kann die Tränen nicht zurückhalten, die in meinen Augen brennen und über meine Wangen rollen. »Ich war glücklich.«

»Du warst ignorant.«

»Was hast du gesagt?«

»Ich habe gesagt: Du warst ignorant.« Wolfe schüttelt den Kopf und lässt den Blick in die Ferne schweifen. Obwohl meine Sicht getrübt ist, erkenne ich, wie gut er im Schein des Mondlichts aussieht. Doch das spielt keine Rolle, denn er bedeutet mir nichts, darf mir nichts bedeuten.

»Wir haben dieselbe Geschichte. Dieselben Legenden. Die Tatsache, dass ich mich für ein anderes Leben entschieden habe, nachdem ich alle Informationen miteinander abgeglichen habe, macht mich nicht ignorant.«

Ich atme tief durch und reibe mir die Augen trocken.

Dann spricht er weiter: »Du verfügst keineswegs über alle Informationen. Das ist es, was ich dir zu sagen versuche.«

»Wovon redest du bitte?«, frage ich verärgert.

Wolfe mustert mich, als könne er sich nicht entscheiden, ob er damit fortfahren soll oder nicht, ob er mir das mitteilen will, was ihn bewegt. Ich sehe ihn unentwegt an und fordere ihn damit auf, weiterzureden.

»Die Mondblume«, stößt er schließlich hervor. »Hast du deine Mutter darauf angesprochen?«

»Nein«, erwidere ich. Ein kühler Luftzug streicht an mir vorbei. Ich fröstle.

»Warum nicht?«

»Ich weiß, dass du das vielleicht nicht verstehen kannst, aber ich sitze nicht einfach nur zu Hause herum und denke den ganzen Tag über dich nach. Ich habe einiges zu erledigen, Wichtiges, und ich habe nicht daran gedacht.«

Was ich ihm verschweige, ist, dass ich sehr wohl sehr oft an die Mondblume gedacht habe, aber mir der Mut fehlt, meine Mutter danach zu fragen.

»Siehst du, das ist das Problem!«, ruft Wolfe, kehrt mir den Rücken und geht in Richtung Strand. »Es sollte dir jeden Augenblick des Tages durch den Kopf gehen. Du solltest doch ein Verlangen danach haben, die Wahrheit zu erfahren. Ist dir das überhaupt nicht wichtig?«

»Weißt du, was mir wichtig ist? Die Menschen zu beschützen, die ich liebe. Magie offen zu praktizieren, ohne befürchten zu müssen, deswegen getötet zu werden. Ich will miterleben, wie diese Insel gedeiht, und wissen, dass unsere Kinder ein sicheres und glückliches Leben haben werden. Es ist mir egal, Wolfe, ob dir das dumm oder albern vorkommt. Du dagegen bist egoistisch und bringst uns alle in Gefahr, weil du keine Vorstellung davon hast, was es bedeutet, Opfer zu bringen. Ich bin da draußen und tue alles dafür, diese Insel zu schützen, dich eingeschlossen.«

»Ich opfere *alles* für dieses Leben. Ich lebe in einem Haus, das in einen magischen Schleier gehüllt ist, völlig unsichtbar für die Außenwelt. Ich muss mich auf dem Wasser fortbewegen, da ich es nicht riskieren kann, entdeckt zu werden. Ich baue meine Nahrungsmittel selbst an, die täglich dadurch bedroht werden, dass eure Strömungen meine Küste abtragen. Ich klammere mich verzweifelt an ein Leben, das ihr alle für nicht lebenswert haltet, und das ist schwer.«

Seine Stimme wird kräftiger, klingt aber nicht so wütend wie sonst. Die Wut klingt hindurch, aber sein Tonfall verrät auch eine Traurigkeit, die mich zutiefst betroffen macht.

»Niemand hat dich darum gebeten«, sage ich sanft.

»Ganz richtig. Niemand hat mich gebeten, weil niemand Interesse daran hat, meine Lebensweise aufrechtzuerhalten.«

»Nein, in diesem Punkt irrst du dich. Es ist nur niemand bereit, dafür sein Leben zu riskieren.«

Wir mustern uns gegenseitig, die Spannung zwischen uns löst sich langsam auf, schmilzt dahin wie Schnee im Frühling. Er ist so überzeugt von seinem Leben, dass er alles dafür tun würde, genau wie ich für meines. Zum ersten Mal wird mir bewusst, wie ähnlich wir uns sind, und ich kann ihm nicht mehr böse sein.

Er ist bereit, für etwas zu sterben, das wir als verwerflich ansehen. Ich wünschte, ich könnte etwas sagen, um seinen Schmerz zu lindern, aber es gibt nichts zu sagen.

»Als ich heute Abend hierherkam, war ich so wütend auf dich«, sage ich.

»Warum?« Er holt tief Luft und atmet langsam aus, als wolle er sich von dem Schmerz befreien, den er mir offenbart hat.

»Weil ich dir vorgeworfen habe, dass du mich dazu gebracht hast, an einem Leben zu zweifeln, das ich nie zuvor in Frage gestellt habe.«

»Fragen sind gut, Mortana.«

»Das ist mir klar. Und ich weiß, es ist nicht deine Schuld, wenn meine Entscheidungen unter dieser Prüfung ins Wanken geraten.«

Er nickt und schaut hinaus aufs Meer. Es ist das erste Mal, dass ich ihn müde sehe, völlig erschöpft, nachdem er so viel von sich preisgegeben hat. Am liebsten würde ich die Hand ausstrecken und ihn berühren, ihn in meinen Armen auffangen, damit er sich ausruhen kann. Doch er könnte niemals Frieden in meinen Armen finden, da ich mit Nachnamen Fairchild heiße.

Dann kommt mir ein Gedanke, ein wilder und lächerlicher, mit dem er vermutlich nie einverstanden sein wird, aber ich will es versuchen.

»Willst du etwas für mich tun?«

»Hängt ganz davon ab, worum es geht.«

»Du hast mir inzwischen schon einige Male deine Magie vorgeführt, ich würde dir gerne meine zeigen. Willst du gemeinsam mit mir ein Parfüm kreieren?«

»Warum sollte ich das tun?«

»Weil ich nett danach frage?« Ich achte darauf, dass meine Stimme unbeschwert klingt. Um von unserem letzten inhaltsschweren Gespräch abzulenken, versuche ich, uns beiden etwas von unserer Last zu nehmen.

»Es gibt Augenblicke, in denen denke ich, dass ich dich besser verstehe, als ich je jemanden verstanden habe. Und dann wiederum schlägst du etwas so Absurdes vor, wie gemeinsam ein

Parfüm herzustellen. Du bist mit Sicherheit das rätselhafteste Wesen, dem ich je begegnet bin.«

»Ich fasse das als Kompliment auf«, sage ich.

»Wenn du meinst.«

»Bitte, lass es uns gemeinsam machen. Es würde mir sehr viel bedeuten.«

Wolfe beobachtet mich, und ich merke, dass er es nicht tun will, dass er sich nicht auf das Niveau der niedrigen Magie begeben will. Aber dann atmet er tief durch, und ich weiß, dass ich gewonnen habe.

»Gut. Ein Parfüm.«

Wir gehen durch den Wald zur Ostküste, sammeln Wildblumen, Blätter und Kräuter. Und dabei unterhalten wir uns. Nicht über Magie oder das Festland oder Opfer, sondern über das Leben, über einfache alltägliche Dinge, über die wir noch nie gesprochen haben. Er erzählt mir von der Villa, in der er lebt, ein großes Gebäude, das aufgrund von Magie unsichtbar ist. Es befindet sich in der Nähe der Stelle, wo er mir im Wald begegnete. Er erzählt mir, dass er gerne kocht und liest. Einmal hat er die Küche in Brand gesetzt, als er versuchte, altbackenes Brot aufzufrischen. Er berichtet mir von den Bildern, die er malt, und dass er vorhat, alle Mitglieder seines Hexenzirkels zu porträtieren.

»Und wer malt dich?«, frage ich.

»Mich?« Er hält inne, als habe ihn die Frage völlig überrascht. »Ich glaube, darüber habe ich noch nicht viel nachgedacht.«

»Nun, dann werde ich vielleicht lernen, wie man malt.«

Er sieht mich an, neigt leicht den Kopf, als verstehe er meine Worte nicht. In seinem Blick erkenne ich etwas Undefinierbares. Ich bin überzeugt, dass kein Künstler der Welt es schaffen würde, die Einzigartigkeit dieses Mannes wiederzugeben.

Ich würde es allerdings gern versuchen.

Schließlich senke ich den Blick und wechsle das Thema. Ich erzähle ihm vom Geschäft meiner Eltern und meiner Freude am Schwimmen und dass ich früher mit den Wildblumen gesprochen habe, die ich für unsere Parfüms sammelte. Diese Gewohnheit habe ich immer noch nicht ganz abgelegt. Wolfe lächelt, als ich das sage, und ich lache, weil ich weiß, wie albern es klingt. Das Lachen durchströmt meinen Körper mit wohliger Wärme.

Ich folge Wolfe zu der Wiese, auf der wir uns damals begegnet sind, und er pflückt einige Grashalme, bevor wir zum Strand zurückkehren. Ich wähle vier große Steine aus, und wir setzen uns ans Ufer. Hoch über uns funkeln die Sterne.

»Zuerst müssen wir die Pflanzen, die wir gesammelt haben, zermahlen«, sage ich. Ich demonstriere es, indem ich die Blütenblätter der Wildblumen auf einen der Steine lege und sie dann mit dem anderen zerkleinere. Wolfe macht es mir nach, und bald haben wir alle geschafft.

»Welche Basisnote für das Parfum hättest du gern?«

»Ich glaube, die Gräser, denn dort habe ich dich getroffen.«

Er sagt es beiläufig, doch mein Herz schlägt schneller. Ich lege genügend Gräser für die Basisnote beiseite. Dann gehen wir zu den mittleren und den Kopfnoten über. Sobald er seine Auswahl getroffen hat, messe ich alles ab und bündle es.

»Jetzt ist es Zeit für die Formel«, sage ich. »Hast du einen bestimmten Wunsch?«

»Ich überlasse es dir«, sagt er.

Ich lege das Bündel auf den Boden zwischen uns und entscheide mich für Frieden. Bis heute Abend war mir nicht klar, dass Frieden etwas ist, das ihm fehlt, etwas, das er nicht haben kann, weil er in ständiger Angst lebt, dass seine Lebensweise zerstört werden könnte. Auch wenn ein Parfüm das nicht ändern kann, kann es ihm zumindest etwas Entspannung verschaffen.

Ich schließe die Augen und flöße den Blumen meine Magie ein, aber Wolfe hält mich auf. Ich sehe ihn an.

»Sprich es laut aus«, sagt er. »Ich will dich hören.«

Ich schlucke schwer, da mich seine Worte auf eine unbeschreibliche Weise berühren. Das Gefühl steigt aus meiner Mitte auf und durchfließt mich langsam und warm. Ich muss den Blick senken, da ich befürchte, dass er sieht, was ich fühle.

»Okay«, sage ich leise, schließe die Augen und beginne von Neuem. »*Sorgen verschwinden, die Anspannung klein, der Duft soll für ihn friedlich sein.*« Ich flüstere die Worte, während Magie das Bündel durchfließt und es mit dem Zauber belegt. Dann stimmt Wolfe in meine Litanei ein und wir sprechen die Worte gemeinsam. Dabei wird seine Magie weicher, fügt sich den Regeln meiner Welt. Ich bin schockiert, als meine Augen anfangen, zu tränen, und ich kneife sie zu, unterdrücke meine Gefühle, damit Wolfe sie nicht bemerkt.

Wir rezitieren die Worte öfter als erforderlich, aber ich will diesen Augenblick, der sich irgendwie in mein tiefstes Inneres eingebrannt hat, nicht loslassen. Doch ich weiß, dass er enden muss, und ich spreche die Worte ein letztes Mal, bevor ich verstumme.

Wolfe beobachtet mich, als ich die Augen öffne. Er steht mit dem Rücken zum Strand, und da der Mond hoch über dem Meer steht, sind seine Gesichtszüge schwer zu erkennen. Aber er sieht fast gerührt aus, ist von dem Erlebnis genauso bewegt wie ich.

»Warum hast du dich für Frieden entschieden?«, fragt er.

»Weil du ihn verdienst.«

Er nickt, und ich ziehe ein Taschentuch aus Leinen aus der Tasche, das ich auf Drängen meiner Mutter für Notfälle immer bei mir habe. Es handelt sich hier zwar nicht wirklich um einen Notfall, aber ich wickle das Bündel aus Blumen und Kräutern, Blättern und Grashalmen sorgfältig in das Taschentuch und reiche es Wolfe. Er nimmt es entgegen und steckt es behutsam in seine Jackentasche.

»Ich sollte jetzt gehen«, sage ich. »Wenn du zu Hause bist, legst du das Bündel in Öl und lässt es ein bis zwei Wochen ziehen. Dann füllst du die Flüssigkeit in eine Flasche, fügst etwas Alkohol hinzu und versprühst es, wann immer nötig. Sofort hast du Frieden.«

Ich befürchte, dass er bei diesem letzten Teil die Augen verdreht, aber das tut er nicht. »Mache ich«, sagt er auf eine Weise, die mich hoffen lässt, dass er meine Anweisungen ganz genau befolgen wird.

»Gut.« Damit will ich den Weg zurück zur Straße einschlagen, doch etwas hält mich auf, und ich drehe mich noch einmal um. Wolfe steht immer noch genau an der Stelle, an der ich ihn verlassen habe, und beobachtet mich.

»Ich werde dein Geheimnis bewahren«, sage ich. »Das verspreche ich dir.« Denn so sehr es ihn auch schmerzt, im Verborgenen leben zu müssen, von den Festlandbewohnern unentdeckt, er weiß, dass dies für sein Überleben notwendig ist. Für das Überleben seines Hexenzirkels.

»Ich glaube dir.«

Ich nicke und versuche, weiterzugehen, aber es fällt so schwer, als stünde ich im Treibsand und steckte fest. Aber ich muss gehen. Ich zwinge mich, zu gehen. Als ich die Straße erreiche, kämpfe ich gegen das Verlangen an, umzukehren und ihn noch einmal zu sehen.

Ich schaue nach vorne und mache mich auf den Heimweg, aber ich spüre, wie sein Blick mir bis zur Straßenbiegung folgt, bis die Verbindung endgültig abreißt.

Zwanzig

Als ich am nächsten Morgen aufwache, fühle ich mich erschöpft und habe pochende Kopfschmerzen. Eine weitere Nacht voller Magie, von der niemand je erfahren darf. Ich rechtfertige sie, indem ich mir sage, dass wir nur niedrige Magie angewendet haben. Aber selbst dann weiß ich, dass es keine Rechtfertigung dafür gibt. Wir haben es nachts getan und Wolfe gehört nach wie vor dem alten Hexenzirkel an.

Daran ist nicht zu rütteln, und auch die harmlose Herstellung eines Parfüms ändert nichts daran.

Als ich nach unten gehe, bereitet mein Vater in der Küche gerade das Frühstück zu, und meine Mutter nippt an einer Tasse Tee.

»Guten Morgen, Süße«, sagt sie.

»Ist gestern wohl spät geworden«, meint Dad. Voller Panik denke ich einen Moment lang, dass sie Bescheid wissen. Verzweifelt zerbreche ich mir den Kopf, was ich sagen, wie ich mich herausreden und was ich zugeben soll, aber dann fährt er fort. »Du bist ja eigentlich keine Langschläferin.«

Seine Stimme klingt ungezwungen, neckisch. Ich entspanne mich, als ich erkenne, dass mein Geheimnis sicher ist. Wolfes Geheimnis sicher ist.

»Ich habe nur nachgedacht«, sage ich, mache mir eine Tasse Tee und setze mich neben meine Mutter auf die Couch. Sie breitet die Hälfte ihrer Decke über mich und wir kuscheln uns beide darunter.

»Was geht dir durch den Kopf?«, fragt sie. Ich will gerade etwas über die Bündnisfeier oder die Parfümerie sagen, als mir unwillkürlich Wolfes Worte in den Sinn kommen.

Du warst ignorant.

Du solltest darauf bestehen, die Wahrheit zu erfahren.

Mir schlägt das Herz bis zum Hals, während ich über seine Worte nachdenke und mich frage, ob ich tatsächlich den Mut aufbringen werde, die Frage zu stellen, die mich quält. *Warum hat es nicht wehgetan?*

Meine Handflächen sind feucht, und ich lege die Hand, mit der ich die Tasse halte, auf den Oberschenkel, damit sie nicht zittert.

»Hast du schon mal eine Mondblume gesehen?«, frage ich und versuche, beiläufig zu klingen. Neugierig.

»Eine Mondblume? Wie kommst du denn auf diese Idee?«, fragt Mom, klingt aber nicht verärgert oder misstrauisch, also fahre ich fort.

»Ich dachte, ich hätte eine auf der Insel gesehen«, sage ich. »Natürlich habe ich mich geirrt.« Es ist mir zuwider, sie anzulügen, aber ich möchte diese Unterhaltung führen, muss sie führen, und meine Mutter darf auf keinen Fall Verdacht schöpfen.

Mom lehnt sich auf der Couch zurück und blickt an mir vorbei. »Als ich ein junges Mädchen war, waren diese Blumen eigentlich ausgerottet, doch gelegentlich überlebte ein Samen und begann, zu blühen. Deshalb ist es für uns ein Muss, auf die Gefahr hinzuweisen, die diese Blume darstellt. Es ist schwierig, eine Pflanze auszurotten, wenn sie erst mal irgendwo Wurzeln gefasst hat. Und obwohl wir uns große Mühe gegeben haben, gibt es keine Garantie, dass sie vollständig ausgerottet ist.«

»Was hast du getan, als du sie damals entdeckt hast?«

»Ich war bei deiner Großmutter, sie hat sie im selben Moment gesehen wie ich. Sie sperrte den Bereich ab, bis ein Beamter vom Festland kam und sie entwurzelte. Diese Blume ist wunderschön. Gerne hätte ich sie nachts gesehen, wenn sie blüht.«

»Was ist, wenn wieder eine auf der Insel auftaucht?«

»Ach, Liebes, darüber würde ich mir keine Sorgen machen. Die Mondblume, die ich als junges Mädchen gesehen habe, war eine der letzten, die es gab. Und wenn du eine sehen würdest, wüsstest du ja, was zu tun ist. Du würdest sie nicht berühren und würdest dich an mich wenden.«

»Aber was wäre, wenn ich sie berühren würde?«

Eine drückende Stille entsteht. Mein Vater hält in seiner Bewegung inne, und meine Mutter mustert mich prüfend.

»Warum stellst du mir eine solche Frage?«, will sie wissen, während mein Vater langsam hinter der Küchenzeile hervorkommt und auf meine Antwort wartet.

»Ich möchte einfach nur wissen, was passieren würde.«

»Das weißt du doch. Die Berührung würde dir unvorstellbare Schmerzen bereiten, und du würdest innerhalb einer Stunde sterben. Diese Blumen sind außergewöhnlich gefährlich. Deshalb haben wir alles unternommen, sie auf der Insel auszurotten.«

Nichts in ihrer Stimme lässt aufhorchen, nichts, was mich vermuten lässt, dass sie nicht aufrichtig ist, und mir wird klar, dass sie die Wahrheit einfach nicht kennt. Man hat ihr seit ihrer Kindheit dasselbe eingetrichtert wie mir, sie kennt nichts anderes.

Ich versuche, eine Erklärung zu finden, etwas, was diese große Lüge verständlich macht, doch mir fällt nichts ein. Meine Mutter ist immer ein fester Anker für mich gewesen, war nie um Antworten verlegen, aber dieses Mal hat sie keine Antwort parat, und ich habe das Gefühl, dass der Boden unter mir zu schwanken beginnt.

Ich blinzle, konzentriere mich wieder auf die Gegenwart und

stelle fest, dass Mom und Dad mich nicht aus den Augen lassen. »Nun, dann hoffe ich, dass ich nie mit einer in Berührung komme«, sage ich. Ich versuche, locker zu klingen, aber es gelingt mir nicht.

»Deine Mutter hat recht, Liebes«, sagt Dad. »Du brauchst dir keine Sorgen zu machen. Die Mondblume ist leicht zu erkennen. Selbst wenn du eine entdecken solltest, was ziemlich unwahrscheinlich ist, wäre es dir sofort bewusst, bevor du es wagen würdest, sie zu berühren.«

Mein Dad glaubt an mich. Es tut mir in der Seele weh, dass er versucht, mich zu trösten, mir zu versichern, dass die Mondblume kein Grund zur Sorge ist. Meine Mutter nickt zustimmend und legt mir die Hand aufs Knie.

»Danke, Dad«, sage ich und lächle ihn an.

»Sind meine Damen bereit fürs Frühstück?«, fragt er und kehrt in die Küche zurück.

»Unbedingt.« Ich stehe auf und gehe ihm nach, hole das Silberbesteck heraus und decke den Tisch. Wir nehmen Platz, unterhalten uns über den Laden und mein nächstes Date mit Landon, und die Mondblume wird nicht mehr erwähnt.

Aber ich suche immer noch nach der Wahrheit, muss herausfinden, weshalb meine Mutter, die einflussreichste Person auf dieser Insel, nichts über Mondblumen weiß. Ich möchte nicht mehr unwissend sein, und es ist mir egal, dass das Wissen vielleicht meine Grundfesten erschüttern wird, denn sie sind ohnehin ins Wanken gekommen. Ich spüre es, als ich den Tisch abräume und den Abwasch erledige und mit meiner Mutter zur Parfümerie gehe. Ich spüre es den ganzen Tag, spüre, dass meine Schritte immer unsicherer werden.

Kurz bevor wir den Laden schließen, kommt Ivy hereinspaziert, sie hat übrig gebliebene Scones aus dem Teeladen für mich dabei.

Diese vertraute Angewohnheit erdet mich wieder und ich kann etwas leichter atmen.

»Welche hast du heute gebacken?«

»Die mit Lavendel und Honig.« Die mag ich besonders gern und genüsslich beiße ich hinein.

»Köstlich«, sage ich. »Wie war dein Tag?«

»Es war viel los. Rate mal, welche Teesorte sich gerade am besten verkauft.«

»Das kann nicht wahr sein.«

»Doch, kann es. Unsere Tandon-Mischung ist der große Renner.«

»Oh, der Tee ist köstlich«, ruft meine Mutter hinter dem Regal hervor. »Hast du ihn schon probiert, Liebes?«

»Tana will ihn aus Prinzip nicht probieren«, meint Ivy.

»Und was ist das für ein Prinzip?«

»Nun, zunächst einmal wegen des Namens *Tandon*«, sage ich, und Ivy verdreht die Augen.

»Eines Tages wirst du ihn probieren«, sagt sie.

»Schon klar.«

Meine Mutter schaltet alle Lichter aus, und ich hänge das »GESCHLOSSEN«-Schild an die Tür. Gemeinsam gehen wir drei hinaus in die kühle Abendluft. Mom macht noch schnell eine Besorgung, und ich begleite Ivy nach Hause. Unsere Häuser sind nur zehn Minuten voneinander entfernt. Ich will mir gar nicht ausmalen, dass sich in absehbarer Zeit diese Entfernung auf die gesamte Breite der Passage erstrecken wird.

»Meine Eltern gehen heute Abend aus. Da habe ich gedacht, ich könnte einige Nachtblüher für eine neue Mischung pflücken, die mir vorschwebt. Willst du mitkommen?«, fragt Ivy.

Gewöhnlich würde ich sofort zusagen. Ich liebe es, nachts, wenn die Insel schläft und der Mond mich leitet, Pflanzen zu sammeln. Aber Wolfe hatte recht: Ich will die Wahrheit herausfinden, und wenn meine Mutter sie mir nicht vermitteln kann, muss ich sie woanders finden.

»Das würde ich gern, aber ich habe letzte Nacht nicht gut geschlafen und habe seit heute Morgen Kopfschmerzen, die einfach nicht weggehen wollen. Ich denke, ich werde früh zu Bett gehen und versuchen, sie wegzuschlafen.« Auch wenn beides der Wahrheit entspricht, ist mir nicht wohl dabei. Heute überlasse ich Ivy sich selbst, weil ich vorhabe, an einem Ort nach Antworten zu suchen, den sie missbilligen würde. Deshalb kann ich es ihr nicht sagen.

»Tut mir leid, dass du dich nicht wohl fühlst«, sagt sie und bleibt vor der Treppe ihrer Haustür stehen. »Gib mir morgen Bescheid, wie es dir geht, und wenn du immer noch Kopfschmerzen hast, stelle ich dir ein Schmerzmittel her.«

»Du bist zu gut zu mir«, sage ich, und sie nimmt mich in die Arme.

»Ich glaube, ich bin gerade gut genug.« Sie drückt mich kurz an sich und eilt dann die Treppe hoch. »Bis morgen«, ruft sie mir über die Schulter zu.

Ich bin dankbar, dass ich auf dem Heimweg ein paar Minuten für mich habe, bevor ich ein weiteres Essen mit meinen Eltern durchstehen muss. Die Wahrheit kann unmöglich schlimmer sein als die Unkenntnis. Sobald ich eine Antwort auf meine Frage erhalten habe, kann ich weitermachen. Vielleicht habe ich genau das die ganze Zeit gebraucht – den Abschluss, den ich Ivys Meinung nach brauchte. Vielleicht hat dies nichts mit Wolfe zu tun, sondern alles mit einer giftigen Blume, deren Berührung nicht wehtut.

Auf dem Heimweg schaut Mom beim Feinkostgeschäft vorbei und besorgt uns Sandwiches. Wir genießen ein einfaches Abendessen, bei dem es keine Spannungen gibt und meine Eltern keine Sorgen äußern.

»Gute Nachrichten«, sagt Mom und blickt von ihrem Teller hoch. »Wir erhalten diese Woche unsere letzte Ladung Holz vom Festland. Nächsten Monat werden um diese Zeit alle Spuren des Brands am Dock beseitigt sein.«

»Das sind wirklich gute Nachrichten«, sage ich, doch die Instandsetzung der Docks kann nicht ungeschehen machen, dass wir voller Bestürzung zusehen mussten, wie sie den Flammen zum Opfer fielen – die Angst, die uns daraufhin überfiel, die Panik, dass die Zeit zurückgedreht würde. Das einzig Gute an diesem Tag war, dass niemand zu Tode kam.

»Denkst du, dass wir ein verbranntes Brett zur Erinnerung aufbewahren sollten?«, frage ich.

Meine Eltern sehen mich an. »Eine interessante Idee. Woran denkst du?«

»Ich weiß nicht genau. Ich denke nur, dass das Brett uns vielleicht daran erinnert, dass wir auf uns selbst aufpassen müssen, statt uns ausschließlich auf das Festland zu verlassen. Die Brandschäden zu überdecken, fühlt sich wie Resignation an, als würden wir das, was geschehen ist, billigen. Wir müssen nicht automatisch schwach sein, nur weil wir schwache Magie praktizieren.«

»Wir könnten das verbrannte Holz auch an einem diskreten Ort aufbewahren, damit es nicht die Aufmerksamkeit der Touristen auf sich zieht. Aber deine Idee gefällt mir, Tana – ich werde sie dem Rat vortragen«, sagt Mom.

»Wirklich?«

»Unbedingt. Da ist etwas dran.«

Ich lächle und esse weiter, während meine Eltern sich über andere Dinge unterhalten.

Als alle fertig sind, räume ich den Tisch ab und ziehe mich in mein Zimmer zurück. Ich setze mich auf die Fensterbank, lasse den Blick zur Passage wandern und drehe Landons Meerglas in der Hand. Inzwischen haben sich meine Finger an die scharfen Kanten gewöhnt.

Ich höre, wie meine Eltern die Treppe hochkommen und in ihr Zimmer gehen. Langsam wird es im Haus still. Dann ziehe ich einen dicken Pullover über mein Tageskleid. Als ich sicher bin, dass meine Eltern schlafen, schleiche ich aus dem Haus.

Gerne wäre ich jetzt mit Ivy unterwegs, um im Mondlicht Pflanzen und Blumen zu sammeln, was eine ganz andere Erfahrung darstellt als das Sammeln bei Tage. Aber ich weiß, dass ich niemals den nötigen Schlussstrich ziehen kann, wenn meine Fragen über die Mondblume nicht beantwortet werden. Und so gehe ich durch die Dunkelheit zur Westküste und rufe ein letztes Mal nach Wolfe.

Einundzwanzig

Wolfe steigt aus dem Wasser und geht langsam den Strand hoch bis zu der Stelle, an der ich auf ihn warte. Bald ist schon wieder Vollmond, und ich kann es nicht fassen, wie sehr sich mein Leben seit dem letzten Mal verändert hat. Es gibt so viele Dinge, die ich damals noch nicht wusste, so viele neue Fragen.

»Ziehst du immer den Wasserweg vor?«, frage ich.

»Ja. Wir können die Straßen nicht benutzen.« Er murmelt den Befehl *trockne* vor sich hin – und sofort gehorcht seine durchnässte Kleidung. Er trägt eine Hose und ein langärmeliges, eng anliegendes weißes Hemd. Ich versuche, nicht darauf zu achten, wie sich der Stoff bei jeder Bewegung über seine Brust spannt.

»Zwei Nächte hintereinander«, sagt er. »Welchem Umstand verdanke ich dieses Vergnügen?«

»Ich habe meine Mutter auf die Mondblume angesprochen«, sage ich. Vom Meer her weht eine leichte Brise, und ich schlinge die Arme um meinen Oberkörper.

»Und?«

»Sie hat mir genau das gesagt, was man mir mein Leben lang beigebracht hat: Würde ich eine berühren, würde ich einen unsagbaren Schmerz spüren und dann sterben.«

»Und doch stehst du lebendig vor mir.«

»Ja, hier bin ich«, sage ich. »Sie kennt die Wahrheit nicht, und ich will nicht weiter rumrätseln, warum. Deshalb bin ich hier.«

»Glaubst du das wirklich?«

»Was?«

»Dass sie es nicht weiß?« Er lässt es wie eine Frage klingen, aber es ist eindeutig, dass es keine ist.

»Ja, das tue ich«, erwidere ich bestimmt. Er sieht aus, als wolle er mit mir streiten, nickt dann aber nur. Er beobachtet mich, und ich nehme all meinen Mut zusammen, um ihm die Frage zu stellen, die ich bereits bei unserer ersten Begegnung hätte stellen sollen.

»Wirst du mir die Wahrheit sagen?« Ich spreche leise und meine Stimme zittert. Ich bin mir schmerzlich darüber im Klaren, dass sich danach alles ändern wird. Aber nicht jede Veränderung ist schlecht, sage ich mir, während ich auf Wolfes Antwort warte.

»Bist du sicher, dass du sie erfahren willst?«

Ich zögere ein paar Herzschläge lang, bevor ich antworte: »Ich bin mir sicher.«

»Komm mit ans Wasser.«

Ich folge ihm ins seichte Wasser und knie mich neben ihn. Das Wasser schwappt mir über die Knie, und ich zittere. »Was machen wir hier?«

»Erinnerst du dich an den Zauberspruch, mit dem du die Flut heraufbeschworen hast?«

»Ja«, erwidere ich langsam, ohne zu verstehen. »Was spielt das hier für eine Rolle?«

»Versuch es jetzt«, fordert er mich auf.

»Was? Warum?«

»Vertrau mir einfach. Vollbringe den Zauber.«

Ich seufze und schüttle den Kopf. Dann schließe ich die Augen und konzentriere mich auf das Wasser, das mich umgibt, darauf, wie es sich auf meiner Haut anfühlt, und rufe meine Magie an.

»*Sanftes Meer, erheb dich hier, die See nur schlief, bis ich dich rief.*«
Ich wiederhole die Worte immer wieder, wie beim letzten Mal, aber nichts tut sich. Meine Magie lädt sich nicht in mir auf, und das Wasser verändert sich nicht. Es ist, als hätte mich das Meer vergessen.

»Ich verstehe nicht«, sage ich, öffne die Augen und sehe Wolfe an.

Er nimmt seinen Silberring ab und steckt ihn mir behutsam auf den Daumen. Der Ring ist schwer und mit filigranen Mustern von Wellen und Mondblumen verziert. Ich streiche mit dem Finger darüber. »Versuch es noch einmal«, fordert er mich auf.

Ich werfe ihm einen fragenden Blick zu, befolge aber seine Anweisungen. Ich schließe die Augen und versuche, eine Verbindung zwischen der Magie in mir und dem Wasser, das mich umgibt, herzustellen. Und dieses Mal durchläuft mich ein Strom von Magie. Ich wiederhole den Zauberspruch, und die Flut strömt auf uns zu, prallt gegen meine Brust und drückt mich nach hinten.

Ich huste, als Salzwasser in meine Lungen dringt, und versuche, aufzustehen. Wolfe ist neben mir und bietet mir die Hand an. Ich nehme sie und lasse mich von ihm ans Ufer führen. Wir setzen uns, und Wolfe trocknet unsere Kleidung.

»Was ist gerade geschehen?«

»Erinnerst du dich an die Geschichte, die ich dir erzählt habe? Über die erste Hexe, die in einem Feld voller Mondblumen geboren wurde?«

Ich nicke.

»Es stimmt. Wir stammen alle von ihr ab, und diese Blume ist die Quelle unserer Kraft. Im Klartext: Alle Magie strömt aus der Beziehung dieser Blume zum Mond. Sie hält die Verbindung zur Erde aufrecht und ermöglicht es uns, die Welt um uns herum zu manipulieren. Gäbe es diese Blume nicht, wäre keine Magie möglich.« Wolfe greift nach meiner Hand. Er sieht mich unverwandt an, während er langsam seinen Ring von meinem Finger streift und ihn wieder an seinen steckt.

»In diesem Ring stecken Mondblumenblätter, die ich alle paar Tage durch neue ersetze. Heute habe ich ihn zum ersten Mal abgenommen.« Er sagt es leise, als handle es sich um etwas Besonderes, irgendwie Wichtiges.

»Dein Ring hat mich also befähigt, die Flut zu beschwören?«

»Die Mondblumen in meinem Ring.«

»Aber das ergibt doch keinen Sinn. Ich wende meine Magie täglich an, um die Parfüms in meinem Laden herzustellen.«

Wolfe vergräbt den Kopf in den Händen und atmet schwer. »Ich wünschte wirklich, deine Mutter hätte dir die Wahrheit gesagt.«

»Ich habe dir doch erklärt: Sie kennt sie nicht.«

Er blickt mich mit einem undeutbaren Gesichtsausdruck an – mitleidig oder sogar traurig. Er schüttelt den Kopf. »Es liegt an euren Wasserleitungen.« Er spricht klar und deutlich, völlig emotionslos.

Es läuft mir kalt den Rücken hinunter und ich verschränke die Arme vor der Brust. »Das kann doch nicht wahr sein.«

»Ist es aber. Es ist sogar sehr clever. Sie kontrollieren genau, wie hoch der Anteil der Mondblumen im Wasser ist – gerade genug, um niedrige Magie zu ermöglichen, aber nicht annähernd genug, um hohe Magie zu praktizieren. Sie haben gründlich dafür gesorgt, diese auszurotten.«

»Wer sind ›sie‹?«

Er seufzt. »Das weißt du doch genau.«

Ich schüttle den Kopf, hin und her, immer wieder. Das kann nicht wahr sein, darf nicht wahr sein. »Damit ich das richtig verstehe: Du willst mir weismachen, dass das Oberhaupt des Rats – meine Mutter – einen privaten Garten mit Mondblumen hat, die sie in unsere Wasserversorgung gibt, damit unsere Magie funktioniert? Dass sie unseren Hexenzirkel betrügt, damit nie wieder dunkle Magie praktiziert wird?«

»Es hat natürlich nicht mit deiner Mutter angefangen. Aber ja, soweit wir wissen, wird die Mondblume zu einem Öl destilliert, das dem Trinkwasser der Insel zugefügt wird. Die Mondblume ist in ihrer puren Form am stärksten, deshalb wird nur das Öldestillat verwendet.«

Ich denke zurück an all die Male, die ich mit Wolfe dunkle Magie angewendet habe, und tatsächlich hat er mir, bevor wir anfingen, immer eine Mondblume angesteckt. Ich zittere plötzlich am ganzen Körper, als könne ich die Last einer solch großen, folgenschweren Lüge nicht ertragen. Sie bringt mich völlig aus der Fassung, meine Augen brennen, und meine Kehle tut weh, während ich versuche, mich in Gegenwart von Wolfe zusammenzureißen.

Was für eine unglaubliche Lüge.

Ich vergrabe den Kopf in den Händen, möchte nicht, dass Wolfe Zeuge meiner Fassungslosigkeit wird. Ich konnte die Puzzleteile nicht zusammensetzen, weil ich glaubte, meine Mutter kenne die Wahrheit nicht, aber alles ergibt mehr Sinn, wenn sie sie kennt. Und natürlich weiß sie Bescheid. Während sich die Teile zusammenfügen, bricht meine Welt zusammen.

Ich spüre eine sanfte Berührung auf dem Rücken. Seine Hand ruht einen Moment lang dort, bevor er sie kreisen lässt. Als ich mich endlich so weit gefangen habe, dass ich wieder sprechen kann, hebe ich den Kopf und atme tief durch.

»Es tut mir leid«, sagt Wolfe. Seine Stimme verrät weder Spott noch Überheblichkeit – er meint es ernst.

»Mir auch.«

Ich habe das Gefühl, dass Wolfe etwas sagen will, aber er lässt einfach den Blick über das Wasser schweifen. »Dafür werden sie mich umbringen«, sagt er schließlich mehr zu sich selbst als zu mir. Sein Atem geht schwer und langsam. »Ich will dir etwas zeigen.«

»Ich glaube kaum, dass ich heute Abend noch Kraft für irgendetwas habe.«

»Bitte«, sagt er sanft. Es ist eines der wenigen Male, in denen ich ihn so erlebe. »Ich glaube, du wirst dich dann besser fühlen.«

»Ich kann nicht mit dir kommen.«

»Doch, du kannst. Erweis mir diesen einen Gefallen. Dann brauchst du mich nie wieder zu sehen. Das verspreche ich dir. Aber da du schon mal hier bist, möchte ich dir etwas zeigen. Ich glaube, es wird entscheidend sein.«

»Wofür?«

»Für dich.«

Als ich ihn anschaue, sehe ich weder Falschheit noch Lügen in seinem Blick, sondern nur Aufrichtigkeit.

»Keine Magie«, sage ich. »Heute Abend bin ich nicht dazu in der Lage.«

»Keine Magie«, stimmt er zu.

Er reicht mir die Hand. Ich starre sie kurz an, bevor ich sie ergreife, und dann folge ich ihm, als er tiefer ins Wasser geht. Als es mir bis zur Taille reicht, bleibe ich beunruhigt stehen.

»Was tun wir hier?«

»Ich suche nach einer Strömung«, erklärt er, als sei das offensichtlich.

»Einer Strömung?«

»Ja. Früher hätte ich sie schneller gefunden, aber sie ist nicht mehr die einzige Strömung im Umkreis der Insel.« Der Vorwurf in seiner Stimme ist nicht zu überhören, aber zum ersten Mal habe ich das Gefühl, dass er nicht mir gilt.

»Wozu brauchst du eine Strömung?«

Er schaut mich an, sieht im Mondlicht atemberaubend gut aus.

»Um nach Hause zu kommen.«

Das Wasser ist eiskalt, ich bekomme eine Gänsehaut. Obwohl ich fröstle, folge ich Wolfe wieder tiefer ins Wasser. »Das verstehe ich nicht.«

»Es war nicht gelogen, als ich gesagt habe, dass wir die Straße nicht benutzen können. Der einzige Weg zur Villa führt über eine Meeresströmung, die bis zu unserem Strand reicht. Im Grunde wenden wir also heute Abend Magie an, da die Strömung selbst magisch ist, aber wir sie ja nicht selbst erzeugt haben.«

Inzwischen reicht mir das Wasser bis zu den Schultern. Mir ist bitterkalt, aber es fasziniert mich auch, dass ich jetzt zu einem Ort gebracht werde, an dem noch niemand aus meinem Zirkel je gewesen ist. Ja, niemand weiß von der Existenz dieses Ortes, und ich lasse mich von diesem Gefühl leiten, denn es mildert den Schmerz, belogen worden zu sein. Jetzt kann ich ihn für einen Augenblick verdrängen, doch er wird sich wieder einstellen, sobald ich zu Hause bin.

Eigentlich müsste ich Angst haben. Sollte mir etwas zustoßen, würden meine Eltern mich nie finden. Ich habe aber das Gefühl, dass ich unbedingt dorthin gehen muss, um mehr von diesem Teil meines Vermächtnisses zu erfahren. Ich muss es zulassen, dass ich mich unwohl fühle, und mit eigenen Augen das Leben sehen, das mir vorenthalten wird.

»Mortana«, sagt Wolfe und wendet sich mir zu. Um uns herum braust und schäumt das Wasser, aber meine Füße haben festen Halt auf dem sandigen Boden. Solange ich lebe, liebe ich dieses Meer, und ich werde es auch jetzt nicht fürchten.

»Ja?«

»Ich beweise dir damit mein Vertrauen. Lass es mich nicht bereuen.«

Ich schlucke schwer. »Das werde ich nicht.«

Einen Moment lang mustert er mich, dann nickt er. »Gut.«

Plötzlich wird mir bewusst, dass ich Wolfe noch nie im Sonnenlicht gesehen habe – das einzige Mal, als wir uns bei Tag trafen, war der Himmel bedeckt –, und ich frage mich, ob er im Tageslicht genauso gut aussieht wie im Mondlicht. Ob ihn die Sonne genauso liebt wie der Mond.

Er tritt näher an mich heran, und wir lassen uns von einer Welle, die über uns rollt, nach oben tragen.

»Wenn du es das erste Mal tust, ist es sehr intensiv. Du musst dich an mir festhalten und darfst nicht loslassen. Verstanden?«

»Ja.«

»Okay, sie kommt auf uns zu.« Er nimmt meine Hände und legt sie um seinen Hals. Dann umfasst er sanft meine Hüften und zieht mich an sich. »Schling die Beine um meine Taille.« Seine Stimme ist leise und rau, bringt mich innerlich in Aufruhr wie das tosende Meer um uns herum.

Ich lasse mich vom Wasser hochheben, weg von der Sicherheit des Meeresbodens, schlinge die Beine um Wolfe, berühre ihn mit meinem ganzen Körper.

»Okay?«, fragt er.

Ich nicke. Wir atmen beide schwer und sehen uns an.

»Lass nicht los«, sagt er. Seine Aufforderung klingt nicht wie ein Befehl, mehr wie eine Bitte.

»Bestimmt nicht.«

Sein Blick ist unergründlich – zeigt nicht die übliche angespannte Wut, sondern etwas Zerbrechliches, Zartes.

Dann drückt er meinen Kopf an seine Brust, und ich klammere mich so fest wie möglich an ihn. Ich frage mich, ob er meinen Herzschlag spüren kann, ob er erkennt, dass dies das größte Abenteuer ist, das ich je erlebt habe.

»Hol tief Luft«, sagt er.

Dann werden wir in einen Wasserstrudel gezogen und mich beherrscht nur noch ein Gedanke: nicht zu ertrinken. Die Strömung treibt uns in ihre Mitte, wirbelt uns wild herum, als seien wir Blätter im Wind. Ich spüre Wolfes Arme um meine Taille, er hält mich fest an sich gedrückt.

Wir werden vom Westufer abgetrieben, aber ich kann nicht erkennen, in welche Richtung. Um uns tost das Wasser, schwappt über meinen Kopf, dringt mir in die Nase, zwingt mich in die Seitenlage und drückt mich dann wieder nach oben.

Ich ringe nach Luft, schlucke Wasser und würge. Ich würde mich gern von Wolfe lösen, mit den Beinen strampeln und mit den Armen zappeln, um der gierigen Strömung zu entkommen. Aber er lässt sich nicht beirren, hält mich fest, und wir werden von der Strömung getragen. Ich spüre, wie ich in seinen Armen zittere, spüre, wie er meinen Kopf abstützt.

Eine weitere Welle überrollt uns. Ich höre nur noch das Tosen des Wassers. Wir werden herumgeschleudert und taumeln durch das Meer, klammern uns dabei eng aneinander.

Dann ändert sich etwas. Die Strömung wird langsamer und zieht uns in einem Tempo mit, das mir keine Angst mehr einflößt. Wir tauchen auf, und ich spüre Wolfes feuchte Lippen an meinem Ohr. »Atme«, fordert er mich auf.

Ich gehorche ihm und atme die salzige Meeresluft ein, die in meine Lungen dringt. Aber ich wage es nicht, ihn loszulassen, halte mich mit Armen und Beinen an ihm fest und weiß mit absoluter Gewissheit, dass ich mich hier sicher fühle.

Dass ich hier sicher *bin*.

Das Wasser zieht uns mit sich und mein Atem beruhigt sich, wird gleichmäßiger. Ich versuche, mir einzuprägen, wie es sich anfühlt, vom Meer getragen zu werden, wie es sich anfühlt, in dem Wasser, das ich so sehr liebe, an diesen verwirrend faszinierenden Jungen geklammert zu sein.

»Fast geschafft«, sagt er, und ich spüre, dass er anfängt, sich mit den Beinen abzustoßen. Er bewegt sich so leicht im Wasser, als wäre ich gar nicht da. Erst als er mit den Füßen den Boden berührt, löse ich mich langsam von ihm.

Ich stehe mit dem Rücken zum Ufer und beobachte voller Staunen, wie sich die Strömung von uns zurückzieht. Das Wasser ist wieder glatt und ruhig, und ich spüre, wie Wolfe meine Hand streift.

»Bereit?«, fragt er.

Plötzlich habe ich Angst vor dem, was ich sehen werde. Ich schließe die Augen, atme tief ein und drehe mich dann langsam im Wasser um.

Ich denke an meine Eltern und an Ivy und die Eldons, die in ihren Betten liegen und schlafen, denke an all das, was sie aufgegeben haben und weiterhin aufgeben, um unseren Platz in der Welt zu sichern. Ich denke daran, wie sorgfältig er konzipiert wurde und dass bereits ein falscher Schritt alles zum Einsturz bringen könnte.

Ich denke an die Mondblume und an die Lüge, an die gewaltige Lüge.

Ich ertaste Wolfes Hand unter dem Wasser und verschränke meine Finger mit seinen.

Dann atme ich tief ein und öffne die Augen.

Zweiundzwanzig

Ich sehe weit und breit nur Wald, mächtige Bäume, die sich bis an diesen Strand und weiter zur Küste im Westen erstrecken. Verwirrt blicke ich Wolfe an.

»Unser Haus steht unter einem Zauber«, sagt er. »Nur diejenigen, die dazu eingeladen wurden, können es sehen. Für alle anderen sieht es aus wie ein Teil des Waldes.« Er hält inne, und der Druck seiner Finger um meine verstärkt sich, das einzige Anzeichen für seine Nervosität.

»Lass sie es sehen«, flüstert er, einfache Worte, die wohl kaum einen so mächtigen Zauber aufheben können.

Doch sie tun es. Ich blinzle ein paarmal und ringe nach Luft.

Die Bäume treten langsam in den Hintergrund und geben den Blick auf eine große Villa aus Ziegelstein frei, die auf einem langen, abfallenden Rasen steht. Im schwachen Mondlicht ist es kaum möglich, die Silhouette des steilen Dachs mit mehreren aufragenden Türmen zu erkennen. Auf beiden Seiten ist die Villa von hohen Bäumen umgeben, die es in Dunkelheit tauchen.

»Wo sind wir?«, frage ich, bin voller Staunen über die Größe des Gebäudes und darüber, dass es schon so viele Jahre im Verborgenen existiert.

»Wir befinden uns etwa drei Meilen südlich der Stelle, an der ihr euer *Erupta*-Ritual vollzieht, an der Westküste der Insel. Als ich dich in der Nacht beim Sammeln von Pflanzen und Kräutern getroffen habe, warst du praktisch in unserem Garten.«

»Ich hatte keine Ahnung«, flüstere ich mehr zu mir selbst als zu Wolfe.

»Ja, das ist der Punkt.«

Wolfe hilft mir aus dem Wasser an das felsige Ufer. Drei Steinstufen führen uns zum Rasen, und wir folgen dem Weg zum Haupthaus. »Trockne«, flüstert er, und im Nu weicht die Feuchtigkeit aus unseren Kleidern.

Eine dünne Wolkenschicht hat sich vor den Mond geschoben. Weiches orangefarbenes Licht flackert in den Lämpchen, die auf beiden Seiten der Tür hängen und die das dichte Efeu, das sich von unten bis zur Dachschräge hochrankt, erhellen. Neben dem Haus befindet sich ein Garten, ein Meer aus Weiß inmitten einer ansonsten dunklen Nacht.

»Sind das alles Mondblumen?«, frage ich, fasziniert vom Anblick so vieler Mondblumen auf einmal.

»Ja.«

Ich habe jeden Zentimeter dieser Insel erforscht, ohne je diese Villa entdeckt zu haben. Ich bin erstaunt, dass Wolfe diese Art von Macht in sich trägt, eine Magie, die so stark ist, dass sie über Jahre hinweg ein Gebäude im Verborgenen halten kann. Eine Macht, die ich seiner Meinung nach ebenfalls besitze.

»Das ist also dein Zuhause?« Ich betrachte die rissigen Steinwege und die flackernden Windlichter.

»Ja«, erwidert er mit einem Blick auf das Haus. »Hier leben wir alle zusammen.«

»Wie viele seid ihr?«

Er überlegt kurz. »Dreiundsiebzig.«

»Dreiundsiebzig?«, wiederhole ich schockiert. »Es gibt dreiundsiebzig Hexen, die auf dieser Insel dunkle Magie praktizieren?« Sofort verspüre ich den Wunsch, nach Hause zu laufen und meiner Mutter zu erzählen, dass der alte Hexenzirkel auf unserer Insel noch existiert und gedeiht.

Wir sind getäuscht worden.

Wir alle.

In diesem Augenblick scheint die Lüge meiner Mutter nicht so gravierend zu sein, nicht wenn es das hier gibt. Nicht wenn es eine Villa voll dunkler Magie, alter Hexen und mächtiger Zaubersprüche gibt. Sie wird am Boden zerstört sein.

»Mortana, du bist jetzt hier bei mir zu Hause«, sagt Wolfe. »Könntest du, wenigstens solange du hier bist, auf deine Provokationen verzichten?«

Ich höre ihn kaum. Ich glaube, eine gewisse Leichtigkeit in seiner Stimme erkannt zu haben, aber ich bin mir nicht sicher. Meine Gedanken überschlagen sich, und die Welt scheint sich um mich herum zu drehen. Mein Magen verkrampft sich, und mein Kopf fällt nach hinten. »Ich fühle mich nicht wohl«, sage ich.

Alles dreht sich immer schneller. Wolfes Arme umfassen meine Taille, als ich zusammenbreche. Dann ist alles dunkel um mich herum.

Als ich die Augen öffne, liege ich in einem weichen Himmelbett, das in einem gemütlichen Zimmer steht. Dunkle Mahagoni-Balken tragen die Decke, und auch das Bett scheint aus diesem Holz zu bestehen. An der gegenüberliegenden Wand steht ein zimmerhoher Kamin, in dem knisternde Holzscheite liegen. Der Feuerschein spiegelt sich auf einer Glasflasche auf dem Nachttisch, und ich erkenne darin das Geschenk, das ich Wolfe gemacht habe – ein Glas mit Öl aus den Blumen und Kräutern, die wir zusammen gesammelt haben: sein Friedensparfüm.

Ich verspüre einen Stich in der Brust.

Auf dem Tisch auf der anderen Seite des Betts stapeln sich ledergebundene Bücher. Auf einer Staffelei zwischen zwei großen Fenstern steht eine Leinwand mit einem halbfertigen Porträt. Pinsel mit Holzstielen stecken in Gläsern, Farbtuben liegen herum. Ich erkenne die Personen auf dem Porträt nicht, aber das ist kein Wunder. Sie führen, genau wie Wolfe, ein Leben im Verborgenen. Ich bin fasziniert von dem Gemälde, von den unglaublich vielen Details, die es enthält, von den Stunden, in denen er die Pinselstriche perfektioniert haben muss.

Ich frage mich, wie mein Porträt aussehen würde, wenn er mich malen würde. Aber kaum habe ich mir das vorgestellt, überkommt mich Traurigkeit. Ich brauche kein Porträt von mir, weil man sich an mich erinnern wird.

Ich stehe langsam auf, setze mich aber wieder, als ich hinter der Tür Stimmen höre.

»Was hast du dir denn dabei gedacht, sie hierher zu bringen?«, höre ich eine Stimme sagen.

»Sie sieht nicht ...« Ich kann den Rest nicht verstehen.

Auch die weitere Unterhaltung ist zu leise, um etwas verstehen zu können, doch schließlich geht die Tür auf und Wolfe betritt den Raum. Behutsam schließt er die Tür hinter sich.

»Wie lange war ich weg?«

Wolfe hält inne, als er meine Stimme hört. »Lange genug, um dich in meinem Zimmer unterzubringen.«

Mir wird heiß, als ich mich frage, wie er mich hierhergebracht hat und wie viel Zeit ich heute Abend in seinen Armen verbringen werde. Wolfe wirft einen Blick auf das Feuer und die Flammen werden stärker. Einen Augenblick lang bin ich verwirrt. Dann wird mir wieder klar, wo ich mich befinde.

»Ich vergesse immer, dass du nachts Magie praktizieren kannst.«

»Du kannst es ja auch«, sagt er nüchtern.

Ich seufze. »Müssen wir uns jetzt streiten?«

»Nein«, erwidert er. »Das können wir auf später verschieben.«

Er kommt näher, und mir wird bewusst, dass ich ihn zum ersten Mal innerhalb von vier Wänden sehe. Flackerndes Kerzenlicht fällt auf seine dunklen Haare und seine blasse Haut. In der Vertrautheit seines Zuhauses wirkt er sanfter. Seine grauen Augen zeigen nicht die übliche Wut, und sein Kiefer ist nicht so angespannt wie sonst.

Er ist immer noch derselbe, aber hier fühlt er sich wohl.

»Du starrst mich an«, sagt er.

»Hier siehst du nicht so unfreundlich aus.«

Ihm geht ein kleines Zucken um die Mundwinkel, was das Ziehen in meiner Brust nur verschlimmert. »Ich fühle mich geschmeichelt.«

»Es sollte ein Kompliment sein.« Ich flüstere die Worte, da ich befürchte, dass mich sonst alle dreiundsiebzig Hexen, die hier leben, hören könnten.

Wolfe schüttelt den Kopf und wendet den Blick ab. »Das weiß ich doch.«

Ich habe das Gefühl, etwas Falsches gesagt zu haben, also schweige ich.

»Wie fühlst du dich?«, fragt er.

»Verlegen.« Er hat etwas an sich, das mich dazu bringt, die Wahrheit zu sagen, und mir wird klar, dass dies vom ersten Augenblick an so war. Ich habe ihm meine Wut und meine Unsicherheiten, meine Verwunderung und meine Angst offenbart, und nicht einmal hat er gesagt, es sei ihm zu viel.

Als hätte ich bis jetzt im Schatten gelebt, und er hat mich ins Licht geholt. Sein finsterer Gesichtsausdruck, die dunkle Magie und sein dunkles Haus haben mich innerlich erleuchtet und das offen gelegt, was ich verdeckt halten sollte.

Er sucht meinen Blick. »Vertrau mir, wenn ich dir sage, dass es nichts gibt, das dir peinlich sein muss.« Er schweigt kurz. »Nicht jetzt. Niemals.«

Wir mustern einander, und ich spüre großes Verlangen, seine Hand in meine zu nehmen und ihn an mich zu ziehen. In der Strömung habe ich mich eng an ihn geschmiegt, weil es sein musste, weil ich sonst ertrunken wäre.

Aber was ist, wenn ich hier in der Stille dieses Zimmers ertrinke, verzehrt von dem heftigen Verlangen nach ihm?

»Fühlst du dich wach genug, meinen Vater kennenzulernen?«

Die Frage trifft mich völlig unvorbereitet mitten in meinen Gedanken. Es war wohl sein Vater, mit dem er draußen vor der Tür gesprochen hat.

»Ja.«

Er nickt. Langsam klettere ich vom Bett und vergewissere mich, dass ich fest auf den Füßen stehe. Wolfes Hand ruht auf meinem Rücken, bis ich mich sicher fühle, dann treten wir raus auf den Flur. Die Wände und Böden bestehen aus demselben Mahagoni-Holz wie in Wolfes Zimmer. Über den gesamten Flur ist ein langer rotgoldener Teppich gelegt. Kerzen in Glasleuchtern schmücken die Wände.

»Warum zündet ihr so viele Kerzen an?«, frage ich.

»Wie sonst sollen wir sehen können?«

Ich blicke ihn verwirrt an. »Habt ihr denn keinen Strom?«

»Es wäre schwierig gewesen, die Festlandbewohner dazu zu überreden, den Strom bis zu dieser Seite der Insel zu leiten, da wir ja gar nicht existieren. Meinst du nicht?«

Ich erröte und schüttle den Kopf. »Tut mir leid.«

»Du brauchst dich wegen nichts zu entschuldigen. Im Übrigen mag ich Kerzenlicht.« Er sieht mich noch einen Augenblick lang an und geht dann weiter.

Seine Hand befindet sich in meiner Reichweite, und ich kämpfe gegen das Verlangen an, sie zu ergreifen. Aus den Zimmern, deren Türen geschlossen sind, dringen leise Stimmen, und ich erschrecke, als ein kleines Mädchen plötzlich hinter einer Topfpflanze hervorspringt. Ihr dunkles Haar ist zu einem Zopf geflochten und es fehlt ihr ein Vorderzahn. Sie versetzt Wolfe einen Klaps aufs Bein und schreit: »Hab dich. Du bist raus!«

Wolfe nimmt das Kind in die Arme. »Das sind aber nicht die Regeln, die wir ausgemacht haben, oder, Lily?«

Sie kichert und mustert mich neugierig über Wolfes Schulter. »Wer ist deine Freundin?«, fragt sie.

»Das ist Mortana«, sagt Wolfe. »Mortana, das ist Lily.«

»Seine *beste* Freundin«, erwidert Lily und beäugt mich misstrauisch.

»Ja, meine beste Freundin«, stimmt Wolfe zu. Er setzt Lily wieder ab, und sie verkriecht sich hinter seinem Bein, von wo aus sie mich beobachtet.

»Freut mich, dich kennenzulernen, Lily. Ich habe auch eine beste Freundin. Sie heißt Ivy.«

»Malst du gern?«, fragt sie mich.

»Sehr gern.«

»Kann sie mit mir malen?«, fragt Lily Wolfe, offensichtlich beruhigt, dass ich keine Bedrohung darstelle.

»Im Augenblick nicht, Süße. Es ist schon spät – du solltest bereits im Bett sein.«

Lily stöhnt. »Aber ich bin überhaupt noch nicht müde!«, sagt sie und unterdrückt dabei ein Gähnen.

»Ich weiß. Aber du musst doch morgen fit sein, wenn wir Fangen spielen«, meint Wolfe. »Es sei denn, du willst verlieren.«

»Ich werde nicht verlieren«, ruft sie empört, rennt den Flur hinunter und knallt eine Tür hinter sich zu.

»Ich mag deine beste Freundin«, sage ich und gehe hinter Wolfe eine große Treppe hinunter, wobei ich mich am Eisengeländer halte.

»Sie wird sich freuen, wenn ich es ihr morgen sage.«

Als wir unten sind, wird es lauter. Von der rechten Seite des Hauses, wo ich die Küche vermute, sind Stimmen zu hören. In einem wichtig aussehenden Raum zur Linken haben sich mehrere Menschen versammelt, anscheinend zum Üben von Zaubersprüchen. Es hängen überall Kerzen, deren Flammen höher oder niedriger werden, je nachdem, was die Hexen sagen.

»Hey, Wolfe«, grüßt jemand aus dem Raum und lässt einen kleinen Feuerball neben uns aufflammen, der uns umkreist, bevor er erlischt.

»Angeberei«, bemerkt Wolfe.

Gelächter folgt uns, als wir zu einem Zimmer nahe der Vorderseite der Villa gehen. Die Tür steht offen, aber Wolfe klopft trotzdem.

»Kommt herein«, dringt es aus dem Raum.

Mein Puls beschleunigt sich und meine Handflächen sind feucht. Ich weiß nicht, warum ich nervös bin, aber als ich den Raum betrete, zittern meine Hände.

Es ist ein Arbeitszimmer. In einem steinernen Kamin prasselt ein Feuer, und an den Wänden flackern Laternen. Hunderte von ledergebundenen Büchern sind in schwarzen Eisenregalen aufgereiht, an denen eine bis zur Decke reichende Leiter lehnt. Unwillkürlich streichen meine Finger behutsam über eines der alten Bücher.

»Sind das Zauberbücher?«, frage ich Wolfe verwundert. Wir besitzen Texte, die unsere neue Magie-Ordnung dokumentieren. Die alten Bücher, in denen unsere Vorfahren alle Zaubersprüche aufbewahrten, wurden entfernt, sind unserem Zirkel nicht mehr zugänglich. Als wir die dunkle Magie aufgaben, gab es keinen Bedarf mehr für sie. Ich bin überwältigt, mich in einem Raum mit so viel Magie, so viel Geschichte, zu befinden.

»Ja, das sind sie«, erwidert Wolfe.

Ein großes, altes Buch liegt aufgeschlagen auf einem Ständer mitten im Raum. Die Ecken sind eingeknickt und vergilbt, aber die Schrift ist noch lesbar. Es handelt sich um einen Zauberspruch für die Übertragung von Lebensenergie. Meine Finger zeichnen die Worte nach, die beschreiben, wie man jemandem das Leben nimmt, um einen anderen Menschen zu retten.

Ich erinnere mich, dass Wolfe mir erklärt hat, dass es bei der Magie um Ausgewogenheit geht. Wir können nicht einfach ein Leben retten – das hat Konsequenzen.

Als ich die Worte lese, vibriert Magie in mir, und es jagt mir Angst ein, dass ich eindeutig eine Verbindung zu dieser Magie spüre.

Du praktizierst die falsche Magie.

»Du musst Mortana sein«, unterbricht eine Stimme meine Gedanken. Hinter einem großen Schreibtisch aus Holz steht ein Mann. Ich löse mich von dem Buch, und Hitze steigt mir in die Wangen.

»Ja.«

Der Mann hat verblüffende Ähnlichkeit mit Wolfe – mit seiner wilden, dunklen Mähne, den scharfen Gesichtszügen und den Augen, deren Ausdruck an das tosende Meer erinnert. Aber irgendwie wirkt er weicher. Seine helle Haut ist nicht mehr ganz straff und seine Nickelbrille ist auf die Nasenspitze gerutscht. Als er mich anlächelt, zeigen sich freundliche Fältchen um seine Augen.

»Ich bin Galen, Wolfes Vater. Herzlich willkommen in unserem Hexenzirkel.« Er streckt mir die Hand hin, und ich ergreife sie.

Dabei stelle ich fest, dass er einen Ring trägt, der fast identisch mit Wolfes Ring ist.

»Danke.« Meine Stimme klingt leise und zittrig. Eine völlig neue Welt, von der ich keine Ahnung habe, hat sich mir eröffnet und stellt alles in Frage. Mein Hexenzirkel ist so nahe dran, das zu bekommen, was er schon immer wollte, doch die Villa, in der ich mich gerade befinde, droht, alles auf den Kopf zu stellen. Wie konnte uns entgehen, dass es diesen Hexenzirkel hier immer noch gibt?

»Mir ist bewusst, dass du im Augenblick viel zu verarbeiten hast«, sagt Galen. »Wir halten uns gern im Verborgenen. Ich denke, du verstehst, warum.«

»Wie lange seid ihr schon hier?«

»Seit die neue Magie-Ordnung auf der Insel zur Regel wurde. Als euer Hexenzirkel entstand, schlossen sich ihm fast alle Hexen an, und nur wenige blieben der alten Ordnung treu. Eine Zeit lang teilten wir uns die Insel. Aber im Lauf der Zeit erkannten die neuen Hexen, dass alles aufs Spiel gesetzt würde, sollte das Festland herausfinden, dass nach wie vor hohe Magie praktiziert wird. Also trafen wir uns mit dem Rat und trafen eine mehr oder weniger zerbrechliche Vereinbarung. Wir erklärten uns einverstanden, uns aus der Gemeinschaft der Insel zurückzuziehen und im Verborgenen zu bleiben, und sie waren im Gegenzug dazu bereit, unser Geheimnis zu wahren. Das geschah vor einigen Generationen. Mit der Zeit wurden wir unter den neuen Hexen immer mehr zu einer Legende. Aber wir sind immer noch hier und wenden hohe Magie an.«

»Aber warum? Wie könnt ihr so leben?«

»Wohin sollen wir denn gehen? Aufs Festland?«

Ich schweige, weil er recht hat. Dunkle Magie ist auf dem Festland verboten. Und wenn jemand herausfände, dass der alte

Hexenzirkel immer noch hier ist, wären die Konsequenzen fatal. Es ist sicherer für sie, Magie auf der Insel zu praktizieren, auch wenn das miteinschließt, dass sie im Verborgenen bleiben müssen.

»Wie ist es möglich, dass ihr noch so viele seid?«

»Wir waren noch viel mehr«, erklärt Galen. Im Gegensatz zu Wolfe wirkt er nicht nervös oder unsicher, wenn er meine Fragen beantwortet. Er ist locker und herzlich, ohne eine Spur von Strenge. Anscheinend trägt er an ihren Geheimnissen nicht so schwer wie Wolfe. »Gelegentlich gewinnen wir neue Mitglieder. Es gibt immer noch Nachfahren der ursprünglichen Hexe auf dem Festland. Wenn sie erkennen, dass sie Zugang zur Magie haben, finden sie häufig zu uns. Und wenn jemand von euch auf seiner Bündnisfeier die niedrige Magie ablehnt, nehmen wir ihn bei uns auf. Und natürlich gibt es in unserem Hexenzirkel viele Familien mit Kindern. Tatsache ist, dass wir nicht für immer überleben werden, nicht, wenn wir nicht neue Mitglieder gewinnen, aber das ist eine Tatsache, mit der wir uns lieber nicht in der Gegenwart beschäftigen.«

Wie wird man sich an uns erinnern? Wolfes Worte kommen mir in den Sinn, und ich bin völlig überwältigt von seiner Hingabe an seinen Hexenzirkel, von seiner Leidenschaft, dafür zu sorgen, dass jedes einzelne Mitglied des Zirkels auf der Leinwand in Öl verewigt wird und somit nach dem Tod als Porträt weiterlebt.

»Ich dachte immer, dass jeder, der die neue Ordnung nicht akzeptiert, aufs Festland verbannt würde«, sage ich leise.

»Was sonst könntest du annehmen, wenn du doch fest glaubst, dass der alte Hexenzirkel ausgerottet ist?«

Ich nicke, komme mir dumm vor, weil ich in diesem dämmerigen Büro mehr lerne als je in meinem Geschichtsunterricht. »Und wie geht ihr mit den Krankheiten um, die durch die dunkle – Entschuldigung – *hohe* Magie hervorgerufen werden?«

»Es gibt keine derartigen Krankheiten«, sagt Galen. »Das ist ein Mythos, um die Vorstellung aufrechtzuerhalten, dass hohe Magie schlecht oder giftig ist. Doch es entspricht nicht der Wahrheit.«

»Tut mir leid.« Ich schäme mich, dass ich gefragt habe. Ich bin verlegen, weil ich es geglaubt habe. »Ich wollte nicht taktlos sein.«

Galen beobachtet mich, nimmt die Brille ab, klappt sie zusammen und legt sie auf ein aufgeschlagenes Buch auf seinem Schreibtisch.

»Du siehst deiner Mutter sehr ähnlich.«

Mein Mund wird sehr trocken. Ich schlucke schwer. »Sie kennen meine Mutter?« Es fällt mir schwer, die Worte herauszubringen.

»Natürlich«, erwidert Galen. »Die gesamte Insel untersteht ihr. Es ist meine Aufgabe, zu wissen, wer sie ist.«

»Verstehe.« Ich lasse mir Zeit, bevor ich weiterspreche. »Weiß sie auch, wer Sie sind?«

Galen wirft zuerst Wolfe einen Blick zu, bevor er sich wieder auf mich konzentriert. »Anscheinend nicht, wenn ich deine Reaktion beim Anblick unseres Hauses bedenke.«

Meine Wangen glühen jetzt, als ich mich daran erinnere, dass ich ja in Ohnmacht gefallen war.

»Nehmt doch bitte beide Platz.« Galen deutet auf eine große schwarze Couch neben dem Kamin. Mein Herzschlag und mein Atem sind gleichmäßig, und ich bin zu zerstreut, um zu durchschauen, was das bedeutet.

»Mortana, ich bin froh, dass mein Sohn dich kennengelernt hat. Und du bist jederzeit hier willkommen, aber das Ganze wird schon bald sehr kompliziert für dich werden. Verstehst du, was ich meine?«

»Ja.«

Galen nimmt auf einem Stuhl uns gegenüber Platz und lehnt sich zurück.

»Es beunruhigt mich nicht, wenn euer Hexenzirkel von unserer Existenz erfährt – unsere Pläne sehen es vor. Aber ich mache mir Sorgen um das Timing.«

»Pläne?«

»Als Hexer und Hexen sind wir Verwalter und Diener dieser Erde. Wir sind Heiler und Heilerinnen. Und euer Zirkel zerstört das einzige Zuhause, das wir haben. Wir werden nicht tatenlos zusehen und es weiter zulassen.«

Nervös rutsche ich auf dem Sofa herum. »Sie sprechen von den Strömungen«, sage ich, und irgendwie klingt meine Stimme erleichtert.

Galen nickt. »Wir sind stark genug, um etwas dagegen zu unternehmen. Aber wir brauchen die Hilfe deines Zirkels, und ich nehme an, deiner Mutter wird das nicht gefallen.«

»Ja, das vermute ich auch«, sage ich. Das Meer bedeutet mir alles. Noch bevor ich die *Erupta* verpasste, habe ich mir häufig Sorgen über die heftigen Strömungen gemacht. Wir müssen etwas dagegen unternehmen, und ich weiß schon seit Langem, dass meine Mutter nicht genug tut.

Ich bin erleichtert, dass jemand plant, das Problem anzugehen. Vielleicht macht mich das schon zur Verräterin.

»Sie haben in dieser Sache meine Unterstützung«, sage ich und schaue Galen an.

»Wirklich?«, fragt er und runzelt die Stirn. Schatten vom Kaminfeuer huschen über sein Gesicht.

»Ja. Ich werde meine Mutter erst dann über die Existenz Ihres Zirkels informieren, wenn Sie dies wollen.« Ich halte inne, atme tief durch und sehe Galen durchdringend an. »Aber wenn Sie auch nur einem einzigen Menschen, der mir am Herzen liegt, etwas antun, werde ich Sie die geballte Kraft des Festlands spüren lassen.«

Galen mustert mich ein paar Augenblicke lang. Dann lächelt er breit.

»Ich glaube dir – und du hast mein Wort.«

»Gut.«

»Ich bin froh, dass wir das geklärt haben, denn meinem Sohn fällt es anscheinend sehr schwer, sich von dir fernzuhalten.«

Ich senke verlegen den Kopf, aber sehe noch, wie Wolfe seinem Vater einen eisigen Blick zuwirft. »Danke dafür.«

»Jederzeit, mein Sohn«, sagt er und steht auf.

»Mortana, es war mir ein Vergnügen, dich kennenzulernen.«

Galen streckt mir die Hand hin. Ich stehe auf und schüttle sie.

»Ganz meinerseits.«

»Auf baldiges Wiedersehen«, sagt er. Die Gewissheit in seiner Stimme, die absolute Zuversicht, dass ich wiederkommen werde, lassen mich frösteln. »Bis dann. Viel Spaß bei der Zeremonie.«

Er tätschelt Wolfes Schulter, geht hinaus und lässt mich mit jeder Menge Fragen zurück.

Dreiundzwanzig

»Was für eine Zeremonie?«, frage ich ihn eindringlich. Mir schwirrt der Kopf, ich sehe schon Bilder von finsteren Ritualen und dunkler Magie vor mir, mit beschwörenden Gesängen und mächtigen Zaubersprüchen. Plötzlich erfasst mich Panik: Wo bin ich hier hineingeraten? Weshalb hat Wolfe mich hierhergebracht?

»Eine Erneuerung des Gelübdes«, sagt er.

»Was für ein Gelübde?« Ich klinge wütend und anschuldigend. Angst schnürt mir die Kehle zu.

Wolfe runzelt die Stirn und blickt amüsiert. »Das Ehegelübde.«

»Was?« Diese Antwort kommt unerwartet und lässt mich völlig ermatten.

»Was hast du denn erwartet? Hast du angenommen, ich bringe dich hierher, damit du eine Art Blutschwur leistest oder uns ein Opfer bringst? Oh, ich weiß – vielleicht wollten wir in die Unterwelt vordringen und grausame Geister aus den Abgründen der Hölle heraufbeschwören, um dem neuen Hexenzirkel nachzujagen. Oder vielleicht wollten wir die Festlandbewohner mit schrecklichen Albträumen heimsuchen, damit sie sich für immer gegen euch wenden. Oder vielleicht ...«

»Wärst du dazu fähig?«, falle ich ihm entsetzt ins Wort.

Wolfe sieht mich an, als sei mir gerade ein Auge herausgefallen.

»Natürlich nicht! Mein Gott, was um Himmels willen bringen die euch da drüben bei?«

Ich zucke mit den Schultern, da ich die Vorstellung keineswegs so abwegig finde wie er. »Sie bringen uns nicht viele Details über die dunkle Magie bei. Deshalb haben wir wohl so viel Spielraum, uns in wilde Fantasien zu verstricken.« Wolfe schließt die Augen und atmet tief durch, als ich den Begriff *dunkle Magie* verwende. »Tut mir leid, *hohe Magie* natürlich.«

»Mortana, ich schwöre …«

»Ich habe mich doch entschuldigt.« Ich halte die Hände hoch.

Es klopft an der Tür, und Galen steckt den Kopf herein. »Wir fangen gleich an.« Wolfe nickt. Galen zieht den Kopf zurück, und wir sind wieder allein.

»Du solltest dich fertig machen«, sagt Wolfe.

»Ich bleibe nicht. Das ist eure intime, besondere Zeremonie. Ich habe nichts dabei verloren.«

»Du störst keineswegs, aber du bist spät dran«, sagt er.

Nervös blicke ich an mir herunter. »Ich habe keine Zeit, mich fertig zu machen.«

»Du brauchst keine Zeit. Du brauchst Magie.«

»Aber es ist bereits dunkel«, sage ich und bin mir bewusst, wie lächerlich das klingt. Hinter der Tür ist Musik zu hören. Mein Herzschlag beschleunigt sich.

»Mortana, du hast die Flut heraufbeschworen und den Wind gelenkt. Ich glaube, du kannst jetzt etwas Magie anwenden, um dich fertig zu machen.«

»Willst du es für mich tun?«, frage ich, da ich keine weitere Regel brechen möchte. Ich habe bereits so viele unvorstellbare Dinge getan, muss aber nicht immer wieder Ja dazu sagen. »Bitte.«

Wolfe sieht mich genervt an, nickt aber. »Okay.«

Noch bevor ich *Danke* sagen kann, umhüllt mich Wolfes Magie, streicht mein Haar glatt und legt mir Make-up auf. Er verlässt das Zimmer und kehrt kurz danach wieder zurück, mit einem Kleid über dem Arm.

»Ich werde draußen warten, während du dich umziehst«, sagt er.

Ich greife nach dem Kleid, dabei fällt mir eine lange Silberkette entgegen. »Soll ich die auch tragen?«, frage ich und halte sie hoch.

»Ja«, erwidert er kurz angebunden, bevor er hinausgeht.

Sobald die Tür hinter ihm ins Schloss gefallen ist, schlüpfe ich in das bodenlange graue Spitzenkleid mit den glockenförmigen langen Ärmeln. Ich trete an den verschnörkelten goldenen Spiegel hinter Galens Schreibtisch. Mein Lidschatten ist dunkelgrau, mein Lippenstift blutrot und mein Haar fällt locker über die Schultern. Wolfes silberne Kette hat einen ovalen schwarzen Edelstein in der Mitte. Seine Rückseite ist durchbrochen, dadurch wirkt die Kette irgendwie verwegen und ist dennoch filigran und zart und auffallend zugleich. Ich lege sie an und streiche mit den Fingern über die glatte Oberfläche des Steins.

»Herein«, sage ich, als es leise an der Tür klopft.

Wolfe kommt herein und bleibt stehen, als er mich sieht, starrt mich an, als sei ich von einem anderen Stern. Unbehaglich trete ich von einem Fuß auf den anderen und werfe erneut einen Blick in den Spiegel.

Mir wurde immer beigebracht, mich nur dezent zu schminken. Nur ein *natürliches* Make-up aufzulegen, wie meine Mutter es nennen würde. Ich bin es nicht gewohnt, mich so geschminkt zu sehen. Aber statt vor meinem Spiegelbild zurückzuschrecken oder Wolfe zu bitten, mich abzuschminken, bin ich völlig verzaubert. Es gefällt mir.

»Ich kann es ändern, wenn du willst«, bietet Wolfe an. Seine Stimme ist belegt und rau – und geht mir unter die Haut.

»Ich mag es.« Ich wende mich ihm zu. »Was meinst du?«

»Ich finde ...«, beginnt er, hält jedoch sofort inne und fährt sich mit der Hand durchs Haar. Er sieht wieder frustriert aus und sagt: »Ich finde, du siehst perfekt aus.«

»Warum klingst du dann so verärgert?«

Er kommt auf mich zu und steckt mir behutsam eine Mondblume hinters Ohr. »Weil ich nicht will, dass du in meiner Welt perfekt aussiehst. Ich will nicht, dass du hineinpasst.«

»Tu ich auch nicht«, stoße ich mühsam hervor. Meine Kehle ist trocken und meine Stimme kaum zu hören.

»Schau noch mal«, sagt er und dreht mein Gesicht zum Spiegel.

Ich werfe einen flüchtigen Blick hinein, dann schließe ich die Augen und wende mich ab. Mein Wunsch ist es auch nicht, hierher zu passen.

Wir sind gerade im Begriff, zu gehen, als mir ein großes Gemälde über dem Kamin ins Auge fällt. Ich muss es beim Hereinkommen übersehen haben, weil ich so sehr von den Zauberbüchern gefesselt war. Es ist atemberaubend. Es ist das Porträt einer Frau mit langem, dunklem Haar, das ihr über die Schultern fällt, und einer Krone aus Mondblumen. Sie trägt ein enganliegendes silbernes Kleid und einen großen schwarzen Anhänger, der ihr bis zur Brust reicht. Ein zufriedenes, sanftes Lächeln ziert ihr Gesicht, und sie hält die Hände im Schoß gefaltet.

»Hast du das gemalt?«, frage ich voller Bewunderung.

Wolfe steht neben mir und blickt zu dem Porträt hoch.

»Ja. Es ist meine Mutter«, sagt er.

»Sie ist wunderschön. Werde ich sie heute Abend kennenlernen?«

»Sie ist schon lange tot.« Er wirkt angespannt neben mir, und seine Stimme verrät eine gewisse Schärfe.

»Was ist passiert?« Ich bin mir nicht sicher, ob die Frage angemessen ist, ob es ihm hilft oder ihn belastet, darüber zu sprechen, aber ich will ihn kennenlernen. Und es ist ein Teil von ihm.

»Sie starb bei meiner Geburt. Sie befand sich gerade auf dem Festland, um Vorräte zu besorgen, die es auf der Insel nicht gibt, als die Wehen einsetzten. Es gab Komplikationen, und mein Vater konnte nicht mehr rechtzeitig zu ihr kommen. Wäre sie auf der Insel gewesen, hätte sie überlebt. Mein Dad hätte sie retten können.«

»Das ist ja schrecklich.« Ich blicke zu dem Gemälde hoch. »Es tut mir sehr leid.«

»Ist es schrecklich? Dein Hexenzirkel würde sagen, dass ihr Tod die einzig akzeptable Folge der Ereignisse war, und dass die Anwendung von Magie, um ein Leben zu retten, niederträchtig ist.« Ich drehe mich zu ihm um, und er sieht verärgert aus, verletzt. »Was stimmt nun, Mortana?«

Ich weiß nicht, wie ich dazu komme, wie ich überhaupt den Mut aufbringe, aber spontan schlinge ich die Arme um seinen Hals und ziehe ihn an mich. »Es ist schrecklich.«

Er zögert, verharrt reglos in meinen Armen. Dann legt er langsam die Arme um meine Taille.

Die Musik hinter der Tür wird lauter, und Wolfe tritt einen Schritt zurück.

»Wir müssen gehen«, sagt er.

Er geht zur Tür und öffnet sie, ohne ein weiteres Wort zu verlieren.

Das Foyer hat sich in der Zeit, in der wir in Galens Arbeitszimmer waren, verändert: Die große Treppe ist jetzt mit weißen Mondblumenblättern übersät und das eiserne Geländer von Efeu umrankt. Schwarze Stumpenkerzen beleuchten die Treppe, und aus den offenen Türen dringt laute Musik.

Wolfe nimmt meinen Arm, und die Anspannung, die ihn im

Arbeitszimmer seines Vaters beherrscht hat, fällt von ihm ab. Wir gehen hinaus auf den langen, abfallenden Rasen, der bis zum Wasser reicht. Schwarze, von Hand gezimmerte Stühle sind am Ufer aufgereiht, und Hunderte von weißen Mondblumen treiben im Wasser und reflektieren das Mondlicht. Am Strand steht ein großer, von Efeu umrankter Eisenbogen, der vom Kerzenlicht beleuchtet ist.

Es macht mich sprachlos, wie schön und prächtig dieser Ort ist. Auf unserer Insel habe ich bereits Dutzende Hochzeiten erlebt, aber keine ist mit dieser zu vergleichen.

Auf der Nordseite der Villa ist ein großer Garten angelegt, viel größer als der, den ich vorhin gesehen habe, aber es ist zu dunkel, um genau sehen zu können, was hier wächst.

»Dieser Garten ist ja riesig«, sage ich.

»Wir bauen den größten Teil unserer Nahrungsmittel selbst an.«

»Es wirkt fast wie eine eigene, kleine Stadt«, sage ich. Im Dunkeln kann ich kaum das Ende der Beete erkennen.

»Unsere eigene, kleine Stadt, in der wir unsere eigene Art von Magie praktizieren können.«

Im ersten Augenblick denke ich, er nimmt mich auf den Arm, aber als er es sagt, wirkt er glücklich und zufrieden.

»Na so was, eine Ebby in unserer Mitte!«, höre ich eine Frau sagen, die nun auf mich zukommt. Ihre langen, dunklen Haare reichen ihr bis zu den Oberschenkeln. Sie hat Rouge aufgetragen und ihr roter Lippenstift hebt ihre blasse Haut noch mehr hervor. Sie hält ein silbernes Glas in der Hand. Ihre Nägel sind rot lackiert, es ist dasselbe Rot wie ihr Lippenstift. Ich darf nur rosa oder elfenbeinfarbenen Nagellack auftragen und verberge instinktiv die Hände hinter dem Rücken.

»Ebby? Nennt ihr uns so?«, frage ich an Wolfe gerichtet.

»Ein recht fantasieloser Spitzname, abgeleitet von Ebbe-Magie«, erklärt er.

»Verstehe.«

»Du siehst gut aus«, sagt die Frau und wirkt amüsiert. »Dunkle Farben stehen dir.«

»Entschuldigung, kennen wir uns?«

»Du bist die mächtigste Tochter der Insel. Wir wissen alle, wie du aussiehst.« Sie zwinkert mir zu und legt mir den Arm um die Schultern. »Ich bin Jasmine. Besorgen wir dir erst mal einen Drink«, sagt sie und führt mich weg von Wolfe.

»Jasmine?«, frage ich nach. Der Name weckt eine Erinnerung in mir. »Jasmine Blake?«

Sie sieht mich an, runzelt die Stirn. Dann verzieht sie den Mund zu einem Grinsen. »Ja.«

»Du hast dem neuen Hexenzirkel abgeschworen.« Ich bin schockiert, kann nicht fassen, dass ich hier neben ihr stehe. »Ich dachte, du wärst ...« Ich spreche nicht weiter, möchte sie nicht beleidigen. Ich war damals noch zu jung, um mich selbst an die Geschichte zu erinnern, habe sie aber gehört.

»Du hast wohl angenommen, ich sei auf dem Festland gestorben?«

Ich nicke.

»Nachdem ich dem neuen Hexenzirkel abgeschworen hatte, kam ich hierher«, sagt sie nüchtern, ohne eine weitere Erklärung. Und vielleicht bedarf es keiner, vielleicht ist diese Entscheidung gar nicht so kompliziert, wie der neue Zirkel annimmt.

Sie reicht mir einen silbernen Kelch mit tiefrotem Wein, der mich an meine Mutter erinnert. Mein Puls beschleunigt sich.

»Ich habe gehört, dass du in der hohen Magie sehr begabt bist«, sagt Jasmine.

»Da hat man dich wohl nicht richtig informiert, ich praktiziere niedrige Magie«, sage ich und umklammere krampfhaft meinen Kelch.

»Klar, sicher doch«, erwidert sie. »Auch ich habe sie vor vielen Jahren angewendet.«

Sie stößt mit mir an, nimmt einen Schluck. Dann ruft jemand nach ihr. »Ich habe mich gefreut, dich zu sehen, Mortana«, verabschiedet sie sich.

Ich starre ihr nach, wiederhole in Gedanken ihre Worte. Wenn mich meine Erinnerung nicht trügt, war Jasmine Blake die letzte Hexe, die den neuen Hexenzirkel verließ und sich während ihrer Bündnisfeier von ihm lossagte. Wenn erst die Wahl getroffen ist, ist sie endgültig. Deshalb spielt die Bündnisfeier eine so große Rolle. Neben der *Erupta* ist es die mächtigste Magie, die wir anwenden, ein Schwur, der bis zum Grab Gültigkeit hat.

Ich bin zu jung, um mich an Jasmines Bündnisfeier zu erinnern, aber Jahr für Jahr entscheiden sich unsere Hexen immer *für* den neuen Hexenzirkel. Es ist schwer, sich vorzustellen, wie eine Zeremonie verlaufen würde, wenn jemand sich *gegen* die neue Ordnung entscheiden würde, und welche Art von Empörung und Chaos dies zur Folge hätte.

Die Musik verstummt und alle begeben sich zu ihren Plätzen. Wolfe hat mir erklärt, dass über siebzig Hexen und Hexer hier sind, aber sie alle hier versammelt zu sehen, prächtig herausgeputzt, gut gelaunt und redselig, überwältigt mich.

Dreiundsiebzig – und wir waren völlig ahnungslos.

»Alles okay bei dir?«, fragt Wolfe. Ich zucke zusammen, als ich seine Stimme höre, da ich sein Kommen nicht bemerkt hatte.

»Warum hast du mich hierhergebracht?«, frage ich.

Bevor er antworten kann, geht Galen auf den Eisenbogen zu, und die Zeremonie beginnt. Schnell nehme ich neben Wolfe Platz. In mir vibriert nervöse Energie, die mich abhält, weiterzugehen.

Wolfe streckt seine Hand aus und legt sie auf meine. Sie fühlt sich kühl an. Mir stockt der Atem, ich höre nichts von dem, was Galen sagt, bin ausschließlich darauf fokussiert, zu ergründen, wie es möglich ist, dass eine einzige Berührung so viele Körperstellen in Flammen setzen kann. Schon oft habe ich mir dieses Gefühl ausgemalt, habe viele schlaflose Nächte damit verbracht und gehofft, dass mein pflichterfülltes Leben diese überwältigenden Gefühle in mir auslösen könnte, habe gehofft, Landon könne diese Art von Feuer in mir entfachen. Aber das hat er nicht, und in diesem Augenblick weiß ich, dass er es nie können wird.

Ich schlucke schwer und Wolfe entzieht mir seine Hand.

Die Musik setzt wieder ein, tiefe, vibrierende Töne durchdringen die Stille der Nacht. Würde ich diese Musik an einem anderen Ort hören, würde ich eine wehmütige Melodie wahrnehmen. Sie bildet einen krassen Kontrast zu den schnellen, heiteren Stücken, die bei unseren Hochzeiten gespielt werden. Aber die Musik hier drückt keine Wehmut aus. Sie ist schön, ursprünglich und kraftvoll. Ich blinzle und atme tief ein.

Zwei Frauen schreiten Seite an Seite den Gang entlang. Die eine trägt ein langes schwarzes Kleid mit einem üppigen Tüllrock und straff anliegendem Oberteil, die andere ein enges Kleid mit langer Schleppe, das mit schwarzen Edelsteinen besetzt ist, in denen sich das Mondlicht spiegelt. Die Finger der beiden Frauen sind ineinander verschlungen, als sie auf Galen zugehen und vor ihm stehen bleiben.

Sie sprechen miteinander über Liebe und Hingabe, Loyalität und Geduld, Verständnis und Demut. Ich bin fasziniert von der Schönheit dieser Worte, den Gefühlen, die ich für zwei Menschen entwickle, die mir völlig unbekannt sind. Die Zeremonie fühlt sich auf eine Weise realer an als vieles in meinem Leben. Ich kämpfe gegen aufkommende Tränen an und bemerke, wie Wolfe sich mit seinem Stuhl bewegt und näher an mich heranrückt.

Näher.

Ich versuche, mich auf das Geschehen vor mir zu konzentrieren, aber die Musik, die Zeremonie und die Wellen, die ans Ufer rollen, verblassen, scheinen sich aufzulösen. Ich höre nur noch, wie das Blut in meinen Ohren pulsiert und mein Herzschlag sich beschleunigt.

Als die Frauen sich küssen, befürchte ich, zu zerspringen, so stark ist die Anspannung in meinem Körper. Die Frauen gehen Hand in Hand zum Wasser und sagen etwas, das ich nicht verstehen kann. Und ganz plötzlich erheben sich die Mondblumen in die Luft, schweben über den Rasen und wirbeln wie Herbstblätter um uns herum. Die Musik wird immer lauter, die Frauen küssen sich noch einmal, und die Blumen entschwinden unseren Blicken.

Die Hexen um mich herum sagen wie aus einem Mund: »Möge eure Liebe so beständig sein wie die Gezeiten, so mächtig wie die Mondblume und so geduldig wie die Wintersaat.«

Dann ertönt Beifall und Jubelrufe werden laut. Von meinem Stuhl aus beobachte ich, wie sich die Menschen umarmen und küssen, wie sie wieder in Gespräche verfallen und ihr Lachen ertönt.

Ich frage mich, wie meine Hochzeit mit Landon sein wird, ob wenigstens ein Bruchteil der Vertrautheit und Freude, die ich heute miterlebt habe, zu spüren sein wird. Aber kaum ist mir dieser Gedanke gekommen, da weiß ich schon, dass es nicht so sein wird. Die Hochzeit wird nicht für mich und Landon gefeiert, sie wird zum Schein stattfinden, eine Inszenierung für alle Anwesenden.

»Worüber denkst du nach?«

Ich wende mich Wolfe zu, der mich eindringlich mustert. Es ist nicht seine Schuld, dass sich Zweifel in meine Gedanken eingeschlichen haben, dass die Ungewissheit mich quält, dass ich zum ersten Mal in meinem Leben darüber nachdenke, was ich will, und nicht immer nur darüber, was von mir erwartet wird. Aber ich lasse meinen Ärger an ihm aus.

»Ich denke, dass ich gern nach Hause gehen möchte.« Ich lasse mein Glas zu Boden fallen und eile zurück in Galens Arbeitszimmer, reiße mir das graue Spitzenkleid vom Leib und schlüpfe wieder in meine eigenen Anziehsachen. Ich muss hier raus, muss wieder auf sicheres, gewohntes Terrain gelangen.

»Mach das weg«, sage ich, als Wolfe mir nachkommt, und deute auf mein Gesicht. Seine Hand sucht meine, doch ich weiche zurück. »Bitte.«

»Okay.« Von seiner Magie fährt mir ein kühler Hauch über das Gesicht, und schon vermisse ich es, wie es sich angefühlt hat, in seiner Welt zu sein und entsprechend auszusehen.

»Was ist los?«, fragt er, aber ich kann diese Frage nicht beantworten. *Alles*. Alles ist falsch.

Ich entdecke eine große Holztür, in die die Umrisse von Mondblumen geschnitzt sind, und ich weiß, dass ich den Ausgang gefunden habe. Ich öffne die Tür gewaltsam, sie ächzt in den Angeln. Dann eile ich in die Nacht hinaus.

Vierundzwanzig

Wolfe folgt mir bis zum Waldrand hinter der Villa. In der Ferne kann ich den Weg erkennen, der mich nach Hause führen wird.

»Warum hast du mich heute Nacht hierhergebracht?«, frage ich ihn erneut.

Er blickt mich eindringlich an, lässt mich nicht aus den Augen.

»Weil du versuchst, dich in eine Schublade zu zwängen, in die du nicht hineinpasst. Dir wurde beigebracht, ein solches Leben wie das hier zu verachten.« Er deutet auf die Villa hinter uns, wobei er die Stimme hebt. »Wir sind kein Haufen böser Magier, die singend um das Feuer tanzen und sich mit dem Teufel verschwören. Wir sind eine Familie. Wir lachen zusammen, haben Hoffnungen, Ängste und Träume – genau wie ihr. Wir bebauen unser Land, ziehen unsere Kinder auf und versuchen unser Bestes, diese Erde zu schützen.«

»So einfach ist das nicht ...«

»Doch, ist es. Dies ist ein *Leben*, Mortana. Ein lebendiges, erfülltes Leben.« Seine Worte sind eindringlich, laut und wütend.

»Und was soll ich deiner Meinung nach tun?«, brülle ich, habe keine Ahnung, was dieses Leben je für mich bedeuten könnte.

»Hier ist kein Platz für mich.«

Wolfe greift nach meiner Hand, steht jetzt direkt vor mir.

»Hier gibt es ein Leben für dich, ein Leben, in dem du all das sein kannst, wovor du dich sonst gefürchtet hast.« Er schaut zu mir herab, mein Atem steigt nach oben und vereinigt sich mit seinem. Er studiert mein Gesicht, sein Blick ist so durchdringend, dass ich ihn auf der Haut fühle, in meinem Innersten spüre.

Er durchdringt alles, jede Überzeugung, jeden Zweifel und jede Frage, die ich je in Bezug auf mich hatte. Wenn ich ihn anschaue, sehe ich den Menschen, der ich sein möchte, das Potenzial eines Lebens, das ich nach eigenen Vorstellungen gestalten kann.

Und es tut weh.

So weh.

Meine Augen füllen sich mit heißen Tränen, und ich dränge sie zurück.

»Damit liegst du falsch«, sage ich mit zittriger Stimme. »Es hat für mich immer nur ein Leben gegeben.«

Plötzlich fällt Regen vom nachtdunklen Himmel und ich bin im Nu durchnässt. Ich ziehe meine Hand zurück. »Ich muss jetzt gehen.«

Schnell wende ich mich ab, aber Wolfe umfasst mein Handgelenk, und ich pralle gegen ihn, genau wie in jener Nacht, als wir uns zum ersten Mal begegnet sind. Ich habe Angst, zu ihm aufzuschauen, aber noch mehr Angst davor, es nicht zu tun. Ich hebe meinen Blick, und er umfasst mein Gesicht mit beiden Händen, vergräbt seine feuchten Finger in meinem Haar.

»Ich will dich nicht verlieren«, sagt er.

Ich lege die Hände auf seine und schließe die Augen. Ich spüre, wie sein Atem meine Haut streift und seine Finger eine Hitze in mir entfachen, die mich von oben bis unten durchströmt. Ich stelle mir vor, wie ich mit meinen Lippen seine berühre, seine Magie praktiziere und es mir erlaube, all das zu sein, wozu ich seiner Meinung nach fähig bin.

Dann löse ich seine Hände von meinem Gesicht und trete einen Schritt zurück. »Ich habe dir nie gehört, also kannst du mich auch nicht verlieren«, sage ich.

Ich löse die Mondblume aus meinem Haar und lasse sie zu Boden fallen. Dann laufe ich los, laufe, so schnell ich kann, bis ich den Weg erreicht habe, der mich nach Hause führt. Weil ich Luft holen muss, bleibe ich kurz stehen. Dann drehe ich mich um, um die Villa noch einmal aus der Ferne zu betrachten, auf der ein Zauber liegt, der allein für mich aufgehoben wurde.

Sie wirkt dunkel und bedrohlich, gespenstisch und unheimlich, alles, was die Hexeninsel nicht ist. Und sie ist einfach wunderschön.

Dann gehe ich den Weg weiter, der um die Nordspitze der Insel führt. Doch als unser Haus in meinen Blick kommt, verharre ich erneut.

Es ist vier Uhr morgens, aber im Haus brennen alle Lichter. Durch die großen Fenster sehe ich, wie mein Vater hin und her geht und meine Mutter telefoniert. Sie schlingt die Arme um meinen Dad, dessen Gesicht von Sorge gezeichnet ist.

Ich werde von Schuldgefühlen überwältigt und renne zum Haus, obwohl mir bange vor dem Sturm ist, der mich erwartet.

»Ich bin da«, rufe ich, eile die Stufen hinauf und stürme ins Wohnzimmer.

»Mein Gott, Tana, wo bist du gewesen?«, fragt Dad, eilt auf mich zu und nimmt mich in die Arme. »Wir haben uns solche Sorgen gemacht.«

Er drückt meinen Kopf an die Brust, obwohl ich völlig nass bin, und ich breche unwillkürlich in Tränen aus.

»Es tut mir sehr leid.« Ich umarme meinen Dad. »Ich konnte nicht schlafen. Meine Gedanken haben sich überschlagen, und ich dachte, es würde helfen, einen Spaziergang zu machen.«

Meine Mutter hört auf, zu telefonieren. Eng an Dads Brust gedrückt sehe ich aus dem Augenwinkel ihren Gesichtsausdruck. Dann gibt sie einen tiefen, lauten Seufzer von sich, tritt auf uns zu und umarmt uns beide fest. Zu fest.

»Was ist los?« Ich begreife plötzlich, dass etwas anderes als meine Abwesenheit sie aus dem Schlaf gerissen hat.

Meine Eltern tauschen einen Blick.

»Es geht um Ivy, Liebes«, erklärt Dad und legt mir die Hand auf die Schulter. »Sie ist heute Abend losgegangen, um Zutaten einzusammeln, und hat aus Versehen ein Bienennest zerstört und dabei alle Bienen aufgescheucht.«

»Das hört sich ja furchtbar an«, sage ich. Ich bin nur einmal gestochen worden, und kann mir daher nicht vorstellen, wie schrecklich sie sich fühlen muss. »Wir sollten ihr ein paar Badeöle rüberbringen, damit sie sich entspannen kann. Kann ich sie besuchen?«

»Leider ist es nicht so einfach«, sagt Dad, und Tränen schießen ihm in die Augen. »Ivy reagiert allergisch auf Bienenstiche. Da sie noch nie gestochen wurde, wusste sie das nicht. Es sieht ... Es sieht danach aus, als würde sie die Nacht nicht überleben.«

Ich weiche einen Schritt zurück. »Was?«

»Ihre Eltern wollen, dass ich komme. Wir sollten alle gehen.« Die Stimme meiner Mutter klingt schwer, voller Traurigkeit und Sorge. Aber sie wirkt gefasst, und ihr Make-up ist tadellos wie immer.

»Nein.« Ich weiche noch einen Schritt zurück. »Nein. Ich habe sie doch vor Kurzem noch gesehen, es geht ihr gut.« Ich kann nicht glauben, was sie mir berichten.

»Oh, Liebes, wie sehr wünschte ich mir, das wäre wahr.«

Mom streckt die Hand nach mir aus.

Nein, ich werde es nicht tun. Ich werde nicht um meine beste

Freundin trauern, denn sie wird nirgendwohin gehen. Das darf sie nicht, denn ohne sie schaffe ich es nicht.

Ich atme tief durch, um mich zu beruhigen. »Gehen wir zu ihr.«

An Ivys Haus haftet der Geruch des Todes. Ich weiß nicht, wie ich es sonst beschreiben soll. Die Luft ist dick und schwer und faulig, als würde sie die Bewohner auf das Kommende vorbereiten. Mrs Eldon eilt auf meine Mutter zu, und die beiden Frauen umarmen sich.

»Oh, Rochelle«, flüstert meine Mutter in ihr Haar.

Dr. Glass steht in der Ecke und unterhält sich leise mit Ivys Vater. Er wirft mir einen Blick zu und nickt, setzt dann aber das Gespräch fort.

»Hallo, Tana«, begrüßt mich Mrs Eldon unter Tränen. Sie hält sich ein Taschentuch unter die Nase und wischt sich übers Gesicht, bevor sie mich sanft umarmt. »Warum gehst du nicht zu Ivy, während wir Dr. Glass verabschieden? Er ist gerade im Begriff, zu gehen.«

»Was heißt das, er geht?«, frage ich und werde laut. »Sie geben einfach auf?«, schreie ich den Arzt an. Es ist mir egal, dass ich vor meinen Eltern und Ivys Eltern die Beherrschung verliere.

»Tana«, sagt meine Mutter warnend.

Ich blicke mich hilflos im Zimmer um. Ich möchte schreien, will ihnen an den Kopf werfen, dass sie doch etwas tun sollen, dass sie härter kämpfen sollten. Aber ich bringe kein Wort hervor, wende mich ab und eile die Treppe hinauf. Ivys Zimmer ist das erste auf der rechten Seite. Ich klopfe, obwohl ich keine Reaktion erwarte.

Ich stoße die Tür auf. Obwohl das Fenster offen ist, riecht es nach Schweiß. Es ist, als könnte ich die Hitze spüren, die ihr Körper ausstrahlt.

Behutsam trete ich ans Bett und setze mich auf die Bettkante. Ihr Atem ist flach, jeder Atemzug wird von einem Keuchen begleitet. Sie hat die Augen geschlossen, und die Arme liegen ausgestreckt seitlich am Körper, mit den Handflächen nach oben. Ihre braune Haut ist mit Quaddeln bedeckt, ihr Gesicht und ihr Hals sind bis zur Unkenntlichkeit angeschwollen.

Oh, Ivy.

»Ich bin hier«, sage ich und nehme ihre Hand in meine. »Ich bin hier.«

Sie reagiert weder auf meine Berührung noch auf meine Stimme. Ihre Augen bleiben geschlossen, und ihre Hand liegt schlaff in meiner. Sie liegt direkt vor mir, aber ich kann das, was ich sehe, nicht akzeptieren. Sie ist mein Fels in der Brandung, meine Zuflucht. Sie sieht mich als Mensch, während alle anderen nur meine Rolle sehen. Sie hört meine Stimme, während alle anderen nur meinen Namen hören. Wie soll ich ohne sie weiterleben?

Ich blicke mich im Zimmer um, betrachte die Medikamente und den Gesundheitstee auf ihrem Nachttisch. Aber es gibt nichts, was wir tun können, um sie wirklich zu heilen. Die neue Magie-Ordnung verbietet alles, was den Verlauf des Lebens eines Menschen nachhaltig verändern würde.

Wir können ihr nicht helfen.

Aber dieser Gedanke verschwindet wieder, bevor ich ihn ernsthaft akzeptieren kann. Wir *können* ihr helfen, entscheiden uns aber, es nicht zu tun. Wenn wir uns nicht von unserer eigentlichen Bestimmung abgekehrt hätten, wüssten wir, wie wir Ivys Leben mit Magie retten könnten. Stattdessen sind wir hilflos und sehen zu, wie das Leben sie mit jedem keuchenden Atemzug verlässt. Ihr Körper steht in Flammen, und unser Hexenzirkel lässt sie verbrennen.

»Es tut mir so leid, dass ich nicht hier war.« Schuldgefühle überrollen mich wie eine Flut. Ich hätte sie begleiten sollen, ich hätte für sie da sein sollen, als die Bienen in Aufruhr gerieten. Ich stelle mir vor, wie Ivy allein auf dem Boden liegt, niemand ihr zu Hilfe kommt, auch nicht ihre Eltern, die an diesem Abend ausgegangen sind. Ich stelle mir ihre Angst und Panik vor, ihre Schmerzen. Es ist unerträglich, das zu akzeptieren. Ich weigere mich, es zu tun.

»Nein«, sage ich mit zitternder Stimme. »Ich lasse dich nicht gehen.«

Kaum habe ich diese Worte geflüstert, fliegt eine Nachtigall von einem nahen Baum auf, ihr braunweißes Gefieder schimmert im Sternenlicht. Sie landet auf dem Fenstersims und beobachtet uns.

Mein Magen verkrampft sich, als ich mich an das Zauberbuch in Galens Arbeitszimmer erinnere. Die Nachtigall macht mir gerade ein Geschenk.

Bevor ich nachdenken kann, mir überhaupt im Klaren bin, was ich tue, trete ich an den Sims und strecke den Arm aus. Der Vogel hüpft auf mein Handgelenk, und ich hole ihn ins Zimmer.

Meine Magie weiß, was ich gerade tue, erwacht in mir, stark und kraftvoll und bereit, jede Anweisung von mir entgegenzunehmen.

Ich kann mich nicht an alles erinnern, was ich in dem Zauberbuch gelesen habe, aber ich flüstere die Worte, an die ich mich erinnere, und konzentriere mich auf meine Verbindung zu dem Vogel. Ich höre seinen wilden Herzschlag. Ich konzentriere mich auf das Geräusch, auf meine Magie, auf die stabile Lebenslinie, die ich so dringend benötige.

»Ein Leben verrauscht, zwei Herzen im Tausch. Tod, du sollst warten, lass sie wieder atmen.«

Magie strömt aus mir und hüllt den Vogel ein, dessen Herzschlag immer langsamer wird, bis er schließlich ganz aussetzt.

Als ich den Vogel behutsam auf den Sims lege, rinnen mir Tränen über die Wangen. »Danke«, flüstere ich, halte sein Leben in meinen Händen, eingehüllt in einen elfenbeinfarbenen Schein.

Ich eile ans Bett und setze mich neben Ivy. Ich weiß nicht, was ich tue, aber meine Magie übernimmt die Kontrolle und gibt mir die Worte ein.

Ich spüre, wie Ivys geschwächtes Leben sich an meine Magie klammert, ihr Körper den Zauber spürt und sich dafür öffnet. Ich flüstere die Worte voller Inbrunst und der Herzschlag des Vogels vibriert immer stärker in meiner Hand.

Meine Stimme wird lauter, und Ivys Muskeln spannen sich an, als ich das Leben in sie hineinfließen lasse. Ich beobachte, wie es sich festsetzt, wie sie mit jeder Sekunde, die vergeht, wieder zum Leben erwacht, ihre Körpertemperatur heruntergeht und ihr Ausschlag verschwindet.

Mit wirrem Blick richtet Ivy sich im Bett auf. Ihre Hände klammern sich an meinen Arm und drücken mich – zu fest.

»Was hast du getan?« Es ist nicht ihre eigene Stimme, sondern eine grässliche. Ihr Blick wandert ruhelos durchs Zimmer und bleibt dann bei der Nachtigall auf dem Fenstersims hängen.

Dann wendet sie sich wieder mir zu, die Augen weit aufgerissen.

»Was hast du *getan?*«, fragt sie erneut. Ich bin so verängstigt, dass ich einen Moment lang nur heftig den Kopf schütteln kann.

»Ich ...«, stottere ich, weiß nicht, was ich sagen soll. Panik erfasst mich, als ich das ganze Ausmaß meines Handelns erkenne. »Ich konnte nicht zulassen, dass du stirbst«, presse ich schließlich hervor.

»Das war nicht deine Entscheidung!«, schreit Ivy und stößt mich von der Bettkante.

Ich lande auf dem Boden und pralle gegen die Kommode hinter mir.

»Es war die einzige Möglichkeit«, flehe ich sie an und hoffe auf ihr Verständnis.

»Du hast mich zugrunde gerichtet«, schreit sie und ruft nach ihrer Mutter.

Die Tür fliegt auf, und Ivys und meine Eltern stürmen herein.

»Ivy!«, ruft Mrs Eldon und eilt zum Bett.

Ivy schluchzt und vergräbt den Kopf an der Brust ihrer Mutter.

»Ich sollte nicht hier sein«, weint sie und schluchzt herzzerreißend.

Die Nachtigall liegt friedlich auf dem Fenstersims. Und nach und nach drehen sich alle zu mir um, als ihnen bewusst wird, was ich getan habe.

»Das ist nicht wahr.« Schockiert hält meine Mutter die Hand vor den Mund.

»Ich ... Ich habe nicht gewusst, was ich tat, habe instinktiv gehandelt. Es war, als habe mein Körper die Kontrolle übernommen. Es tut mir leid.«

Meine Worte klingen völlig wirr, als ich sie unter Tränen hervorstoße.

»Schafft sie hier raus!«, schreit Ivy und klammert sich an ihre Mutter.

Ich stehe schnell auf und ringe nach Worten, um es zu erklären, aber Ivy wirft mir einen Blick zu, als wäre ich das Sinnbild des Bösen, das Abscheulichste, was sie je in ihrem Leben gesehen hat.

»Auf der Stelle«, brüllt sie.

Mein Dad zieht mich aus dem Zimmer und Ivys Vater knallt die Tür hinter uns zu, doch Ivys Schreie sind nicht zu überhören.

Sie dringen tief in mein Inneres, und mir wird bewusst, dass ich sie für immer hören werde, in jeder Sekunde meines restlichen Lebens.

Fünfundzwanzig

Mein Vater muss mich nach Hause schleppen. Ich klammere mich an ihn und schreie, möchte unbedingt zurück zu Ivy, will unbedingt reparieren, was ich zerstört habe. Aber als ich auf unserem Sofa sitze und ins Feuer starre, erkenne ich, dass ich es nie mehr in Ordnung bringen kann. Ihre Blicke haben mir alles verraten, was ich wissen muss.

Meine Mutter ist noch geblieben, vermutlich, um zu überlegen, wie sie Ivys Eltern in Bezug auf mein Handeln zur Geheimhaltung bringen kann. Wenn unser Hexenzirkel erfährt, dass ich dunkle Magie praktiziert habe, um Ivys Leben zu retten, wird Chaos ausbrechen. Die Hexen werden eine Bestrafung verlangen. Meine Eltern werden für meine Sünden verantwortlich gemacht werden, und unsere Beziehung zum Festland wird zerbrechen.

In einem einzigen Atemzug wird unser gesamter Fortschritt zunichte gemacht werden.

Aber hier geht es um Ivy. *Ivy*, meine beste Freundin, meine Seelenverwandte, die Liebe meines Lebens. Und auch wenn ich hier mit Tränen in den Augen sitze, weiß ich, dass ich wieder so entscheiden würde. Es ist egoistisch, das weiß ich, aber ich muss lernen, damit zu leben. Ich muss lernen, Zuschreibungen zu akzeptieren, vor denen ich mein ganzes Leben lang Angst gehabt habe.

Egoistisch.

Impulsiv.

Unverantwortlich.

Ich habe mir nie eine dieser Eigenschaften zugestanden, und heute Abend waren sie alle vereint in diesem verzweifelten Mädchen, das alles Menschenmögliche tun würde, um seine beste Freundin zu retten. Vielleicht wird Ivy mich den Rest ihres Lebens hassen, vielleicht werden es ihre Eltern nie verkraften, vielleicht werde ich mich immer fragen, ob ich wirklich das Richtige getan habe.

Aber Ivy ist am Leben, und das kann ich nicht bedauern, werde es nie.

Dad bringt mir eine Tasse Tee und setzt sich neben mich auf die Couch. Ich ziehe die dicke Wolldecke zum Kinn hoch, als wäre sie eine Rüstung oder ein Schild, der mich vor allem, was auf mich zukommt, schützt. Ich beobachte die tänzelnden Flammen im Kamin. Hinter unseren Fenstern steigt die Morgendämmerung auf, und ich weiß, ich muss mich mit den Geschehnissen auseinandersetzen.

»Du hast eine Menge zu erklären«, bricht Dad schließlich das Schweigen.

»Ich weiß.« Ich puste auf meinen Tee und nehme einen großen Schluck. Auch wenn er keine Magie enthält, erinnert er mich an Ivy.

Ein Teil von mir möchte ihm alles über Wolfe, die verpasste *Erupta* und die Anwendung dunkler Magie berichten. Aber ich habe Galen versprochen, es nicht zu tun, und es ist wichtig für mich, mein Wort zu halten. Vielleicht ist das dumm, nach allem, was heute Nacht passiert ist, aber das Letzte, was ich will, ist, das Leben einer anderen Familie durcheinander zu bringen.

Eines Tages werde ich meinen Eltern alles erzählen, was sich ereignet hat, heute Nacht jedoch muss ein Bruchteil davon genügen.

»Ich gehe es in Gedanken immer wieder durch«, sage ich. Dad setzt sich so, dass er mich ansehen kann. Er sieht weder wütend noch enttäuscht aus, nur aufmerksam. Geduldig. »Ich habe Ivys Hand gehalten und mit ihr gesprochen, da flog diese Nachtigall vors Fenster und bot sich mir gewissermaßen an. Und ich weiß nicht ... Es war so, als hätte meine Magie einfach die Regie übernommen. Ich kann mich an keinen bewussten Gedanken erinnern, eine Entscheidung getroffen zu haben. Ich weiß nur noch, dass ich es einfach getan habe.«

Plötzlich fallen mir Wolfes Worte über die Mondblume ein, dass sie die Quelle aller Magie sei, aber ich hatte ja gar keine dabei. Ich bin so verzweifelt, dass ich weinen könnte, bin es so leid, meine Welt, meine Magie und mich selbst nicht zu verstehen.

Dad schweigt kurz, nimmt meine Worte auf. »Aber du hättest nicht wissen dürfen, wie man es macht. Die dunkle Magie erwacht nicht einfach, nachdem sie jahrelang nicht angewendet wurde, sie muss herausgelockt und gefördert werden.«

Er hat recht, denn genau das habe ich in jener ersten Nacht mit Wolfe getan – eine Magie herausgelockt, die neunzehn Jahre lang geschlafen hat.

»Ich weiß. Ich kann es nicht erklären, Dad. Es fühlte sich nicht so an, als hätte ich aktiv an meinen Handlungen teilgenommen. Ich versuche nicht, die Schuld von mir zu weisen, und übernehme die volle Verantwortung für das, was ich getan habe. Ich versuche nur, zu erklären, wie es sich angefühlt hat.«

Dad wirft einen Blick nach draußen, blickt hinaus zum Himmel, der immer heller wird und einen neuen Tag verspricht. Ich habe nur noch einen Wunsch: zu schlafen.

»Wir stehen kurz vor der *Erupta*«, sagt Dad, mehr zu sich selbst als an mich gerichtet. »Das bedeutet, dass mehr Magie durch dich hindurchströmt als zu jedem anderen Zeitpunkt. Vielleicht hat die Kombination von der Nachtigall und Ivys drohendem Tod etwas ausgelöst ...« Seine Stimme verliert sich, und er schüttelt den Kopf. »Das ergibt keinen Sinn.«

»Dad«, flüstere ich mit zittriger Stimme. Er schaut mich an. »Ich bin froh, dass sie noch am Leben ist.« Jedes meiner Worte ist von Angst geprägt.

»Ich weiß, Liebes«, sagt er. Er rückt näher und legt mir den Arm um die Schultern. Ich schmiege mich an ihn. Er weiß es, und doch hält er mich fest. Er weiß es und hat mir trotzdem Tee gemacht. Er weiß es und liebt mich immer noch.

Schuldgefühle überwältigen mich, weil ich meine Familie auf so vielfältige Weise hintergangen habe. Dabei wollte ich nie etwas anderes, als sie mit Stolz erfüllen. Stattdessen habe ich unsere gesamte Lebensweise gefährdet und uns in die Abhängigkeit der Entscheidungen anderer Leute gebracht.

Ich habe schon immer über meine Rolle, meinen Lebensweg Bescheid gewusst, aber seit ich während der letzten *Erupta* jenem Licht hinterhergerannt bin, seit meine Welt mit der von Wolfe kollidiert ist, bin ich mit so vielen Problemen konfrontiert, so weit entfernt von dem Weg, der für mich vorgezeichnet war, dass ich mich frage, ob es nicht zu spät ist, auf ihn zurückzufinden.

Ich frage mich, ob ich das überhaupt will.

Egoistisch.

Die Haustür fällt ins Schloss und meine Mutter betritt das Wohnzimmer. Dad bleibt bei mir sitzen und diese einfache Geste gibt mir Kraft. Ich kann es schaffen. Ich kann auf den Weg zurückfinden.

»Du hast für eine Menge Wirbel gesorgt«, sagt meine Mutter, nimmt in dem blaugrünen Sessel neben mir Platz und lehnt sich zurück. Ich bin erstaunt darüber, wie menschlich sie aussieht. Wie real. Ihre Augen verraten Erschöpfung, und sie gähnt, ohne die

Hand vor den Mund zu halten. Aus irgendeinem Grund bricht es mir das Herz.

Im Augenblick ist Ingrid Fairchild meine Mutter, sie ist nicht das Oberhaupt oder der Liebling des Hexenzirkels, sie ist meine Mutter, erschöpft von dem Chaos, das ihre Tochter angerichtet hat.

Das erfüllt mich mit Wehmut.

Sie schlüpft aus den Schuhen und schaut auf meinen Tee.

»Liebling, eine Tasse davon täte mir jetzt gut.«

Dad steht auf und küsst sie auf die Stirn, bevor er in die Küche geht. Einen Augenblick lang geht mir durch den Kopf, dass ich eine solche Liebe auch gern erleben würde. Ich dachte immer, dass meine Mutter meinen Vater oft nur herumschubst, aber das stimmt nicht. Er ermutigt sie als Oberhaupt des Hexenzirkels, fördert ihr Durchsetzungsvermögen und sie fördert seine Geduld und Sanftmut. Sie erkennen die Stärke im anderen, und ich wünsche mir verzweifelt dasselbe.

Vielleicht hat es mit meiner Liebe zu Wolfes Magie zu tun, dass ich so von ihm fasziniert bin, und beides ist so miteinander verwoben, dass ich das eine nicht vom anderen trennen kann. Oder vielleicht fasziniert mich die Art, wie er meine Stärken erkennt, noch bevor ich sie selbst erkennen kann.

Dad bringt Mom ihren Tee und nimmt dann neben mir Platz.

»Bist du okay?«, fragt sie.

»Du willst wissen, ob *ich* okay bin?«

»Du bist meine Tochter.« Sie hält sich die Teetasse dicht vors Gesicht.

»Keine Ahnung, ich verstehe nicht, was passiert ist.« Ich schweige und fahre dann fort: »Wie geht es Ivy?«

»Als ich aufgebrochen bin, war Ivy endlich eingeschlafen. Sie war verwirrt und wütend. Ihr Leben ist mit Dunkelheit behaftet, und es wird einige Zeit dauern, bis sie sich davon erholt hat.«

Ich will ihr sagen, dass das nicht stimmt, dass Wolfe mir das Leben gerettet und dabei dieselbe Magie angewendet hat, die ich bei Ivy praktiziert habe, und dass dies keine Dunkelheit bei mir bewirkt hat. Wenn überhaupt, hat sie alles aufgehellt, alles in das Licht des Mondes getaucht.

»Aber sie ist nicht mit Dunkelheit behaftet. Es gab eine Zeit, da war das wohl die einzige Art von Magie, die wir praktizierten ...«

»Und es war Gift«, fällt meine Mutter mir ins Wort. »Magie sollte nie auf diese Weise verwendet werden. Du weißt das, und Ivy weiß es auch. Vielleicht verzeiht sie dir nie.«

Ich nicke. Ich werde den Rest meines Lebens damit verbringen, sie um Verzeihung zu bitten. Aber ich glaube auch, dass Ivy erkennen wird, dass sie dieselbe ist wie immer, klug und brillant, und ich klammere mich an diese Hoffnung. »Was ist mit ihren Eltern?«

»Sie befinden sich in einer sehr prekären Lage. Keiner will, dass sein Kind mit dunkler Magie infiziert wird. Sie werden Ivy beobachten und sich ständig Sorgen machen, ob die Magie in ihr tägliches Leben eindringen wird.« Mom holt tief Luft, hält kurz inne und atmet dann langsam aus. »Aber im Moment konzentrieren sich Rochelle und Joseph darauf, dass ihre Tochter am Leben ist.«

Ich atme auf und denke zum tausendsten Mal: Ich bin ja so froh, dass sie lebt.

»Tana«, sagt meine Mutter, und endlich kommt die erwartete Strenge in ihrer Stimme zum Vorschein, »dein Handeln wird Konsequenzen haben.« Ihre Worte hängen einen Moment lang in der Luft, bevor sie fortfährt: »Später, nachdem wir uns alle etwas erholt haben, werden wir darüber reden, was du heute Abend getan hast und woher du wusstest, was zu tun war. Und ich werde keine Unehrlichkeit dulden.« Sie reibt sich die Augen. »Dann werden wir über die Auswirkungen deiner Entscheidungen sprechen, die vielfältig sein werden.«

Sie steht auf und streckt die Hand nach meinem Vater aus. Er ergreift sie und tut es ihr gleich.

»Es war eine lange Nacht. Schlaf ein wenig.«

Meine Eltern begeben sich zur Treppe, aber ich halte sie auf.

»Mom?«

Sie dreht sich um und sieht mich an.

»Wenn ich an ihrer Stelle gewesen wäre ...« Ich weiß nicht, wie ich den Satz zu Ende führen soll, aber meine Mutter scheint zu verstehen, was ich fragen will.

»Tana, keiner von uns weiß, wie man dunkle Magie einsetzt. Ich hätte dich nicht retten können. Aber wenn jemand anderer die Entscheidung für mich getroffen hätte, so wie du es bei Ivy getan hast?« Sie schüttelt den Kopf. »Es wäre sehr schwer für mich, mich dieser Person gegenüber nicht für den Rest meines Lebens verpflichtet zu fühlen.«

Tränen treten mir in die Augen, und ich nicke.

Sie dreht sich wieder um und geht mit meinem Vater die Treppe hinauf. Ich lasse mich auf das Sofa fallen und betrachte den Sonnenaufgang durch die großen Fenster.

Als ich das letzte Mal einen Sonnenaufgang beobachtete, war ich überzeugt, sterben zu müssen. Der Himmel war in Rosa- und Orangetöne getaucht, und ich kämpfte darum, mein Schicksal zu akzeptieren.

Aber dazu war ich nicht in der Lage, und das veränderte alles.

Ich habe mein Leben in ein großes Chaos verwandelt und weiß nicht, wie ich es wieder in Ordnung bringen kann. Ich weiß nicht, wie ich so tun soll, als hätte es die Zeit mit Wolfe nie gegeben, als hätte sie mich nicht von Grund auf verändert, als hätte sie die Atome und Zellen in meinem Körper nicht verändert.

Ich weiß nicht, wie ich es anstellen soll, ihn und seine Magie nicht mehr zu begehren.

Denn was ich nie laut aussprechen kann, nie wieder denken darf, ist, dass es sich richtig anfühlte, natürlicher als die Herstellung irgendeines Parfüms oder einer Seife. Es hüllte mich in seine Kraft und flüsterte mir zu, dass ich *zu Hause* sei. Es verlieh mir das Gefühl, etwas wert zu sein, alles wert zu sein. Als wären alle Fragen, die ich je über mich gestellt habe, endlich beantwortet.

Und ich weiß nicht, wie ich mich davon lösen können soll.

Das macht mir mehr Angst als all das andere, was in diesem verheerenden Monat geschehen ist. Denn ich werde gezwungen sein, eine Entscheidung zu treffen. Ich werde gezwungen sein, das Leben, das ich nicht gewählt habe, zu überdenken, und es gegen das Leben abzuwägen, von dem ich träume, wenn die Hexeninsel im Schlaf versunken ist.

Der letzte Monat hat mich gelehrt, dass ich einfach nie das Richtige tue, wenn es sich um Wolfe Hawthorne handelt.

Erst als ich mich in meinem Schlafzimmer umziehe, bemerke ich die lange Silberkette, die Wolfe mir gegeben hat. Ich trage sie immer noch um den Hals, direkt über meinem Herzen. Ich halte sie hoch und lasse sie durch meine Finger gleiten.

Und mit den Metallfäden verwoben erkenne ich die weißen Blütenblätter einer Mondblume.

Sechsundzwanzig

Nach dem Aufwachen macht sich meine Mutter auf den Weg zu Ivy, aber ich darf sie nicht begleiten. Ivy will mich nicht sehen. Ich habe alles getan, was in meiner Macht stand, um ihr Leben zu retten, habe alles aufgegeben – und sie trotzdem verloren.

Als Mom zurückkehrt, warte ich bereits an der Tür. Sie hängt den Mantel auf, streift ihre Kaschmirhandschuhe ab und mustert mich mit einem seltsamen Blick.

»Es geht ihr gut«, sagt meine Mutter. »Was auch immer du getan hast, es hat sie völlig geheilt.« Sie sagt es ohne jegliche Emotion, denn es ist kein Grund zum Jubeln, zumindest nicht für sie.

»Wird sie mich je wiedersehen wollen?«

Ich folge ihr in die Küche, wo Dad gerade zwei Gläser Wein einschenkt, nehme am Küchentisch Platz und warte auf ihre Antwort.

»Ich weiß es nicht, Tana. Sie ist immer noch außer sich.« Sie nimmt einen großen Schluck Wein und stellt das Glas dann behutsam ab. »Die gute Nachricht ist, dass Ivys Eltern einverstanden sind, den Vorfall geheim zu halten, allerdings unter bestimmten Bedingungen. Aber bevor wir dazu kommen, muss ich genau wissen, was gestern Abend vorgefallen ist.«

Ich wiederhole genau das, was ich bereits meinem Dad erzählt habe: dass die Nachtigall fast wie eine Opfergabe ans Fenster geflogen kam und etwas in mir auslöste, sodass ich nicht mehr nachdachte, sondern einfach handelte.

Mein Dad wiederholt, was er gestern Abend zu mir gesagt hat: dass die Anhäufung von Magie in meinem Körper mein Handeln bestimmt haben könnte. Meine Mutter hört ihm nachdenklich zu – mit ausdrucksloser Miene. Sie hat den Kopf leicht zur Seite geneigt und lässt den Blick zwischen Dad und mir hin und her wandern.

»Das darf nie wieder vorkommen«, sagt sie zu mir. »Es hätte erst gar nicht passieren dürfen. Die neuen Hexen stolpern nicht einfach so über dunkle Magie, Tana. Sie muss erlernt werden.« Sie verstummt, denkt anscheinend an etwas anderes. »Warum hast du gestern die Mondblume erwähnt?«

Ich bekomme eine Gänsehaut, und mein Denken ist einen Augenblick lang völlig blockiert. Ich weiß nicht, was ich sagen soll, also wiederhole ich meine Worte vom Vortag. »Ich habe eine Blume gesehen, die aussah wie eine Mondblume«, sage ich. »Ich war einfach neugierig. Warum?«

Ich beobachte sie und unwillkürlich kommen mir Wolfes Worte in den Sinn. *Ich wünschte wirklich, deine Mutter hätte dir die Wahrheit gesagt.*

Sie schüttelt den Kopf und erwidert: »Ist unwichtig.«

Diese Worte bestätigen mir, dass Wolfe recht hatte. Sie weiß Bescheid. Nur mit Mühe kann ich das Schluchzen zurückhalten, und ich kämpfe darum, die Fassung zu bewahren. Ihr Gesichtsausdruck ist nach wie vor gleichmütig, nicht einmal ein Zucken der Mundwinkel ist zu sehen. Und das bricht mir das Herz.

Ich schweige.

»Wenn noch mehr an der Geschichte dran ist, werde ich es herausfinden. Das weißt du. Aber für den Augenblick müssen wir erst einmal über die Konsequenzen sprechen.«

Ich atme tief durch. »Und die wären?«

»Erstens wirst du eine Auszeit von deiner Magie einlegen. Abends entlädst du deine Magie in die Zutatenreste aus unserer Werkstatt, damit sie sich nicht anhäuft. Du wirst keine neuen Parfüms oder Seifen herstellen. Für absehbare Zeit wirst du deine Magie nur noch am Ende des Tages und bei Vollmond abstoßen.«

»Mom.« Ihre Worte machen mich sprachlos und rauben mir die Luft zum Atmen. »Bitte, bitte nimm sie mir nicht weg. Meine Magie bedeutet mir alles.«

»Nein, Süße, nicht mehr.« Sie sieht mich traurig an – zumindest glaube ich, das durch meine Tränen erkennen zu können.

»Zweitens wirst du bis zur Hochzeit unter ständiger Aufsicht deines Vaters oder von mir stehen.«

Ich halte den Atem an. »Die Hochzeit?«

»Das bringt mich zur dritten Auflage: Du wirst deine Verlobung mit Landon beim Erntedankfest bekanntgeben.«

»Aber das ist ja schon nächstes Wochenende«, protestiere ich lautstark. »Das ist zu früh.«

Meine Mutter hebt die Hand, damit ich schweige. »Und die Hochzeit wird jetzt bei deiner Bündnisfeier stattfinden.«

Ich stehe auf und weiche einen Schritt zurück. »Nein«, sage ich und schüttle den Kopf. »Nein.«

»Liebes, es gibt keine andere Möglichkeit.« Ihre Stimme klingt ruhig und gefasst, und das schmerzt womöglich mehr als alles andere. »Du weißt, welche Strafe neue Hexen erwartet, die dunkle Magie praktizieren.«

Ich nicke. Sie ist Teil unserer Vereinbarung mit dem Festland – wir schicken sie auf die andere Seite der Passage, damit sie vor Gericht gestellt werden. Zwangsläufig verpassen sie die *Erupten*, während sie im Gefängnis festgehalten werden, wo ihre Magie sie von innen heraus auffrisst.

Und das ist ein Todesurteil.

Ich schüttle den Kopf und fange an, zu weinen, vergrabe das Gesicht in den Händen.

»Es ist die einzige Möglichkeit. Ivys Eltern verlangen ein Bündnis mit dem Festland. Dafür werden sie Schweigen bewahren.«

»Bitte, lass ihnen Zeit. Du hast selbst gesagt, dass du dich in der Pflicht fühlen würdest, wenn jemand für mich das tun würde, was ich für Ivy getan habe. Ich weiß, dass sie froh sind, dass sie am Leben ist, auch wenn sie es nicht sagen. Sie werden mein Geheimnis für sich behalten.«

Meine Mutter schüttelt nur den Kopf. »Sie sind bereit, es mit Magie zu beschwören, aber sie wollen, dass die Hochzeit vorverlegt wird. Und ich werde mich nicht mit ihrem Wort zufriedengeben, nicht in dieser Angelegenheit.«

»Aber ich bin noch nicht bereit.« Das klingt schwach, vor lauter Tränen bringe ich die Worte kaum heraus.

»Es macht lediglich ein paar Monate aus. Alles in allem ist dies ein sehr milder Ausgang, Tana. Du hast Glück gehabt.«

»Wann kann ich wieder Magie anwenden?«

»Nach der Hochzeit. Auf dem Festland wirst du sie nicht praktizieren können, also müssen wir dafür sorgen, dass du genug Magie bei deiner Arbeit in der Parfümerie anwendest, um eine ungesunde Anhäufung zu vermeiden.«

Ich zucke zusammen. Erst jetzt wird mir völlig bewusst, dass die Magie nicht mehr Teil meines Alltags sein wird, wenn ich aufs Festland ziehe. Sie wird nicht mehr das sein, was mich bei Sonnenaufgang aufstehen und was mich die Nacht fürchten lässt. Mein Leben mit Landon wird ein Leben ohne Magie sein.

Mir dreht sich der Magen um, und Übelkeit überkommt mich. »Mir wird schlecht«, presse ich hervor und eile ins Bad. Mein Vater läuft hinter mir her, reibt mir den Rücken und hält mir die

Haare. Als ich fertig bin, holt er einen kühlen Waschlappen und legt ihn mir auf die Stirn.

Er sieht mich besorgt an. Ich wünschte, ich könnte ihm versichern, dass es mir gut geht, dass dies für mich in Ordnung ist. Ich wünschte, ich könnte seine Hand drücken und ihm sagen, dass es mir gut gehen wird, dass ein Leben mit Landon ein neues Abenteuer sein wird, das ich kaum erwarten kann, denn es tut mir weh, ihn so besorgt zu sehen, so unsicher.

Alles tut weh.

Und in diesem Augenblick, in dem ich sehe, wie mein Dad das Leben, das er für mich vorgesehen hat, in Frage stellt, das Leben, das ich vor mir habe, gestehe ich mir endlich ein: Ich bin damit nicht einverstanden. Das ist nicht das Leben, das ich mir wünsche. Ich möchte dieselbe Liebe erleben wie meine Eltern. Ich will die Selbstsicherheit, die Ivy hat. Ich will die Leidenschaft, die Wolfe hat. Ich will all das, und ein Leben mit Landon wird mir das nicht ermöglichen.

Egoistisch.

Ich lege mich hin, während meine Eltern zu Abend essen. Ich drehe Landons Meerglas in den Fingern, betaste jeden Rand und jede Ecke, halte es in den Händen und zwinge mich, zu glauben, dass ich die Worte, *Ja, ich will*, sagen kann, ohne sie den Rest meines Lebens, Tag für Tag, zu bereuen.

Landon hat mehr verdient.

Und ich ebenfalls.

Es klopft leise an die Tür, und mein Vater streckt den Kopf herein. »Es ist fast so weit, Liebes.«

Eine weitere *Erupta*. Eine weitere Abstoßung meiner Magie. Eine weitere Nacht, in der das Meer zerstört wird.

Ich zittere, als ich aus dem Bett klettere, mein Ritualkleid anziehe und meinen Eltern zur Westküste folge. Ich habe schreckliche Angst, meine Magie ins Meer fließen zu lassen, da ich nichts tun kann, um sie wieder herzustellen. Meine Fähigkeiten werden abnehmen, meine Magie wird schwächer werden, und ich werde nur noch ein Schatten des Menschen sein, der ich einmal war.

Landon wird ein Echo, ein Flüstern, einen Luftzug heiraten, der ihm das Gefühl gibt, beobachtet zu werden.

Ich gehe hinter meinen Eltern an den Strand und tue automatisch, was die *Erupta* von uns verlangt. Sobald wir alle versammelt sind, folge ich meinem Hexenzirkel ins Wasser. Ich sehe mich nach Ivy um, aber sie schaut kein einziges Mal in meine Richtung. Sie befindet sich auf der anderen Seite des Strands, und mir ist klar, dass sie sich absichtlich dorthin begeben hat, um möglichst viel Abstand zu mir zu halten.

Das Wasser reicht mir bis zur Brust. Es ist eine kalte, klare Nacht, der Vollmond blickt vom Himmel auf uns herab und beleuchtet unsere Schande.

Es ist Mitternacht.

Zuerst denke ich nicht daran. Ich habe nicht das Gefühl, dass ich eine Entscheidung treffe, aber während die restlichen Mitglieder meines Hexenzirkels ihre Magie ins Meer fließen lassen, halte ich meine zurück.

Ich halte an ihr fest.

Und ich flüstere seinen Namen.

Immer und immer wieder.

Minuten verstreichen und die letzten Schreie der Hexen verstummen in der Nacht. Die Magie strömt ins Wasser, schwer und dickflüssig wie Öl, sie zerstört, statt zu heilen.

Ich starre in die Ferne, flehe darum, dass Wolfe auftaucht, aber vergeblich. Die Hexen waten aus dem Wasser und lassen, erschöpft von der *Erupta*, Schultern und Köpfe hängen.

Langsam kehre ich dem Meer den Rücken und mache mich auf

den Weg zum Strand. Meine Eltern finden mich, und wir warten, bis alle anderen Hexen verschwunden sind, bevor wir zur Straße hochgehen. Wir schweigen, sind zu beschämt, um miteinander zu reden, obwohl wir alle dasselbe Ritual durchgemacht haben.

Schließlich sind wir nur noch zu dritt. Mom lehnt sich an Dad.

»Fertig?«, fragt sie.

Er nickt, und wir machen uns auf den Heimweg.

Ich bin bereits auf der Straße, als ich glaube, meinen Namen zu hören, aber vielleicht war es auch nur der Wind, der von den Wellen herüberweht. Vielleicht war es auch gar nichts. Dennoch drehe ich mich um.

Und da ist er.

Er steht im Wasser, im Schein des Mondes – und flüstert meinen Namen.

Ich überlege nicht, zögere nicht, habe keine Angst.

Ich laufe.

»Tana!«, ruft meine Mutter hinter mir. Ihre Stimme ist noch schwach von der *Erupta*, aber dringlich, ängstlich. »Tana!«

Ich schaue nicht zurück. Wolfe blickt nicht mehr zum Ufer, schickt sich an, wieder in die Strömung einzutauchen. Er hat mich nicht rechtzeitig gesehen.

»Wolfe!«, rufe ich seinen Namen, während meine Mutter meinen ruft und mir hinterherläuft. »Wolfe«, rufe ich noch einmal.

Er bleibt stehen, dreht sich um und reißt die Augen auf.

Ich sprinte ins Wasser, kämpfe mich so schnell wie möglich durch die Wellen und versuche, die Rufe meiner Mutter hinter mir zu ignorieren. Ich kann mich nicht umdrehen, denn wenn ich es täte, könnte ich daran zerbrechen.

Ich stoße mich vom Meeresboden ab, Wolfe entgegen. Er fängt mich auf, und ich schmiege mich an ihn, halte mich verzweifelt an ihm fest.

»Los!«, rufe ich.

Mein Vater ist jetzt im Wasser, schwimmt auf uns zu, kämpft sich durch die Wellen, obwohl er noch von der *Erupta* geschwächt ist. Er verausgabt sich völlig, um mir zu folgen. Dann wird er langsamer, kann nicht mehr mithalten, treibt einige Meter von mir entfernt hilflos dahin. Ich klammere mich an Wolfe, um nicht der Versuchung zu erliegen, zu meinem Vater zu schwimmen, doch ich lasse ihn nicht aus den Augen, und ich weiß, dass sich mir dieses Bild für den Rest meines Lebens einprägen wird, auch wenn ich noch so sehr versuchen werde, es zu verdrängen. Er ruft meinen Namen und beginnt, zu würgen, was mir in der Seele wehtut. Schließlich hat meine Mutter ihn eingeholt und zieht ihn in Richtung Strand. Tränen kullern mir über die Wangen, als ich den Kopf an Wolfes Schulter lege und tief Luft hole. Er taucht in die Strömung ein, und das Bild meines Vaters wird durch dunkles Wasser ersetzt, das mir über den Kopf schwappt und alles Licht auslöscht.

Die Liebe auslöscht.

Alles auslöscht.

Wolfe hält mich fest in den Armen, als wir aufs Meer hinausgetrieben werden, aber ich bin mir nicht sicher, ob es das Meer ist, in dem wir uns befinden. Vielleicht ist es auch eine gewaltige Ansammlung von Tränen und Angst, aus der ich nie wieder herausfinden werde.

Mom, die meinen Namen ruft.

Dad, der sich durch die Wellen kämpft.

Davon werde ich mich nie erholen, selbst wenn ich hundert oder tausend Jahre leben sollte. Dieser Augenblick wird tiefe Wunden bei mir hinterlassen, und ich werde ihn nie vergessen können.

Ich schlinge die Arme und Beine noch fester um Wolfe, denn ich befürchte, dass ich sonst aufgeben und mich dem Meer ausliefern werde. Aber Wolfes Arme halten mich fest, geben mir Halt, wenn ich glaube, es nicht mehr zu schaffen.

Die Strömung wird langsamer, und wir tauchen auf. Wir atmen beide tief ein und streifen dabei die Brust des anderen. Ich klammere mich an ihn, als wäre er ein Rettungsring, und in diesem Moment bin ich sicher, dass er einer ist.

Das Wasser trägt uns mit sich. Ich blicke zum Ufer, aber wir sind weit entfernt von dem Strand, an dem die *Erupta* stattfand, weit weg von meinen Eltern. Weit weg von meinem Herzen.

Wolfes Füße berühren den Boden, das Wasser plätschert über seine Schultern, aber ich rühre mich nicht. Ich klammere mich immer noch an ihn, befürchte, dass mich die Last meiner Entscheidung zu einem Sandkorn erdrücken wird, sobald ich ihn loslasse.

Langsam lege ich den Kopf in den Nacken und schaue Wolfe an, begegne heute Abend zum ersten Mal seinem Blick.

Sein Atem geht jetzt schneller, und er umfasst mein Gesicht. Wasser tropft von seinem dunklen Haar, seinen Wimpern und seinen Lippen. Er sieht so perfekt aus, dass es mich körperlich schmerzt.

»Was hast du getan?«, fragt er mit rauer, anklagender Stimme. Er studiert verzweifelt mein Gesicht, die Handflächen gegen meine Wangenknochen gepresst.

»Ich bin all das geworden, was ich nicht sein wollte.«

Dann küsse ich ihn. Sein Atem stockt, als meine Lippen seine berühren. Es ist ein keuchender Laut, der etwas Wildes in mir auslöst. Ich berühre sein Gesicht, sein Haar, seine Schultern, empfange gierig seine Küsse, als wären sie Sauerstoff, wären das Einzige, das mich am Leben hält.

Er öffnet den Mund und stöhnt, als meine Zunge seine umspielt. Der Laut durchläuft meinen ganzen Körper. Nach wie vor habe ich die Beine um seine Hüften geschlungen. Er legt die Hände auf meinen Rücken und zieht mich noch näher an sich heran.

Näher.

Näher.

Ich bin wie elektrisiert, küsse seine Wangen, seinen Hals und seine Schläfen. Er legt den Kopf in den Nacken, hält die Augen geschlossen – das Mondlicht überflutet sein Gesicht. Der Anblick zerfrisst mich. Dieser Junge hat mein ganzes Leben umgekrempelt, meine ganze Existenz in Flammen aufgehen lassen.

Als ich ihm begegnete, erwachte ich zum Leben, und ich werde nicht so tun, als wäre es nicht so gewesen. Ich werde nicht so tun, als wäre er nicht lebenswichtig für mich geworden, als hätte er mich nicht dazu befähigt, mich genau so zu sehen, wie ich gesehen werden möchte.

Meine Lippen verschmelzen wieder mit seinen. Sie schmecken nach Meer, meinem persönlichen Meer. Ich habe die Arme fest um seinen Hals geschlungen, die Finger in seinen Haaren vergraben. Als ich mich schließlich von ihm löse, sieht er mich an, als würde er jede Verletzlichkeit, jede Unsicherheit, jeden Funken von Angst, Hoffnung und Zweifel in sich aufnehmen. Er küsst mich noch einmal und nimmt alles an, was ich ihm geben kann.

Er ist mein Tageslicht, meine Sonne, jeder meiner Momente, in denen ich meine Magie spüre. Das weiß ich jetzt, und ich gelobe, dass ich für ihn dasselbe sein will.

Aber wir sind nicht auf das Tageslicht beschränkt. Hier können wir sein, wer immer wir sein wollen.

Ich beobachte ihn. Im Mondlicht ist er atemberaubend schön.

Ich presse meine Lippen auf seine.

In der Dunkelheit wird er lebendig, also werde ich zur Dunkelheit.

Siebenundzwanzig

Ich sitze in einer großen Porzellanwanne, Dampf steigt auf und hüllt mich ein. Ich schließe die Augen und spüre, wie das Wasser das Salz des Meeres und das Salz meiner Tränen wegspült. Aber nichts kann das Bild meines Vaters auslöschen, der sich verzweifelt durch die Wellen kämpft, um mich zu erreichen. Nichts.

Das, was ich getan habe, ist wie ein Befreiungsschlag für mich. Ich habe mein Leben lang Angst davor gehabt, egoistisch zu sein, Angst davor, meine eigenen Wünsche zu entwickeln, weil ich genau wusste, dass meine Wünsche unwichtig waren. Aber ich dachte immer, ich hätte die Kraft, so zu sein, wie sie mich brauchten. Ich hätte die Kraft, mein eigenes Glück zu ignorieren, da ich so sehr von einem Bündnis mit dem Festland überzeugt war. Aber ich habe mich getäuscht.

Ich besitze jedoch eine andere Art von Stärke, von deren Existenz ich nichts wusste. Es erfordert Stärke, Pflicht und Loyalität über alles andere zu stellen, um glücklich in einem Leben zu werden, das man nicht selbst gewählt hat – das ist Landons Stärke. Aber es braucht auch Stärke, alle Menschen, die mir je etwas bedeutet haben, zu enttäuschen, weil ich etwas im Leben gefunden habe, an das ich mehr glaube.

Ich habe diese Stärke nicht, auf die mein Hexenzirkel gebaut hatte, auf die auch *ich* gebaut hatte. Aber ich bin stark genug, um eine Entscheidung zu treffen, die der Rest meiner Welt für falsch hält. Und für jemanden, der bereits viel zu lange nach den Vorstellungen anderer gelebt hat, ist das eine Leistung.

Ich bezweifle, dass es mir je egal sein wird. Ich bezweifle, dass ich mich je mit den Feinden, die ich mir geschaffen, und dem Kummer, den ich verursacht habe, abfinden werde. Aber ich befinde mich in Wolfes Badezimmer und weiß, dass er im Zimmer nebenan ist, und das reicht gerade aus, um meine Entscheidung nie mehr rückgängig machen zu wollen.

Als ich aus der Wanne steige, hängt schon ein großer schwarzer Bademantel für mich bereit. Ich schlüpfe hinein und verknote den Gürtel, trockne mein Haar mit dem Handtuch und lasse es lose über den Rücken fallen. Dann öffne ich langsam die Tür.

Wolfe sitzt in einem großen Ohrensessel vor dem Kamin. Er hat das Kinn auf die Hand gestützt und blickt gedankenverloren in die Flammen.

Die Tür knarrt, und Wolfe wendet sich mir zu. Seit ich ihn kenne, wirkt er das erste Mal nervös auf mich. Er schluckt, als er mich sieht, und ich kämpfe gegen den Drang an, ihm den Rücken zuzukehren, zwinge mich, hier in meiner ganzen Verletzlichkeit zu stehen und diese nicht zu verbergen.

Ich lasse zu, dass er mich sieht.

»Wie war dein Bad?«, fragt er.

»Es war genau das, was ich gebraucht habe. Danke.« Ich ziehe eine Decke vom Bett und breite sie vor dem Kamin auf dem Boden aus. »Kommst du zu mir?«

Er nickt und sinkt neben mir auf den Boden. Ich lege mich auf die Seite und stütze mich auf den Ellbogen, er macht es mir nach. Einen Moment lang blicken wir uns nur an.

»Erzähl mir, was geschehen ist«, sagt er schließlich.

Ich berichte ihm von der Nachtigall und von Ivy, davon, wie

ich ihr das Leben gerettet habe, wie etwas in mir die Oberhand gewann und ich es zuließ. Ich erzähle ihm von der Abmachung, die meine Eltern getroffen haben, von den Konsequenzen, die ich auf mich nehmen müsste, damit mein Geheimnis bewahrt bleibt und ich sicher in der Hexengemeinschaft weiterleben dürfte. Und ich erzähle ihm, dass mich während der *Erupta* nur ein Gedanke beherrscht hat, nämlich wegzulaufen, aber nicht vor dem weg, was ich getan hatte, sondern zu dem hin, was ich mir wünsche.

»Was du dir wünschst?«, wiederholt er.

»Dich. Dich und deine Magie.«

Er schaut weg, starrt ins Feuer, und ich sehe, wie er den Kiefer anspannt. In seinen Augen blitzt etwas auf, das ich nicht deuten kann. Ich richte mich auf.

»Habe ich etwas Falsches gesagt?«, frage ich.

Er richtet sich ebenfalls auf, meidet aber meinen Blick, schüttelt lediglich den Kopf. Plötzlich bekomme ich Angst, mich für etwas entschieden zu haben, das unerreichbar für mich ist. Mein Puls rast, und es schnürt mir die Kehle zu.

»Nein«, sagt er schließlich. »Ich bin es gewohnt, die Kontrolle zu haben, Mortana.« Er verstummt und blickt in die wild zuckenden Flammen. »Aber gegen dich bin ich machtlos.«

»Hast du Angst davor«, frage ich leise, »dass ich dich schwach mache?«

Jetzt sieht er mich an. Sein Blick ist so eindringlich, dass er mich erzittern lässt. Sein Kiefer ist angespannt, seine Lippen zu einem schmalen Strich verzogen. »Nur um dich zu sehen, würde ich die Welt in Brand setzen. Und genau davor habe ich Angst.«

Langsam lehne ich mich zu ihm hinüber, bis der Hauch meines Atems seine Lippen berührt. »Dann setzen wir sie gemeinsam in Brand.«

Er umfasst mein Gesicht und küsst mich voller Verzweiflung,

als müssten wir die Geborgenheit dieses Zimmers nie verlassen, wenn er mich nur lange genug, intensiv genug und leidenschaftlich genug küsst. Ich schlinge die Arme um seinen Hals und ziehe ihn an mich, rücke näher an ihn heran, um ihn noch intensiver zu spüren.

Der Bademantel gleitet mir von den Schultern und Wolfe streicht über meine Wangen, meinen Hals und mein Schlüsselbein. Ich lege mich auf den Rücken und ziehe ihn mit mir nach unten. Seine Lippen folgen der Spur, die seine Finger hinterlassen haben. Bei meinem Brustbein hält er inne, schmiegt den Kopf an meine Brust und schließt die Augen.

»Ich kann deinen Herzschlag hören.«

Seine Lippen küssen meinen Brustkorb, in den mein Herz eingebettet ist, als ob er heilig wäre und den kostbarsten Schatz der Welt beherbergen würde. Langsam löse ich den Knoten um meine Taille und lasse den Bademantel fallen.

Wolfe lehnt über mir. Ich liege still da, während seine Augen die Kurven meines Körpers nachzeichnen, als würde er sie sich genau einprägen wollen.

»Mortana«, sagt er mit rauer Stimme. »Du wirst mein Ende sein.«

Er verschließt meine Lippen mit einem Kuss, bevor ich ihm sagen kann, dass er mein Anfang ist, so neu, so brillant, und so wunderschön.

Hinter uns zeichnet sich die Villa ab, als Wolfe und ich zum Strand hinuntergehen. Ich trage ein geliehenes Nachthemd und einen seiner Pullover, den ich vielleicht für immer behalten werde, denn er verströmt seinen Duft, und ich mag es, mich darin einzuhüllen.

Im Gewächshaus haben sich mehrere Hexen um ein Zauberbuch versammelt, aber ansonsten sind wir hier draußen allein.

Der Vollmond verbreitet genug Licht, damit ich sicher meinen Weg finde. In meinem Körper vibriert die Magie, wartet auf meine Anweisung.

Ich bin nicht länger bereit, meine Magie ungenutzt und ungeschützt ins Meer zu entladen, damit sie unsere Meeresbewohner tötet und unserer Insel Schaden zufügt. Aber irgendwie muss sie herausströmen. Und warum dann nicht heute Nacht, unter dem leuchtenden Mond und in Anwesenheit des Jungen, der alles verändert hat?

»Was ist dein Lieblingsort?«, fragt Wolfe, als wir am Strand angelangt sind.

»Das Meer.«

»Warum?«

»Wegen der Stille. Ich mag es, dass nichts über der Wasseroberfläche von Bedeutung ist, wenn ich ins Wasser eingetaucht bin. Ich mag es, dass die Stille lauter ist als meine Gedanken. Es ist friedlich und gemächlich, das beruhigt mich.«

»Schließ die Augen«, sagt Wolfe.

Und ich schließe sie.

Innerhalb weniger Augenblicke verändert sich die Luft um mich herum. Sie wird irgendwie schwerer, dichter. Das Geräusch der plätschernden Wellen wird immer undeutlicher, bis vollkommene Stille herrscht.

Meine Haut wird kühl und mein Geist findet Ruhe. Ich fühle mich schwerelos. Eine schwere Stille umgibt mich. Sie ist so real, dass ich sie berühren und mich darin herumwälzen könnte. Meine Haare flattern um mich herum und meine Kleider kleben an meiner Haut. Alles fühlt sich langsamer an: meine Bewegungen, mein Atem und mein Herzschlag.

Ich habe das Gefühl, unter Wasser zu sein, völlig untergetaucht an meinem Lieblingsort.

Ich reiße die Augen auf und befinde mich wieder mit Wolfe am Strand. Der Himmel über uns ist wolkenlos.

»Wie hast du das gemacht?«, frage ich verblüfft.

»Ich habe deine Wahrnehmung verändert, bis du geglaubt hast, du seist irgendwo anders. Es handelt sich um einen Wahrnehmungszauber.«

»Wie der, den man anwendet, wenn man in die Stadt geht? Damit die Leute denken, man sei ein Tourist?«

»Genau.«

»Unglaublich«, sage ich. Meine Kleidung ist trocken und meine Haut fühlt sich wieder warm an, aber ein Teil von mir glaubt immer noch, dass ich vor wenigen Augenblicken unter Wasser war. »Bring es mir bei.«

»Unsere Naturverbundenheit ist die Eigenschaft, die uns am stärksten macht, sie ermöglicht alles, was wir tun. So wie wir sensibler für die Welt um uns herum sind, ist unsere Umwelt auch sensibler für uns. Bei der Magie ist deine Absicht wichtiger als alles andere. Deshalb hast du Ivy das Leben mit einem Zauberspruch retten können. Stell ihn dir als einen Schleier vor, der aus deinen Erfahrungen, Wünschen und deinem Verständnis der physischen Welt gewebt ist. Dieser Schleier kann alles, was du willst, verbergen.«

»Sogar eine andere Person?«, sage ich.

»Sogar eine andere Person. Ich habe einen Schleier aus dem Meer geschaffen und dich darin eingehüllt.«

»Erstaunlich«, sage ich.

»Jetzt bist du dran.«

Ich lächle. Seit unserer letzten Begegnung habe ich hierauf gewartet, habe mich danach gesehnt, mehr von der Magie zu entdecken, die in mir pulsiert. Wir probieren es wieder mit dem Meer, denn die Atmosphäre dieses Ortes kenne ich am besten.

Ich webe einen Schleier aus kaltem Wasser und langsamen Bewegungen, aus Stille, die sich in alle Richtungen ausbreitet wie der Morgennebel über die Passage. Der Schleier entsteht direkt vor mir, etwas Physisches, das ich sehen und berühren kann. Ich verziere ihn mit Erinnerungen daran, wie ich mich an Wolfe geklammert habe, unsere Körper eng aneinandergeschmiegt waren.

Dann nehme ich den Schleier und breite ihn so aus, dass er uns beide bedeckt.

Die Welt um mich herum verschwindet, ich bin wieder im Wasser, liege in Wolfes Armen. Es gibt kein anderes Geräusch als die vollkommene Stille des Meers.

Magie strömt aus mir heraus, hält den Schleier fest, spricht all meine Sinne an, bis ich von der Echtheit des Bildes, das ich gewoben habe, überzeugt bin. Ich befinde mich unter Wasser, passe mich der Bewegung der Wellen an, liege schwerelos in Wolfes Armen. Wir sind stumm und zufrieden, halten uns im Inneren des Meers umfangen.

Ich ziehe den Schleier weg und wir sind wieder am Strand. Ich sehe Wolfe an, fahre mit den Fingern durch sein Haar, bin sicher, dass es klatschnass ist. Doch das ist es nicht.

»Hat es funktioniert?«, frage ich. Ich weiß, was ich gefühlt habe, aber das bedeutet nicht automatisch, dass Wolfe es ebenfalls gefühlt hat.

Er nickt. »Du bist viel mächtiger, als du glaubst«, sagt er. »Du hättest die Wahrnehmung jeder Hexe in diesem Haus verändern können.«

»Warum?«, frage ich. »Warum fällt es mir so leicht?«

»Ich weiß nicht.« Er schüttelt den Kopf. »Ich glaube, es hat mit der vielen Zeit zu tun, die du im Wasser verbracht hast. Du hast eine starke Verbindung zum Meer. Jedes Mal, wenn du aus Versehen Meerwasser geschluckt hast, jedes Mal, wenn du Blumen und

Kräuter für die Parfümerie gesammelt hast, all die Stunden, die du damit verbracht hast, die Insel zu erkunden, hast du diese Welt in dein Inneres gelassen, wo sie Wurzeln geschlagen hat. Das ist wohl die Erklärung dafür.«

Die Worte berühren etwas in mir. Die meiste Zeit meines Lebens wurde ich dafür gescholten, dass ich mich schmutzig mache, zu oft schwimme und Waldspaziergänge den Ballsälen und Nachmittagstees vorziehe. Es wurde mir beigebracht, mich dafür zu entschuldigen, aber in Wolfes Welt ist es eine Begabung, eine außergewöhnliche Begabung.

Wir wenden mehr Magie an, weben Schleier von verschiedenen Orten und rufen den Wind vom Meer herbei. Wir entzünden Feuer aus Staub und fangen das Mondlicht mit unseren Händen ein. Wir praktizieren mehr Magie, als ich je bei einer *Erupta* abstoßen würde, und statt der Erde Schaden zuzufügen, erfreuen wir uns an ihr.

Wir betreten den Rasen und ich lasse mich erschöpft ins Gras fallen. Wolfe legt sich neben mich und gemeinsam beobachten wir die Sterne. Die anderen Hexen haben sich ins Haus zurückgezogen, und es fühlt sich an, als gehöre die ganze Welt uns allein, als würden der Mond und die Sterne nur für uns leuchten.

»Weißt du, dass ich seit der Nacht, als wir uns trafen, keine weiteren Mondblumen mehr auf der Insel gesehen habe?«, sage ich und rolle mich zur Seite. »Ich habe sie immer nur mit dir gesehen. Es ist, als wären wir vom Schicksal füreinander bestimmt, als wäre der einzige Zweck der Blume der gewesen, uns zusammenzubringen.«

Ich beuge mich zu ihm hinunter und küsse ihn. Zuerst ist er zurückhaltend, seine Bewegungen sind langsam und unsicher. Dann öffnet er den Mund und zieht mich an sich, spielt mit meinem Haar und küsst mich, als ob er mich nie wieder loslassen wollte.

Ich fasse unter sein Hemd und streiche mit den Fingern über seine Haut. Er atmet tief ein, und es wühlt mich völlig auf, zu sehen, wie die Anspannung von ihm abfällt. Er haucht meinen Namen in meinen Mund und presst mich noch fester an sich, dreht mich auf den Rücken, sodass er auf mir liegt. Sein Gewicht hält mich in diesem vollkommenen Augenblick fest.

Dann ruft jemand nach ihm, und er löst sich schnell von mir.

Ich bin peinlich berührt, als ich die Stimme seines Vaters höre. Wir richten uns beide auf. Ich wische mir über das Gesicht und fahre mir durch die Haare, als würde das etwas nützen.

»Steht auf, ihr beiden«, ruft Galen und kommt über den Rasen auf uns zu.

Wolfe hilft mir aufzustehen, und ich zupfe an meiner Kleidung herum und hoffe, dass die Dunkelheit mein erhitztes Gesicht verbirgt.

»Schön, dich wiederzusehen, Mortana«, sagt Galen, als er bei uns ist. Er vollführt eine schwungvolle Bewegung, die uns beide einschließt, und ich spüre, dass mein Haar nicht mehr absteht und meine Haut abkühlt. Er steht mit dem Rücken zur Villa und mustert mich. Ich bekomme eine Gänsehaut.

Irgendetwas stimmt hier nicht.

»Hallo, Ingrid«, sagt er leise.

Ich habe das Gefühl, dass mein Herzschlag aussetzt und das Blut aus meinem Körper entweicht.

»Hallo, Galen«, erwidert sie.

Mein Blick folgt der Stimme. Dort, auf der Spitze des Hügels, vor der Villa, die sich deutlich hinter ihr abzeichnet, steht meine Mutter.

Achtundzwanzig

Meine Mutter kommt den Hügel herab und mir stockt der Atem. Ich greife nach Wolfes Hand, halte sie ganz fest. *Lass nicht los*, möchte ich ihm sagen, sage aber nichts.

Ich werfe einen Blick auf die Villa, wo Hexen am Fenster hinter dichten Vorhängen stehen und alles beobachten. Einige treten zögerlich auf den Balkon, und mir wird klar, dass jeder in diesem Haus genau weiß, wer meine Mutter ist.

Als ich das erste Mal mit Wolfe das Haus betrat, war ich überwältigt. Meine Welt brach auf, wurde plötzlich so viel größer, als ich es mir je vorgestellt hatte. Aber jetzt, als ich beobachte, wie meine Mutter näherkommt, habe ich das Gefühl, betrogen worden zu sein, als sei diese Villa an diesem Ufer bereits allen bekannt gewesen – allen, außer mir. Ich habe dieses Geheimnis wie einen kostbaren Schatz gehütet, um dann festzustellen, dass die Hexen hier nicht auf meinen Schutz angewiesen waren.

Mein Griff um Wolfes Hand wird fester.

»Hallo, Liebes«, begrüßt mich meine Mutter, als sie schließlich vor uns steht.

Meine Begrüßung bleibt mir im Hals stecken, ich bringe kein Wort hervor. Ich beobachte, wie meine Mutter Galen anblickt, die Schultern gestrafft, das Kinn hochgereckt. Keine einzige Sorgenfalte ist auf ihrem perfekten Teint zu erkennen.

»Es ist lange her.« Galen sieht meine Mutter an.

»Ja, das ist es.«

Mein Puls rast. Ich würde alles dafür geben, dass Wolfes Wahrnehmungszauber mich unter Wasser beförderte, weit weg.

»Ihr kennt euch?«, frage ich schließlich.

»Ja«, erwidert meine Mutter ohne weitere Erklärung, als würden ihre Worte nicht offenlegen, dass sie mich neunzehn Jahre lang belogen hat. Als würde sie mir nicht immer wieder das Herz brechen.

»Du hast gesagt, den alten Hexenzirkel gebe es nicht mehr.«

Meine Mutter lässt den Blick von Galen zu mir wandern. »Ich sage vieles, um unsere Lebensweise zu schützen.«

Mir wird kalt, und ich zittere. »Aber ich bin doch deine Tochter.« Ich hasse es, dass ich unwillkürlich leise rede und meine Stimme zittert. Noch mehr hasse ich es, dass meine Mutter so ruhig bleibt und dass meine Worte nicht zu ihr durchzudringen scheinen.

»Manche Dinge hält man am besten geheim. Sogar vor dir.«

Wolfe verharrt bewegungslos, sagt kein Wort. Aber wenn ich genau hinhöre, kann ich trotz des Rauschens der Wellen seinen Atem vernehmen. Und dieses Geräusch genügt mir.

»Aber ich war bereit, mein eigenes Leben aufzugeben, um unseren Hexenzirkel zu schützen. Um diesem Ziel zu dienen, habe ich alles getan, was du von mir verlangt hast. Da hätte ich doch wohl die Wahrheit verdient?«

Meine Mutter schaut auf meine Hand, meine Finger, die mit Wolfes verschränkt sind, und sie runzelt die Stirn. Einen kurzen Moment wirkt sie traurig, doch der Ausdruck verschwindet schnell.

»Du sprichst in der Vergangenheitsform«, sagt sie.

»Ich bleibe hier.« Es kostet mich übermenschliche Kraft, diese Worte auszusprechen, sie bestimmt und fest klingen zu lassen.

»Ach, Liebes«, seufzt meine Mutter. Es klingt nachsichtig, als habe sie Mitleid mit mir. Dann richtet sie den Blick auf Wolfe. »Ich habe dich zuletzt gesehen, als du noch klein warst.«

»Verzeihen Sie, aber ich kann mich nicht erinnern.« Er bewegt sich, schaut meiner Mutter aber fest in die Augen.

»Es ist eine Ewigkeit her«, sagt sie und tut das Ganze mit einer Handbewegung ab. »Es sieht ganz danach aus, als sei meine Tochter bereit, viel für dich aufzugeben. Aber warum sagst du ihr nicht die Wahrheit, damit sie alle Fakten kennt?«

Wolfes Griff um meine Hand wird fester, während sich in mir ein dumpfes Gefühl der Angst ausbreitet.

»Wir sollten ihnen etwas Privatsphäre zugestehen«, sagt Galen, aber meine Mutter rührt sich nicht von der Stelle.

»Er hat es ihr nicht gesagt, als er *in Privatsphäre* die Gelegenheit dazu hatte«, wendet sie ein. »Vielleicht ist er jetzt dazu bereit.«

»Bitte hört auf, über mich zu sprechen, als wäre ich nicht hier«, sage ich an meine Mutter und Galen gerichtet. Dann wende ich mich Wolfe zu. »Was musst du mir sagen?«

Behutsam lässt er mich los. Ich fröstle, schaue auf meine leere Hand und dann wieder in sein Gesicht. Der Muskel in seinem Kiefer ist angespannt.

»Wir haben Wolfe losgeschickt, um dich aufzuspüren«, erklärt Galen. »Seit einem Jahr versuchen wir, ein Treffen mit dem Rat zu arrangieren, um über die Meeresströmungen zu sprechen. Das ist ein Problem, das schleunigst gelöst werden muss, und nachdem unser letzter Antrag abgelehnt wurde ...«

»Dad, lass mich fortfahren«, sagt Wolfe.

Galen nickt zustimmend.

»Ich wurde beauftragt, mich dir zu nähern. Um über dich an deine Mutter heranzukommen, um ihre Aufmerksamkeit auf andere Weise zu erlangen.«

»Die Mondblumen?«, flüstere ich.

»Das war ich«, sagt er, wütender, als ich ihn je erlebt habe.

»Ich habe sie gepflanzt, damit du sie findest. Ich habe das Licht herbeigezaubert, das du gesehen hast, um dich in jener ersten Nacht zu dem Feld zu locken.« Ich höre, wie seine Stimme bei dem Wort »locken« stockt, und auch mir stockt der Atem.

Ich erinnere mich an die Worte, die ich vorhin geäußert habe, mein überschwänglicher Glaube, dass die Mondblumen Schicksal waren, und meine Wangen brennen vor Scham.

»Du hast mich benutzt?«, frage ich. Mit diesen Worten lösen sich die letzten Reste meines Herzens auf, entschweben für immer in die unendliche Dunkelheit.

»Ja.« Wolfe schluckt schwer, sein wilder Blick hält mich gefangen. »Von jeher habe ich deinen Hexenzirkel gehasst, habe alles gehasst, wofür du stehst. Ich hatte keine Skrupel, dich zu benutzen, um zu erhalten, was wir wollten. Was wir brauchen.« Er hat die Hände zu Fäusten geballt. »Und es war leicht, dich zu benutzen – du bist zu naiv, Mortana.« Der Frust in seiner Stimme, an den ich mich bereits gewöhnt hatte, lässt seine Worte nun zu Klingen werden, die mir direkt ins Herz stechen.

Ich weiche einen Schritt zurück.

»Es war leicht, dich zu benutzen«, wiederholt er, »und fast unmöglich, sich nicht in dich zu verlieben.«

Tränen brennen in meinen Augen, und mein Magen krampft sich zusammen. Ich beuge mich leicht vor, um den Schmerz zu lindern, und atme mehrmals tief ein, versuche mein Bestes, Haltung zu bewahren. Dann richte ich mich auf und zwinge mich, Wolfe anzusehen. »Du liebst mich so sehr, dass du mir nicht die Wahrheit sagen konntest?«

»Ich wollte es.«

»Dann hättest du es tun sollen, du hast es nicht einmal versucht.« Ich weiche noch einen Schritt zurück. »Ich war bereit, alles für dich aufzugeben.« Unwillkürlich rinnen mir Tränen über die Wangen, tropfen von meinem Kinn. Plötzlich ist mir kalt, und ich fange an, zu zittern. »War irgendetwas davon echt?«

»Ja«, sagt Wolfe ohne Zögern. »Das mit uns ist für mich echter als die Wellen am Strand oder das Blut in meinen Adern. Wie kannst du das nicht sehen?«

»Wenn das wahr wäre, wärst du mir gegenüber ehrlich gewesen.«

»Ich … Ich brauchte einfach mehr Zeit.«

»Mehr Zeit?« Ich begreife, was er meint, begreife, dass er sein Ziel, ein Treffen mit dem Rat zu erzwingen, nie erreicht hat. »Du bist das Einzige, von dem ich annahm, ich hätte es mir selbst ausgesucht. Das Einzige.« Ich starre ihn an. »Aber *du* hast das für mich entschieden.« Ich fahre mir übers Gesicht, räuspere mich und erfülle die Rolle, die er mir zugedacht hat. »Mom, gewährst du ihnen dieses Treffen?«

»Ich würde mich gerne mit ihnen treffen, ja. Nach der Hochzeit.«

»Du willst doch nicht ernsthaft …«, stößt Wolfe hervor, aber ich hebe die Hand und wende mich Galen zu.

»Ihr werdet euer Treffen bekommen. Aber jetzt haltet euch bitte fern von mir.« Ich sehe Wolfe an. »Ihr beide.«

Ich gehe den Hügel hinauf, aber Wolfe folgt mir. Er packt mich am Arm, und ich drehe mich um. Wut und Schmerz verzehren mich. Er greift nach meinem Gesicht. Instinktiv will ich mich seiner Berührung hingeben und hasse mich dafür. Ich bin zu naiv, genau wie er gesagt hat.

»Bitte«, sagt er, und dieses eine Wort lässt mich erstarren, macht mich unfähig, mich zu bewegen oder zu sprechen. »Ich kann das wieder gutmachen.«

Und ich will, dass er es tut – ich wünsche es mir so sehr, dass ich es in den Muskeln und in den Knochen spüre. Ich möchte meine Hand in seine legen und ihm sagen, dass alles gut ist, dass wir gemeinsam eine Lösung finden werden. Aber wie kann es je gut sein, wenn ich alles für ihn aufgegeben habe und er mich dabei angelogen hat?

»Sie hat gesagt, du sollst dich von ihr fernhalten.« Meine Mutter legt den Arm um meine Schultern und führt mich zurück durch den hinteren Eingang in die Villa.

»Ich rede nicht mit Ihnen!«, brüllt Wolfe und läuft hinter uns her. Galen holt ihn ein, packt ihn an der Schulter und hindert ihn am Weitergehen.

»Lass sie gehen, mein Sohn«, sagt er.

»Nein!« Ich höre, wie Wolfe sich aus dem Griff seines Vaters zu winden versucht. »Tana!«, ruft er, und ich bleibe stehen, da er mich zum ersten Mal bei meinem Spitznamen gerufen hat. Es hört sich so schön an, als hätte ich ihn bis zu diesem Augenblick noch nie gehört, als sollte er nur von ihm ausgesprochen werden. Aber dann zieht mich meine Mutter mit sich, und ich setze mich wieder in Bewegung, um von hier wegzukommen. Ich halte den Kopf gesenkt, um die Blicke der Hexen zu meiden, die uns aus dunklen Ecken und vom oberen Ende der großen Eingangstreppe aus beobachten.

»Tschüss, Mortana«, ruft Lily, die sich hinter den Beinen ihrer Mutter versteckt hat. Es kostet mich unmenschliche Kraft, nicht an Ort und Stelle zusammenzubrechen.

»Tut mir leid, dass wir nicht zusammen malen konnten«, sage ich. Meine Mutter drängt mich durch die Halle zum Eingangsportal, und ich lasse sie gewähren.

»Tana!« Nur noch ein Atemzug. »Dad, lass mich gehen«, fleht Wolfe mit tränenschwerer Stimme. »Tana«, ruft er erneut.

Dann schließt sich die Tür hinter uns, und ich höre nur noch den Wind, der durch die Bäume fegt, und die Wellen am Strand und all die Worte, die er nie ausgesprochen hat.

Als wir an der Straße angelangt sind, drehe ich mich nicht nach der Villa um, denn ich weiß, dass sie verschwunden ist, ob mit Magie oder ohne.

Alles ist verschwunden – alles ist nichts weiter als eine Erinnerung. Eine bittere, herzzerreißende Erinnerung, die zu vergessen ich mich ein Leben lang bemühen werde.

Auf dem Heimweg schweigt meine Mutter, aber sie hat den Arm um meine Schultern gelegt, ein fester Griff, der mir zu verstehen gibt, dass sie da ist. Selbst nach allem, was geschehen ist, nachdem ich dunkle Magie angewendet und weggerannt bin, ist sie an meiner Seite. Und ich bringe es nicht übers Herz, mich von ihr zurückzuziehen und ihren Lügen einen Platz zwischen uns einzuräumen. Die Distanz, die diese zwischen uns schaffen würden, könnte ich nicht verkraften. Davon ist eh bereits viel zu viel zwischen mir und den Menschen, die ich am meisten liebe.

Als wir in unsere Straße einbiegen, erwartet uns mein Vater vor dem Haus. Ich erinnere mich, wie er gegen die Wellen ankämpfte, mir hinterherschwamm, mich unbedingt schützen wollte, und ich kann mich nicht mehr zurückhalten.

Ich renne zu ihm, und er breitet die Arme aus, umarmt mich, versichert mir, dass alles gut wird, sagt mir, dass er mich liebt.

Ich schluchze an seiner Brust und wiederhole immer wieder: »Es tut mir leid.«

Es tut mir leid.

Es tut mir leid.

Ich habe mich nie für perfekt gehalten, aber ich hätte mir nie zugetraut, dass ich meiner Familie, meinem Hexenzirkel und meiner Magie den Rücken kehren würde. Oder, dass ich mich in einen Jungen verlieben würde, den ich nie haben kann. Ich habe ein gebrochenes Herz, doch auch mein Körper, meine Seele sind gebrochen.

Mein Dad führt mich ins Haus, schenkt mir Tee ein und setzt sich neben mich, Tränen rollen über meine Wangen. Meine Mom wickelt mich in eine Decke, küsst mich auf die Stirn und sagt mir, dass sich nichts geändert habe.

Dass wir über das, was heute Abend geschehen ist, nie wieder sprechen müssten und dass wir nach vorne schauen könnten. Dass ich die Konsequenzen immer noch akzeptieren könnte, die meine Praxis der dunklen Magie mit sich trage. Und dann heirate ich Landon und alles wird wieder in Ordnung sein.

Ich will alles wieder in Ordnung bringen.

Wolfes Villa ist nicht der einzige Ort, an dem eine Lüge im Raum stand. Auch in unserem Haus gibt es Lügen, die so schwer wiegen, dass ich es nicht fassen kann, dass sie überhaupt hier hineinpassen. Aber wohin sollte ich mich ohne Wolfe, ohne Ivy und ohne meine Eltern wenden?

Ich trinke meinen Tee aus und mache mich bereit zum Schlafengehen. Ich putze die Zähne, wasche das Gesicht und erinnere mich, wie ich noch vor wenigen Stunden in Wolfes Badezimmer vor dem Spiegel stand und staunte, dass ich mein Leben vollkommen auf den Kopf gestellt hatte.

Ich staunte, weil ich mich in jemanden verliebt hatte, der in mir alles sah, nur nicht das, was ich immer sein sollte.

Doch ich staunte nur, weil ich all die Worte nicht hören konnte, die er nicht sagte.

Ich krieche ins Bett. Das kalte Metall der Halskette, die mir Wolfe gegeben hat, drückt auf meine Haut. Ich reiße sie vom Hals und schleudere sie quer durchs Zimmer. Es klopft leise an die Tür und meine Mutter kommt herein. Sie tritt an mein Bett, zieht mir die Decke bis zum Kinn hoch und setzt sich dann auf die Bettkante.

»Wie lange weißt du es schon?«, frage ich leise und unsicher.
»Von dir und Wolfe?«
Ich nicke.
»Erst als ich ihn heute Abend im Wasser sah, habe ich eins und eins zusammengezählt«, sagt sie. »Da wurde mir alles klar.«

Mir schwirrt der Kopf von all den Lügen, Wolfes Lügen, den Lügen meiner Mutter und meinen Lügen.

»Ich habe Wolfe verlassen, weil er mich belogen hat. Und du hast mich auch angelogen. Wenn du willst, dass ich hierbleibe und diesen Weg fortsetze, musst du mir alles sagen, was du vor mir geheim gehalten hast. Anders geht es nicht, Mom.« Mir brummt der Schädel, und die Augen fallen mir fast zu vor Müdigkeit. »Heute Nacht brauche ich Schlaf, aber morgen müssen wir reden.«

»Abgemacht«, sagt sie und zieht die Bettdecke über meinen Arm. Sie küsst mich auf die Stirn und steht auf. Landons Meerglas liegt auf meinem Nachttisch, glänzt von all den Stunden, in denen ich es mit den Fingern hin und her gedreht habe. Sie greift danach und reicht es mir.

»Nicht jede Liebe muss weh tun«, sagt sie und knipst meine Nachttischlampe aus. Ich frage mich, ob das stimmt, denn was ich für Wolfe fühlte, war bereits ein körperlicher Schmerz, noch bevor ich wusste, dass er mich benutzt hatte, um an meine Mutter heranzukommen. Und es tat weh, nicht weil es schlecht war, sondern weil mein Glück nicht mehr mein eigenes war.

Es hing vom Überleben eines anderen Menschen ab.

Meine Lungen und mein Herz mussten sich neu ordnen, um Platz für all die Liebe zu schaffen, und selbst dann war es mehr, als ich ertragen konnte – ein ständiger Druck in meinem Inneren.

Trotzdem nicke ich, nehme das Meerglas und drehe es zwischen den Fingern. Die Tür klickt, als meine Mutter hinausgeht.

Landon ist der Einzige, der mich nicht belogen hat. Der Einzige, der mir die Wahrheit gesagt hat. Der sie mir zugetraut hat, auch wenn sie wehtat. Ein Leben mit ihm wird gar nicht so schlimm sein. Vielleicht wird es sogar eine Erleichterung sein, mit jemandem zusammen zu sein, ohne diesen Schmerz in der Brust zu spüren. Vielleicht wird es eine Erleichterung sein, nicht so intensiv zu fühlen.

Ich weiß nicht, wann meine Hand erschlafft und das Meerglas auf meine Decke gefallen ist, wann mein Geist endlich den Tag losgelassen hat und in Dunkelheit versunken ist.

Doch selbst im Schlaf erinnere ich mich an den Klang von Wolfes Stimme, als er nach mir rief. Ich erinnere mich, wie er versuchte, sich aus dem Griff seines Vaters zu befreien, um zu mir zu gelangen. Ich erinnere mich an die Qual in seiner Stimme, als er sagte, es sei unmöglich, sich nicht in mich zu verlieben, als wäre es das Schlimmste, was er je getan habe.

Sogar im Schlaf erinnere ich mich.

Neunundzwanzig

Als ich aufwache, sitzt Ivy an dem Erkerfenster, das zur Passage hinausgeht. Der Tag ist klar und kalt, und das Fenster ist beschlagen. Die Eichen und Ahornbäume verlieren mehr und mehr ihre Blätter, und kahle spindeldürre Äste ragen in den Himmel. Ich reibe mir die Augen und setze mich langsam auf.

»Du bist hier«, sage ich.

»Ich bin hier«, erwidert sie, ohne mich anzusehen.

Ich möchte ihr sagen, dass es mir leidtut, dass ich wieder gutmachen möchte, was ich zwischen uns kaputt gemacht habe, aber zunächst bin ich einfach nur unglaublich froh und erleichtert, dass sie hier ist. Und ich kann mich für das, was ich getan habe, nicht entschuldigen, denn ich würde es jederzeit wieder tun, auch wenn es bedeutet, dass ich dazu aufwache, wie sie wütend und verletzt aus meinem Schlafzimmerfenster starrt.

»Ich bin ja so froh, dich zu sehen«, sage ich, weil es wahr ist und die Wahrheit nach der letzten Nacht alles ist, was zählt.

Sie dreht sich um und sieht mich an. »Vielleicht werde ich dir nie verzeihen, was du getan hast.«

Ich nicke, senke den Blick und zerknülle die Bettdecke. »Damit kann ich leben, aber ich kann nicht ohne dich leben.«

Sie kraust die Stirn. »Du wirst dich nicht entschuldigen?«

»Nein«, sage ich und atme aus. »Weil es mir nicht leidtut. Du bist meine beste Freundin, Ivy, und ich würde die gesamte dunkle Magie auf der Welt einsetzen, um dir das Leben zu retten. Es war egoistisch von mir, und das akzeptiere ich. Aber du verdienst die Wahrheit, und die Wahrheit ist, dass es mir nicht leidtut.«

Ivy nickt langsam und blickt dann wieder aus dem Fenster. »Du entschuldigst dich sowieso viel zu viel«, sagt sie schließlich. Es schmerzt mich, weil Wolfe dasselbe gesagt hat.

Er hat mich so gesehen, wie Ivy es tut. Ich hätte nie gedacht, dass ich in meinem Leben noch jemanden treffen würde, der in mir mehr sieht als die Rolle, die mir zugewiesen wurde. Aber Wolfe hat es getan. Er hat mich so gesehen, wie ich bin – und er hat mich angelogen. Ich muss einen Weg finden, diese beiden Wahrheiten miteinander in Einklang zu bringen.

»Als ich dir erzählt habe, wie ich die *Erupta* verpasst und mir Hilfe geholt habe, hast du mir erklärt, mein Leben sei dabei beschmutzt worden. Aber das stimmt nicht, Ivy. Es ist erfüllt, kompliziert und furchtbar chaotisch, aber es ist nicht beschmutzt worden. Ich weiß, dass du diese Art von Magie nicht akzeptierst, und das musst du auch nicht, aber ich versichere dir, dass sie dein Leben nicht befleckt hat. Dein Leben ist wunderbar, genauso wie es vorher war.«

Ivy nickt, schluckt schwer, und in ihren Augen schimmert es verdächtig. »Ich hatte schreckliche Angst, als ich aufgewacht bin. Angst vor dir und der Magie, die du angewendet hast, um mich zu retten. Ich habe immer noch Angst.« Sie hält inne und blickt vor sich hin. »Aber ich bin froh, dass Wolfe dir das Leben gerettet hat. Und ich kann verstehen, warum du getan hast, was du getan hast. Ich glaube, eines Tages bin ich sogar froh darüber.« Sie sagt es so leise, dass ich mich vorbeugen muss, um es zu hören, und es tut mir in der Seele weh, dass sie denkt, sie müsse sich schämen, weil sie am Leben ist. Dass ich mich auch einmal so gefühlt habe.

»Ganz bestimmt wirst du froh sein.« Ivys Gestalt am Fenster verschwimmt, wird undeutlich. Aber sie ist bei mir.

»Deine Mom hat mir erzählt, was passiert ist.« Sie wendet sich vom Fenster ab und tritt an mein Bett. Es fühlt sich gut an, ihre Nähe zu spüren. Ich versuche, die Fassung zu bewahren, denn ich will nicht, dass sie mich nach allem, was ich ihr angetan habe, trösten muss.

»Und?«

»Und ich glaube, du hast für großen Wirbel gesorgt.«

Ich nicke, denn sie hat recht. Ich greife nach einem Taschentuch auf meinem Nachttisch und putze mir die Nase. »Ich weiß.«

»Liebst du ihn?«, fragt sie und beobachtet mich.

»Ja.« Sobald ich es ausspreche, weiß ich, dass es die Wahrheit ist. Mein Leben war in letzter Zeit voller Täuschungen und Lügen, aber im Mittelpunkt von all dem steht die unerschütterliche Wahrheit, dass ich Wolfe Hawthorne liebe und alles aufgegeben hätte, um mit ihm zusammen zu sein.

Vielleicht bin ich eine Idiotin, aber ich bin eine Idiotin, die fest genug an etwas geglaubt hat, um mit allem, was sie hatte, dafür zu kämpfen. Ich suche den Boden nach der Halskette ab, die ich gestern Abend durch den Raum geschleudert habe, aber sie ist verschwunden.

»Deine Mom will, dass du einen Gedächtnislöscher-Tee trinkst. Deswegen bin ich hier. Ich soll dich überzeugen«, sagt Ivy.

Ich nicke langsam. Es überrascht mich nicht, aber es lässt den Schmerz in meiner Brust noch heftiger werden, besonders an der Stelle, wo Wolfe letzte Nacht seinen Kopf vergraben hat.

»Hältst du es für das Richtige?«

Ivy starrt zu Boden, und ich kann erkennen, wie schwer die Situation für sie ist, wie sie nach den passenden Worten sucht. Schließlich sieht sie mich wieder an, ihr Blick ist betrübt. »Ja«, erwidert sie mit zittriger Stimme. »Du hast jede Menge wichtiger Ereignisse vor dir, musst schwerwiegende Entscheidungen treffen, die nicht nur dich, sondern uns alle betreffen. Wenn du Wolfe vergisst, kannst du dein neues Leben mit reinem Gewissen beginnen, mit großer Freude und Hoffnung, statt mit Bedauern und Schmerz.« Sie hält einen Moment lang inne. »Tana, du hast uns den Rücken gekehrt. Du hast dich von mir abgewandt. Aber das muss nicht das Ende sein. Du kannst immer noch tun, was du tun musst.«

»Glaubst du das wirklich?«

»Ja«, sagt sie. »Bei dieser Sache geht es um mehr als nur um dein persönliches Schicksal, das tat es schon immer.«

Ich ziehe die Knie an die Brust. Vielleicht ist das meine Chance, alle begangenen Fehler wieder gutzumachen und auf den richtigen Weg zurückzufinden. Ich kann immer noch das Blatt wenden und meinem Hexenzirkel Sicherheit und Frieden bescheren. Ich habe immer noch die Chance, alles in Ordnung zu bringen.

»Wie funktioniert das?«, frage ich leise.

»Wir würden dir mit etwas, das Wolfe gehört, einen Tee zubereiten«, erklärt sie und schaut zum Fußende meines Bettes, wo der schwarze Pullover liegt, den ich gestern Abend getragen habe. Er verströmt immer noch seinen Duft nach Lagerfeuer und Meersalz. Instinktiv greife ich danach. »Die Wirkung des Tees wird sehr spezifisch sein und nur die Erinnerungen an Wolfe und die dunkle Magie zum Ziel haben – alle anderen Erinnerungen bleiben erhalten. Aber er wird nicht perfekt sein. Die Gefahr besteht, dass deine Erinnerungen irgendwann zurückkehren. Wir würden sie nicht löschen, sondern eher unterdrücken. Sie werden nicht automatisch irgendwann zurückkommen, aber es gibt bestimmte Ereignisse, die eine Rückkehr auslösen könnten.«

Ich würde dadurch auch vergessen, dass meine Mutter mich

betrogen hat, denn all das ist mit etwas verbunden, das ich von Wolfe erfahren habe. Ich will mich nicht mit dem Vergessen zufriedengeben und in einer Lüge leben, aber ich werde es tun müssen, wenn ich meine Entscheidung durchziehen will. Es gibt keine Möglichkeit, das Lügengewebe meiner Mutter von den Erinnerungen an Wolfe zu trennen.

»Sonst würde ich nichts vergessen? Nichts, was dich, meine Eltern oder das Meer betrifft? Oder Landon?«

Sie schüttelt den Kopf. »Du wirst dieses Gespräch und alle anderen, die wir über Wolfe geführt haben, vergessen. Wenn du nach der Einnahme des Gedächtnislöscher-Tees daran zurückdenkst, wird alles verschwommen sein. Du wirst dich daran erinnern, dass ich hier war, aber du wirst dich nicht erinnern, worüber wir gesprochen haben.«

»Ist das im Rahmen der neuen Ordnung erlaubt?«, frage ich. »Hört sich stark nach dunkler Magie an.«

»Es ist tatsächlich eine Grauzone«, gesteht Ivy ein, und mir entgeht nicht, wie sie bei den Worten »dunkle Magie« zusammenzuckt. »Wir würden im Laden nie so etwas anbieten, aber der Rat gab uns seine Zustimmung, da es deine Erinnerungen unterdrücken, aber nicht löschen würde. Dieselbe Wirkung könnte man mit Wein oder Spirituosen erzielen – das hier ist nur eine stärkere Version davon. Aber ja, deshalb wirkt sie nicht perfekt, sie ist schwach genug, dass sie nicht gegen die Regeln verstößt.«

»Aber *du* würdest dich doch trotzdem an alles erinnern. Ist meine Mutter damit einverstanden?«

»Ich würde nie etwas tun, was unser Bündnis mit dem Festland gefährden würde – und sie weiß das.«

Ich vermute, es sollte mich ärgern, dass Ivy sich an Dinge erinnern darf, die ich vergessen muss, aber sie hat recht – sie würde nie etwas unternehmen, was unseren Hexenzirkel gefährden könnte.

Sie glaubt an dieses Leben mehr als jeder andere, und wenn meine Erinnerungen bei jemandem sicher sind, dann bei ihr.

Ich atme tief durch. »Ist es das Richtige, wenn der Gedanke daran mich niederschmettert?«

Ich schließe die Augen und stelle mir Wolfe im Mondlicht vor, erinnere mich daran, wie es sich anfühlte, seine Magie auszuüben und mich zum ersten Mal in meinem Leben lebendig zu fühlen. Ich sehe, wie er mich voll ehrfürchtigen Staunens beobachtet, meine Haut küsst und mich berührt, als wäre ich die Antwort auf jede Frage, die er je gestellt hat. Ich höre die Wut in seiner Stimme, wenn ich mich runtermache, wenn ich mich dafür entschuldige, die zu sein, die ich bin. Ich schmecke das Salz auf seiner Haut, und erinnere mich an das Gefühl, wie wir uns im Wasser aneinanderklammerten, als könnten wir uns gegenseitig das Leben retten.

Und in diesem Augenblick begreife ich es. Wenn ich mich daran erinnere, wenn ich mit all meinem Sein an diesen Momenten festhalte, werde ich nicht die richtige Entscheidung treffen. Wenn ich mir auch nur einen Moment lang vorstelle, dass er um Mitternacht meinen Namen flüstern könnte – wenn ich weiß, dass er da draußen ist, seine Magie anwendet und seine Bilder malt und alles Erforderliche tut, um das Überleben seines Hexenzirkels zu sichern –, werde ich nicht die richtige Entscheidung treffen.

Er und ich – wir sind gleich. Wir glauben an unsere Art zu leben, wir sind denen gegenüber loyal, die wir lieben, und wir würden alles tun, um ihnen die Sicherheit und den Frieden zu ermöglichen, den sie verdienen. Und vielleicht liegt etwas Tröstliches darin, zu wissen, dass jeder von uns alles dafür tun würde, das zu bewahren, was ihm am meisten am Herzen liegt. Dass jeder von uns auf seine Weise dafür kämpft.

Getrennt, und dennoch gemeinsam.

»Okay«, sage ich schließlich und blicke Ivy an. »Ich werde den Tee trinken.«

»Du tust das Richtige.« Sie sieht mich an, als sie das sagt, doch es klingt, als sei etwas in ihr zerbrochen. Sie klingt nicht wie ich sie sonst kenne. Vielleicht habe ich ihr den Elan genommen, als ich ihr mit dunkler Magie das Leben gerettet habe, oder vielleicht hat sie sich vorgenommen, mich nicht mehr so an sich heranzulassen.

»Ich werde deiner Mutter Bescheid sagen. Im Laufe des Tages sollte die Mischung fertig sein.«

Sie steht auf und geht zur Tür, zögert dann aber und kommt noch einmal zurück, um sich Wolfes Pullover zu greifen. Dann geht sie hinaus, und die Tür fällt hinter ihr ins Schloss.

»Ivy, warte«, rufe ich, springe vom Bett und stürme hinaus. Sie ist schon auf halbem Weg die Treppe hinunter, als ich ihr den Pullover aus der Hand reiße und das Gesicht darin vergrabe, damit ich seinen Duft noch einmal aufnehmen kann. Meine Tränen benetzen den Pullover, hinterlassen kleine Flecken, die bald wieder trocken sein werden. Vielleicht landen sie im Gedächtnislöscher-Tee.

Ivy sieht mich an, als würde ich ihr das Herz brechen, aber ich kann nichts dafür, dass der Pullover in meinen Händen zittert, dass ich ihn festhalte, als verkörpere er meine ganze Welt: Sonne, Mond und Sterne.

Ich vergrabe das Gesicht in dem Stoff, verstecke mich vor Ivy und ihrem Gedächtnislöscher-Tee. Ich zittere von Kopf bis Fuß.

Dann nimmt Ivy mir behutsam den Pullover weg.

Und ich lasse sie gewähren.

Ich bin unten bei meinen Eltern, als Ivy mit einer bunten Teedose auftaucht. Sie geht in die Küche, ohne ein Wort zu verlieren, und beginnt mit der Zubereitung des Getränks. Meine Eltern tauschen einen vielsagenden Blick, während ich auf Ivys Rücken starre.

»Tana, ich will dich nur daran erinnern, dass Landon und seine Eltern uns am Mittwoch besuchen, um die Hochzeitsvorbereitungen zu besprechen. Sie freuen sich sehr, dich wiederzusehen«, sagt meine Mutter.

Ich verstehe nicht, warum sie das gerade jetzt anspricht, aber ich nicke. »Ich habe es nicht vergessen.«

Die Worte schweben zwischen uns und verdeutlichen auf ironische Art die Magie, die Ivy in ihren Tee strömen lässt. Sie gibt die Blätter in eine Keramikkanne, was ein unvorstellbar lautes Geräusch verursacht, als würden sie Wolfes Namen brüllen. Und plötzlich habe ich entsetzliche Angst, ihn zu vergessen.

Ich möchte glauben, dass es Dinge gibt, die stärker als Magie sind, dass Ivys Tee wirkungslos sein wird, bedeutungslos im Vergleich zu der Bindung, die ich zu ihm habe. Ich möchte glauben, dass ich Ivys Tee trinken kann und Wolfe immer noch verborgen in den Ecken und Gassen meiner Gedanken weilt, bis ich bereit bin, mich zu erinnern.

Ich möchte es glauben.

Der Teekessel pfeift, und ich zucke zusammen. Ivy gießt das kochende Wasser über die Teeblätter, und Dampf steigt auf. Sie stellt einen Küchenwecker und lässt die Blätter eine Weile ziehen, wobei sie darauf achtet, dass kein Tropfen Magie verloren geht, dass jeder bei mir ankommen wird.

Ich sehe Bilder von Wolfe vor mir, schließe die Augen, will, dass sie verschwinden, und wünsche mir doch verzweifelt, dass sie bleiben.

Mortana, heute Abend sollte dich nicht die Vorstellung ängstigen, hohe Magie einzusetzen. Ängstigen sollte dich eher, dass du sie danach immer wieder einsetzen willst.

Meine Mutter sagt etwas über unser bevorstehendes Dinner, aber ich höre die Worte nicht. Ich nehme kaum wahr, dass Ivy sich in der Küche zu schaffen macht oder mein Dad mich bekümmert und besorgt beobachtet. Alles, was ich sehe, ist, dass mir das Leben, für das ich so hart gekämpft habe, wie Sandkörner durch die Finger gleitet, unaufhaltbar.

Willst du mich wiedersehen?

Ja.

Der Wecker läuft ab, und Ivy gießt den Tee ein. Meine Eltern sagen kein Wort, und mein Magen verkrampft sich immer mehr.

Ich hasse dich. Und gleichzeitig will ich dich.

Ich denke an das Parfüm, das ich für Wolfe kreiert habe, wie verlegen ich war, als ich es ihm gab. Aber ich bin so froh, dass ich es getan habe, bin so froh, dass irgendwo außerhalb meines Geists die Erinnerung weiter bestehen wird, wo sie sicher ist und gepflegt werden wird.

Sprich es laut aus. Ich will dich hören.

Ivy stellt die Teetasse auf eine Untertasse und bringt sie mir. Die Flüssigkeit hat einen intensiven Bernsteinton, die Farbe des Kaminfeuers, dessen Schein von den Wänden der Küche zurückgeworfen wird.

Hier gibt es ein Leben für dich, ein Leben, in dem du all das sein kannst, wovor du dich sonst gefürchtet hast.

Vorsichtig führe ich die Teetasse zum Mund. Sie zittert in meiner Hand. Meine Eltern und Ivy beobachten mich, halten den Atem an und warten. Wenn dies das Richtige ist, warum sieht mein Dad dann so bekümmert aus und Ivy so unsicher? Warum habe ich das Gefühl, als würde mir das Herz herausgerissen?

Nur um dich zu sehen, würde ich die Welt in Brand setzen.

Der Tee riecht erdig und blumig. Ich atme tief ein und bemerke leichte Nuancen von Lagerfeuer und Meersalz. Tränen steigen mir in die Augen, weil der Tee nach Wolfe duftet, und einen Moment lang denke ich, dass ich ihn nicht trinken kann.

Es war leicht, dich zu benutzen, und fast unmöglich, sich nicht in dich zu verlieben.

Vielleicht gibt es ein alternatives Universum, in dem das Überleben meines Hexenzirkels nicht von mir abhängt. Vielleicht gibt es ein alternatives Universum, in dem es meinem ungestümen Herzen erlaubt ist, sich in Wolfes Arme zu flüchten, um ihn so intensiv zu lieben, wie ein Mensch nur lieben kann.

Diese Vorstellung entlockt mir ein kleines Lächeln, die verzweifelte Hoffnung, dass es eine Version von uns gibt, bei der wir einander lieben, lieben und lieben bis ans Ende unserer Tage.

Du hast mir das Leben gerettet.

Ich führe die Tasse an den Mund und trinke.

Dreißig

Wolfe

Jeden Abend um Mitternacht rufe ich ihren Namen, aber sie kommt nicht. Ich halte es nicht mehr aus. Ich verlasse die Villa, schlage mich durch den Wald, bis ich näher an der Hauptstraße bin – und näher bei ihr.

Sie war verletzlich und ehrlich, obwohl sie abweisend und misstrauisch hätte sein müssen. Sie hätte sich schützen müssen. Aber sie öffnete sich wie eines meiner Zauberbücher, und ich las jede Seite, jeden Satz, bis sie mein Lieblingsbuch wurde.

Ich will nicht wütend sein, bin es aber. Ich sollte sie hassen und ihr gegenüber nur Abscheu empfinden. Doch ich habe mich in sie verliebt, auch wenn ich es nicht wollte, und jetzt kann ich an nichts anderes mehr denken als an sie. Wenn einer von uns beiden schwach ist, dann bin ich es, nicht sie.

Und das macht mich wütend.

Mortana nimmt gewöhnlich den langen Weg von der Parfümerie nach Hause. Sie liebt das Rauschen des Meeres und den Wind auf ihrem Gesicht. Und wenn sie heute an der Ostküste entlanggeht, wird sie mich sehen.

Ich sollte nicht hier sein.

Ich sollte sie in Ruhe lassen und meiner Wege ziehen, wie mein

Dad sagt. Lass Mortana den Sohn des Gouverneurs heiraten, damit wir endlich unser Treffen mit dem Rat vereinbaren und eine Lösung finden können, die unsere Insel retten und das Meer beruhigen wird.

Das ist der richtige Weg.

Aber wie kann es richtig sein, wenn sie nicht bei mir ist?

Ich habe mir noch nie viele Gedanken über das Glück gemacht. Glück ist unberechenbar und flüchtig, und es lohnt sich kaum, ihm ein Leben lang hinterherzujagen. Im Leben geht es nicht um Glück. Es geht darum, was zum Überleben notwendig ist. Aber Mortana ist für mich so notwendig wie die Luft, die Magie und das Blut geworden: absolut lebenswichtig.

Die Hexeninsel ist kalt, bietet im Winter nur aufgewühltes Wasser und dunkle Wolken. Ich verschränke die Arme und beobachte meinen Atem in der Luft. Es beginnt, zu regnen.

Zuerst ist es nur ein leichter Regen, der mit dem Nebel, der von der Passage herüberzieht, verwechselt werden könnte. Dann reißt der Himmel auf, und ich bin im Nu klatschnass.

Zumindest habe ich den Strand für mich allein.

Ich sollte jetzt gehen. Sie will mich nicht sehen, und ich sollte das respektieren.

Aber ich muss sie unbedingt sehen.

Als sei mein Gebet erhört worden, ist sie plötzlich da, geht den Strand entlang. Sie blickt zum Himmel und hat die Handflächen über sich ausgestreckt, um den Regen aufzufangen.

Sie lächelt vor sich hin, lacht dann laut auf. Es stört sie nicht, dass der Regen auf sie niederprasselt. Sie sieht so ... zufrieden aus.

Ich möchte ihr den Freiraum lassen, um den sie gebeten hat. Ich sage mir, dass ich gehen werde, bevor sie mich sieht, doch meine Füße sind wie am Boden festgewachsen, unbeweglich.

Sie sieht wunderschön aus im Regen, ihr Haar ist völlig durchnässt, sodass es schon aus ihren Haarspitzen tropft.

Sie sieht wunderschön aus.

Ich streiche mir die Haare aus der Stirn, dass ich sie noch besser sehen kann.

Da blickt sie hoch, schaut mich direkt an. Mir bleibt fast das Herz stehen.

Sie verlangsamt die Schritte und streicht sich die Haare hinters Ohr.

Aber irgendetwas stimmt nicht. Ihre Augen funkeln nicht so, wie es gewöhnlich der Fall ist, wenn sie mich anschaut. Ich kenne diesen Blick genau, denn jedes Mal, wenn es passierte, hätte ich meine Seele verkauft, nur um sicherzugehen, dass es erneut passiert.

»Da sind Sie aber in ein Wetter hineingeraten«, sagt sie. »Wissen Sie, wie Sie zur Fähre zurückfinden?«

Ich starre sie an. Mir wird eiskalt. »Mortana?« Meine Stimme klingt ungewollt hart.

»Entschuldigung, kennen wir uns?«

Ich studiere ihr Gesicht und taumle zurück, als mir klar wird, dass sie keine Ahnung hat, wer ich bin. Ich glühe innerlich, bekomme nicht genug Luft.

»Tut mir leid, wenn ich unhöflich bin. Viele Festlandbewohner kommen in unseren Laden, und ich kann mir nicht alle merken.« Sie fährt mit der Hand durch die Luft und lächelt. Höflich. Geschäftsmäßig.

Sie entschuldigt sich zu oft.

»Verstehe«, sage ich und schüttle den Kopf. »Sie brauchen sich nicht zu entschuldigen, alles in Ordnung.«

Sie nickt und wirkt erleichtert. »Finden Sie den Weg zurück?«

»Ja«, würge ich hervor und räuspere mich.

Ich schließe die Augen und hülle sie in einen Schleier aus Magie. Ich spüre, dass der Zauber des Gedächtnisverlusts in ihr wirkt, und jede Erinnerung, jeden verdammten Augenblick ausgelöscht hat.

Mein Gott, sie erinnert sich nicht.

Ich wende den Blick ab. Meine Augen brennen, und ich habe das Gefühl, zu ersticken.

»Einen schönen Tag«, sagt sie und macht sich wieder auf den Weg. Ich reagiere nicht, bewege mich nicht von der Stelle. Ich sehe sie nur an, schaue auf ihr makelloses Gesicht, als sie mit einem kleinen Lächeln an mir vorbeigeht.

Sie ist so nah, eine Armlänge entfernt, aber in ihren Augen blitzt nichts auf, kein Schimmer des Erkennens.

Ich fasse mir an die Brust, spüre den Druck und die Schmerzen, die sich dort aufbauen. Das sind keine normalen Schmerzen. Verdammt, es fühlt sich an, als sei eine meiner Rippen gebrochen und bohre sich nun direkt in meine Lunge.

Ich würde gerne wissen, ob sie den Gedächtnislöscher-Tee freiwillig genommen hat oder ob sie dazu gezwungen wurde. Ich *muss* es wissen. Doch sollte es Ersteres sein, glaube ich nicht, dass ich das überleben würde.

Sie geht den Strand hinauf, schlägt den Weg zur Straße ein. Als sie dort angelangt ist, bleibt sie stehen. Langsam dreht sie sich um. Ich halte den Atem an, als sie mich ansieht. Ihr Blick hält meinen fest, was meinen Puls wieder in die Höhe treibt. Sehe ich da einen Hauch des Erkennens?

Fast möchte ich auf sie zugehen, ihr Gesicht umfassen und ihr sagen, dass sie mich kennt, dass das, was sie in ihrem Inneren spürt, echt ist. Aber sie schüttelt leicht den Kopf und geht weiter, entfernt sich von mir. Ich bleibe stehen und sehe ihr nach, bis sie um eine Ecke biegt und aus meinem Blickfeld entschwindet.

Ich rühre mich nicht von der Stelle.

Es ist vorbei. Aber es darf nicht vorbei sein, niemals.

Wäre es falsch, sie wiederzusehen, zu versuchen, sie dazu zu bringen, sich wieder an mich zu erinnern, wenn sie sich freiwillig entschieden hat, zu vergessen?

Ich weiß, dass es falsch wäre. Ich weiß es, aber ich kann sie nicht gehen lassen.

Dann setzen wir sie gemeinsam in Brand.

Ich hebe einen Stein auf und werfe ihn mit einem Schrei ins Meer. Der Schmerz in meiner Brust wird schlimmer, und mein Schreien wird lauter, aber es bringt nichts.

Mein Gott, ich breche zusammen, werde das auf keinen Fall überleben.

Du wirst mein Ende sein.

Mortana ist weg, und sie erinnert sich nicht.

Das Feuer in meinen Lungen verzehrt mich, und ich ringe nach Luft.

Sie kann sich nicht erinnern.

Einunddreißig

Am Ufer steht ein Junge allein im strömenden Regen. Sein Kiefer ist angespannt und sein dunkles Haar zerzaust. Seine Haut ist blass und sein Blick stürmisch wie das Wetter. Es ist mir peinlich, dass ich ihn unwillkürlich anstarre.

Aber es fällt schwer, es nicht zu tun.

Er ist klatschnass und absolut unwiderstehlich.

Ich zwinge mich, den Blick von ihm abzuwenden, und frage, ob er weiß, wie er zur Fähre zurückfindet. Er weiß es, aber etwas in seiner Stimme lässt vermuten, dass er wütend ist.

Er sagt meinen Namen, meinen vollen Namen, und etwas an der Art, wie er ihn ausspricht, wühlt mich innerlich auf. Es erinnert mich an einen Traum, in dem jemand an der Westküste meinen vollen Namen flüstert. In letzter Zeit hat er mich jede Nacht geweckt. Es ist ein seltsamer Traum. Niemand auf dieser Insel verwendet meinen vollen Namen, doch er hat es getan.

Er hat es getan, und es hat den Anschein, als sei ihm der Boden unter den Füßen weggerissen worden.

Ich möchte ihn fragen, ob er Hilfe braucht, ob ich etwas für ihn tun kann, aber etwas hält mich zurück. Ich befürchte, ich habe ihn beleidigt, weil ich ihn nicht kenne, er mich aber sehr wohl. Aber in unserer Parfümerie gehen so viele Kunden ein und aus, dass es schwer ist, sich an alle zu erinnern.

Doch in diesem Fall überrascht es mich. Es ist unmöglich, den Blick von ihm abzuwenden – ich kann mir nicht vorstellen, dass ich diesen Anblick vergessen hätte.

Ich schenke ihm ein Lächeln, aber aus irgendeinem Grund scheint ihn dies zu verärgern.

Ich sollte gehen.

Ich laufe den Strand zur Straße hinauf und kämpfe gegen das unwiderstehliche Verlangen an, mich nach ihm umzusehen. Als ich den Bürgersteig erreiche, tu ich es endlich.

Und als ich mich umdrehe, sieht er mich an.

Es schnürt mir die Kehle zu, und ich fühle mich schwerelos, wie in diesem aufregenden, ersten Augenblick, wenn ich unter die Wasseroberfläche tauche. Er besitzt eine unsichtbare, magnetische Anziehungskraft, die mich zu ihm treibt.

Ich möchte seine Geschichte erfahren.

Ich schüttle den Kopf und zwinge mich wegzusehen.

Ich habe meine eigene Geschichte, eine, die seit dem Tag meiner Geburt feststeht. Und etwas sagt mir, dass seine Geschichte meine Lieblingsgeschichte werden könnte, wenn ich sie lesen würde. Und so trete ich stattdessen den Heimweg an und führe das Leben weiter, das meine Eltern für mich vorgesehen haben, fülle die Seiten, die sie für mich geschrieben haben.

Aber vielleicht schmuggle ich auch eine eigene Seite ein, eine einzige Seite über einen wunderschönen Jungen mit grauen, an den Sturm erinnernden Augen – nur für mich.

Zweiunddreißig

Du siehst großartig aus«, sagt meine Mutter, als ich die Treppe herunterkomme. Ich trage ein Etuikleid in Blassrosa, tropfenförmige Ohrringe und nudefarbene Abendschuhe. Ich zupfe an dem Kleid herum, streiche es an den Seiten glatt, doch egal, wie sehr ich daran herumfummele, ich fühle mich nicht wohl darin.

Ich möchte nicht, dass mein Haar so straff nach hinten gekämmt ist, dass ich Kopfweh davon bekomme, und mein Kleid so gestärkt ist, dass ich Angst habe, es könnte irgendwie zerknittern. Ich möchte ich selbst sein, mit zerzaustem, wildem Haar, interessantem Schmuck und einer Kleidung, die sich meinen Bewegungen anpasst. Ich möchte dunkle Farben tragen und nicht die Pastellfarben, die mein Hexenzirkel bevorzugt.

Ich möchte ich selbst sein an einem Platz, der nicht für mich gemacht wurde.

Ich schüttle den Kopf und lächle meine Mutter an. Ich bin einfach nervös.

»Danke, Mom«, sage ich.

Mein Dad gibt dem Tischarrangement den letzten Schliff. Es verschlägt mir den Atem. Über die gesamte Länge verteilt stehen Kerzen in verschiedenen Höhen und Formen, flackern in dem dämmerigen Raum. Dazwischen sind Herbstlaub und weiße Rosenblätter verstreut. Es duftet nach dem Braten, den mein Dad zubereitet hat. Er stellt gerade eine Flasche Wein in den Kühler, als es an der Tür läutet.

Ich springe auf.

Meine Mutter geht zur Tür und öffnet sie. »Marshall, Elizabeth, willkommen. Wir freuen uns, dass Sie gekommen sind.«

Elizabeth und meine Mutter küssen einander auf beide Wangen und überhäufen sich mit Komplimenten, als wären es Blütenblätter, die man bei einer Hochzeit streut. Landon folgt ihnen. Als meine Mutter ihn erblickt, strahlt sie übers ganze Gesicht.

»Und Landon, es freut mich, dich wieder hier begrüßen zu dürfen.«

Er überreicht ihr einen Blumenstrauß und lächelt zurück. »Ich freue mich sehr, hier zu sein.«

Ich muss meinem künftigen Ehemann zugestehen, dass er so charmant ist, dass ich fast glaube, dass er sich das hier wirklich wünscht, sich mich wünscht. Aber ich weiß, dass alles inszeniert ist, wenn auch sehr gut, und dass er mir viel versprechen kann, nur keine Liebe.

»Tana, du bist das Schönste, was ich diese Woche zu Gesicht bekommen habe«, sagt er, geht auf mich zu und überreicht mir eine einzelne Rose. »Die beste habe ich für dich aufgespart«, flüstert er.

»Du bist ein echter Gentleman«, sage ich und nehme die Rose entgegen.

»Ist es zu viel?«, fragt er, und ein Lächeln umspielt seine Mundwinkel.

Er kann das gut, und er *weiß* das, aber ich blicke in das strahlende Gesicht meiner Mutter und auf die Rose in meiner Hand. »Ich denke, es ist gerade richtig.«

»Gut.« Er beugt sich zu mir herunter und küsst mich auf die

Wange. Meine Augen halten seine fest, und die ganze Verspieltheit ist wie weggeblasen. Sein Blick wandert hinunter zu meinen Lippen, und einen Augenblick vergesse ich, dass wir uns im selben Raum wie unsere Eltern befinden.

Ich atme tief durch und senke den Blick. »Ich sollte sie ins Wasser stellen.«

Ich gehe in die Küche, wo mein Dad gerade Getränke für alle holt. Er öffnet die Sektflasche und füllt die Gläser, stellt sie dann auf ein Silbertablett, das er ins Esszimmer trägt. Ich stelle die Rose ins Wasser und folge ihm, um meinen Platz neben Landon einzunehmen.

»Ich möchte einen Toast auf die Familie ausbringen«, sagt Dad und hebt das Glas.

Mir wird heiß, und jeder Muskel meines Körpers ist angespannt. Elizabeth legt die Hand auf die Brust, und sie und Marshall heben die Gläser mit einem nachdrücklichen »Auf die Familie!«.

»Auf die Familie«, wiederholt Landon so leise, dass nur ich es hören kann.

Ich lächle und stoße mit ihm an, aber der Sekt schmeckt bitter. Ich frage mich, ob sich alle so fühlen wie ich mich in meinem Kleid, so, als würden wir uns zu einer Lüge zwingen. Aber ich sehe die glücklichen Gesichter meiner Eltern, höre Elizabeths fröhliches, ungezwungenes Lachen und merke, dass ich die Einzige bin, die das Ganze hinterfragt.

»Geht es dir gut?«, fragt Landon, als unsere Eltern gerade ins Gespräch vertieft sind.

»Ja, tut mir leid«, erwidere ich und stelle mein Glas ab. »Ich glaube, ich bin einfach nur nervös.«

»Warum?«

»Ich weiß nicht recht. Ich möchte, dass deine Eltern mich mögen.« Ich blicke mich um. »Ich will nichts vermasseln.«

»Sie mögen dich bereits«, versichert er mir. »Und sie werden dich noch mehr mögen, wenn unsere Familien in Zukunft noch mehr Zeit miteinander verbringen.«

»Glaubst du wirklich?«

»Ja.« Er leert sein Glas. »Es ist nicht nur gespielt«, fügt er hinzu, als könne er meine Gedanken lesen. »Ich freue mich aufrichtig, dich zu sehen.«

Etwas in seinen Worten löst die Spannung in meinem Körper. »Danke, dass du das sagst.«

»Sehr gerne.«

Wir nehmen alle Platz, um uns dem Essen zu widmen. Ich bin erleichtert, wie ungezwungen die Unterhaltung verläuft. Meine und Landons Eltern scheinen die Gesellschaft der jeweils anderen zu genießen. Wenn ich sie so zusammen sehe, bestärkt es mich darin, dass dies ein gutes Arrangement ist. Es ist nicht nur notwendig und vorteilhaft, sondern *gut*.

»Tana, erzähl mir ein wenig von dir«, sagt Marshall und blickt mich von der anderen Seite des Tisches an. »Landon sagt, du schwimmst gerne.« Sein Lächeln ist warmherzig, und er klingt ehrlich interessiert. Das hat Landon wohl von ihm.

»Ja«, sage ich. »Das Wasser hat mich schon immer fasziniert. Es hat etwas, das beruhigend auf mich wirkt.«

Marshall nickt. »Ich war während meiner gesamten Schulzeit im Schwimmteam. Ich mochte die Wettkämpfe, aber am liebsten hatte ich das Training. Nachdem meine Mannschaftskameraden nach Hause gegangen sind, blieb ich im Becken und schwamm unter Wasser. Die Art, wie dies die Außenwelt ausschließt ... Es gibt nichts Vergleichbares.«

»Das sage ich auch immer.«

»Tana liebt das Meer«, sagt mein Vater und zwinkert mir zu. »Sie hat immer geglaubt, ihre Mutter und ich könnten nicht sehen, dass Meersalz noch überall an ihr klebte. Oft kam sie nach Hause mit Seetang in den Haaren und klatschnassen Kleidern.«

»Ich habe nie behauptet, eine feine Dame zu sein«, sage ich, und alle lachen. Ich lache mit. »Als Landon das letzte Mal auf der Insel war, ist er sogar mit mir im Meer geschwommen. Wären die Strömungen nicht gewesen, hätte ich ihn wohl überreden können, noch länger im Wasser zu bleiben.«

Mir wird erst bewusst, was ich gesagt habe, als meine Mutter ruckartig hochblickt und mich anstarrt. Mein Herz rast zum Zerspringen, und ich werfe ihr einen flehenden Blick zu. Ich kann nicht glauben, dass ich die Strömungen erwähnt habe. Es ist mir einfach so rausgerutscht.

»Was für Strömungen?«, fragt Marshall zwischen zwei Bissen.

»Es gibt eine Strömung, die seit Jahren um unsere Insel fließt und sich manchmal der Küste nähert. Wir haben sie genau beobachtet und sehen keinen Grund zur Sorge.« Meine Mutter erklärt dies mit vollendeter Anmut, und es gelingt ihr, gleichzeitig beiläufig und entschlossen zu klingen.

»Bitte geben Sie uns einfach Bescheid, wenn Sie unsere Hilfe benötigen. Wir helfen Ihnen gerne«, sagt Marshall. Wenn er das Ausmaß der Gefahr sowie die Ursache kennen würde, würde er wohl nicht so freundlich sein.

»Danke, ich werde Sie ganz bestimmt informieren.«

Meine Mutter wechselt das Thema, und sie unterhalten sich schon bald über die Wirtschaft der Hexeninsel und darüber, welche Art der Partnerschaft mit dem Festland sinnvoll sein könnte. Wenn Landon und ich verheiratet sind, wird die Hexeninsel offizielles Territorium des Festlands werden. Sie werden ihre Ressourcen mit uns teilen, ihr Wissen und ihre Pläne. Vor allem aber werden sie uns beschützen, als wären wir Festlandbewohner. Und rechtlich gesehen werden wir das auch sein. Aber das Arrangement beruht auf Gegenseitigkeit: Wir werden Steuern an das Festland zahlen und sie werden ein Mitspracherecht bei der Verwaltung unserer Insel haben. Für das Festland ist das wirtschaftlich ein enormer Vorteil und für uns eine Notwendigkeit.

Zurzeit hat das Festland hier keine rechtlichen Befugnisse auf der Insel, was bestimmte Menschen dazu bewegt, sich Dinge zu erlauben, wie die Brandstiftung an den Docks, weil sie glauben, damit ungeschoren davonzukommen. Und das tun sie auch.

Dennoch höre ich auch das, was nicht ausgesprochen wird. Die Festlandbewohner wissen, dass wir darauf angewiesen sind, von ihnen weiterhin akzeptiert und in ihre Welt aufgenommen zu werden, wir sind ihnen zahlenmäßig weit unterlegen. Wenn ihre Regierung beschließen würde, die Hexen abzuschaffen, könnte sie es tun. Und wir wissen, dass das Festland alles, was wir tun, im Auge behalten will, da es Angst vor einem Wiederaufleben der dunklen Magie hat – aber auch begierig ist, von unserem Silber etwas abzubekommen.

Es ist ein Netz aus Halbwahrheiten und bedingtem Vertrauen.

Wir können Freunde sein und miteinander auskommen und sogar eine Familie werden, aber es sind so viele andere Dinge im Spiel, dass es nicht einfach ist, sie alle im Auge zu behalten.

Vielleicht wird es sich eines Tages leichter anfühlen. Das ist schließlich der Sinn dieser Heirat. Vielleicht werde ich eines Tages mit großer Bewunderung zu Landon aufschauen und vergessen, dass sein Vater die Hexeninsel nicht aus den Augen lässt und die Hände nach unseren Schätzen ausstreckt.

»Samuel, dieser Braten war einfach köstlich«, sagt Elizabeth. »Sie haben doch nicht etwa Magie angewendet?«, bemerkt sie spielerisch.

»Es kränkt mich, dass Sie so etwas annehmen«, sagt Dad. »Ich habe ihn ganz ohne Hilfsmittel zubereitet.«

»Dad verzichtet in der Küche auf Magie«, sage ich. »Er meint, sie schwächt seine natürlichen Fähigkeiten«, sage ich lachend und gebe ihm durch ein Lächeln zu verstehen, wie großartig ich das finde.

»Nun, dann bin ich ja noch beeindruckter«, sagt Elizabeth.

»Warum gehen wir nicht ins Wohnzimmer und gönnen uns vor dem Dessert einen Tee?«, schlägt meine Mom vor, und alle stehen auf.

»Tana, ich glaube, Landon würde sich gern die Dachterrasse anschauen.«

Ich werfe Landon einen fragenden Blick zu.

»Ja, das könnte mir gefallen.« Er lächelt freundlich, aber ich kann nicht erkennen, ob sein Lächeln echt oder aufgesetzt ist. Ich musste sehr hart daran arbeiten, meine wahren Gefühle zu verbergen, um die zu zeigen, die man von mir erwartet. Aber ich möchte Landon so kennenlernen, wie er wirklich ist, so wie auch ich mir wünsche, dass er mich so kennenlernt, wie ich bin.

»Dann los, zur Dachterrasse.«

Ich führe ihn die Treppe hinauf, die Unterhaltungen unserer Eltern sind immer leiser zu hören, bis sie verklingen. Ich spüre, wie ich mich allmählich entspanne. Wenn wir nur zu zweit sind, ist der Erwartungsdruck weniger stark.

Ich öffne die Tür zur Dachterrasse und hole ein paar Decken aus dem Weidenkorb. Die Nacht ist klar, Tausende von Sternen funkeln am nachtschwarzen Himmel. Der abnehmende Mond taucht alles in silbernes Licht und die Wellen brechen sich im vertrauten Rhythmus am Strand.

Ich nehme mit meinem künftigen Ehemann Platz auf der Couch und hoffe, dass er die Unruhe in mir nicht bemerkt.

»Woran denkst du gerade?« Seine Worte durchschneiden meine Gedanken und zwingen mich zurück in die Gegenwart.

»Tut mir leid«, sage ich. »Ich weiß nicht, wo ich war.« Wie kann ich ihm sagen, dass ich über die schwere Bürde nachgedacht habe, die auf mir lastet? Wie kann ich ihm sagen, dass ich mir immer mehr Sorgen mache, je näher der Hochzeitstermin rückt?

»Nun, soll ich dir sagen, woran ich gerade gedacht habe?«, fragt er.

Ich drehe mich zu ihm um. »Ja, gerne.«

»Ich habe daran gedacht, was für ein ideales Paar wir sind.«

Die Worte überraschen mich, machen mich einen Moment lang sprachlos. »Und warum?«, frage ich schließlich.

»Weil du gut bist, Tana. Manchmal habe ich das Gefühl, dass du dich unglaublich bemühst, das zu sein, was man von dir erwartet. Und das bewundere ich. Ich bewundere, dass du so sehr daran glaubst, dass du es wirklich versucht.«

Ich bin peinlich berührt, als mir Tränen in die Augen steigen. Ich wende den Blick ab und atme tief durch, lasse mich von der Kälte der Nacht beruhigen. Die Worte sind freundlich und sie kommen von einem anständigen Menschen, aber ich wünsche mir nur das Eine: mich nicht so anstrengen zu müssen.

Ich wünsche mir, dieses Leben wäre für mich so selbstverständlich wie für Landon, meine Mutter und Ivy.

»Ich glaube daran«, sage ich schließlich. »Und ich hoffe, dass ich eines Tages nicht mehr das Gefühl haben werde, mich bemühen zu müssen.«

Landon streicht mir eine Haarsträhne hinters Ohr. »Das hoffe ich auch. Ich möchte, dass du mir vertraust und darauf vertraust, dass ich die Person, die du bist, auch dann akzeptiere, wenn du dich nicht bemühst, sondern einfach du selbst bist.«

Ich schüttle den Kopf und blicke in die Ferne.

»Habe ich etwas gesagt, das dich verärgert hat?«, will Landon wissen.

»Nein, nein, ich bin nicht verärgert. Aber ich muss zugeben, dass ich etwas verwirrt bin.«

»Inwiefern?«

»Manchmal sagst du etwas, das mich vermuten lässt, dass du versuchst ...« Ich rede nicht weiter, weil ich nicht weiß, wie ich es ausdrücken soll.

»Was versuche?«, fragt er.

»Ich weiß nicht. Manchmal hörst du dich an, als hättest du echte Gefühle für mich, und das verwirrt mich, denn du hast mir eindeutig klargemacht, dass du mir keine Liebe versprechen kannst.« Ich wickle mich fester in die Decke, als könne sie die Teile von mir bedecken, die ich gerade entblößt habe.

Landon atmet tief durch und nimmt eine gerade Haltung ein. »Tana, ich möchte dir gegenüber ehrlich sein – Liebe kann ich dir nicht versprechen. Aber ich habe auch über das nachgedacht, was du gesagt hast, dass man mehr als nur die Pflicht anstreben sollte, und ich bin bereit, es zu versuchen. Ich *versuche* es. Also lass mich es tun, bitte.«

»Na schön«, sage ich. Ich lache und bedecke das Gesicht mit beiden Händen. »Macht es dir keine Angst, jemanden zu heiraten, den du nicht kennst?« Die Worte sind ausgesprochen, bevor ich es mir anders überlegen kann.

»Ehrlich gesagt, jagt mir das eine Heidenangst ein.«

Es ist vielleicht das Beste, das er je zu mir gesagt hat, das Echteste, und zum ersten Mal sehe ich in ihm einfach einen jungen Mann und nicht den Sohn des Gouverneurs. Ich möchte um alles in der Welt als die gesehen werden, die ich bin, und nicht nur die Rolle, die ich spiele, und doch habe ich nicht einmal versucht, dasselbe für Landon zu tun.

»Ich bin so froh«, sage ich und möchte lachen und weinen zugleich.

Ich wische mir verstohlen die Augen, und er nimmt meine Hand.

»Ich glaube an dieses Leben. Ich glaube an die starke Energie des Zusammenschlusses von Festland und Hexeninsel.«

»Ich auch.«

Diese Worte helfen mir, mich diesem Leben auf eine Weise zu verpflichten, wie ich es nicht mehr gekonnt habe, seit wir den Hochzeitstermin vorverlegt haben. Ich verstehe die Gründe für diese Entscheidung nicht wirklich, und das hat Unsicherheit in mir ausgelöst. Aber es ist okay, Angst zu haben, sich Sorgen zu machen und Unbehagen zu empfinden. Ich kann an diesen Weg glauben und mir trotzdem wünschen, ich könnte weiter in die Zukunft sehen.

»Landon«, sage ich leise, »ich glaube, ich hätte jetzt gern, dass du mich küsst.«

Ein Lächeln umspielt seine Mundwinkel. Behutsam legt er die Hand unter mein Kinn, hebt es leicht an und beugt sich zu mir herunter. Ich schließe die Augen, und seine Lippen streifen meine, schüchtern, zögerlich und sanft.

Zuerst verhalte ich mich völlig passiv, aus Angst, nicht genug Verlangen nach ihm zu haben oder zu viel. Aber seine Lippen sind weich, und seine Hand streichelt mein Gesicht – bald wird er mein Mann sein. Langsam gebe ich mich dem Kuss hin, dränge ihm meine Lippen entgegen und warte gespannt auf was auch immer ich fühlen werde.

Ich spüre keine Schmetterlinge im Bauch, in mir entbrennt kein Feuer, das mich voller Verlangen nach ihm erfüllt. Aber vielleicht gibt es diese Art von Kuss gar nicht. Und wenn es ihn gäbe, könnte ich vielleicht nicht damit umgehen.

Aber es ist angenehm, wie sich seine Lippen auf meinen anfühlen. Zärtlich. Es ist die Art von Kuss, auf den ich mich einlassen kann.

Langsam zieht er sich zurück und greift nach meiner Hand. »Wir werden besser darin werden«, sagt er, und meine Wangen glühen. Ich frage mich, ob es schlecht war, ob er den Kuss nicht genossen hat.

»Ich denke, fürs erste Mal war es schon recht gut«, sage ich, auch wenn der Funke, auf den ich immer gehofft habe, nicht übergesprungen ist.

»Das habe ich nicht gemeint«, sagt er, als er merkt, wie das geklungen hat. »Ich versuche, dir zu vermitteln – auch wenn es mir nicht besonders gut gelingt –, dass dies meiner Meinung nach ein wirklich guter Anfang war.«

Dabei drückt er meine Hand und schenkt mir ein beruhigendes Lächeln.

»Das glaube ich auch.«

Dieser erste Kuss ist nicht das, von dem ich schon immer geträumt habe, schon gar nicht angesichts Landons Kommentar, aber ich begreife gerade, dass Träume nur Träume sind. Sie sind nicht real, haben keinen Einfluss auf mein Leben. Und es ist nicht fair, wenn ich den Landon, den ich vor mir habe, ständig mit dem vergleiche, von dem ich als Heranwachsende geträumt habe.

Ich weiß das alles, und doch kann ich nicht richtig loslassen, kann den Landon meiner Vorstellung nicht völlig vergessen. Das ist das Problem mit Träumen: Man kann sich so leicht in ihnen verlieren, und es fällt so schwer, sie aufzugeben.

Dreiunddreißig

Landon und seine Eltern haben sich verabschiedet, und Dad kommt mit einem Tablett mit Tee für mich und Wein für ihn und Mom herein. Das Feuer prasselt im Kamin, und im Hintergrund spielt leise Instrumentalmusik. Das Dinner hätte nicht besser verlaufen können, was ich an der Art erkenne, wie meine Eltern einander ansehen, an ihrer entspannten Haltung, als sie sich auf dem Sofa aneinander lehnen.

Und es erfüllt mich mit Stolz, dazu beigetragen zu haben, ihre größten Hoffnungen zu erfüllen.

Ich freue mich sehr für sie.

Das tue ich wirklich.

Aber ich empfinde auch Traurigkeit.

Ich weiß nicht, wann sich die Heirat mit Landon in meinem Kopf von einem selbstverständlichen Plan zu *einer möglichen* Wahl geändert hat, von etwas, von dem ich immer wusste, dass ich es tun würde, zu etwas, zu dem ich mich selbst überreden muss. Landon sagte, ich würde mich offensichtlich bemühen, aber ich will mich nicht bemühen müssen. Ich will nicht erzwingen, dass dieses Leben zu all den Hoffnungen und Ängsten passt, die mich ausmachen.

Selbst Landon zu küssen – es war angenehm, und ich bin froh, dass ich es getan habe. Aber unwillkürlich frage ich mich, wie es wäre, jemanden zu küssen, nach dem ich mich verzehre, jemanden zu küssen, weil ich es keinen Augenblick länger aushalten würde, es nicht zu tun.

»Was für ein großartiger Abend«, sagt meine Mutter und kuschelt sich an meinen Dad. »Und was für eine wunderbare Idee von Landon, dich vor dem Erntedankfest auf das Festland einzuladen. Das wird für euch beide ein besonderer Tag werden.«

»Es wird schön sein, wenn ich anfange, mich dort zurechtzufinden«, sage ich. »Sicherlich wird es Spaß machen, es gemeinsam mit Landon zu erleben.«

»Du freust dich bestimmt.« Mom sieht mich an. »Genau das hast du dir ja immer gewünscht.«

»*Du* hast es dir immer gewünscht.« Ich bin schockiert, dass die Worte einfach aus mir heraussprudeln, wünschte, ich könnte sie zurücknehmen. Sie hängen schwer, düster und hässlich im Raum. Gerne würde ich sie ungeschehen machen, mich entschuldigen und alles wieder in Ordnung bringen.

Aber sie sind wahr.

Es bricht mir das Herz, dass sie wahr sind.

Meine Eltern tauschen einen Blick, und ich wüsste gern, was er bedeutet. Einen Moment lang habe ich das Gefühl, dass sie über etwas Bescheid wissen, von dem ich nichts weiß. Aber sie sehen nicht verärgert oder beleidigt aus. Mom wirkt besorgt, aber Dads Gesichtsausdruck geht mir unter die Haut. Er sieht traurig aus. So traurig.

»Du hast recht«, sagt meine Mutter schließlich und stellt ihr Glas ab. »Ich habe das von jeher gewollt. Wir alle haben es von jeher gewollt – dein Vater und ich und die gesamte Insel. Vielleicht hast du nicht all die Wahlmöglichkeiten, die deine Altersgenossen haben, und vielleicht ist diese Pflicht eine Bürde, die schwer auf deinen Schultern lastet, und das bedauere ich. Aber du wirst den Lauf der Geschichte verändern und etwas bewirken, wovon die meisten Menschen nur träumen können. Du solltest stolz sein.«

»Ich weiß«, sage ich, weil ich es weiß. Ich habe es an jedem einzelnen Tag meines Lebens gewusst. »Ich weiß.«

»Gut. Versuche, immer daran zu denken«, sagt sie.

Sie trinkt ihr Glas in einem Zug aus und geht dann, ohne ein weiteres Wort zu verlieren, die Treppe hinauf.

Einige Tage später bin ich zu Besuch bei Landon und stehe an der Küste des Festlands. Alle Spannungen mit meiner Mutter sind überwunden. Auf der Hexeninsel herrscht hektische Betriebsamkeit, da Vorbereitungen für das Erntedankfest am Abend getroffen werden. Doch obwohl ich eigentlich meinen Eltern helfen sollte, bestand meine Mutter darauf, dass ich stattdessen aufs Festland gehe.

»Hast du dich hier schon öfter umgesehen?«, fragt Landon, und ich wende den Blick von der Insel ab.

»Noch kaum«, gestehe ich ein. »Ich wollte das nie wirklich.« Ich habe es gesagt, bevor ich mich eines Besseren besinnen konnte, und ich mache mir Vorwürfe, weil ich so unvorsichtig war.

»Warum nicht?«

Ich sehe Landon an und überlege, ob ich ehrlich antworten soll. Aber er war immer ehrlich mir gegenüber, und ich möchte darauf vertrauen, dass ich es auch ihm gegenüber sein kann. »Ich nehme an, es liegt daran, dass ich mein Leben lang das Gefühl hatte, dass wir uns unseren Platz in der Welt verdienen müssen. Warum hätte ich den Wunsch verspüren sollen, einen Ort zu besuchen, an dem man bis vor Kurzem noch in Frage gestellt hat, ob ich überhaupt schützenswert bin?«

»Wow«, sagt Landon und starrt zu Boden, etwas, das ich bei

ihm bisher nur selten beobachtet habe. »So habe ich das noch nie gesehen.«

»Warum solltest du auch? Das musstest du ja noch nie.«

»Du hast recht«, sagt er verkrampft.

So hatte ich mir den Beginn unseres gemeinsamen Tages nicht vorgestellt, und ich möchte die Anspannung auf Landons Gesicht vertreiben. Ich strecke die Hand aus und berühre sanft seinen Arm. »Bitte, versteh mich nicht falsch. Ich freue mich, heute hier bei dir zu sein.«

»Ich freue mich auch«, erwidert er und nimmt meine Hand in seine. »Soll ich dich ein bisschen herumführen?«

»Das wäre großartig.«

Wir lassen das Ufer hinter uns und betreten einen Bürgersteig. Die Natur verschwindet, an ihre Stelle treten gepflasterte Straßen und Gebäude, die so hoch sind, dass ich den Hals recken muss, um die Dachspitzen zu sehen. Es ist bewölkt und unwillkürlich denke ich, dass die Gebäude aus Stein zu wenige Fenster haben, um das Licht hereinzulassen. Wie grau und dunkel muss es hinter diesen Mauern sein.

Wenn ich von der Hexeninsel aufs Festland blicke, wirkt es stattlich und strahlt immer eine Art von Energie aus, die sowohl beherrschend als auch dynamisch ist. Doch jetzt, als ich mich auf dem Festland befinde, von allen Seiten von Ziegeln und Steinen umgeben, habe ich ein Gefühl, als gäbe es hier weniger Luft, als müssten meine Lungen darum kämpfen, genug davon zu bekommen. Ich möchte das Festland lieben, möchte, dass mein ganzes Ich in diesen Straßen lebendig wird, aber so wird es nie sein.

Ich rede mir ein, dass ich mir einfach nur Zeit lassen und mich an die Veränderung gewöhnen muss. Aber die Hoffnung, diesen Ort auch nur ansatzweise so zu lieben, wie ich die Hexeninsel liebe, ist eine Illusion.

Wir halten an einem Café, um Tee und Scones zu uns zu nehmen, und wählen einen Platz draußen, während auf dem Bürgersteig ein Strom von Menschen an uns vorbeizieht. Landon genießt viel Aufmerksamkeit, was er mit Bravour meistert. Aber nach einer Viertelstunde bin ich des Getuschels und der neugierigen Blicke überdrüssig. Doch ich bin froh, dies erlebt zu haben. Landon ist es gewohnt, freundlich und geduldig zu sein, und ich weiß, er kann mir helfen, mich in seine Welt einzugewöhnen.

Als Nächstes führt er mich in eine Galerie, einen sauberen, offenen Raum mit Kunstwerken an den Wänden. »Keine sehr effiziente Raumnutzung, oder?«, bemerke ich und amüsiere mich darüber, wie wenige Bilder die Wände schmücken. Die Hexeninsel ist eine kleine Insel, und die meisten unserer Läden sind so konzipiert, dass sie den Raum maximal nutzen. Aber hier scheint es Platz in Hülle und Fülle zu geben.

»Was meinst du damit?«

»Es ist ein riesiger Raum für so wenige Gemälde.«

»Es wäre schwierig, jedes einzelne Bild zu würdigen, wenn man von anderen Gemälden auf beiden Seiten abgelenkt würde«, sagt Landon, als verstehe sich dies von selbst.

»Natürlich. Und die Kunstwerke sind wunderschön«, sage ich, um ihm zu verstehen zu geben, dass ich froh bin, hier zu sein. Froh, mein neues Zuhause kennenzulernen.

Wir schlendern weiter durch die Galerie. Als ich das letzte Gemälde erblicke, bekomme ich Gänsehaut. Es zeigt vier Menschen auf Händen und Knien auf einem Feld. Mit Schweiß auf der Stirn und Angst im Gesicht greifen sie in die Erde. Sie sind umgeben von Hunderten von Mondblumen.

Auf der Tafel unter dem Gemälde steht KONFRONTATION MIT DER ANGST.

Meine Augen füllen sich mit Tränen. Das Gemälde ist so detailliert und realistisch, eine eindringliche Erinnerung an unsere Geschichte mit dem Festland. Die Insel ist unser Zuhause, der einzige Ort, der uns jemals wirklich gehört hat. Aber wir werden nie vergessen, dass wir dort sind, weil das Festland die Magie verboten hat, und obwohl die Insel unser Zufluchtsort geworden ist, müssen wir immer noch um das Überleben der Magie kämpfen.

Ich löse mich vom Anblick des Bildes und gehe zum Ausgang, aber als ich im Freien bin, gibt es keinen Wald, kein Meeresrauschen das mich tröstet.

»Ich entschuldige mich«, sagt Landon und greift nach meiner Hand. »Ich wusste nicht, dass die Galerie immer noch Pruitts Gemälde ausstellt.«

»Warum heißt es KONFRONTATION MIT DER ANGST? Was bedeutet das?«

»Wir brauchen nicht darüber zu reden.«

»Aber ich würde es gern.«

Landon seufzt. »Es soll die Übertragung der Angst darstellen, die stattfand, als die Hexen das Festland verließen, um sich auf der Insel anzusiedeln. Nachdem wir uns jahrhundertelang vor der Magie gefürchtet hatten, waren nun endlich die Hexen diejenigen, die die Angst kennenlernten.«

Es muss furchterregend gewesen sein, auf einer Insel voller giftiger Blumen anzukommen. Meine Handflächen sind feucht, und ich versuche, in ruhigem Ton zu sprechen.

»Und das habt ihr in eurer Galerie hängen? Von all den Kunstwerken, denen ihr eine ganze Wand widmen wolltet, habt ihr dieses gewählt?«

»Wie gesagt, ich wusste nicht, dass Pruitts Werk immer noch hier ausgestellt wird.«

»Hast du Angst vor Magie?«, frage ich und lasse Landon nicht aus den Augen.

»Tana, dieses Gemälde gibt einen historischen Moment wieder. Es soll nicht heutige Gefühle widerspiegeln.«

Wir sind mitten auf dem Bürgersteig stehen geblieben, die Passanten verlangsamen ihre Schritte und betrachten uns im Vorübergehen. Sogar die Autos fahren langsamer und die Insassen recken die Hälse, um einen Blick auf Landon und seine künftige Braut zu werfen. Mein Kopf ist leer und ich kann mein rasendes Herz nicht beruhigen. Landon nimmt mich bei der Hand und führt mich zurück zum Ufer, wo es nicht so viele neugierige Beobachter gibt.

»Das ist nicht wirklich die Antwort auf meine Frage«, sage ich in sanftem Ton und versuche, den Schmerz in meiner Stimme zu verbergen, was mir jedoch nicht ganz gelingt.

»Ich glaube, wir haben alle ein wenige Angst vor den Dingen, die wir nicht verstehen.« Landon holt tief Luft und atmet langsam aus. »Aber wir haben Gefallen an der Magie gefunden, und ich freue mich darauf, sie mit deiner Hilfe besser zu verstehen. Genau das tut unsere Vereinigung, Tana. Ich glaube, der Tag wird kommen, an dem sich niemand mehr an Pruitts Werk erinnert und niemand mehr Angst vor Magie hat.«

Am liebsten würde ich sofort diskutieren, ihm erklären, dass wir diejenigen seien, die Angst haben müssten. Wir verfügen zwar über Magie, aber sie sind uns zahlenmäßig weit überlegen. Selbst die mächtigste Magie reicht nicht aus, wenn es nur wenige Hexen gibt, die sie anwenden können, und es dagegen eine scheinbar unendliche Anzahl von Festlandbewohnern gibt, die sie bekämpfen wollen. Etwas zu fürchten, das man nicht versteht, ist nicht dasselbe, wie etwas zu fürchten, das sich als tatsächlich gefährlich erwiesen hat.

Wir haben immer gewusst, was Angst ist. Landon hat erklärt, das Gemälde halte einen historischen Augenblick fest. Aber warum geben wir heute Abend unsere Verlobung bekannt? Weil mein Hexenzirkel immer noch in Angst lebt. Wir haben diese Vereinbarung getroffen, weil das Festland uns im Auge behalten will.

»Ich freue mich darauf«, sage ich. Die Worte tun mir weh, als ich sie ausspreche. Ich möchte streiten und schreien und allein zur Hexeninsel zurückkehren, aber das käme meiner Rolle nicht zu. Also lächle ich, hake mich bei ihm unter, gehe den Weg hinauf zum Landungssteg, um auf die Fähre zu warten. Ich werde Landon beibringen, dass Magie nichts ist, wovor man sich fürchten muss, und unsere Kinder werden in der Magie nur Eines sehen – ein Geschenk.

Meine Rolle erfordert vielleicht, dass ich mir auf die Zunge beiße und meinen Ton mäßige, aber sie birgt auch Macht in sich. Und ich habe vor, diese zu nutzen.

Landon deutet auf etwas im Wasser, aber mein Blick bleibt an einem Schild über uns hängen. Es ist groß und bunt und verkündet: ERLEBE DIE HEXENINSEL! KOMM HIER ZUR RUHE! FINDE DEIN GLÜCK! ERFREUE DEINE LIEBSTEN! ALL DIES UND NOCH MEHR WIRD DIR DURCH EINE MAGIE ERMÖGLICHT, DIE SO SANFT IST, DASS DU SIE KAUM BEMERKST.

Ich starre zu dem Schild hoch, auf das, worauf unsere Magie reduziert wurde. Ich bin nicht stolz darauf, dass das Festland Werbung für unsere Insel macht. Mir ist übel, und ich spüre, wie eine dicke, ekelhafte Masse sich in meinem Inneren ausbreitet. Mein Gesicht ist erhitzt, meine Handflächen feucht. Ich schließe die Augen, um die Tränen aufzuhalten, die mir über die Wangen rinnen.

»Die Passagiere für die Fähre zur Hexeninsel begeben sich bitte an Bord«, ruft ein Mann.

»Bist du bereit für heute Abend?«, fragt Landon. In seinen Augen blitzt ein Funke auf, der vorher nicht vorhanden war.

»Ich kann es kaum erwarten.« Ich lächle ihn an, aber es fühlt sich angespannt, gezwungen an. Doch er scheint es nicht zu bemerken, und wir gehen nebeneinander auf die Fähre, die uns zu einer Insel bringt, deren Magie so sanft ist, dass wir sie kaum bemerken werden.

Was für eine Tragik.

Vierunddreißig

Landon und ich stehen beim Erntedankfest auf einem Holzpodest und halten uns an den Händen. Wir sind umgeben von Dutzenden von Kerzen, die im Wind flackern. Über uns hängen Glyzinien von der Pergola herunter. Der größte Teil meines Hexenzirkels ist hier versammelt, um das Ende der Saison zu feiern. Am Ende des Abends verkündet Landon, dass wir heiraten werden.

Das Fest ist so eindrucksvoll, wie meine Mutter es vorhergesagt hat. Die Menschen vergießen Tränen und umarmen sich, die Musikkapelle spielt dem Anlass entsprechend festliche Weisen, und Sekt wird in Kristallgläsern herumgereicht, in denen sich das Mondlicht spiegelt.

Von allen Seiten erhalten wir Glückwünsche. Landon hält meine Hand, küsst mich auf die Stirn und spielt perfekt die Rolle des verliebten Verlobten.

Doch seitdem wir die Fähre bestiegen haben, ist mir flau im Magen, und nicht einmal Ivys beruhigender Tee kann daran etwas ändern. Die Magie ist so unmerklich, dass ich sie kaum spüre.

Als ich am nächsten Morgen zu meiner Schicht in die Parfümerie komme, lehnt Ivy an der Steinmauer des Ladens. Sie reicht mir eine Tasse Tee und nippt an ihrer eigenen, während ich die Tür aufschließe und das Licht einschalte.

»Danke«, sage ich und nehme ihr die Tasse ab.

Sie nickt stumm und das nagt an mir. Etwas steht zwischen uns, aber ich weiß nicht, was es ist. Es ist undeutlich, als blicke ich durch ein trübes Glas.

Wir gehen ins Hinterzimmer, wo ich meine Tasse abstelle und aus dem Mantel schlüpfe.

»Wie war das Dinner mit Familie Yates? Bei all den Vorbereitungen für das Erntedankfest sind wir noch gar nicht dazu gekommen, darüber zu reden.«

»Es war großartig.« Ich greife wieder nach meiner Tasse. »Wirklich großartig, es hätte gar nicht besser laufen können.«

»Warum hörst du dich dann so an, als habe die Welt aufgehört, sich zu drehen?«

Ich schüttle den Kopf und blicke vor mich hin. »Ich weiß nicht.«

Sie mustert mich, und dieselbe Traurigkeit, die sich nach dem Dinner auf dem Gesicht meines Vaters abgezeichnet hat, erkenne ich jetzt auch in ihrem Gesicht. Ich hasse es, dass ich die Menschen, die ich am meisten liebe, enttäusche.

»Ich kriege das schon hin«, sage ich, wobei meine Stimme viel zu hoch klingt. »Ich glaube, ich bin einfach nur nervös wegen der Hochzeit. Und als ich auf dem Festland war, hatten Landon und ich ein etwas unangenehmes Gespräch, über das ich noch nachdenke.«

»Worum ging es?«

Ich gehe in den Verkaufsraum und überprüfe, ob alles richtig sortiert ist. Dann lehne ich mich an die Ladentheke, starre vor mich hin und denke an mein Gespräch mit Landon.

»Er hat gesagt, er habe Angst vor Magie.«

»Was?«, fragt Ivy, sichtlich überrascht.

»Er hat mit mir eine Galerie mit Exponaten von Hexen besucht. Ein Bild zeigt sie, wie sie in einem Feld voller Mondblumen gequält werden. Dazu sagte mir Landon, jeder habe Angst vor den Dingen, die er nicht verstehe.« Ich sehe, wie meine Mutter sich auf der Hauptstraße nähert, ziehe mich mit Ivy ins Hinterzimmer zurück und schließe die Tür. »Das Schlimmste ist, dass ich nicht für mich selbst eingetreten bin. Für unsere Insel. Ich wollte es, Ivy, wirklich, aber ich hatte Angst, eine Szene zu machen oder etwas Falsches zu sagen. Alle kennen ihn dort, beobachten ihn ständig.«

Ivy wirkt nachdenklich, während sie einen großen Schluck Tee trinkt. »Du trittst für unsere Insel ein, indem du ihn heiratest«, sagt sie, setzt ihre Tasse ab und greift nach meiner Hand. »Vergiss das nicht.«

Ich nicke und schlucke schwer. Dann lässt sie plötzlich meine Hand los und begibt sich auf die andere Seite des Arbeitstisches, als sei sie verärgert. Bedrückende Stille breitet sich zwischen uns aus. »Hey, ist alles in Ordnung zwischen uns?«, frage ich.

Sie blickt zuerst etwas unsicher, dann schenkt sie mir ein kleines Lächeln. »Ja, natürlich. Alles bestens. Nach der Feier habe ich noch mit meinen Eltern aufgeräumt und bin spät ins Bett gegangen. Ich bin nur müde.«

»Okay«, sage ich, obwohl ihr Tonfall verrät, dass etwas nicht stimmt.

Vielleicht zergrüble ich mir einfach zu sehr den Kopf über alles.

»Landon hat mich geküsst«, platze ich heraus und merke, dass ich es ihr noch nicht gesagt habe, »das hätte ich fast vergessen.«

Das macht sie neugierig und sie beugt sich über den Tisch zu mir hinüber. »War es gut?«

»Nun, es war ... angenehm, recht nett.«

»Angenehm? Recht nett? Das ist alles?«

Ich seufze. »Ja, das war es.« Ich höre, wie nüchtern sich das anhört und rüge mich insgeheim. Landon tritt voll für diese Verbindung ein und er bemüht sich. Er verdient etwas Besseres. Und doch kann ich das Brennen in den Augen nicht stoppen, kann nicht verhindern, dass mir Tränen über die Wangen laufen, als ich Ivy ansehe.

Ich weiß nicht, was mit mir los ist. Ich bin egoistisch und unreif, öffne gerade den Mund, um mich zu entschuldigen, doch Ivy knallt ihre Tasse auf den Tisch und hält mich davon ab.

»Weißt du was, scheiß drauf.« Sie greift nach meiner Hand und zerrt mich aus dem Laden. Ich habe Ivy noch nie so fluchen gehört und das beunruhigt mich.

»Ivy? Was ist los?«, frage ich, während ich hinter ihr her stolpere. Sie zieht mich immer weiter, bis wir tief in den Wald in der Mitte der Insel eingedrungen sind, weit weg von der Hauptstraße.

»Tut mir leid, ich weiß, dass ich mich kindisch verhalte ...«, will ich sagen, doch Ivy fällt mir ins Wort.

»Halt einfach den Mund, Tana«, sagt sie und hebt die Hand.

Ich schweige, fühle mich unsicher, spüre keinen festen Boden mehr unter den Füßen. Ivy hat mir mein Leben lang Halt gegeben, und ich wünschte, ich könnte begreifen, was hier zwischen uns vorgeht.

Ich weiß, dass da etwas ist, kann es aber nicht einordnen, nicht verstehen.

»Bitte, sag mir, was los ist«, bettle ich. Ich halte es nicht mehr aus.

Sie atmet tief durch und schaut an mir vorbei, wirkt verkrampft und angespannt. »Ich habe einen Fehler gemacht«, sagt sie mehr zu sich selbst als zu mir.

Ich beobachte sie und spüre eine aufkeimende Angst in mir, die sich in meinem Körper ausbreitet und droht, mich zu Boden zu drücken. Ich blicke zu Ivy, hoffe auf ein beruhigendes Zeichen von ihr, doch vergeblich.

»Ivy?«, frage ich mit zittriger Stimme.

»Ich werde dafür eine Menge Ärger bekommen«, erwidert sie und schüttelt den Kopf.

»Sag es mir.«

Sie atmet aus und blickt mir endlich in die Augen. Sie sieht wütend aus, so wütend, wie ich sie noch nie erlebt habe, und mein Puls beschleunigt sich. »Der Grund, warum du glaubst, dass etwas nicht stimmt, ist, dass tatsächlich etwas nicht stimmt. Ich bin wegen etwas, an das du dich nicht erinnerst, wütend auf dich, und ich bin noch nicht darüber hinweg. Ich weiß nicht, wie ich darüber hinwegkommen soll.«

»Wovon redest du?«

»Ich dachte, wir tun das Richtige, aber wenn ich dich so erlebe ... Ich habe mich geirrt.« Sie schüttelt den Kopf und lässt den Blick in die Ferne schweifen.

»Ivy, drück dich bitte klarer aus.«

»Über bestimmten Dingen in deinem Kopf liegt ein Schleier. Du spürst es, richtig? Eine Verschwommenheit, die du nicht erklären kannst?«

Mir stockt der Atem. »Woher weißt du das?«

»Weil du viele falsche Entscheidungen getroffen hast, haben wir dir einen Gedächtnislöscher-Tee verabreicht.« Sie starrt auf den Boden, Bedauern und Betrübnis zeichnen sich in ihrem Gesicht ab, zwei Dinge, die ich nur selten an ihr beobachte.

»Du hast den Tee bereitwillig getrunken, weil ich dich dazu überredet habe. Weil du mir vertraust. Aber wie sich herausstellt, waren einige deiner falschen Entscheidungen vielleicht doch für dich die richtigen.«

»Wer ist ›wir‹?«

»Deine Eltern und ich.«

Ich atme tief ein und bemühe mich, so ruhig wie möglich zu sprechen.

»Ivy, fang von vorne an und lass nichts aus.«
»Es ist eine lange Geschichte«, sagt sie und deutet auf eine Bank am Wegrand.
»Ich höre gern zu.«
Sie nickt und nimmt neben mir Platz. Dann beginnt sie, zu sprechen. Sie erzählt mir von einem Jungen, den ich kennengelernt hätte, einem Jungen, der dunkle Magie praktiziere und mir ein Leuchten in die Augen zaubere. Sie erzählt mir, dass er mich mit seiner Magie vertraut machte und ich diese so sehr liebte, wie ich das Meer liebe. Sie berichtet mir auch, dass sie einen Bienenstock aufgescheucht habe, gestochen wurde und fast daran gestorben wäre. Doch ich habe ihr mit dunkler Magie das Leben gerettet. Sie gesteht mir auch, dass sie mir das nie ganz verziehen habe.

Sie erzählt mir, dass ich von zu Hause weggelaufen sei, um bei einem Jungen namens Wolfe zu sein, und dass ich ihn über alles andere gestellt habe, bereit war, mein ganzes Leben, meine Eltern, Landon und unseren Hexenzirkel für ihn aufzugeben.

Sie erzählt mir, ich hätte herausgefunden, dass er mich angelogen und benutzt habe, um an meine Mutter heranzukommen. Sein Hexenzirkel habe ihn damit beauftragt. Sie erzählt mir auch, dass ich freiwillig einen Gedächtnislöscher-Tee getrunken habe, um den Jungen zu vergessen und frei dafür zu sein, Landon zu heiraten.

Sie erklärt mir, dass das Licht in mir nach der Einnahme des Tees erloschen und ich seither eine andere sei. Sie sagt, dass es sie innerlich auffresse, weil sie schon bei meinem ersten Schluck Tee gewusst habe, dass es ein Fehler war.

Sie bricht beim Sprechen in Tränen aus, ist immer noch wütend auf mich. Doch unter dieser Wut schlummert eine Quelle der Liebe, die so tief und breit ist, dass ich sie spüren kann, auch wenn ihre Stimme zittert und ihre Augen vorwurfsvoll blicken.

Es ist eine wilde, unglaubliche Geschichte, und doch weiß ich, dass sie wahr ist, da ich mit jedem ihrer Worte einen Stich in der Brust spüre. Ich weiß, dass sie wahr ist, weil ich eine Leerstelle in mir fühle, einen Platz, wo einmal etwas war, wo einmal *jemand* war.

Ich weiß, dass die Geschichte wahr ist, weil ich spüre, wie sich alles in mir wieder zusammenfügt, nachdem mich etwas Unbekanntes auseinandergerissen hatte.

Dann schnappe ich nach Luft. Dieser Junge am Ufer. Das war er – er muss es gewesen sein. Er wirkte gequält, völlig am Boden zerstört. Obwohl ich mich an das, was mir Ivy gerade erzählt hat, nicht erinnern kann, glaube ich, dass es tatsächlich geschehen ist.

Ich weiß, dass es so ist.

»Tut mir so leid, Tana«, sagt Ivy, als sie ihre Geschichte beendet hat. Sie zieht ein Spitzentaschentuch aus der Tasche und tupft sich damit die Augen. »Es war ein Fehler.«

Ich schweige eine Weile, weiß nicht, was ich sagen soll, wie ich all das, was sie mir erzählt hat, verarbeiten soll.

Zögernd strecke ich die Hand nach ihr aus, bin mir nicht sicher, ob sie mich nach dem, was ich getan habe, noch in ihrer Nähe haben möchte. Aber als ich ihre Hand berühre, drückt sie sie fest.

»Es sieht ganz danach aus, als hätte ich genug Fehler für uns beide gemacht«, sage ich. »Danke, dass du mir alles erzählt hast.«

»Bist du wütend?«

»Nein. Du warst der Meinung, das Richtige zu tun, und ich habe mich bereitwillig darauf eingelassen.« Ich seufze und blicke zu Boden. »Warum kann ich mich nicht einfach mit dem Leben zufriedengeben, das ich führen soll?«

»Vielleicht ist dieses Leben einfach nicht für dich bestimmt.«

Ich sehe ihr in die Augen. Sie hat mich immer genau gekannt, weiß, wer ich bin und wer ich zu sein versuche. Sie kennt mich so gut, dass sie den Nebel in mir sehen konnte, nachdem ich den Gedächtnislöscher-Tee getrunken hatte. Und dann hatte sie beschlossen, dass das ein Fehler war.

Ich bin so froh, dass sie es beschlossen hat.

»Ivy.« Ich umfasse ihre Hand mit beiden Händen. »Ich muss ihn sehen.«

Sie bleibt stehen, wägt in Gedanken etwas ab, und ich erkenne den Augenblick, in dem sie ihre Entscheidung trifft.

»Ich weiß«, sagt sie schließlich.

»Wirst du mir helfen?«

Noch eine Pause, ich befürchte schon, dass ich zu viel verlangt habe. Dann presst sie die Lippen aufeinander und greift nach ihrem Mantel. »Ja.«

Fünfunddreißig

Wenn ich bei Ivy zu Hause bin, ertrage ich die Blicke ihrer Eltern nur schwer, eine Mischung aus Angst und Dankbarkeit. Ich würde ihnen gern etwas sagen, aber sie denken, dass der Gedächtnislöscher-Tee gewirkt hat und ich jegliche Erinnerung an Ivys Rettung vergessen habe. Also versuche ich, so zu tun, als sei nichts passiert.

Ich weiß, dass ich über mein Handeln entsetzt, schockiert und verwundert sein sollte. Und das bin ich auch. Aber irgendwie passt es auch, scheint zu mir zu passen, auch wenn ich mich an nichts erinnern kann. Ich sehne mich nach den Erinnerungen, die ich verloren habe, nach den Augenblicken, die mir anscheinend so viel bedeuteten, dass ich sogar bereit war, ein ganzes Leben aufzugeben und dafür ein anderes zu wählen. Wie müssen diese Augenblicke gewesen sein, dass ich so gehandelt habe?

Wie muss *er* wohl gewesen sein?

Als Ivys Eltern schlafen und der Mond hoch am Himmel steht, geht sie mit mir zur Westküste.

»Ruf seinen Namen um Mitternacht«, sagt sie. »Wenn er ihn hört, wird er kommen.«

Ich denke an den Traum, den ich hatte, daran, dass ich so oft aufgewacht bin, weil ich dachte, mein Name werde im Wind geflüstert. Ich schlucke schwer. »Wie soll er mich hören?«

Ivy schüttelt den Kopf. »Eine Art von dunkler Magie, deren Details ich nicht kenne.« Mir entgeht nicht, dass ihre Stimme bei den Worten »dunkle Magie« bitter klingt.

»Okay«, sage ich leise. Ich bin unglaublich nervös und mein Herz schlägt zum Zerspringen. Obwohl mein Körper von einer Gänsehaut überzogen ist, schwitze ich in der kalten Herbstnacht.

»Soll ich bei dir bleiben?«, fragt Ivy, und ich bin überwältigt von der Größe ihres Angebots. Wie viel sie von sich aufgibt, um mich das zu fragen.

Ich umarme sie stürmisch und drücke sie fest an mich. Sie erwidert meine Umarmung, erst sanft, dann immer heftiger, und mir stockt der Atem, weil ich weiß, dass wir uns auf einem guten Weg befinden. Es wird alles gut zwischen uns werden.

»Danke, es wird gehen«, flüstere ich.

»Wir sehen uns bei mir zu Hause«, sagt sie.

Sobald sie außer Sichtweite ist, wende ich mich dem Wasser zu. Mein Magen spielt verrückt, und einen Augenblick lang befürchte ich, dass ich mich übergeben muss. Ich atme einige Male tief ein und aus, und das Gefühl der Übelkeit lässt nach. Ich kann das tun.

»Wolfe«, sage ich, aber so leise, dass der Name kaum über meine Lippen kommt. Er ist mir so fremd.

»Wolfe«, sage ich noch einmal, dieses Mal lauter. Der Name kommt jetzt wie eine Melodie über meine Lippen, und ich denke, dass er mir vielleicht doch nicht so fremd ist.

Ich setze mich auf den Felsen. Er ist kalt und nass, aber es kümmert mich nicht. Ich habe keine Ahnung, wie lange das dauern wird oder ob es überhaupt funktioniert. Ich finde es absurd, um Mitternacht einen Namen am Strand zu rufen, aber wenn alles, was Ivy mir erklärt hat, wahr ist und ich ihn auch nur ansatzweise so geliebt habe, wie sie behauptet, dann muss ich ihn treffen. Ich muss sein Gesicht sehen und seine Stimme hören.

»Mortana?«

Ich blicke hoch und sehe den Jungen. Er steht im Wasser. Weit und breit entdecke ich kein Boot, kein Floß. Es ist, als sei er einfach aufgetaucht, und ich frage mich, ob seine Magie das bewerkstelligt hat. Langsam stehe ich auf und wische mir die Handflächen an meinem Kleid ab. Er rührt sich nicht von der Stelle.

»Wolfe?«, frage ich und gehe näher ans Wasser heran, um einen besseren Blick auf die Person zu werfen, die mich derart um den Verstand gebracht haben muss.

Er eilt auf mich zu. Wasser spritzt auf, als er näher kommt. Er rennt und rennt, bis er beinahe mit mir zusammenprallt. Ich weiche einen Schritt zurück, und er bleibt unvermittelt stehen.

»Bist du Wolfe?«, frage ich erneut. Als ihm bewusst wird, dass ich ihn nicht erkenne, zeichnet sich Schmerz in seinem Gesicht ab. Ich erkenne ihn immer noch nicht.

Seine Augen sprühen Funken. Etwas in mir zerbricht, als ich sehe, dass sie rot unterlaufen sind. Doch sie reflektieren das Mondlicht und schimmern wie die Oberfläche des Meeres. Er schnieft und räuspert sich, wendet den Blick von mir ab. Er hat die Zähne so fest zusammengepresst, dass ich es sogar von meinem Standort aus sehen kann.

Er scheint am Boden zerstört zu sein.

»Das bin ich«, sagt er schließlich. »Und du bist Mortana.«

»Ja, das ist richtig.«

Ich betrachte ihn im Mondlicht, die harten Linien seines Mundes, den er zu einem Strich zusammengepresst hat, und sein dunkles, wirres Haar. Seine Haut leuchtet silbern in diesem Licht, als sei er die personifizierte Magie. Aber er ist wütend und verschlossen, ist so angespannt, dass ich befürchte, dass er vor meinen Augen zusammenbrechen könnte.

Er ist herzzerreißend schön.

»Du starrst mich an«, sagt er.

Hitze kriecht mir den Nacken hoch, aber ich schaue nicht weg. Ich kann es nicht. »Mir wurde gesagt, dass ich dich liebe.«

»Du hast es nie gesagt. Doch das war auch nicht nötig, denn ich weiß, dass du mich geliebt hast.«

Ich beobachte ihn im Mondlicht, beobachte jede seiner Bewegungen, nehme in mich auf, wie sich seine Brust hebt und senkt und er die Fäuste ballt. »Hast du mich auch geliebt?«

Sein Blick ist so durchdringend, dass mir ein Schauer über den Rücken läuft. »Ja.«

»Liebst du mich immer noch?«

Er hält nicht inne, zögert nicht einmal. »Ja.«

Zaghaft gehe ich einen Schritt auf ihn zu. »Erzählst du mir, was zwischen uns passiert ist? Alles?«

Er vergräbt die Hand in der Tasche und blickt zu Boden. »Woran erinnerst du dich?«

»An nichts.« Die Worte durchschneiden die Luft wie ein Messer, das sich direkt in seine Brust bohrt. Erneut füllen sich seine Augen mit Tränen, aber er blinzelt sie schnell weg. Er kehrt mir den Rücken zu, und seine Schultern heben und senken sich. Als sein Atem langsamer wird, wendet er sich mir wieder zu.

»Also gut«, sagt er schließlich.

»Wolfe?«, sage ich, denn der Klang seines Namens kommt mir jetzt vertraut vor.

Er blickt mich an, flehend, verzweifelt. Ich bin erstaunt, dass er nicht zusammenbricht, für immer verloren an diesem Ufer.

»Bitte, lüg mich nicht an.«

»Das werde ich nicht.« Er wendet sich ab, und ich glaube schon, dass es das war. Doch dann spricht er weiter. »Ich werde dir alles erzählen, jedes einzelne Detail, bis du davon überzeugt bist, dass es sich lohnt, dafür zu kämpfen.«

Ich betrachte ihn. Er sieht jetzt hart und kantig aus, eigenwillig und wütend, aber er ist bereit, mir alles zu erzählen, obwohl er weiß, dass es mir nicht helfen wird, mich zu erinnern. Er ist bereit, erneut verletzt zu werden, wenn er mir Details aus seinem Leben erzählt, die mir nichts bedeuten und ihm alles.

»Deshalb bin ich hier«, sage ich leise und unsicher. »Um für etwas zu kämpfen, an das ich einst mehr geglaubt habe als an alles andere.«

»Also gut«, wiederholt er und geht das Ufer hoch bis zu einem Flecken Gras. Er setzt sich, und ich setze mich neben ihn und beobachte ihn, während er überlegt, wie er anfangen soll. Wir sind uns sehr nah, nur wenige Zentimeter sind zwischen uns, und ich sehe, wie er sich angesichts dieser Nähe verkrampft.

»Kann dunkle Magie einen Gedächtnislöscher-Tee außer Kraft setzen?«, frage ich leise, fast flüsternd. Wolfe hat mir ja anscheinend schon einmal geholfen, vielleicht kann er es erneut.

Er atmet tief aus und klingt deprimiert. »Ich habe mit meinem Vater darüber gesprochen. Wir sind stundenlang Zauberbücher durchgegangen, aber mit der Magie ist es nicht so einfach. Jeder Zauberspruch, den wir anwenden würden, müsste mit dem Gedächtnislöscher-Tee auf die exakt richtige Art interagieren. Wir wissen aber nicht, was alles in ihn hineingeflossen ist. Deshalb ist die Herstellung eines Zaubers, der die Wirkung des Tees rückgängig machen könnte, äußerst schwierig. Wenn wir einen Fehler begehen, könnte deine Erinnerung völlig ausgelöscht werden oder sogar Erinnerungen an etwas schaffen, was es gar nicht gab. Es gäbe für uns keine Möglichkeit, das vorher zu testen. Es ist zu gefährlich.«

Ich nicke und verarbeite seine Worte. »Danke, dass du es versucht hast. Das hättest du nicht tun müssen.«

»Aber ich habe es getan.«

Wir schweigen beide. Die Bürde meiner verlorenen Erinnerungen steht zwischen uns. Dann nimmt Wolfe einen kleinen Stein und wirft ihn ins Wasser.

»Verdammt, Mortana.« Er vergräbt das Gesicht in den Händen und atmet schwer. Ich würde ihn gern trösten, etwas sagen, um ihn von seinem Schmerz zu befreien.

Behutsam löse ich seine Hände von seinem Gesicht. Er sieht mich überrascht an. Seine Augen sind geschwollen, und auf seiner Haut sind rote Flecken zu erkennen. Meine Finger berühren sein Kinn, und ich beuge mich zu seinem Ohr und flüstere: »Ich möchte mich erinnern, bitte hilf mir.«

Ich lehne mich zurück und sehe ihn eindringlich an, damit ihm klar wird, dass ich es aufrichtig meine, er die Wahrheit in meinen Worten erkennt. Meine Hand zittert, als ich sein Kinn loslasse.

Wolfe hat mir gesagt, dass ich dafür kämpfen soll, für uns. Wenn ich ihn anschaue, ist mir bewusst, dass auch er kämpft. Wir beide tun es.

Er nickt, atmet tief durch und fängt an, zu sprechen.

Ich bin verblüfft über seine Ehrlichkeit, darüber, wie unverblümt er zugibt, dass er meinen Hexenzirkel und unsere Lebensweise hasst. Es ist nicht leicht, ihm zuzuhören, aber ich weiß, dass diese Grundeinstellung auch alles andere beeinflusst. Er erklärt mir, dass es ihm anfangs nichts ausgemacht habe, mich zu benutzen, er sich dann aber in mich verliebt habe und mich, obwohl seine Absichten zunächst keineswegs ehrenhaft waren, nie über seine Gefühle belogen habe.

Er sagt, dass jeder Blick, jede Berührung und jedes Wort echt waren und ich ihn überrascht habe, weil meine Verbindung zur hohen Magie – so wird sie genannt – ganz anders sei, als er es je erlebt habe. Ich hätte ihn zudem herausgefordert, die Welt mit anderen Augen zu betrachten und die Stärke in meiner Art von

Magie zu erkennen, darin, so viel zu opfern, um Sicherheit zu erlangen.

Ich weiß, dass er es nicht für die richtige Entscheidung hält, dass er diesen Teil von sich niemals zugunsten von Annehmlichkeiten oder fremden Schutz aufgeben würde. Aber er gesteht ein, dass die Begegnung mit mir ihn gezwungen habe, unsere Magie in einem neuen Licht zu sehen.

Er spricht über die Strömungen, darüber, wie verantwortungslos meine Mutter sei und wie mutwillig mein Hexenzirkel die Insel zerstöre. Er meint, dass es uns auf irreparable Weise Schaden zufügen werde, wenn wir nicht bald etwas unternehmen würden. Ich nicke bei seinen Worten, denn ich weiß, dass sie der Wahrheit entsprechen. Ich spüre das jedes Mal, wenn ich im Meer bin, und ich frage mich, ob uns das verbunden hat. Er erzählt mir von den Mondblumen und der Lüge, die man mir mein Leben lang aufgetischt hat. Unwillkürlich kommen mir die Tränen. Ich habe das Gefühl, keine Luft mehr zu kriegen, und ich frage mich, wie ich meiner Mutter gegenüber je wieder unbefangen sein kann.

»Die Mondblumen«, beginne ich und erinnere mich an das Gemälde, das ich zusammen mit Landon gesehen habe. »Ich verstehe das nicht. Ich habe auf dem Festland ein Gemälde gesehen, auf dem Hexen abgebildet sind, die mit Mondblumen gequält werden. Es ist über hundert Jahre alt. Wie weit geht diese Lüge zurück?«

Wolfe schüttelt den Kopf. »Wenn du Pruitts Werk meinst, solltest du bedenken, dass es das nicht zeigt. Es passt nur zufällig gut zu der Lüge. Als die Hexen vom Festland auf die Insel zogen, hatte dies leider nicht die erhoffte Wirkung, dass die Spannungen zurückgegangen wären. Die Festlandbewohner wurden immer aggressiver, und das fand seinen Höhepunkt in einem Überfall auf die Insel, bei dem sie jede einzelne Mondblume, die sie finden konnten, ausrotteten. Das Gemälde, das du gesehen hast, stellt dar, wie die Hexen versuchen, die Blumen zu retten.«

»Die Festlandbewohner kennen also die Wahrheit über die Blumen?«

»Früher kannten sie sie«, sagt Wolfe. »Aber der neue Hexenzirkel war erstaunlich erfolgreich darin, die Geschichte umzuschreiben. Und im Laufe der Jahre begann er, ebenfalls zu glauben, dass die Mondblumen giftig seien.«

Völlig schockiert starre ich aufs Meer hinaus. Ich denke an das Gemälde und die erschütternde Wahrheit, die ich nun durch Wolfe erfahren habe. Ich weiß nicht, was ich sagen soll, denn alles, was mir einfällt, würde banal klingen. Also schweige ich lieber.

Wolfe ergreift erneut das Wort. Ich versuche, meinen Schmerz zu verdrängen, versuche, jedes seiner Worte in mich aufzunehmen, denn es ist wichtig, so wichtig für mich.

Seine Stimme wird leiser, rauer, als er mir von unserem ersten Kuss erzählt. Er sagt, ich habe ihn zuerst geküsst und dass er danach wusste, dass er alles dafür aufgeben würde, mich nochmals zu küssen. Wir hätten uns im Meer geküsst, auf dem Boden in seinem Zimmer und im Mondschein. Wir hätten Teile von uns preisgegeben, wie wir es noch niemandem gegenüber getan hätten, hätten Berührungen ausgetauscht, als seien es Geheimnisse.

Er spricht sehr lange. Er lässt mich seine Wut, Enttäuschung und Traurigkeit spüren, berührt mich zutiefst mit seiner Verletzlichkeit. Er spricht sehr beherrscht und doch sagt er mir alles eindeutig.

Ich glaube alles, jedes einzelne Wort.

Er ist barsch, ungehobelt und streng – und das zieht mich in seinen Bann. Er zieht mich in seinen Bann.

Ich kann mich immer noch nicht an all das erinnern, was er mir erzählt. Ich suche verzweifelt danach, suche nach einem Hauch von Erinnerung, aber vergeblich. Es ist fast so, als würde er mir einen Roman über einen Jungen namens Wolfe und ein Mädchen namens Tana vorlesen, einen Roman, der Satz für Satz in mein Inneres dringt. Ich würde diesen Roman immer wieder lesen.

Dann kommt er zum Ende der Geschichte und hört auf, zu sprechen. Ich glaube, ich war noch nie so enttäuscht, wünschte mir, er würde weitererzählen.

Ich sehe ihn an, möchte, dass er weitererzählt, doch er schweigt.

»Du starrst mich schon wieder an«, sagt er schließlich. »Das scheint eine Gewohnheit von dir zu sein.« Seine Stimme klingt kalt und teilnahmslos.

»Es fällt mir schwer, es nicht zu tun«, gebe ich zu, aber irgendwie ist es mir nicht peinlich, es zuzugeben. »Du bist sehr hübsch. Habe ich dir das schon mal gesagt?«

Er schluckt schwer und blinzelt heftig. »Nein.«

Wir schweigen eine Ewigkeit, beobachten, wie sich die Wellen am Ufer brechen. Ich fühle mich unwiderstehlich zu ihm hingezogen.

Vielleicht gibt es einen Teil von mir, der sich doch noch erinnert.

»Wie bist du hierhergekommen? Du scheinst einfach aus dem Meer aufzutauchen.« Nach allem, was er mir erzählt hat, hört sich das sehr trivial an, aber jedes andere Thema scheint zu schwerwiegend zu sein, um es jetzt anzusprechen.

»Was?«

»Warum bist du aus dem Meer gekommen?«

Er schüttelt den Kopf. Er weiß, dass es eine einfache Frage ist.

»Weil es Teil der Abmachung mit deiner Mutter ist. Wir können auf der Insel leben, aber unser Haus ist durch Magie verborgen, und wir dürfen nur einmal im Monat die Straßen der Hexeninsel benutzen, wenn wir uns Vorräte besorgen. Selbst dann müssen wir einen Wahrnehmungszauber anwenden. Doch das können wir umgehen, wenn wir die Strömungen nutzen.«

»Sehr clever«, sage ich, auch wenn es wehtut, von einer weiteren Lüge zu erfahren, die mir meine Mutter mein Leben lang aufgetischt hat. Sie hat nicht nur über die Existenz des alten Hexenzirkels Bescheid gewusst, sondern auch Kontakt mit ihm gepflegt und Regeln für ihn aufgestellt.

»Und nun?«, fragt er, den Blick aufs Ufer gerichtet. Ich höre etwas Hoffnung in seiner Stimme, die seinen Worten eine gewisse Leichtigkeit verleiht.

Aber ich kann ihm nicht geben, was er will.

»Ich weiß nicht«, sage ich leise.

Ich spüre seine Anspannung. Dann atmet er tief aus. »Du wirst ihn heiraten, nicht wahr?«

Ich antworte nicht.

Er stößt sich vom Boden ab und wirft die Arme über seinen Kopf. »Verdammt, Mortana, warum hast du mich durch diese Hölle gehen lassen? Warum hast du darauf bestanden, dass ich dir alles erzähle, wenn es doch keine Rolle spielt?«

Ich stehe ebenfalls auf und folge ihm den Strand hinunter. »Es spielt eine Rolle«, sage ich und werde lauter. Er geht weiter, dreht sich nicht nach mir um. »Aber es ändert nichts daran, dass ich mich an nichts erinnern kann.«

Unvermittelt bleibt er stehen und blickt mich so durchdringend an, dass ich fast den Blick abwende, aber ich tue es nicht. Ich zwinge mich dazu, ihn zu sehen, wirklich zu sehen. »Das, was wir kennen, ist real, und ich weiß, dass du es spüren kannst«, sagt er mit einer heftigen Handbewegung. Er ist wütend. Seine Reaktion ist so stark, dass ich mich nicht von der Stelle rühren kann.

Er kommt auf mich zu, nimmt meine Hand und drückt sie fest auf sein Herz. »Ich bin hier, Mortana, stehe direkt vor dir und verspreche dir, dass ich jede einzelne Erinnerung wiederherstellen werde, wenn es sein muss.«

»Ich glaube dir«, sage ich und lasse meine Hand auf seiner Brust ruhen.

»Dann lass es mich tun. Bitte.«

»So einfach ist das nicht. Ich habe eine Verpflichtung gegenüber meiner Familie, meinem Hexenzirkel.«

»Das hat dich vorher auch nicht gehindert.« Er drückt meine Hand noch fester.

»Hätte es aber sollen«, flüstere ich.

Kaum habe ich es ausgesprochen, wünschte ich, ich könnte es zurücknehmen. Eine Mauer tut sich zwischen uns auf, und jegliche Verletzlichkeit, die Wolfe mir gegenüber preisgegeben hat, ist wie weggewischt. Er lässt meine Hand los und weicht zurück. Aus irgendeinem Grund ist mir zum Heulen zumute.

Er nickt langsam. Ich versuche, seinen Gesichtsausdruck zu deuten, aber er ist verschlossen. »Hab's verstanden. Gut, lass es mich dieses Mal leichter für dich machen.«

Nach diesen Worten taucht er im Wasser unter und lässt mich allein am Ufer zurück.

Sechsunddreißig

Es ist nicht das erste Mal, dass ich im Bett liege und an einen Jungen denke, an den ich nicht denken sollte. Ich sollte eigentlich schlafen.

In drei Tagen finden meine Bündnisfeier und meine Hochzeit statt, und ich kann nur daran denken, dass ich noch vor wenigen Wochen so verliebt war, dass ich bereit war, beidem den Rücken zu kehren. Wolfe hat mir alle Details unserer Beziehung erzählt, von Anfang an, aber ich kann es nicht *fühlen*. Und selbst wenn ich es könnte: Ich habe mich für den Gedächtnislöscher-Tee und letzten Endes für meinen Hexenzirkel entschieden.

Und ich weiß, dass es das Beste ist.

Wolfes Leidenschaft macht mir Angst. Seine Bereitschaft, mir seine Wut und seinen Schmerz, seinen Frust und seine Verletzlichkeit zu zeigen, ist anders als alles, was ich bisher erlebt habe. Er war so verzweifelt bemüht, dass ich mich wieder erinnere, dass er sich mir gegenüber rückhaltlos geöffnet hat. Ich konnte sehen, wie sehr er leiden muss, und dabei war ihm klar, dass ich ihm vielleicht niemals werde helfen können. Und ich weiß: Selbst wenn ich tausend Jahre alt werden würde, gäbe es niemanden, der so für mich empfinden würde wie er.

Aber es geht nicht um mich, und ich glaube nicht, dass ich mir vergeben könnte, wenn ich meine Familie, meine Pflicht ignorieren würde. Ich habe eine Rolle zu spielen, und *mein* Glück, *meine* Wünsche und *meine* Sehnsüchte sind nie ein Thema gewesen, können es nicht sein.

Als ich meine Eltern unten höre, zwinge ich mich, aufzustehen. Wieder eine schlaflose Nacht. Meine Mutter wird mich wegen meiner dunklen Augenringe, meiner Blässe schelten, aber das kann leicht durch etwas Magie behoben werden.

Wir zerstören das Meer und ruinieren unsere Insel, aber wenigstens sollten wir dabei ausgeruht aussehen.

Ich putze mir die Zähne, wasche mir das Gesicht, bin dankbar, dass ich heute nicht arbeiten muss. Meine Mutter meint, es würde die Hochzeitszeremonie noch eindrucksvoller erscheinen lassen, wenn mich die übrigen Hexen in der Woche davor nicht zu Gesicht bekämen. Auf die eine oder andere Weise ist alles nur Show, aber ich bin dankbar für die Auszeit.

»Wo ist Dad?«, frage ich, als ich nach unten komme.«

Mom blickt lächelnd von ihrem ledergebundenen Planer hoch.

»Morgen, Liebes. Er sammelt noch etwas Flieder, bevor er zur Parfümerie geht.«

Ich schenke mir eine Tasse Tee ein und setze mich neben sie.

»Ivy hat mir von dem Gedächtnislöscher-Tee erzählt«, sage ich und beobachte sie aufmerksam.

Langsam klappt sie ihren Planer zu und sieht mich an. »Ich hatte so ein Gefühl, dass sie es tun würde.«

»Warum?«

Sie zuckt die Achseln. »Ihr seid seit eurer Geburt die besten Freundinnen, und keine von euch beiden schafft es, Geheimnisse vor der anderen zu haben.« Sie klingt sehr gefasst, und ich wüsste gern, was sie denkt, ob in ihrem Kopf jetzt ein Durcheinander von To-do-Listen, Sorgen und Überreaktionen herrscht oder alles so gut organisiert ist wie der Rest bei ihr.

Ihre Worte nagen an mir. »Nicht so wie du, Mom, nicht wahr?«
Ich habe leise gesprochen, aber ich kann nicht glauben, dass ich das gesagt habe. Es ist gar nicht meine Art, meine Mutter infrage zu stellen, und ich blicke betreten vor mich hin.

»Tana, warum fragst du mich nicht einfach, was du wissen willst, statt schnippische Bemerkungen zu machen?«

Ich schlucke schwer und nicke. »Du hast recht, es tut mir leid. Warum hast du mich wegen des alten Hexenzirkels angelogen?«

Sie geht in die Küche, um mehr Tee aufzugießen. »Die einfache Antwort lautet, dass wir nie so weit gekommen wären, wenn das Festland gewusst hätte, dass auf der Insel nach wie vor dunkle Magie praktiziert wird. Um mit den Festlandbewohnern in Harmonie leben zu können, mussten sie glauben, dass der alte Hexenzirkel aufgelöst wurde. Die alten Hexen sind egoistisch und eigenwillig, aber sie sind nicht auf den Kopf gefallen. Sie wussten genau: Wenn das Festland über ihre Existenz Bescheid wüsste, würde jede Einzelne von ihnen geschnappt werden. Also haben sie geschworen, sich im Verborgenen zu halten, wenn wir dafür sorgen würden, den Glauben an ihr Verschwinden aufrecht zu erhalten. Die Ratsmitglieder sind die Einzigen, die die Wahrheit kennen.« Der Kessel pfeift, und Mom gießt das Wasser über die Teeblätter. »Und bis jetzt hat es recht gut funktioniert.«

Ich komme mir dumm vor, weil ich ihre Lügen geglaubt habe, und noch schlimmer, weil ich betrogen wurde. Hätte man nicht denken können, wenn ich schon mein eigenes Leben aufgebe, um Landon zu heiraten und meinen Hexenzirkel zu schützen, dass ich dann nicht auch die Wahrheit erfahren sollte, gerade von meiner eigenen Mutter? Ich dachte, damit würde ich so viel Bedeutung erlangen, dass ich in das innere Wirken unseres Hexenzirkels und unserer Insel einbezogen werden würde. Aber das war wohl ein Irrtum.

»Ich wünschte, du hättest mir das gesagt.«

»Ich weiß, aber ich konnte das Risiko nicht eingehen. Tana, du wirst den Sohn des Gouverneurs heiraten – was wäre, wenn es dir eines Nachts herausrutschen würde? Du musst doch die Gefahr erkennen.« Sie gießt mir Tee nach und nimmt wieder Platz. »Auch wenn das jetzt keine Rolle mehr spielt.«

»Ich kann damit umgehen.«

»Das sagst du jetzt, aber ein so großes Geheimnis vor deinem Mann zu bewahren, wird dich belasten, insbesondere, wenn die Liebe und das Vertrauen zwischen euch wachsen werden. Es wird nicht leicht sein.«

»Glaubst du, dass Landon und ich uns eines Tages lieben werden?«

Ihr Gesichtsausdruck mildert sich und sie legt die Hand auf meinen Arm. »Unbedingt. Ich sehe es bereits. Du nicht?«

Ich kann dir keine Liebe versprechen.

Ich denke zurück an unseren Kuss, an das Gefühl, ihm auf diese Weise nah zu sein. Es fühlte sich nicht wie Liebe an, aber vielleicht ist meine Definition des Wortes zu begrenzt. Vielleicht gibt es eine Art der Liebe, wie Wolfe sie beschrieben hat, leidenschaftlich, verzehrend und lebendig, und auch eine zartere Liebe, die sich im Lauf der Zeit entwickelt, langsam und beständig. »Ich weiß es nicht«, räume ich ein. »Aber ich möchte es gerne.«

Mom drückt meinen Arm. »Mit der Zeit. Tana, er ist ein guter Mann, und er wird dich richtig lieben.«

Ich nicke und lächle sie an, denn ich möchte nicht, dass sie merkt, dass ich auf etwas hoffe, auf das ich nicht hoffen sollte. »Du hast sicher recht.«

Mom lehnt sich in ihrem Stuhl zurück und nippt an ihrem Tee. »Was möchtest du sonst noch wissen?«

»Warum machst du dir keine Sorgen über die Strömungen?

Und warum willst du dich nicht mit dem alten Hexenzirkel treffen, um das Thema zu diskutieren?«

Sie seufzt und setzt die Teetasse ab. »Ich glaube, du begreifst nicht, wie zerbrechlich unsere Beziehung zum Festland ist. Es funktioniert nur, weil die Festlandbewohner glauben, dass wir die Magie, die wir anwenden, völlig beherrschen. Es funktioniert nur, weil sie keine Angst vor uns haben. Trotzdem wurden unsere Docks erst vor ein paar Monaten in Brand gesetzt. In dem Moment, in dem sie erfahren, dass es in ihren Gewässern Magie gibt, die nicht kontrolliert werden kann, wird sich ihre Haltung uns gegenüber ändern. Und wenn sie Angst vor uns haben, bricht alles zusammen.« Sie sieht mich durchdringend an. »Alles.«

Ich glaube, wir haben alle ein wenig Angst vor den Dingen, die wir nicht verstehen.

»Aber der alte Hexenzirkel will uns helfen. Warum lassen wir es nicht zu?«

»Vor ein paar Jahren informierte Marshall Yates seine Berater, dass eine Verbindung mit unserer Familie bevorstehe. Er bestand darauf, dass Vertreter vom Festland die Insel im Auge behielten, und ich stimmte zu. Zum Glück fanden all deine Stelldicheins mit Wolfe mitten in der Nacht statt, sonst würden wir jetzt ein ganz anderes Gespräch führen. Jetzt, da die Hochzeit kurz bevorsteht, überschwemmt das Festland die Insel mit Sicherheitspersonal. Und ich werde kein Treffen mit dem alten Hexenzirkel riskieren, bis alle wieder weg sind und ich sicher sein kann, dass unsere Gespräche keine unerwünschten Lauscher haben werden.«

»Aber das Problem besteht doch schon so lange. Bist du wirklich bereit, die Umweltzerstörung um der Hochzeit willen in Kauf zu nehmen?«

»Tana«, sagt meine Mutter und starrt mich an, »ich erinnere mich, dass meine Mutter mich verstecken musste, wenn Leute vom Festland zu Besuch kamen. Meine Großeltern hätten es fast nicht gewagt, Kinder in die Welt zu setzen, weil sie so besorgt waren, was mit ihnen geschehen könnte. Unsere Vorfahren haben ihre Heimat auf dem Festland aufgegeben und eine neue Magie praktiziert, weil sie auf eine Zukunft hofften, in der wir uns akzeptiert und sicher fühlen könnten. Der Hochzeit zuliebe bin ich bereit, so ziemlich alles in Kauf zu nehmen.«

Die Worte jagen mir einen Schauer über den Rücken. »Ich verstehe aber immer noch nicht, warum du das Problem mit den Strömungen nicht schon früher angegangen bist, noch bevor der Hochzeitstermin feststand.«

»Wenn wir uns darauf verlassen, dass der alte Hexenzirkel uns bei den Problemen mit den Strömungen hilft, gibt es kein Zurück mehr. Nie mehr. Ich respektiere Galen, bin aber nicht davon überzeugt, dass er diese Situation nicht ausnutzt. Und wenn dem so ist, möchte ich sichergehen, dass das Festland mit uns verbündet ist. Der einzige Weg, das sicherzustellen, ist die Hochzeit.«

Sie rutscht auf ihrem Sitz weiter vor, wartet, bis ich sie ansehe, und fährt dann fort. »Ich bin bereit, diese Gespräche mit dir zu führen, aber lass mich eines klarstellen: Es ist mir egal, wenn du es nicht verstehst. Meine Aufgabe als Oberhaupt dieses Hexenzirkels besteht darin, für unsere Sicherheit zu sorgen und unseren Platz in der Gesellschaft zu schützen. Es geht nicht darum, dass meine Tochter jede meiner Entscheidungen versteht.« Sie sagt es so sanft wie möglich, aber es tut trotzdem weh.

Ich meide ihren Blick. Sie ist meine Mutter, aber in erster Linie ist sie das Oberhaupt unseres Hexenzirkels. Obwohl mich ihre Worte schmerzen, bewundere ich sie auch dafür.

»Also gut«, sage ich und trinke meinen Tee aus. Aber dann fällt mir ein, was Wolfe über die Mondblume gesagt hat. »Da wäre noch etwas.«

»Nur zu«, fordert sie mich auf.

»Wieso können wir Magie anwenden, wenn es auf der Insel keine Mondblumen gibt?« Ich weiß, dass es kindisch von mir ist, diese Frage zu stellen, da ich die Antwort bereits kenne, aber ich möchte sie von ihr hören. Es ist für mich auf eine Weise, die ich nicht erklären kann, wichtig, dass sie mir dies anvertraut. Von jeher habe ich an sie geglaubt, an den Weg, den sie für mich vorgesehen hat, und ich muss wissen, ob sie mir vertraut, dass ich ihn einschlage. Ich muss es wissen.

Diese Frage überrumpelt meine Mutter mehr als alle anderen Fragen. Sie reißt die Augen auf, spannt den Rücken an, und ich höre, wie sie zischend einatmet. Es beunruhigt mich, sie so fassungslos zu sehen, und ich erkläre ihr leise, dass es in Ordnung ist, versichere ihr, dass sie mir vertrauen kann.

»Mondblumen sind Gift für Hexen, das weißt du doch.«

Mir wird schwer ums Herz. »Sind sie das?«, frage ich und lasse sie nicht aus den Augen.

»Beenden wir die Fragen für heute«, sagt sie. »Wenn ich dir verspreche, dass ich dieses Gespräch später mit dir fortführen werde, lässt du es dann für heute gut sein? Es ist eine sehr komplizierte Antwort mit einer sehr komplizierten Geschichte. Im Augenblick habe ich weder die Zeit noch die Energie dafür.«

»Wir *müssen* später darauf zurückkommen.«

»Ich verspreche es dir.«

»In Ordnung«, sage ich. Meine Mutter hält sich immer an ihre Versprechen. Auch wenn sie vieles vor mir geheim gehalten hat, weiß ich, dass sie diese Unterhaltung mit mir führen wird, wenn wir mehr Zeit haben. Und ehrlich gesagt, bin ich müde.

»Alles gut?«, fragt sie.

Ich nicke, und sie nimmt mich in die Arme. »Ich bin stolz auf dich«, sagt sie.

Ich würde sie gern fragen, warum sie stolz ist, da ich doch so viel Stress und Schmerz verursacht habe, aber ich lasse es sein. Stattdessen erwidere ich ihre Umarmung und nehme ihre Worte in mich auf. Denn obwohl ich nicht sicher bin, ob ich sie verdiene, muss ich sie trotzdem hören.

»Wir sind uns ähnlicher, als du glaubst«, bemerkt meine Mutter und löst sich aus meiner Umarmung.

»Tatsächlich?«

Sie nickt. »Dein Vater ist die große Liebe meines Lebens, aber er war nicht der erste Mann, den ich geliebt habe.« Sie wirft mir einen bedeutungsvollen Blick zu, und ich reiße verwundert die Augen auf.

»Nein«, erwidere ich.

»Wolfe sieht fast genauso aus wie sein Vater in diesem Alter.«

»Du und Galen?«

»Wir waren jung, und er war ganz anders als alle anderen. Wir hatten die strenge Regel, dass wir nie zusammen Magie anwenden durften – diese Grenze wollte ich nie überschreiten –, aber es gab andere Grenzen, die ich mit großem Vergnügen mit ihm überschritten habe.« Ihre Stimme klingt wie aus weiter Ferne, fast glücklich.

Ich schüttle den Kopf, kann nicht so recht glauben, was sie mir da erzählt. »Aber wie hast du ihn überhaupt kennengelernt?«

»Als deine Großmutter krank wurde, machte sie mich mit all ihren Aufgaben vertraut und bereitete mich darauf vor, ihr Amt zu übernehmen. Und zu diesen Pflichten gehörten auch gelegentliche Treffen mit dem alten Hexenzirkel. Galen besuchte sie regelmäßig mit seiner Mutter, und alles nahm irgendwie seinen Lauf.« Sie spricht auch jetzt noch voller Hochachtung von ihm, und es fällt mir schwer, diese neue Information mit der Version meiner Mutter zu vereinbaren, die ich kenne.

»Du hast Galen Hawthorne geliebt?«

»Es ist schon lange her«, sagt sie und wedelt mit der Hand, als wolle sie die Erinnerung verdrängen. »Ich liebte Galen wegen all dem, was er nicht war. Ich wusste, dass es keine gemeinsame Zukunft für uns gab, und er wusste es ebenfalls, aber einen Winter taten wir so, als hätten wir alle Zeit der Welt.«

»Und ihr habt das beide akzeptiert?«

»Es gab nichts, was zu akzeptieren uns schwerfiel. Wir waren lediglich zwei Kinder, die Spaß miteinander hatten, bevor wir Verantwortung übernahmen. Es bestand nie ein Zweifel an unserer Loyalität.«

»Hast du dich nie gefragt, wie ein Leben mit ihm hätte sein können?«

»Nein«, erwidert sie und lächelt traurig. »*Das hier* ist das Leben, an das ich glaube. Das hier ist das Leben, das ich will.«

»Würdest du immer noch dieses Leben wollen, die neue Ordnung und die niedrige Magie, wenn das Festland uns nicht beobachten würde? Wenn es ungefährlich wäre, hohe Magie zu praktizieren?«

Sie lässt sich mit ihrer Antwort Zeit, blickt in eine Ferne, die ich nicht sehen kann. Ich halte den Atem an und warte darauf, dass sie auch nur das kleinste Anzeichen von Zweifel zeigt, aber das zeigt sie nicht. »Ja. Ich liebe die neue Ordnung nicht nur deshalb, weil sie uns unser Leben zurückgegeben hat. Ich liebe sie, weil sie mich auf eine einzigartige Weise erfüllt. Ich liebe diese Insel und diese Magie und mag es, die Touristen zu umschwärmen. Ich würde mich immer wieder dafür entscheiden, unabhängig davon, was sich auf der anderen Seite der Passage abspielt.«

Die Antwort ist niederschmetternd, da ich dieser Hingabe niemals gerecht werden kann. Ich wünschte, ich würde so sehr an etwas glauben, wie meine Mutter an die neue Ordnung glaubt.

Aber das hast du doch.

Der Gedanke drängt sich mir unwillkürlich auf, aber er ist nicht real, ist nichts, woran ich mich festhalten kann. Mir wurde gesagt, dass ich einst mit jeder Faser an etwas geglaubt habe, aber ohne die Erinnerungen ist alles nur Schall und Rauch.

»Denkst du manchmal noch an ihn?«, frage ich, um das Thema zu wechseln.

»Galen? In letzter Zeit, ja«, sagt sie und sieht mich an. »Aber nicht häufig, nein. Kurz nachdem Galen und ich uns getrennt hatten, interessierte sich dein Vater für mich, und ich wusste vom ersten Treffen an, dass er der Richtige für mich war.«

»Woher wusstest du das?«

Ihre Gesichtszüge werden weich.

»Ich konnte bei ihm ich selbst sein«, sagt sie. »Wir glaubten an dieselben Dinge, und ich musste keine Show abziehen oder versuchen, jemand zu sein, der ich nicht bin. Er hat mich bedingungslos so akzeptiert, wie ich bin.«

»Danke, dass du mir das erzählt hast«, sage ich.

Meine Mutter lächelt und drückt meinen Arm. »Gerne. Wollen wir Ivy holen und schon mal Frisur und Make-up für die Bündnisfeier proben?«

Sie geht zum Telefon. Ich gehe in Gedanken unser Gespräch noch einmal durch. Ich bin froh, dass wir über alles gesprochen haben, bin froh, endlich die Wahrheit erfahren zu haben, aber es beruhigt mich keineswegs in dem Maße, wie ich es mir wünschen würde. Meine Mutter hat Entscheidungen getroffen, die ich nie treffen könnte. Obwohl sie mir von Galen erzählt hat, um unsere Gemeinsamkeiten herauszustellen, hat dies eigentlich nur unsere Unterschiede hervorgehoben.

Denn ich konnte offensichtlich nicht akzeptieren, dass meine Zeit mit Wolfe begrenzt sein sollte.

Ich konnte nicht akzeptieren, dass seine Welt, seine Magie für mich nicht in Frage kamen. Ich konnte nicht akzeptieren, dass *er* für mich nicht in Frage kam.

Und obwohl Landon nicht möchte, dass ich mich zu etwas zwingen muss, wenn wir zusammen sind – ist es aber so. Bei Wolfe war das nicht so. Er sagte mir, dass ich Dinge getan hätte, die ich nie tun würde, wenn ich dabei nicht vollkommen ich selbst gewesen wäre.

Mein Herz rast und meine Handflächen sind feucht, als mir die Worte meiner Mutter bewusst werden.

Nach ihren Maßstäben müsste Wolfe die große Liebe meines Lebens sein.

Siebenunddreißig

Die Tür zur Dachterrasse geht auf, aber ich drehe mich nicht um, um zu sehen, wer mir Gesellschaft leisten will. Der Sonnenaufgang ist heute wunderschön, und ich versuche, das flaue Gefühl im Magen zu verdrängen, dass dies der letzte Sonnenaufgang sein wird, den ich zu Hause erlebe.

Mein Dad setzt sich neben mich auf die Terrassenbank und zieht die Decke so zu sich hinüber, dass sie seine Beine bedeckt. Eine Weile lang sitzen wir schweigend da und verfolgen den Sonnenaufgang über der Insel. Die Morgendämmerung ist schon immer meine bevorzugte Zeit gewesen, wenn die Dunkelheit weicht und der Himmel sich blaugrau färbt, bevor er alle Regenbogenfarben annimmt.

Ich liebe diese Morgendämmerung, weil sie den Beginn der Magie signalisiert, die Stunden des Tages, an denen ich mich am lebendigsten und zufriedensten fühle. Das Tageslicht reicht nie aus, und die Nacht scheint kein Ende zu nehmen, aber bei Sonnenaufgang scheint die Zeit endlos zu sein.

Ich frage mich, wie es wäre, in Wolfes Haut zu schlüpfen und zu wissen, dass ich jederzeit, Tag und Nacht, Magie praktizieren könnte. Zu wissen, dass die einzigen Beschränkungen für meine Magie die sind, die ich mir selbst auferlegt habe.

Diese Art von unkontrollierter Macht hört sich erschreckend an.

Und absolut atemberaubend.

»Denkst du über die Hochzeit nach?«, fragt mein Dad und holt mich in die Gegenwart zurück. Ich spüre, wie mir die Röte in die Wangen steigt, und wende den Blick ab. Ich wünschte mir, ich könnte mich wenigstens einmal auf das Richtige konzentrieren.

»Ich kann es noch nicht glauben, dass es heute Abend sein wird«, sage ich und schaue vor mich hin. Ich streiche über die Decke, halte aber inne, als ich merke, dass mein Dad mich beobachtet. Ich ziehe die Decke glatt und zwinge mich, ruhig zu bleiben.

»Es ist verständlich, dass du nervös bist«, sagt er und blickt zur Passage. »Es ist schließlich ein ganz wichtiger Abend.«

»Ich wünschte, ich könnte die Zeremonien voneinander trennen«, sage ich und sehe ihn endlich an. »Mein Leben lang habe ich der Bündnisfeier entgegengefiebert, und der Gedanke, dass ich sie mit Landon teilen muss, gefällt mir gar nicht.«

Mein Dad blickt mich mitfühlend an und legt den Arm um mich. Ich lehne mich an ihn und lege den Kopf auf seine Schulter.

»Ich weiß, Liebes. Ich wünschte, du könntest die Feier, von der du immer geträumt hast, so zelebrieren, wie du es dir immer ausgemalt hast. Aber es ist gut so. Es ist wichtig, dass Landon diesen Teil von dir sieht, damit er daran teilhaben kann. Ihr beide werdet ein gemeinsames Leben führen – er sollte dich als Gesamtperson sehen, als Hexe und als seine Braut.«

»Wäre es für dich in Ordnung, wenn er sich eine *Erupta* ansehen würde?«, frage ich leise, denn ich möchte nicht aggressiv klingen. Ich möchte wirklich wissen, wie er darüber denkt.

»Diese Art der Zurschaustellung würde den Festlandbewohnern schreckliche Angst einjagen, und ich nehme an, Landon bildet da keine Ausnahme.« Er schweigt, und ich sehe, wie sich sein Brustkorb hebt und senkt, wenn er Luft holt. »Aber ich wünschte, es wäre anders.«

»Mir geht es genauso«, erwidere ich.

»Ich habe etwas für dich.« Dad löst sich von mir, greift in seine Hosentasche, holt eine abgenutzte rote Samtschachtel heraus und reicht sie mir.

»Was ist das?«

»Das ist dein Bündnis-Geschenk«, erklärt er. »Es befindet sich seit Generationen in meiner Familie.«

Behutsam öffne ich die Schachtel und schnappe nach Luft. Es ist eine Halskette, eine lange Silberkette mit einer Phiole, in der Wasser herumwirbelt. Ich beobachte, wie es in dem Glasfläschchen hin und her rollt, an den Rändern hochrinnt und dann wieder in die Mitte zurückfließt.

»Das ist unglaublich«, sage ich atemlos. »Wie funktioniert das?«

»Die Phiole entstand in der Nacht der ersten *Erupta*, als unsere Vorfahren erkannten, dass der einzige Weg, zu überleben, darin bestand, die dunkle Magie aufzugeben und mit dem Festland zusammenzuarbeiten. Sie ließen ihre Magie in das Meer fließen, füllten dann diese Phiole mit dem von Magie erfüllten Wasser als ständige Erinnerung daran, welches Ziel sie anstrebten. Es ist der richtige Moment, sie dir jetzt zu geben, zu einem Zeitpunkt, an dem sich ihr Traum vollständig verwirklicht.«

Ich halte die Kette mit zittrigen Händen hoch. Es ist faszinierend, zu beobachten, wie das Wasser herumwirbelt, ich könnte es unentwegt ansehen. Es ist das schönste Schmuckstück, das ich je gesehen habe, ausdrucksvoll und bezaubernd, kein Vergleich mit den polierten Perlen und zierlichen Diamanten der heutigen Hexeninsel.

»Dad, ich glaube, ich kann das nicht annehmen«, sage ich und drehe die Phiole in den Händen.

»Natürlich kannst du das. Das ist deine Geschichte, Tana.

Sie stellt das dar, was du bist. Ich möchte, dass du sie an dich nimmst.«

»Danke«, sage ich heiser. Tränen steigen mir in die Augen. Ich blinzele sie weg und schlucke schwer. Alles tut mir weh, und ich atme mehrmals tief durch.

»Ich liebe dich, mein Herz. Du bist stark und unabhängig und selbstsicher genug, um das, was du glaubst, infrage zu stellen. Du bist neugierig, frei heraus und sensibel, hast so viele Eigenschaften, die ich bewundere. Ich könnte mir keine bessere Tochter wünschen, nicht einmal, wenn ich sie mir durch Magie selbst geschaffen hätte.«

Dieses Mal kann ich die Tränen nicht zurückhalten, sie rollen mir ungehemmt über die Wangen. »Ich hab dich so lieb«, sage ich, umarme meinen Dad, halte ihn fest, möchte noch länger hierbleiben. Möchte sein kleines Mädchen bleiben, statt Landons Frau zu werden.

»Ich dich auch.«

Ich frage mich, ob er spüren kann, wie schwer es mir fällt, loszulassen, dass er mein Fels in der Brandung ist.

Die Tür geht auf. Meine Mutter kommt heraus, ein Notizbuch unter dem Arm. In den Händen hält sie ein Tablett mit einer großen Teekanne sowie drei Teetassen.

»Heute ist der große Tag«, verkündet sie, stellt das Tablett ab und schenkt uns Tee ein. »Wie fühlst du dich, Liebes?«

Ihre Augen strahlen so sehr und ihr Lächeln ist so ansteckend, dass ich es unwillkürlich erwidere. »Großartig.« Ich streife mir Dads Kette über den Kopf. »Ich kann es kaum erwarten.«

»Oh, Tana, sie steht dir großartig.« Sie berührt die Phiole an der Kette.

»Ich liebe sie.« Ich schenke meinem Dad ein Lächeln. Er tätschelt meine Schulter und trinkt dann einen Schluck Tee.

»Okay, lasst uns den Tagesplan durchgehen. Ivy wird gegen zwölf Uhr hier sein, um dich für deine Bündnisfeier zurechtzumachen, die pünktlich um sechzehn Uhr beginnt. Den ganzen Tag lang werden Festlandbewohner auf der Insel eintreffen, um an der Hochzeit teilzunehmen, aber Landon und seine Eltern sind die Einzigen, die bei der Bündnisfeier dabei sein dürfen. Nach der Feier kehrst du in unser Haus zurück, wo du dich für die Hochzeit umziehst. Die Zeremonie wird pünktlich bei Sonnenuntergang am Ostufer stattfinden. Danach folgt der Empfang.«

Ich nicke zu ihren Worten, habe den Zeitplan noch im Kopf, den sie bereits früher mit mir durchgegangen ist. Es bedrückt mich sehr, dass sich so viel in meinem Leben ändern wird. Am Ende des Tages werde ich für immer an meinen Hexenzirkel gebunden sein, unwiderruflich.

Und ich werde Landons Frau sein und meinen Hexenzirkel an das Festland binden, ein weiteres Band, das nicht gelöst werden kann.

Es ist erschreckend, aufregend und ungeheuerlich. Ich hoffe, dass ich beide Zeremonien mit der für solche Anlässe erforderlichen Anmut und Gelassenheit überstehen werde. Wenigstens wird Ivy an meiner Seite sein, mich sanft leiten, wenn ich unsicher bin, was ich tun soll.

Mit ihr und meiner Mutter als Unterstützung werde ich es schon schaffen. Ich weiß es.

»Ich bin bereit«, sage ich zu meiner Mom und achte darauf, dass meine Stimme gelassen klingt. Ich möchte ruhig, beherrscht und stark klingen, so wie sie, wenn sie an meiner Stelle wäre. Ich möchte all das sein, was sie ist.

»Ich weiß, Liebes«, sagt sie und umarmt mich.

Wir trinken unseren Tee aus und beobachten den Himmel, bis er in ein leuchtendes Blau getaucht ist. Es ist ein klarer, frischer

Tag, wie geschaffen für Gelübde, Versprechen und Veränderungen.

Als wir unseren Tee ausgetrunken haben, stelle ich meine Tasse auf das Tablett und falte die Decke zusammen.

»Jetzt kommt der beste Teil des Tages«, sagt mein Dad verschmitzt. »Zimtschnecken.«

Meine Mom klopft ihm auf die Schulter und lacht. »Wohl kaum.«

»Ich weiß nicht, Mom. Seine Zimtschnecken schmecken ausgezeichnet.« Ich folge meinen Eltern nach unten ins Haus. »Wenn ich könnte, würde ich mich den Rest meines Lebens an sie binden.«

Sie lachen, und ich berühre die Phiole an meiner Kette, die bereits zu einem Teil von mir geworden ist, den ich nicht missen möchte.

Heute wird ein guter Tag sein, an den ich mich den Rest meines Lebens erinnern werde, ein Tag, an dem Geschichte geschrieben wird.

Ich werde das schaffen.

Angespannt beobachte ich durch das Fenster, wie der Hexenrat den Rasen für meine Bündnisfeier vorbereitet. Meine Mutter flitzt mit einem Stift hinterm Ohr und ihrem Notizbuch in der Hand umher und gibt Anweisungen.

Ivy zieht mich vom Fenster weg und deutet auf einen Samtsessel in Hellrosa. Wir befinden uns in einem alten Herrenhaus, das vor Jahren für Veranstaltungen umgebaut wurde. Der gesamte Raum ist prunkvoll gestaltet. Goldfarbene Tapeten mit floralen Mustern hellen ihn auf, und ein weißer Flügel in der Ecke reflektiert das Licht von außen. Im weißen Marmorkamin prasselt ein Feuer, und über dem Kaminsims hängt ein großer vergoldeter Spiegel. Zahlreiche Pflanzen zieren die Fensterbänke und schlängeln sich an den Wänden hinunter. Behutsam berühre ich ein Blatt.

»Setz dich, wir sind noch nicht fertig«, befiehlt Ivy und taucht einen Pinsel in rosafarbenen Puder aus Mrs Rhodes' Schönheitssalon. Ivy hätte schon vor Stunden fertig sein können. Aber sie findet es beruhigend, Make-up ohne Magie aufzulegen, so wie mein Dad in der Küche keine Magie anwendet. Ich bin überwältigt, wie viele Hexen ihre Produkte angeboten haben und auf irgendeine Weise an der Zeremonie teilnehmen wollen: Mrs Rhodes das Make-up, Ms Talbot das Kleid, Mr Lee Schuhe und Ivy ihre *Tandon*-Teemischung.

»Er ist wirklich sehr gut geworden«, sage ich und nippe an meiner zweiten Tasse Tee.

»Ich habe dir ja versprochen, dich nicht zu enttäuschen.« Sie dreht mein Gesicht zum Fenster und mustert ihr Werk. Wir haben immer noch nicht über die Nacht gesprochen, in der ich ihr das Leben rettete, aber das Thema ist immer unterschwellig im Raum, was sich in Augenblicken drückenden Schweigens und nichtssagenden Lachens zeigt.

Ich spüre es genauso, wie ich die Schatten meiner früheren Erinnerungen spüre. Sie verfolgen mich jeden Augenblick des Tages, suchen mich aus verschiedenen Gründen heim.

Aber ich weiß, dass zwischen Ivy und mir alles gut sein wird, denn nicht jedes Lachen ist nichtssagend und nicht jedes Schweigen ist bedrückend. Wir sind nach wie vor wir, stehen Seite an Seite, verarbeiten gemeinsam die Nachwirkungen meiner Entscheidung.

»Wie geht's dir?«, fragt Ivy. Sie ist mit meinem Make-up beschäftigt, aber ich kann den Ernst ihrer Worte spüren.

Ich werfe einen Blick zur Tür. Sie ist immer noch geschlossen, schottet uns vom Rest der Welt ab.

»Mir geht's gut«, sage ich und drehe die Phiole in den Fingern. »Ich bin bereit.«

»Wirklich?« Ich erkenne die Hoffnung in ihrer Stimme, und es tut mir weh, dass sie trotz allem, was ich ihr zugemutet habe, nur den einen Wunsch hat: mich glücklich zu sehen.

»Ja. Ich habe viel darüber nachgedacht und bin stolz auf die Aufgabe, die ich habe. Landon wird ein guter Ehemann sein.«

»Das wird er«, stimmt sie zu. Ich fixiere ihr Gesicht. »Ich würde es nicht sagen, wenn ich daran zweifeln würde. Ich möchte genauso wie deine Mutter und alle übrigen, dass diese Verbindung zustande kommt, aber ich würde es nicht zulassen, wenn ich nicht davon überzeugt wäre, dass du auch glücklich sein wirst.«

»Danke«, sage ich. Ivy widmet sich wieder meinem Make-up und streicht erneut mit dem Pinsel über meine Wangen. »Und danke, dass du mir alles über den Gedächtnislöscher-Tee und Wolfe erzählt hast. Es bedeutet mir sehr viel, mehr, als du dir vorstellen kannst.«

Ich spüre, wie der Pinsel langsamer über meine Haut gleitet. »Gern geschehen«, sagt sie zögerlich. »Kommst du mit all dem klar?«

»Ich glaube schon. Ich bin froh, dass ich weiß, was geschehen ist, auch wenn ich mich nach wie vor nicht erinnern kann. Ich habe das Gefühl, dass das alles jemand anderem passiert ist, einer Romanfigur, die meinen Namen trägt. Ich kann darin nicht meine eigene Erfahrung wiederfinden.«

Ivy nickt, aber ihr Gesichtsausruck ist voller Skepsis. »Hey«, sage ich, lege meine Hand auf ihre, schiebe den Pinsel beiseite und zwinge sie, mir in die Augen zu sehen. »Es war meine Entscheidung. Ich habe den Tee aus eigenem Willen getrunken. Ich habe die Entscheidungen getroffen, die überhaupt erst dazu geführt haben. Du hast damit nichts zu tun.«

Sie schluckt, atmet tief durch und widmet sich erneut meinem Make-up. »Ich weiß. Es ist nur so, dass es vielleicht schön wäre, wenn du dich eines Tages an die Nächte erinnern könntest, die allein dir gehört haben.«

»Vielleicht«, sage ich und schaue dabei hoch, damit sie etwas unterhalb meiner Augen auftragen kann. »Aber warum sollte ich es mir schwerer machen?«

»Ist es schwer?« Ihre Stimme klingt beiläufig, aber es ist eine Fangfrage.

»Das habe ich nicht gemeint«, sage ich schnell.

»Es ist in Ordnung, wenn es so ist.«

»Ist es nicht.«

»Okay«, sagt sie und widmet sich der anderen Seite meines Gesichts.

Schweigend beendet sie mein Make-up. Dann nimmt sie einen goldenen Handspiegel vom Tisch und hält ihn mir vors Gesicht.

»Du siehst wunderschön aus«, sagt sie gerührt.

»Oh, Ivy, das ist perfekt.« Sie hat mein Make-up so natürlich gehalten, dass ich immer noch aussehe wie ich selbst. Aber sie hat meine Augen schwarz umrandet und Lidschatten in einem intensiven Grau aufgetragen. Ich sehe dramatisch und natürlich aus, wild wie das Meer.

»Danke.«

Sie hilft mir in mein Kleid. Die graue Seide gleitet über meine Haut und endet in einer kleinen Schleppe. Mein Haar fällt in weichen Wellen auf die Schultern, und sie befestigt noch einen Kamm darin, der mit Perlen und Kristallen verziert ist, die das Licht einfangen.

»Wir haben so ein Glück, dich zu haben«, sagt Ivy und umarmt mich behutsam, achtet darauf, mein Make-up nicht zu verwischen.

»Bring mich ja nicht zum Heulen. Ich habe einen sehr langen Tag vor mir, und wenn ich jetzt damit anfange, wer weiß, wann ich wieder damit aufhören werde.«

»Verständlich«, sagt sie.

In diesem Augenblick schwingt die Tür auf und meine Mutter stürmt herein. »Oh, Tana.« Sie bleibt ruckartig stehen, als sie mich sieht. Ihre Augen beginnen, verdächtig zu glitzern, und sie atmet tief durch, bevor sie auf mich zukommt. »Du siehst strahlend schön aus.«

»Danke, Mom.«

»Bereit?«

Ich werfe Ivy einen Blick zu, und sie lächelt mich aufmunternd an. »Ich bin direkt hinter dir«, sagt sie.

Ich nicke und drücke ihre Hand. Dann wende ich mich meiner Mutter zu.

»Ich bin bereit.«

Achtunddreißig

Auf dem Rasen tummeln sich die Menschen. Angeregte Gespräche und fröhliches Gelächter erfüllen diesen Ort, während ich auf meinen Auftritt warte. Bündnisfeiern sind unsere heiligsten Feiertage, haben den höchsten Stellenwert. Auch wenn seit Jahren keine Hexe mehr unseren Hexenzirkel verleugnet hat, feiern wir nach wie vor jede einzelne Hexe, die sich zu uns bekennt, da dies ein Gewinn für unsere Lebensweise ist. Es bedeutet, dass die neue Ordnung fortbestehen wird, dass es sich lohnt, dieses Leben zu schützen. Und letztlich ist es immer noch eine freie Entscheidung.

Die Musik verändert sich, und meine Mutter bahnt sich ihren Weg durch den Garten zum Rasen hin. In der Mitte ist ein rundes Holzpodest mit drei Marmorsäulen aufgestellt. Hier wird die Zeremonie des Bindungszaubers stattfinden. Auf der ersten Säule befindet sich eine Kupferschale, die im Sonnenlicht funkelt, auf der zweiten ein goldenes Messer und auf der dritten eine flache Kristallschale, die mit Wasser gefüllt ist. Jede einzelne Hexe vor mir hat sich demselben Ritual unterzogen, dem einzigen, das wir von der alten Ordnung übernommen haben.

Wenn mein Blut in die Kupferschale fließt und sich mit dem Blut meiner Vorfahren vermischt, bin ich ein Leben lang an meinen Hexenzirkel gebunden.

Wenn mein Blut aber in die Kristallschale fließt und sich im klaren Wasser verteilt, werde ich für immer aus meinem Hexenzirkel ausgeschlossen.

Ich frage mich, was Landon denken wird, wenn er sieht, wie mein Blut von meinem Finger in die Schale tropft. Ich frage mich, ob es ihm Angst einjagen oder ihn faszinieren wird, ob es ihn unser Arrangement hinterfragen lässt oder ob er mich dann noch bereitwilliger heiraten will.

Ich frage mich, ob er vor dem, was ich bin, zurückschrecken oder mich vollkommen akzeptieren wird, meine Macht, Magie und alles Übrige. Ich erinnere mich an unser Gespräch auf dem Festland, und Unbehagen beschleicht mich.

Meine Mutter betritt das hölzerne Podest, und alle Gespräche verstummen. Die Hexen verteilen sich rundherum. Mein Herz klopft wild, als sie die Hände hebt.

»An diesem siebzehnten Dezember stelle ich der neuen Magie-Ordnung und allen, die ihr unterstehen, Mortana Edith Fairchild vor. Sie ist zur Prüfung bereit.«

Mein Vater hilft ihr, vom Podest herunterzusteigen, die Musik verstummt. Ich betrete den Rasen. Mein Herz schlägt so laut, dass ich kaum das Rauschen des Meeres höre. Ich muss mich konzentrieren, richtig zu atmen. Mir zittern die Knie, als ich auf das Podest zugehe.

Die Menschenmenge teilt sich, sodass eine schmale Gasse entsteht, durch die ich gehe. Ich schaffe es aber nicht, mit irgendjemandem Blickkontakt aufzunehmen. Ich habe mein Leben lang auf diese Zeremonie gewartet, aber jetzt, da sie bevorsteht, fühle ich mich überfordert.

Als ich beim Podest angelangt bin, ergreift jemand meine Hand und hilft mir hinauf.

Landon.

Es fühlt sich nicht richtig an, dass ausgerechnet er mir hilft. Es sollten meine Eltern oder Ivy sein, aber ich höre das Gemurmel der Menschen, sehe das Lächeln meiner Mutter und ergreife seine Hand.

Ich wünschte mir, die Musik würde wieder einsetzen oder das Meer hinter mir rauschen – alles wäre mir recht, um das Blut, das durch meine Adern strömt, und die Sorgen, die mir im Kopf wie Strömungen herumwirbeln, zu übertönen. Ich taste nach der Phiole, die mein Dad mir gegeben hat, und spüre ihr beruhigendes Gewicht in meiner Hand.

Ich blicke auf die Menge, die sich hier versammelt hat, alles Mitglieder meines Hexenzirkels, die zu mir hochschauen und lächeln, da ich im Begriff bin, mich für immer an sie zu binden. Diese Gruppe von Hexen ist ein ermutigender Anblick. Sie unterstützen mich und erleben mit mir, wie ich dieselbe Zeremonie durchlaufe, die auch sie in den vergangenen Jahren durchlaufen haben.

Meine Eltern sind ganz vorne und sehen stolz und zufrieden aus. Ivy steht direkt hinter ihnen. Sie wirkt immer noch besorgt. Ich blicke ihr in die Augen, und sie verzieht das Gesicht, sodass mir fast das Herz stehen bleibt.

Ich möchte unbedingt wissen, was das bedeutet, würde am liebsten vom Podest springen und sie fragen, was sie denkt, aber es ist zu spät.

Landon steht mit neugierigem Blick und starrer Haltung da. Er fühlt sich hier, umgeben von meinem Hexenzirkel, nicht wohl. Er ist der erste Außenstehende, der jemals Zeuge einer Bündnisfeier wird. Ich wünschte, er würde sich entspannen und nicht länger die Fäuste ballen.

Ich wünschte, er wäre ein Hexer.

Der Gedanke stimmt mich nachdenklich. Es ist das erste Mal,

dass ich darüber nachdenke, dass Landon kein Hexer ist. Er wird nie den wichtigsten Teil von mir verstehen können, da er keinen Bezug dazu hat, denn das Ziel seiner Regierung war es stets gewesen, die Magie in uns abzuschwächen. Und dabei stehen wir kurz vor unserer Eheschließung.

Es raubt mir den Atem, dass wir nie gemeinsam Magie praktizieren werden, niemals die Macht im Inneren des anderen herausfordern werden. Ich werde in sein Haus ziehen, und meine Magie wird mehr oder weniger vergessen sein, nur noch ein albernes Gesellschaftsspiel, mit dem er seine Freunde beeindrucken wird.

Ich schüttle den Kopf. Ich bin ungerecht. Er hat mir nie einen Grund gegeben, das anzunehmen. Er war immer ehrlich und offen mir gegenüber, immer freundlich.

Es ist so weit. Ich verdränge meine Zweifel und stelle mich darauf ein, die Worte zu sprechen, die mich für immer an meinen Hexenzirkel binden werden.

Ich gehe zu den Marmorsäulen. Zwischen den beiden Schalen glänzt ein goldenes Messer im Sonnenlicht. Der Griff ist mit Smaragden und Rubinen verziert. Ich denke darüber nach, dass die ersten Hexen ihre Bündnisfeier bei Nacht abhalten konnten, umgeben von der Dunkelheit. Dass niemand von ihnen verlangte, ins Licht zu treten, als ob die Tageszeit auslöschen könnte, was in ihnen schwelte.

Aber hier stehen wir im Licht.

Ich atme tief ein und halte die Hände über das Messer, stelle mich darauf ein, den Zauber zu sprechen. Ich lasse den Blick zwischen den beiden Schalen hin und her wandern. In der Mitte der Kupferschale erregt etwas meine Aufmerksamkeit. Außer dem Blut der Hexen, das durch die Magie gestützt immer noch rot und flüssig ist, sollte die Schale nichts enthalten. Aber durch die Oberfläche ragt die Spitze eines Parfümfläschchens heraus, an dem ein

Zettel befestigt ist. Darauf steht groß: DRÜCK MICH. Und daneben schwimmt eine einzelne Mondblume.

Langsam hebe ich den Blick, weiß nicht, was ich tun soll. Das müssen meine Eltern gewesen sein, aber sie haben mich nicht auf diesen Teil der Zeremonie vorbereitet. Ich soll den Zauberspruch sagen, mir in die Hand schneiden und das Blut in die von mir gewählte Schale fließen lassen, um damit mein Schicksal für immer zu besiegeln. Sie haben nie ein Parfüm erwähnt und würden mir bestimmt nicht diese Blume geben.

Langsam fasse ich in die Schale und drücke auf den Sprühkopf der Phiole. Ein starker Duft erfüllt die Luft, frisch und erdig. Er riecht nach Gras und Salz und einer weiteren Zutat, die ich nicht einordnen kann.

Dann erscheint ein Bild, und ich zucke zusammen. Ich sehe mich selbst, wie ich bei Nacht an der Westküste neben Wolfe Magie anwende. Ich ziehe die Flut an, und er betrachtet mich, als sei ich das erstaunlichste Wesen, das er je gesehen hat. Die Erinnerung nimmt mich gefangen, wird in meinem Kopf wieder lebendig, stark, lebhaft und real. Ich bemühe mich, weitere Erinnerungen heraufzubeschwören, aber es bleibt bei dieser einen.

Ich beobachte, wie das Wasser über mich hereinbricht, wie ich fast darin untergehe. Dann zieht mich Wolfe ans Ufer, hilft mir, wieder Luft zu bekommen, und rettet mir zum zweiten Mal das Leben. Wir blicken zu den Sternen und dem Mond hoch und sehen uns an.

Nur ungern verlasse ich ihn – ich kann das an meinen langsamen Schritten und meinem Zögern erkennen. Ich umklammere den Rand der Schale, während mich die Erinnerung einholt und etwas in mir wachrüttelt, von dem ich annahm, dass ich es für immer begraben hätte.

Er begleitet mich das Ufer entlang, und wir bleiben stehen und sehen uns an. Ich frage ihn, ob er mich wiedersehen möchte, und er sagt Ja. Das klingt aber so, als sei er über sich selbst verärgert.

Ich bemerke nicht einmal, dass sich meine Augen mit Tränen gefüllt haben, bis mir eine Träne über die Wange rollt und in die Schale tropft, Salzwasser statt Blut.

Willst du mich wiedersehen?

Ja.

Ich erinnere mich daran, erinnere mich, wie ich dieses *Ja* in mich aufsaugte und es mich von Grund auf veränderte. Erinnere mich, dass es sich genauso unmöglich anfühlte, mich von ihm zu trennen, wie ihn wiederzusehen. Erinnere mich, dass er mir das Gefühl gab, lebendig zu sein, dass seine Magie mir das Gefühl gab, lebendig zu sein.

Ich bin überwältigt davon.

Die Szene verblasst, aber ich umklammere immer noch die Schale, will unbedingt mehr sehen. Nur noch einen Blick, einen weiteren Moment, eine weitere Erinnerung.

Aber da kommt nichts mehr.

Ich starre die Phiole an, bin am Boden zerstört über meinen Verlust. Ich will jeden Augenblick, den ich mit ihm verbracht habe, zurückhaben. Alle Augenblicke.

»Tana?« Mein Vater flüstert meinen Namen, holt mich in die Gegenwart zurück. Zurück auf dieses hölzerne Podest, umgeben von meinem Hexenzirkel, meinen Eltern und meinem Zukünftigen.

Schließlich lasse ich die Schale los, deren scharfe Kante sich in meine Handflächen eingegraben hat. Mein Dad wirft mir einen fragenden Blick zu. Ich versuche, zu lächeln, fühle mich aber völlig verloren. Es sind zu viele Leute, die mich beobachten, und ich stehe wie erstarrt auf diesem Podest, weiß nicht, wie ich es schaffen soll, von ihm herunterzukommen.

Ich atme tief ein, doch das hat nur zur Folge, dass ich zittere. Die Luft schmeckt nach Salz, genau wie das Parfüm. Genau wie Wolfe.

Ich lasse den Blick über die Menge schweifen und entdecke Ivy. Sie starrt mich mit weit aufgerissenen Augen an. Meine Kehle schnürt sich zusammen, und alles beginnt, zu verschwimmen. Blitzartig stürmt sie auf das Podest und nimmt mich in die Arme.

»Was hast du gesehen?«, flüstert sie mir ins Ohr und hält mich so eng an sich gedrückt, dass uns niemand hören kann.

»Eine Erinnerung. Mit ihm.«

Unwillkürlich rollen mir die Tränen über die Wangen, und ich zittere in Ivys Armen.

»Hör mir zu. Sag mir ehrlich, ob du aus all dem aussteigen willst. Sag es mir jetzt.« Ihre Worte sind klar und prägnant, eindringlich.

»Ja.«

Ich spüre, wie ihre Magie aus ihr herausströmt und mich überwältigt. Dieselbe beruhigende Magie, die sie in ihren Nacht-Tee einfließen lässt, breitet sich jetzt in meinem Kopf aus. Die Welt dreht sich um mich, meine Lider werden schwer, und ich kann mich nicht mehr auf den Beinen halten.

Um mich herum wird es schwarz, und ich breche in Ivys Armen zusammen.

Ich komme in dem Zimmer, in dem ich zurechtgemacht wurde, wieder zu mir. Ivy sitzt neben mir und klopft mit ihren polierten Nägeln auf eine Porzellantasse.

»Was ist passiert?«, frage ich mit brüchiger Stimme.

Das Klopfen hört auf.

»Dir ist schlecht geworden, und du bist in Ohnmacht gefallen. Zumindest glauben das alle.«

Langsam setze ich mich auf. Mir dröhnt der Kopf, und meine Kehle ist trocken. Ivy reicht mir eine Tasse Tee.

Ich sehe wieder das Bild in der Kupferschale vor mir, so lebendig und real. Ich glaube an das, was ich gesehen habe, wie ich gestaunt habe und wie mir vor Verwunderung die Tränen kamen. Ich erlebte, wie intensiv die dunkle Magie zu mir sprach und wie vertraut sie sich anfühlte.

Ich verstehe, weshalb ich bereit war, dieses Leben gegen ein anderes einzutauschen. Ich will mich nicht um das hier drücken, nicht meine Familie, meinen Hexenzirkel und Ivy im Stich lassen. Aber vielleicht war das nie das Leben, das für mich bestimmt war.

»Und was geschieht jetzt?«

»Alle sind noch draußen versammelt. Deine Mutter hat erklärt, dass du nicht genug gegessen hast und dass das Bündnis-Ritual zur vollen Stunde stattfinden wird.«

Ich kneife die Augen zusammen und werfe einen Blick auf die Wanduhr. »Das ist ja in einer halben Stunde.«

»Du musst dir im Klaren sein, was du tun willst. Du weißt, wie es funktioniert – du musst das Bündnis-Ritual durchlaufen und dich entscheiden. Blut zu Blut oder Blut zu Wasser.«

Ich schließe die Augen. Das Bündnis-Ritual ist nicht nur ein formeller Akt, unsere Magie ist daran gebunden. Wenn wir das Ritual nicht vollziehen, wird sie unkontrolliert und heftig.

Ich muss mich entscheiden.

»Ich weiß.«

Meine Mutter kommt herein. Als sie sieht, dass ich wach bin, ist sie erleichtert. »Wie geht es dir, Liebes?«

»Besser«, erwidere ich. Dann erinnere ich mich an die Mondblume, die in der Schale schwamm, und ich weiß, dass ich es nicht länger aufschieben kann.

»Ivy, könntest du mir bitte etwas zu essen besorgen? Eine Kleinigkeit?«

»Natürlich, ich bin gleich wieder da.«

Ich warte, bis Ivy hinausgegangen ist, dann sehe ich meine Mutter an. »Wie können wir Magie praktizieren, wenn es auf der Insel keine Mondblumen gibt?«

»Tana«, ruft sie genervt. »Wir haben jetzt keine Zeit für so etwas.«

»Ich muss es wissen.« Ich muss hören, wie du es sagst. Muss erleben, dass du mir vertraust.

Meine Mutter betrachtet mich einen Augenblick lang, aber ich werde nicht nachgeben, und das ist ihr wohl klar, denn sie seufzt und setzt sich neben mich. »Tana, was ich dir jetzt sage, muss unter uns bleiben. Du darfst es keiner Menschenseele verraten, auch nicht Ivy oder Landon, nicht einmal deinem Vater. Verstehst du?«

»Ich verstehe.«

Sie schließt die Augen. Einen Augenblick lang befürchte ich, dass sie einen Rückzieher machen wird. Dann beginnt sie. »Die Mondblume ist die Quelle aller Magie, ohne sie können wir keine Magie praktizieren. In ihrem natürlichen Zustand ist sie am stärksten, dunkle Magie ist nur mit der eigentlichen Blume möglich. Als vor vielen Jahren die neue Ordnung gegründet wurde, beschloss der Rat, die Mondblumen auf der Insel auszurotten und den Glauben zu verbreiten und lebendig zu halten, dass sie für Hexen giftig seien. Wenn es auf der Insel keine Mondblumen gibt und die Hexen glauben, dass sie tödlich sind, kann niemand dunkle Magie praktizieren.«

»Aber wenn die Blume für das Praktizieren von Magie jeder Art unerlässlich ist, wie können wir dann Magie anwenden?«

»Wir sorgen dafür, dass im Wasser der Hexeninsel ein geringer

Anteil an Mondblumenextrakt enthalten ist. Er ist nicht stark genug, um dunkle Magie anwenden zu können, aber ausreichend, um die Magie in unseren Adern lebendig zu halten, unsere Lebensweise aufrecht zu erhalten.«

Genau das wollte ich hören, denn ihre Worte bestätigen das, was Wolfe mir gesagt hat. Aber sie verschaffen mir nicht die Erleichterung, die ich erhofft habe. Sie geben mir nicht das Gefühl, dass man mir vertraut oder dass ich ein Teil der inneren Abläufe auf meiner Insel bin. Sie lassen mich eher erkennen, wie dumm ich war, weil ich ihre Lügen geglaubt habe.

»Dad weiß es nicht?«, frage ich und hasse es, dass meine Stimme zittert.

»Nein. Drei der sieben Ratsmitglieder wissen es, mich eingeschlossen, und jetzt auch du. So muss es auch bleiben.«

»Weiß der Gouverneur davon?«

»Nein. Die Festlandbewohner glauben, dass die Blumen für die Hexen tödlich sind, und es ist unerlässlich, dass sie das weiterhin glauben.«

Ich würde gerne Einwände erheben und fragen, wie sie eine solche Lüge aufrechterhalten kann, sie fragen, warum sie unserem Hexenzirkel nicht zutraut, die richtigen Entscheidungen zu treffen, wenn sie doch so sehr an dieses Leben glaubt, aber die Worte bleiben irgendwie in meinem Inneren hängen.

Ich setze mich aufrecht hin, nicke und blicke meine Mutter an.

»Ich werde all das für mich behalten – ich schwöre es. Danke, dass du es mir anvertraut hast.«

»Gern geschehen. Ich weiß, dass meine Verpflichtungen gegenüber diesem Hexenzirkel manchmal bestimmte Aspekte unserer Beziehung erschwert haben, und das tut mir leid. Aber von allen Rollen, die ich je gespielt habe, ist meine liebste Rolle, deine Mutter zu sein.« Sie drückt meine Hand, räuspert sich, doch allzu schnell ist dieser Augenblick verflogen. »Lass uns nun mit deinem Bündnis-Ritual fortfahren. Bist du bereit?«

»Ja«, erwidere ich.

Sie umarmt mich fest und geht dann hinaus, vorbei an Ivy, die wieder hereinkommt und einen Porzellanteller mit Teesandwiches hinstellt. Aber ich mag nichts essen, mir ist immer noch übel. Ich gehe zum Fenster und schaue auf die Menschen auf dem Rasen. Alle trinken und plaudern, als ob alles in Ordnung wäre. »Ivy, ich weiß, du bist gerade erst hereingekommen, aber würdest du bitte Landon zu mir schicken?«

Sie blickt verdutzt. »Warum, was ist passiert? Was hast du vor?«

»Bitte, schick ihn mir einfach rein.«

Sie mustert mich kurz, verschwindet dann und einen Moment später geht die Tür auf. »Du hast uns allen einen ziemlichen Schrecken eingejagt«, sagt Landon und schließt behutsam die Tür hinter sich. Er klingt nervös.

»Tut mir leid. Aber abgesehen davon, dass mir das Ganze peinlich ist, geht es mir gut.«

»Das höre ich gern.«

Ich bedeute ihm mit einer Handbewegung, sich neben mich auf die Couch zu setzen. Behutsam nehme ich seine Hand in meine und er beobachtet alles mit Verwirrung.

»Landon, ich kann dich nicht heiraten.« Sobald ich die Worte ausgesprochen habe, wird es mir leichter. Ich atme tief durch.

Er mustert mich, als wolle er herausfinden, wie ernst ich das meine. »Warum nicht?«

»Weil ich mir keine Gedanken darüber machen möchte, ob du mich während unserer gesamten Ehe immer etwas fürchten wirst. Ich will auch nicht, dass du versuchen musst, mich zu lieben.«

»Ich schätze Ehrlichkeit, deshalb habe ich diese Dinge gesagt.

Aber bei dieser Ehe ging es nie um Liebe, sondern immer um Pflicht, und die muss an erster Stelle stehen.«

Ich senke den Blick, da er etwas ausspricht, das ich einst selbst geglaubt habe: dass die Pflichterfüllung wichtiger sei als alles andere. Ich habe mich getäuscht. »Aber sie steht nicht an erster Stelle. Nicht für mich.«

Landon schüttelt den Kopf und entzieht mir seine Hand. »Tana, ich werde dich gut behandeln. Ich werde gut zu dir und deiner Familie sein. Ich werde mit dir schwimmen, dir das Reiten beibringen und dir helfen, ein Leben auf dem Festland aufzubauen. Du und ich, wir sind unser Leben lang denselben Weg gegangen, hatten dieselben Erwartungen. Wir verstehen einander. Das ist ein Fundament, auf dem wir ein erfülltes Leben aufbauen können.«

»Ich weiß, dass du mich gut behandeln würdest, das steht außer Frage«, sage ich. »Du glaubst, du verstehst mich aufgrund der Rolle, die ich spielen soll, aber ich bin mehr als das. Ich will mehr sein als das.«

Er atmet schwer. »Was gibt es noch?«

Erinnerungen überfluten mich, Bilder von mächtiger Magie, intensiven Blicken und zarten Berührungen, von einer Liebe, die so stark ist, dass sie alle Ketten sprengte, die ich mir je angelegt hatte. »So viel mehr.«

Landon steht auf und geht auf und ab. »Es gibt Dinge im Leben, die größer sind als das Individuum. Größer als du und größer als ich. Das hier ist eines dieser Dinge. Zerstör nicht alles, was unsere Familien mühevoll aufgebaut haben.«

»Nichts muss zerstört werden. Dein Vater ist die mächtigste Person auf dem Festland. Du kannst eine andere passende Partie finden, jemanden aus einer der Ursprungsfamilien unseres Hexenzirkels. Ich bin die naheliegendste Wahl, aber ich bin nicht die einzige.« Ich stehe auf und berühre sanft seine Hand. »Landon, du kannst die Frau auswählen, mit der du dein Leben verbringen willst, eine, die an dasselbe glaubt wie du.«

Er sieht mich jetzt an. »Ich dachte, du seist diese Frau.«

Ich blicke zu Boden. »Das dachte ich auch.«

Einen Augenblick lang schweigen wir beide, sinnen darüber nach, dass ich nicht tun kann, was ich tun sollte. Dann sagt Landon: »Mein Vater wird niemals damit einverstanden sein. Ich kann dich nicht zu einer Heirat zwingen, will es auch nicht, aber du musst dir im Klaren sein, was dies für unser Bündnis bedeutet.«

Ich schaue aus dem Fenster und sehe in der Ferne, wie sich die Wellen am Ufer brechen. »Wie wäre es, wenn du mir die Schuld gibst und ihm erklärst, dass du etwas an mir entdeckt hast, das es dir unmöglich macht, mich zu heiraten? Du kannst die Geschichte nach Belieben ausgestalten und ich werde dir nicht widersprechen. Dieses Bündnis kann immer noch zustande kommen.«

»Du würdest dafür deinen Ruf aufs Spiel setzen?«

»Das tue ich doch bereits«, sage ich. »Noch bevor der Tag zu Ende geht, werde ich eine höchst unbeliebte Person sein. Nichts, was du mir sagen könntest, wird mehr wehtun als das.«

»Ich verstehe es nicht«, sagt Landon und wirft einen Blick auf die Hexen, die darauf warten, dass das Bündnis-Ritual endlich beginnt. »Aber ich werde dich nicht weiter bedrängen. Ich will dieses Bündnis, und ich werde dafür sorgen, dass mein Vater glaubt, dass du nicht die geeignete Partnerin bist, mit der ich es realisieren kann.«

Ich nicke. »Du kannst so schlecht über mich reden, wie es nötig ist.«

»Du wirst sicher verstehen, dass ich an deinem Bündnis-Ritual nicht mehr teilnehmen möchte.« Er steuert die Tür an, bleibt stehen und dreht sich nach mir um. »Ich hoffe, du findest, was du suchst.«

»Landon, pass auf dich auf.«

Er nickt noch einmal und geht ohne ein weiteres Wort hinaus. Kurz danach tritt Ivy ein.

»Es sieht aus, als würde er gehen«, sagt sie und blickt Landon nach.

»Ja.«

Sie eilt auf mich zu, und ihre Stimme zittert, als sie fragt: »Was hast du getan?«

»Etwas, worüber meine Eltern sehr unglücklich sein werden.«

Ivy mustert mich intensiv. Sie wirkt verletzt und verängstigt. »Bist du dir deiner Sache sicher?«

Ich ergreife ihre Hände. »Ich wünschte mir, ich wäre so selbstlos wie du, Ivy. Ich wünschte, ich würde genauso sehr an dieses Leben glauben wie du. Aber da draußen gibt es etwas, an das ich noch mehr glaube, und ich weiß, dass es nicht richtig ist, aber ich kann es nicht ignorieren. Ich wünschte, ich könnte es!«

Ihre Augen füllen sich mit Tränen, und sie drückt meine Hand. »Ich bin so wütend auf dich«, sagt sie unter Schluchzen. »Was fange ich nur ohne dich an?«

Die Worte bringen mich wieder ins Gleichgewicht, fügen mich zusammen, beweisen mir, dass die Liebe die stärkste Magie von allen ist. Weder die hohe noch die niedrige, weder die alte noch die neue. Einfach Liebe.

Sie zieht mich an sich, hält mich so fest, dass es wehtut. »Du bist im Begriff, das absolute Chaos auszulösen«, sagt sie.

»Ich weiß.«

Sie schaut mich noch einen Atemzug lang an, dann geht sie wieder hinaus, gerade in dem Augenblick, als meine Mutter auf das Podest steigt und ihre Worte von vorhin wiederholt. Sie stellt mich noch einmal vor.

Ich schließe die Augen und beschwöre immer wieder die Erinnerungen aus der Parfümflasche herauf. Es gibt nur einen einzigen Menschen, der sie dort abgelegt haben könnte, einen Menschen, der lange vor mir selbst das Leben gesehen hat, das für mich bestimmt ist. Dieses Leben hat all die Jahre im Schatten gewartet, geduldig. Als ich aus dem Haus trete und mich zum Podest begebe, bin ich endlich bereit, das für mich bestimmte Leben einzufordern.

Neununddreißig

Ich stehe wieder auf dem Podest, mein Herz schlägt zum Zerspringen. Ich hole tief Luft und lasse den Blick zwischen den Schalen, den beiden Optionen, die sich mir bieten, hin und her wandern. Die Phiole befindet sich nicht mehr in der Kupferschale und auch die Mondblume ist verschwunden. Ich frage mich, ob meine Mutter sie entfernt hat oder ob Wolfe es war, der aus der Ferne vielleicht alles beobachtet hat.

Langsam hebe ich das Messer hoch, in dessen goldener Klinge sich das Sonnenlicht spiegelt. Es fühlt sich schwer an, heilig.

Die Wellen plätschern ans Ufer, und mein Hexenzirkel steht schweigend um mich herum. Landon ist verschwunden, und Ivy blickt mit erwartungsvollen, ängstlichen Augen zu mir hoch. Ich bin mir nicht sicher, ob meine Eltern Landons Abwesenheit bemerkt haben. Sie stehen hocherhobenen Hauptes da, und Stolz zeichnet sich in ihren Gesichtern ab.

Mit der freien Hand berühre ich die Phiole an meinem Hals, was meinen rasenden Herzschlag beruhigt. Dann beginne ich mit dem Ritual.

Ich setze die Klinge auf meine rechte Handfläche und lasse das Metall langsam über die Hand gleiten. Es entsteht ein perfekter Schnitt, der sich mit Blut füllt, das in einem Rinnsal über meine Hand strömt.

Dann spreche ich die Worte, die den Rest meines Lebens bestimmen werden.

»Goldene Klinge,
Blut der Hexen,
nimm von mir, was ich dir bringe.

Die eine Kupfer, die andere Kristall,
ein Tropfen nur bestimmt den Fall.

Meine Seele scheint im Spiegel,
heute kommt es hier zur Wahl,
kommt zum Bund, zum festen Siegel,
bis zum Tod, zur letzten Zahl.«

Ich strecke die Hand aus, als mein Blut heruntertröpfelt. Meine Eltern beobachten mich, tiefe Zuneigung in ihrem Blick, und meine Hand neigt sich nach links, zur Kupferschale. Ich liebe meine Eltern so sehr. Alles, was ich je wollte, war, sie stolz zu machen.

Ich war immer der Meinung, das sei mir genug, und es bricht mir das Herz, dass es nicht so ist.

Ich schließe die Augen und zwinge mich, die Hand über die Kristallschale zu halten. Mein Blut tropft ins Wasser und verteilt sich in der Schale – vor den Augen meines gesamten Hexenzirkels.

Alle halten den Atem an, und dann schreit meine Mutter laut auf. Sie bricht schluchzend in den Armen meines Vaters zusammen. Um mich herum erheben sich laute Stimmen und wütende Rufe. Ich stehe wie erstarrt da, schockiert über die Entscheidung, die ich soeben getroffen habe.

Unwiderruflich.

Hexen stürmen auf das Podest, schlagen mit den Fäusten auf

das Holz. Ich sollte weglaufen, aber ich bin unfähig, mich zu bewegen, als sei ich am Boden festgeklebt.

Sie wissen, was ich aufgegeben habe. Sie wissen, dass meine Entscheidung sie alle betrifft, dass ich mich nicht nur von ihrer Lebensweise abwende, sondern auch ihre Sicherheit gefährde.

Ich halte den Arm immer noch ausgestreckt, meine Faust zittert. Ich kann nicht glauben, dass ich es tatsächlich getan habe.

Ivy springt auf das Podest, ergreift meinen Arm, zieht mich seitlich vom Podest herunter. Während sie sich einen Weg durch die Menge bahnt, achtet sie darauf, dass ich dicht bei ihr bleibe, zwingt mich, mich zu bewegen, und zieht mich weg von der Menge. Einige brüllen »Verräterin«, aber Ivy bleibt unbeirrt neben mir. Sie lässt sich durch nichts aufhalten und hört erst auf, zu laufen, als wir den Waldrand erreichen und die Rufe nur noch gedämpft zu hören sind. Sie zieht mich hinter ein hohes Dickicht, in dem wir uns beide verstecken können.

»Geh«, fordert sie mich eindringlich auf.

»Ivy«, stammele ich, und Tränen rinnen über mein Gesicht.

»Ich weiß«, sagt sie und nimmt mich in die Arme. »Ich liebe dich auch.«

Wir halten uns, in Tränen aufgelöst, in den Armen, hören das Rauschen des Meers und die Stimmen, die im Näherkommen immer lauter werden.

»Für immer«, sage ich und vergrabe mein tränenüberströmtes Gesicht in ihren Haaren.

»Für immer.«

Wir klammern uns noch einmal aneinander, dann löst sich Ivy aus meinen Armen und stößt mich von sich weg. »Geh«, fordert sie mich erneut auf.

Ich laufe vor der Menge weg, immer weiter in den Wald hinein, weiß nicht, wohin ich mich wenden soll. Wütende Schreie folgen mir, und ich laufe, bis ich die verzweifelten Rufe und empörten Stimmen nicht mehr höre. Ich bin allein, ausgeschlossen aus meinem Hexenzirkel und ohne Zufluchtsort.

Ich gehe weiter, bis ich sicher bin, dass ich nicht gefunden werde. Dann lasse ich mich auf den Waldboden sinken und vergrabe das Gesicht in den Händen. Ich wünschte, ich könnte die Schreie meiner Mutter vergessen, könnte ihren Blick vergessen, als sie in den Armen meines Vaters zusammenbrach. Meine Hand berührt die Phiole, die er mir noch wenige Stunden zuvor überreicht hat, und erneut breche ich in Tränen aus. Ich hätte sie unter keinen Umständen annehmen dürfen, doch ich kann mir nicht vorstellen, wie ich jetzt ohne sie leben könnte.

Ich weiß, dass ich meine Eltern wiedersehen werde, wenn sich die Aufregung über mein Bündnis-Ritual gelegt hat und ich nach Hause gehen kann, um mit ihnen unter vier Augen zu sprechen. Aber ich kann nicht mehr bei ihnen leben, denn ich gehöre nicht mehr zu ihnen. Das ist nicht mehr erlaubt.

Ich zwinge mich, zu atmen. Ich hole tief Luft und hoffe, dass meine Tränen versiegen und mein Herzschlag sich normalisiert.

Ich kann immer noch nicht glauben, dass ich es wirklich getan habe. Aber selbst jetzt, da ich ängstlich und einsam hier sitze, bereue ich es nicht. Ich weiß, dass es die richtige Entscheidung für mich war. Die falsche Entscheidung für jeden anderen, aber die richtige für mich.

Egoistisch.

Egoistisch und richtig.

»Mortana?«

Ich zucke zusammen und blicke hoch. Meine Augen passen sich an die hereinbrechende Dunkelheit in den Bäumen an.

Wolfe steht vor mir. Er wirkt angespannt und seine Miene ist undurchdringlich. Ich stehe auf, mein graues Seidenkleid ist feucht von der Erde. Er reicht mir eine Mondblume. Ich nehme sie und streiche mit den Fingerspitzen leicht über die Blütenblätter.

»Erinnerst du dich?«, fragt er mich.

»Nein.«

Er stöhnt auf. »Du erinnerst dich nicht und bist trotzdem weggelaufen?«

»Ja.«

»Warum?« Er klingt wütend, aber ich merke, dass es gar keine Wut ist. Es ist reiner Selbstschutz, denn er will sich seine Verletzlichkeit nicht anmerken lassen. Er hat Angst.

»Weil ich dir glaube«, sage ich. »Ich habe den Gedächtnislöscher-Tee getrunken und trotzdem gewusst, dass ich nie mehr glücklich sein würde, wenn ich nicht mit dir nachts am Ufer stehen und Magie praktizieren könnte.«

In seinen Augen glitzert es verdächtig und sein Kiefer verspannt sich. Er nickt mehrmals, schaut aber weg, als sei er verlegen.

»Darf ich dich berühren?«, frage ich zögerlich.

Er atmet aus und sieht mich an. »Mortana«, sagt er mit zitternder Stimme, »die Antwort auf diese Frage wird immer Ja lauten.«

Langsam nähere ich mich ihm, schlinge die Arme um ihn und halte ihn fest. Er zögert einen kurzen Moment, dann umfasst er meine Taille und bettet den Kopf an meinen Hals. Ich bekomme Gänsehaut von seinem Atem auf meiner Haut.

Ich dachte, es würde sich seltsam anfühlen, diesen Jungen zu umarmen, den ich kaum kenne, aber das tut es nicht. Ich glaube, mein Körper erinnert sich an ihn, hat nicht vergessen, wie es sich anfühlte, in seinen Armen zu liegen.

Er fühlt sich vertraut an.

Wir halten uns lange umschlungen, spüren den Atem des anderen. Ich fühle mich in seinen Armen geborgen, friedlich und ruhig, auch wenn ich mich nicht erinnern kann. Obwohl ich ein so unvorstellbares Chaos hinterlassen habe: Ich gehöre hierher. Genau hierher.

Schließlich winde ich mich aus seinen Armen. »Bringst du mich nach Hause?«

Er nickt und hält mir die Hand hin.

Ich ergreife sie und lasse mich von ihm führen.

Wolfe und ich sitzen auf einem Felsvorsprung, von dem aus man die Ostküste überblicken kann. Wir beobachten, wie die Färbung des Himmels von Samtblau in Schwarz übergeht. Sterne sind heute Nacht nicht zu sehen, nur der Halbmond leuchtet hell, spiegelt sich im Wasser der Passage. Blitze zucken in der Dunkelheit auf und einige Augenblicke später hört man in der Ferne Donnergrollen. Dann reißt der Himmel über dem Kanal auf, der uns vom Festland trennt, und es regnet.

Landons Schiff liegt ruhig im Wasser. Am Heck leuchtet das Schild *Emerald Princess*. An der Reling hängen kleine Kugellampen und beleuchten schwach die Silhouette einer Person, die sich vom Heck des Schiffs ins Innere bewegt. Ich beobachte, wie sich das Schiff immer weiter von der Hexeninsel entfernt, und frage mich, wie wohl Landons Gespräch mit seinen Eltern verlaufen ist, was er ihnen nach unserem Gespräch gesagt hat. Ich muss zugeben, dass ich Erleichterung verspüre, als sich sein Schiff immer weiter entfernt, weil ich weiß, wie nah ich dran war, mit ihm wegzufahren.

Heute habe ich mich von vielen Dingen verabschiedet und bin froh, dass diese Insel nicht dazugehört.

Die Lichter auf dem Schiff flackern in der Ferne, schwenken nach rechts. Ich recke den Hals und strenge meine Augen an, um das Ganze besser beobachten zu können.

Dann schwenken sie zurück nach links.

»Oh mein Gott«, seufze ich und stehe auf.

»Was ist los?«, fragt Wolfe und legt mir die Hand auf den Rücken.

Zuerst vermute ich, dass der Sturm dem Schiff zusetzt, aber der Wellengang ist nicht stark genug, um es so durchzuschütteln. »Das Schiff«, sage ich. »Es ist in eine Strömung geraten.«

Einen Augenblick lang beobachte ich gebannt, wie das Schiff hin und her schwankt, als wäre es schwerelos. Es fängt an, sich zu drehen, immer schneller, und ich kann vom Ufer aus das Ächzen und Brechen von Holz hören.

»Wir müssen etwas tun«, sage ich, stürze mich ins Wasser und flechte mir die Mondblume ins Haar, damit ich sie nicht verliere.

Wolfe folgt mir und erzeugt eine dichte Wolke von Magie, die mich völlig einhüllt, in meine Lungen eindringt und ins Wasser strömt. Ihre Kraft ist überwältigend.

»Wir können eine Strömung nutzen, um schnell dorthin zu gelangen. Solange du dich dicht an mich hältst, kannst du ein paar Minuten unter Wasser bleiben.«

Ich nicke, lege meine Hand in seine und tauche unter. Wir werden sofort von der Strömung erfasst, die er erzeugt hat. Doch statt uns herumzuwirbeln, zieht sie uns hinaus in die Passage. Ich strample mit den Beinen und strecke die Arme aus, während wir immer näher an das Schiff herangetragen werden.

Das Ächzen von Metall und Holz durchdringt die stürmische Nacht, und ich strample noch kräftiger, als ich Schreie höre. Ein furchtbares Krachen zerreißt die Luft, gefolgt von einer riesigen Welle, die auf uns zurollt.

Sie wirft uns einige Meter zurück, aber die Strömung erfasst uns wieder. Mein Abendkleid bauscht sich im Wasser auf, und ich zittere vor Kälte, als wir weiter aufs Meer hinausgetrieben werden. Erneut flammt ein Blitz auf, und Regen prasselt auf uns nieder, während wir zum Schiff schwimmen.

Als wir endlich nahe genug sind, um das Schiff genauer zu sehen, lässt Wolfe unsere Strömung langsamer werden, und wir schwimmen auf der Stelle.

»Weißt du, wie viele Menschen an Bord sind?«, fragt er mich schwer atmend.

Ich schüttle den Kopf. »Auf jeden Fall Landon und seine Eltern. Vermutlich auch der Kapitän und die Crew.«

Wolfe wendet erneut seine Magie an, die uns einhüllt und nach oben steigt. Erstaunt bemerke ich, dass seine Handflächen ein silberblaues Licht ausstrahlen.

»Ist das Mondlicht?«, frage ich völlig verblüfft.

»Es wird uns helfen, unter Wasser zu sehen.«

Ein Schrei lenkt mich vom Mondlicht ab. Ich erkenne sofort, dass es Landons Stimme ist. Er schwimmt im Wasser, inmitten der Schiffstrümmer. Sein Schrei wird vom Meer erstickt, als er unter Wasser gezogen wird.

»Ich schwimme zu ihm«, schreie ich, zwinge mich unter Wasser und flehe darum, dass sich meine Augen anpassen. Wolfe taucht ebenfalls unter, hält seine Handflächen mit dem schimmernden Mondlicht in die Tiefe und erhellt das dunkle Wasser, das einen weichen Grauton annimmt. Die Strömung wirbelt vor uns her und wühlt das Meer auf.

Ich sehe einen Körper, der völlig regungslos auf den Meeresboden zutreibt. Ich stupse Wolfe an, deute auf den Körper, und lasse etwas Luft aus meinen Lungen, um noch tiefer zu sinken. Das Wasser fühlt sich kalt und hart auf der Haut an, aber selbst inmitten dieses Chaos wirkt die Stille beruhigend.

Wolfes Mondlicht fällt auf den Körper. Ich gerate in Panik, als ich sehe, dass es nicht Landon ist. Ich komme näher, erkenne den Mann aber nicht. Vielleicht handelt es sich um den Kapitän. Ich schlinge die Arme um seine Taille und kämpfe mich an die Wasseroberfläche. Wir tauchen auf, und ich sehe, dass ein Boot von der Hexeninsel auf uns zusteuert und dabei von Wolfes Strömung profitiert. In sicherer Entfernung kommt es zum Halt. Ich drehe mich auf den Rücken und ziehe den Körper mit mir, wobei ich mich kräftig mit den Beinen abstoße.

Als ich endlich das Boot erreiche, sehe ich meinen Vater, der mir hilft, den Körper ins Boot zu hieven.

»Tana, bist du verletzt?«, fragt er. Ich brauche einen Moment, um seine Worte zu verarbeiten.

»Nein«, erwidere ich.

»Steig in das Boot. Das ist sicherer«, sagt er und will mir helfen.

»Ich bin okay. Wolfe ist bei mir, er hilft.«

Mein Vater versteht, was ich ihm sagen will, dass Wolfes Magie es mir ermöglicht hat, diesen Mann zu retten. Dank Wolfes Magie werden Landon und seine Familie gerettet. Mein Dad wirkt angespannt, aber er macht keine Einwände.

»In Ordnung. Wir müssen warten, bis die Strömung weiterzieht. Helft, so gut ihr könnt. Wir stehen hier bereit.« Er ist völlig durchnässt, der Regen ist unerbittlich. Auch im Innern des Boots steht das Wasser, aber sie sind in Sicherheit.

Dad reicht mir die Hand über die Bordwand. Ich drücke sie schnell, tauche dann ab und suche Wolfe. Sein Licht kommt auf mich zu, und ich schwimme ihm entgegen. Er hält eine weitere Person in den Armen. Es ist Landons Mutter, aber sie bewegt sich und schwimmt im Rhythmus mit Wolfe.

Als ich beobachte, wie er das Licht des Mondes benützt und sich von einer von ihm erzeugten Strömung treiben lässt, erkenne ich, wie mächtig die hohe Magie ist. Wenn es eine Villa voller Hexen gibt, die das tun können, was Wolfe gerade tut – wenn das nur die Basis dessen ist, wozu sie fähig sind –, wage ich es kaum, mir vorzustellen, was sie mit mehr Magie bewirken könnten.

Es kommt mir ein Gedanke, nächst verschwommen, dann klar.

»Stimmt etwas nicht?«, ruft Wolfe, und ich merke, dass ich mich nicht bewege und auf das Meer starre.

»Ich weiß, wie die Strömungen geregelt werden können«, sage ich verblüfft. Dann löse ich mich aus meiner Erstarrung; Landon ist immer noch da draußen. »Bring sie zum Boot«, rufe ich.

Wolfe überträgt sein Licht auf mich. Ich bin erstaunt, dass es nicht erlischt, nicht einmal flackert. Ich spüre, wie meine Magie das Licht des Mondes anzieht, es in meine Handflächen fließt und das Wasser vor mir erhellt, als ich tiefer in die Passage eintauche. Ein Schatten bewegt sich über mir, und als ich aufblicke, sehe ich, dass ein Mensch von den Trümmern wegschwimmt.

Schnell tauche ich auf und sehe, dass es Landons Vater ist, der sich zum Boot meiner Eltern kämpft.

»Schaffen Sie es allein?«, rufe ich ihm zu.

Er stoppt und reißt den Kopf zu mir herum. Aus einer großen Wunde an der Stirn rinnt ihm Blut über das Gesicht.

»Ist Landon in Sicherheit?«, fragt er mit Panik in der Stimme.

»Noch nicht. Ich werde ihn jetzt suchen. Wie viele Personen waren an Bord des Schiffs?«

»Wir waren zu viert, unsere Familie und der Kapitän.«

»Schwimmen Sie zum Boot. Ich werde Ihren Sohn finden.«

Ich tauche wieder unter und schwimme auf die Strömung zu. Sie ändert sich gerade, lässt langsam das Wrack los. Trümmer tauchen auf und verschwinden wieder, überall sind Wrackteile. Doch irgendwo in diesem Chaos muss Landon sein. Mir ist elend zumute – ich muss ihn unbedingt finden.

Ich lasse das Mondlicht so weit wie möglich leuchten, und endlich, *endlich* entdecke ich ihn. Seine Anzugjacke hat sich in einem großen Wrackteil verheddert und zieht ihn immer weiter in die Tiefe.

Bevor ich zu ihm gelangen kann, landet sein Körper auf dem Grund der Passage, anscheinend völlig leblos. Seine Arme und Beine treiben im Rhythmus der Wasserbewegungen auf und ab. Ich tauche zu ihm, trete mit den Beinen und strample mit den Armen, presse Luft aus den Lungen, um noch tiefer zu gelangen.

Hinter mir leuchtet Licht auf, und ich weiß, dass Wolfe in der Nähe ist und noch mehr Mondlicht mitbringt. Als ich schließlich Landon erreiche, sind seine Augen geschlossen und die Lippen blau. Seine Haut sieht fahl aus, alles Leben scheint ihn verlassen zu haben.

Ich versuche, ihn vom Meeresboden zu ziehen, aber er ist festgeklemmt, seine Jacke hat sich in den Trümmern verfangen. Ich bemühe mich, ihn zu befreien, habe Angst, es nicht rechtzeitig zu schaffen. Aber dann kommt mir Wolfe zu Hilfe und drückt Landon nach oben. Sein weißes Hemd ist voller Blut, das aus einer dunkelroten Wunde fließt und sich nach allen Seiten verbreitet. Meine Lungen schmerzen. Als Landon endlich aus seiner Jacke befreit ist, schlinge ich die Arme um seinen Oberkörper, achte darauf, seine Wunde nicht zu berühren, und beginne, zu strampeln.

Als wir aus dem Wasser auftauchen, schnappe ich nach Luft. Wolfe taucht kurz nach mir auf und kehrt die von ihm erzeugte Strömung um, sodass wir mit Landons leblosem Körper zum Boot meiner Eltern treiben.

»Mom! Dad!«, rufe ich, als wir näherkommen. Beide lehnen sich über den Bordrand und strecken die Arme aus.

»Er ist verletzt«, rufe ich, als wir endlich bei ihnen sind.

Sie ziehen Landon aus dem Wasser und ich hieve mich ins Boot, möchte unbedingt helfen. Seine Mutter steht etwas abseits, fest in eine Decke gehüllt, der Kapitän sitzt auf einer Bank, das Gesicht in den Händen vergraben.

Landons Vater beginnt mit der Wiederbelebung, drückt auf

Landons Brust, macht Mund-zu-Mund-Beatmung. Wolfe klettert über den Bootsrand, kniet sich neben Landon auf den Boden und drückt die Hände auf die Wunde.

»Ich kann ihm helfen«, sagt Wolfe. Seine Stimme klingt eindringlich.

Meine Mutter streckt die Hand aus, ihre Miene verrät Angst. »Er meint damit Magie.«

»Tu es«, sagt Marshall ohne Zögern. Es ist eindeutig, dass er nicht weiß, welcher Art von Magie er zugestimmt hat.

Wolfe schließt die Augen und flüstert so schnell und leise einen Zauberspruch, dass ich ihn nicht verstehen kann. Seine Hände sind blutgetränkt. Ich stehe etwas abseits und strecke spontan die Hand nach meiner Mutter aus.

Sie weicht nicht vor mir zurück, sondern ergreift meine Hand und drückt sie fest. »Er wird gesund werden«, sagt sie in diesem ruhigen Ton, der mir das Gefühl vermittelt, dass alles wieder gut werden wird.

Ein weiterer Donnerschlag durchbricht die Stille der Nacht und ich zucke zusammen.

Wolfe reißt Landons Hemd auf. Erstaunt beobachte ich, wie die Blutung stockt und die Wunde sich schließt. Meine Mutter wendet sich ab, aber Mrs Yates lässt Wolfe nicht aus den Augen. Hohe Magie hüllt Landon ein, strömt durch seinen Körper und heilt ihn auf eine Weise, die es eigentlich nicht geben dürfte. Der Kapitän reißt vor Erstaunen die Augen weit auf, und Mr Yates ballt die Hände zu Fäusten, als er beobachtet, wie Wolfe sich einer Magie bedient, die er für ausgelöscht hielt.

Alle sind zu ruhig, zu still und zu erstarrt.

Dann endlich atmet Landon.

Vierzig

Wir fahren Landon und seine Familie zum Festland. Dort wartet bereits ein Krankenwagen, um Landon ins Krankenhaus zu bringen. Was auch immer er seinen Eltern über mich erzählt hat: Es scheint gewirkt zu haben, denn sie mustern mich abschätzig, worüber ich jedoch froh bin. Wenn sie der Meinung sind, dass ich das Problem bin, werden sie trotzdem noch das Bündnis an sich anstreben, und es kann immer noch erreicht werden.

»Einen Moment«, sagt meine Mutter, bevor jemand aus dem Boot steigt. Sie wendet sich an Wolfe. »Lösch ihre Erinnerung an die Strömung und deine Magie. Sie müssen glauben, dass der Sturm ihr Schiff zum Sinken brachte.«

»Wie bitte?« Mrs Yates greift nach der Hand ihres Mannes.

»Das ist Ihnen verboten«, sagt Marshall Yates und wirft meiner Mutter einen Blick zu, der mir einen Schauer über den Rücken jagt. »Wir steigen jetzt aus.«

»Tu es jetzt«, fordert meine Mutter und ihre Stimme wird lauter.

»Wenn ich es tue, werden Sie dann mit meinem Hexenzirkel zusammenarbeiten, um die Strömungen zu stoppen? Wenn nicht, weigere ich mich.«

Meine Mutter starrt Wolfe an, verblüfft darüber, dass er in einem solchen Augenblick verhandelt, aber sie fängt sich schnell wieder. »Einverstanden. Tu es!«

Mr und Mrs Yates, Landon und der Schiffskapitän starren Wolfe an, während er ihre Erinnerungen neu schreibt. Sie werden annehmen, dass der Sturm ihr Schiff zum Kentern gebracht hat. Die Erinnerung an Wolfe und seine Magie wird ausgelöscht und das Geheimnis des alten Hexenzirkels wird sicher sein.

Kurz danach steigen die Yates' aus dem Boot und danken meinen Eltern für ihre Rettung. Landons Vater wirft mir einen letzten, kalten Blick zu, und dann sind sie verschwunden. Meine Mutter begleitet sie ins Krankenhaus, hilft ihnen und sorgt dafür, dass ihre Fragen angemessen beantwortet werden. Bevor sie sich auf den Weg macht, umarmt sie mich, um mir zu zeigen, dass ich nach wie vor ihre Tochter bin, auch wenn ich nicht mehr bei meinen Eltern wohne oder Teil ihres Hexenzirkels bin.

Wolfe und ich bleiben mit meinem Dad auf dem Boot und segeln schweigend zurück zur Hexeninsel. Der Sturm hat sich gelegt, und das Wasser in der Passage ist nicht mehr aufgewühlt. Dad dockt das Boot an, macht aber keine Anstalten, auszusteigen, also bleibe auch ich. Wolfe und ich sitzen auf der hinteren Bank, eingewickelt in Decken und Handtücher. Mein graues Seidenkleid ist zerrissen, ruiniert. Ich habe auch meine Schuhe verloren, aber die Halskette, die Dad mir geschenkt hat, ist noch da. Ich greife nach der Phiole und drehe sie zwischen den Fingern.

Mein Vater geht ein paarmal hin und her, bleibt dann stehen und reicht Wolfe die Hand.

»Wir sind uns noch nicht offiziell vorgestellt worden. Ich bin Samuel, Tanas Vater.«

Wolfe steht auf und ergreift die Hand meines Vaters. »Ich bin Wolfe Hawthorne.«

»Hawthorne?«, fragt mein Dad, und ich frage mich, ob er über die Beziehung meiner Mutter zu Galen Bescheid weiß. Sein Gesichtsausdruck schwankt zwischen Belustigung und Verstehen, und mir wird klar, dass er es weiß.

»Genau.«

»Wolfe, ich danke Ihnen für das, was Sie heute Nacht getan haben. Wenn Sie nichts dagegen haben, würde ich gerne ein paar Minuten mit meiner Tochter allein sein.«

»Natürlich.« Wolfe nimmt seine Decke und legt sie mir um die Schultern, dann springt er aufs Dock und wartet am Ufer auf mich.

Mein Dad steht vor mir und sieht mich eindringlich an. »Tana, was du heute Abend getan hast, war unglaublich. Ich hätte mir nicht vorstellen können, dass ich das noch einmal erleben würde.«

Ich habe Mühe, seine Worte zu deuten. Sie klingen nicht verurteilend, nicht wirklich. Vor allem wirken sie überrascht.

Fast möchte ich mich entschuldigen. Es tut mir leid, dass ich ihn nicht vorher gewarnt und eine Entscheidung getroffen habe, die auf ihn und Mom ein schlechtes Licht wirft. Es tut mir leid, dass ich die Vereinbarung, die wir mit Landon hatten, habe platzen lassen und nicht den Weg gegangen bin, den sie so mühsam für mich aufgebaut hatten.

Aber es tut mir nicht leid, dass ich mein Leben mit einem Mann verbringen werde, der meinen Freiheitsdrang erkannt hat und mich mit seiner Magie zu neuem Leben erweckt.

»Es war die härteste Entscheidung, die ich je getroffen habe.« Ich spiele immer noch mit der Halskette und Dad lässt den Blick auf ihr verweilen. Ich will sie nicht verlieren, aber diese Halskette gehört ihm, nicht einer Tochter, die sich allem widersetzt hat, woran er glaubt. »Hier, Dad, ich bin sicher, du willst diese Kette wiederhaben.«

Sein Blick wirkt gequält, furcht die Stirn. »Leg sie wieder an«, sagt er mit Überzeugung, als halte er eine Predigt. »Sie gehört dir, und ich bin stolz, dass du sie trägst.« Bei den letzten Worten zittert seine Stimme leicht.

»Dad?«

Er setzt sich neben mich und umfasst meine Hände. »Du bist so felsenfest von etwas überzeugt, dass du alle Annehmlichkeiten dieses Lebens aufgegeben hast, um etwas anderes zu suchen. Du bist mutig und dir selbst gegenüber treu«, sagt er und zieht mich an sich. »Es wird nicht leicht sein, aber wenn du von diesem neuen Leben auch nur halb so überzeugt bist wie ich von meinem, wirst du es schaffen.«

Ich hatte mich bereits damit abgefunden, dass es zwischen meinen Eltern und mir immer eine Kluft geben würde, dass ich von nun an als Verräterin und als eine Schande für die Familie angesehen werden würde. Ich hatte nie zu hoffen gewagt, dass mich meine Eltern verstehen würden, und bin nun völlig überwältigt.

»Und wenn du und dieser junge Mann euch weiterhin so tief in die Augen schaut, wie ihr es heute Abend getan habt, dann werdet ihr sicherlich sehr glücklich miteinander werden.«

»Danke, Dad«, sage ich und umarme ihn fest.

Wir gehen jetzt an Land und treffen dort Wolfe. Fast möchte ich meinen Dad fragen, ob ich mit ihm nach Hause gehen, noch eine Nacht zu Hause schlafen und die Geborgenheit genießen könne. Aber ich habe meine Wahl getroffen, als ich mein Blut in die Kristallschale und nicht in die Kupferschale tropfen ließ.

»Wolfe, was hältst du davon, wenn wir uns in zwei Tagen in der Parfümerie treffen, zusammen mit deinem Vater? Wir haben viel zu besprechen, und wir sollten es unter uns tun, bevor die Ratsmitglieder einbezogen werden.«

Wolfe ist einverstanden. Mein Vater lächelt mir noch einmal zu. Dann macht er sich auf den Heimweg. Ich versuche, zu vergessen, dass er gerade ohne mich weggeht, obwohl es mich innerlich aufwühlt und mir wehtut. Doch ich kann über den Verlust meines bisherigen Lebens trauern und mich gleichzeitig auf all das Schöne freuen, das mich erwartet.

Wolfe und ich schlagen eine andere Richtung ein als mein Dad, dringen in den wilden Teil der Insel vor, wo alles möglich ist. Als wir endlich zur Villa kommen, wartet ein Mann auf uns. Auf dem Boot hatte Wolfe mir angeboten, meine Kleidung mithilfe von Magie zu trocknen, doch ich wollte in Gegenwart meiner Eltern nicht mehr Magie als nötig praktizieren. Aber ich sehe entsetzlich aus und wünschte, ich hätte eingewilligt. Verlegen streiche ich mein zerfetztes Kleid glatt und versuche, meinen zerzausten Zopf zurecht zu zupfen.

Der Mann lächelt, und seine Miene verrät mir, dass er keineswegs überrascht ist, mich hier zu sehen.

»Ich bin Galen, Wolfes Vater«, sagt er, und das ist nicht zu übersehen, denn der Sohn ist dem Vater wie aus dem Gesicht geschnitten.

»Sind wir uns schon einmal begegnet?«, frage ich und versuche vergeblich, mich an ihn zu erinnern.

»Mehrere Male.«

»Tut mir leid, ich kann mich nicht erinnern.« Ich blicke betreten zu Boden, aber Galen lässt sich nichts anmerken.

»Du brauchst dich nicht zu entschuldigen. Ich habe gehört, was du heute Abend getan hast.«

Es leuchtet mir ein, dass er es bereits weiß, vermutlich hat er die Insel besser im Auge, als meiner Mutter bewusst ist, aber trotzdem bin ich überrascht.

Ich will ihm erklären, dass ich verstehen kann, wenn er mich nicht hier haben will, aber er hebt die Hand, und ich verstumme.

»Willkommen zu Hause, Mortana«, sagt er und zieht mich an

sich. Ich bin verblüfft über seine Herzlichkeit, aber sie tut gut, hilft mir, den Schmerz in meinem Inneren zu lindern. Ich zweifle nicht daran, dass ich hier glücklich sein werde.

»Danke.«

»Ich weiß, du hast einen langen Tag hinter dir, also sollst du dich erst mal erholen. Aber morgen würde dich der Rest des Hexenzirkels gerne kennenlernen, wenn es dir recht ist.«

»Wie viele seid ihr?«

»Dreiundsiebzig«, erwidert er.

Dreiundsiebzig. Die Zahl überrascht mich, und ich staune, dass ich noch nie von der Existenz dieses Zirkels gehört habe. Aber unwillkürlich erfasst mich freudige Erregung, als mir bewusst wird, dass ich hier ein Zuhause haben werde. Eine Familie.

Es wird anders sein als das Leben, das ich mir immer vorgestellt habe. Aber es wird ohne Einschränkung mein eigenes sein.

»Ich freue mich darauf, alle kennenzulernen.«

Galen lächelt freundlich. Dann wendet er sich Wolfe zu und tätschelt seine Schulter. In seinen Augen glitzern Tränen, als er seinen Sohn ansieht. Dann zieht er sich ins Haus zurück und lässt Wolfe und mich allein.

Wolfe reicht mir die Hand. »Möchtest du dein neues Zuhause sehen?« Ich höre den Ernst in seiner Stimme, denn die Schwere meiner Entscheidung bedrückt uns beide. Doch gleichzeitig beruhigt mich diese Schwere, sie verbindet uns.

Ich blicke auf die Villa, deren Spitzdach in den Himmel ragt. Laternen verbreiten ein sanftes, warmes Licht auf der Steinmauer und beleuchten die Weinreben, die sich an der Fassade hochranken. Aus einem großen Schornstein steigt Rauch in den klaren Nachthimmel und gedämpfte Klaviermusik tönt durch die kalte Nacht.

»Ja.« Ich fasse nach seiner Hand, doch plötzlich erstarre ich, etwas leuchtet in mir auf, das ich nicht einordnen kann, und ich ziehe die Hand zurück.

Hier gibt es ein Leben für dich.

»Was hast du gesagt?«, frage ich ihn und trete näher.

»Ich habe nichts gesagt.« Er mustert mich. »Alles okay mit dir?«

»Ich könnte schwören, etwas gehört zu haben. Es war ein langer Tag, vermutlich bin ich einfach nur müde.«

»Dann lass uns reingehen.«

Wolfe reicht mir erneut die Hand und ich ergreife sie.

Ich will dich nicht verlieren.

Ich verstärke meinen Griff um seine Hand, als plötzlich ein Bild vor meinem inneren Auge auftaucht: Wir beide stehen in einer kalten Herbstnacht im Wald, hier vor der Villa. Wolfe hat mir gerade zum ersten Mal sein Zuhause gezeigt, sein gesamtes Leben vor mir ausgebreitet, damit ich mir ein anderes Leben für mich vorstellen konnte. Und ich bin weggelaufen.

Ich schließe die Augen, um die Erinnerung ganz in mich aufzunehmen, festzuhalten, und sie nie wieder zu vergessen.

»Ich bin schon einmal hier gewesen«, flüstere ich. »Mit dir. Genau hier. Du hast mir gesagt, es gebe hier ein Leben für mich.«

Wolfe schweigt, aber als ich seinem Blick begegne, sehe ich, dass seine Augen rot umrandet sind. Er nickt. »Ja.«

Dann kommt alles flutartig zurück.

Eine Mondblume und ein Licht. Der Zusammenprall mit Wolfe auf einem Feld. Das Verpassen der *Erupta*, die Bekanntschaft mit dunkler Magie. Die ständige Rückkehr zur Westküste, in der Hoffnung, den Jungen zu sehen, der alles verändert hat.

Ich kann deinen Herzschlag hören.

Ich klammere mich im Meer an ihn.

Ich berühre ihn vor dem Kamin.

Küsse ihn am Ufer.

Ich bin überwältigt, versinke in einem Meer von Erinnerungen, in einem tiefen Brunnen von Gefühlen, von denen ich nicht wusste, dass ich dazu fähig wäre. Ich bin zutiefst erschüttert, wie sehr meine Liebe zu ihm mich vollkommen vereinnahmt hatte, wie sie mir unmöglich erschien, obwohl ich mich in Wahrheit nur für ihn entscheiden konnte.

Von dieser ersten Nacht an war mein Schicksal besiegelt.

Königin der Finsternis.

Ich eile zu ihm, schmiege mich fest an ihn. Tränen kullern mir über die Wangen. Ich schließe die Augen und drücke die Lippen an sein Ohr.

»Ich erinnere mich.«

Als er Luft holt, zittert er am ganzen Körper so stark, als ob seine Lunge zum ersten Mal Luft holen würde. Er atmet das Leben ein, das er fast verloren hätte.

»Ich erinnere mich«, wiederhole ich, dieses Mal lauter, um sicher zu sein, dass er es hört. Sicher zu gehen, dass er seinen Ohren traut und es versteht.

»Ich habe dich vermisst.« Seine Worte sind leise, aber wunderbar.

Ich küsse seinen Hals und seine Wangen, bevor ich seine Lippen finde, die feucht von seinen Tränen sind. Seine Bewegungen sind langsam und zögerlich, als wolle er sichergehen, dass ich wirklich da bin und nicht verschwinde, wenn er einen Augenblick lang unachtsam ist.

»Ich bin hier«, flüstere ich an seinen Lippen.

Ich spüre, wie die Mauer, die er zwischen uns errichtet hat, einstürzt.

»Tana«, flüstert er, öffnet den Mund, nimmt mein Gesicht in die Hände und küsst mich, als wolle er all die Küsse nachholen, die uns entgangen sind, während wir getrennt waren.

Seine Finger sind ruhelos, gleiten über mein Gesicht, verweilen an meinem Kinn und wandern über meinen Hals zu meiner Brust. Ein Schauer läuft mir über den Rücken und raubt mir den Atem. »Bring mich nach oben«, sage ich.

Er küsst mich noch einmal, nimmt meine Hand und führt mich durch das Haus hinauf zu seinem Zimmer. Er blickt sich immer wieder nach mir um, als sei es nicht genug, dass unsere Finger ineinander verschränkt sind. Er muss mich *sehen*, muss sich vergewissern, dass ich immer noch da bin, und ich liebe es.

Er öffnet die Tür zu seinem Zimmer, und ich trete ein. Das Kaminfeuer wirft kupferfarbene Schatten in den Raum, die über den Boden und die Wände huschen. Sonst gibt es kein Licht.

Ich gehe langsam zum Bett und wende mich ihm zu.

»Wolfe?«, sage ich und lasse die schmalen Träger meines Kleids von den Schultern gleiten.

Er schluckt schwer. »Ja?« Seine Stimme klingt wie ein Reibeisen, rau und brüchig. Ich höre die Verletzlichkeit darin, die Angst, dass dies alles nur ein Traum sein könnte, dass er neben einem Mädchen aufwachen könnte, das sich nicht an ihn erinnert.

»Ich bin wirklich hier«, sage ich. »Berühr mich und überzeuge dich, dass ich es wirklich bin.«

Er bewegt sich nicht, blickt mich wie erstarrt an und bringt keinen Ton heraus.

»Bitte.«

Schließlich kommt er auf mich zu, nimmt meinen Kopf in die Hände und küsst mich, bis ich außer Atem bin. Ich mache mich an seinem Hemd zu schaffen, ziehe es ihm über den Kopf und lasse es zu Boden fallen. Behutsam öffnet er die Knöpfe meines Kleids, die graue Seide gleitet zu Boden und bauscht sich um meine Füße. Er streichelt sanft meinen Rücken.

Ich lehne mich auf dem Bett zurück und ziehe Wolfe mit mir.

Er küsst meinen Mund, meine Lider und meinen Hals, anfangs verzweifelt, dann behutsamer, als wolle er sich mit jeder Berührung versichern, dass dies nicht das letzte Mal sein wird. Er lässt die Hand über meine Hüfte bis zu meinem Knie gleiten, hält dann inne, bevor seine Finger langsam wieder nach oben wandern. Ich klammere mich an seine Schultern, als er meinen Oberschenkel entlangfährt, stöhne auf, als er findet, was er sucht, und reagiere mit meinem gesamten Körper auf seine Berührung. Ich bin in ihm verloren, völlig verloren.

Ich fasse in sein Haar und flüstere seinen Namen. »Mehr«, fordere ich ihn auf.

Er umfasst meine Hüften und schiebt sich zwischen meine Beine, ringt nach Luft, als er anfängt, sich zu bewegen. Noch nie war er mir so nah, näher geht es nicht mehr, und doch fühlt es sich nicht nah genug an. Ich klammere mich an seinen Rücken und spüre sein Gewicht auf mir, ziehe ihn voller Verlangen immer noch näher. Vielleicht hat nicht nur er Angst, es könnte sich um einen Traum handeln.

Ich koste jeden Seufzer, jeden Kuss, jede Berührung aus, habe Empfindungen, die mir ganz neu sind, lausche auf seinen Atem, der immer mehr ins Stocken gerät und dann schwerer und schneller wird. Wir schweben beide auf eine Klippe zu, von der ich unbedingt hinunterspringen will. Er hält inne und saugt sich an meinen Lippen fest. Dann springen wir gemeinsam, und es raubt mir den Atem, ihn so außer Kontrolle zu sehen. Er ist reine Magie für mich, und mir wird klar, dass ich irgendwann aufgehört habe, zwischen ihm und der Magie zu unterscheiden.

Er hat mich immer so gesehen, wie ich bin, hat mich gezwungen, meine eigenen Wahrheiten zu finden. Und inmitten von all dem habe ich ihn gefunden. Er ist meine Wahrheit, und keine Lügen irgendwelcher Art können mich vom Gegenteil überzeugen.

Er flüstert meinen Namen, atmet gemeinsam mit mir, ruht mit mir, bis das Feuer zu Asche verbrannt ist.

Dann schlafen wir ein, und jeder von uns weiß, dass der andere beim Erwachen noch da sein wird.

Einundvierzig

Zwei Tage später findet das Treffen von Galen, Wolfe und mir mit meinen Eltern statt. Wir warten bis Sonnenuntergang, bevor wir die Villa verlassen. Um nicht gesehen zu werden, nehmen wir die Pfade durch den Wald. Meine Mutter hat viel mit den Ratsmitgliedern zu besprechen, aber die Gespräche werden erst dann geführt werden, wenn sie weiß, welchen Standpunkt die Hexen des alten Zirkels vertreten. Sie teilt nie etwas mit, bevor sie nicht eine zufriedenstellende Antwort auf alle möglichen Fragen hat. Und sie sorgt dafür, dass sie alles weiß, was sich auf ihrer Insel abspielt, damit sie keine bösen Überraschungen erlebt.

Sie mag keine Überraschungen.

Wir treffen uns im Hinterzimmer der Parfümerie, lange nach Ladenschluss. Die Hauptstraße ist wie ausgestorben, doch als wir an Eldons Teeladen vorbeikommen, recke ich unwillkürlich den Hals in der Hoffnung, Ivy zu sehen. Aber im Laden ist es dunkel.

Meine Eltern sind bereits da, als wir die Parfümerie erreichen. Mein Vater zerkleinert gerade im Mörser Kräuter, als wäre es ein ganz normaler Tag. Als ich den Laden betrete, hält er in seiner Arbeit inne. Er lächelt, und seine Augen leuchten auf.

»Hi, Dad.« Ich gehe auf ihn zu und umarme ihn fest. Es ist erst zwei Tage her, dass wir uns gesehen haben, aber ich vermisse das Klappern der Töpfe und die köstlichen Gerüche, wenn er in der

Küche das Essen zubereitet. Ich vermisse seine Art, wie er vor sich hin summt und immer eine Tasse Tee bereit hat, wenn ich sie brauche. Die Phiole, die er mir geschenkt hat, hängt um meinen Hals und drückt auf mein Brustbein, als ich ihn noch fester in die Arme schließe.

Meine Mutter beobachtet uns, als ich mich aus der Umarmung löse, ich weiß nicht, was ich von ihr erwarten soll. Neulich im Boot war sie völlig auf Landon und seine Eltern fokussiert. Jetzt, nachdem sie Zeit hatte, sich mit den Ereignissen bei meinem Bündnis-Ritual auseinanderzusetzen, frage ich mich, was sich alles verändert hat. Ich weiß nicht, ob sie mich als Bedrohung behandeln wird, als Feindin oder als Saboteurin, die ihre so sorgfältig ausgeklügelten Pläne zerstört hat.

Aber als ich sie anschaue, strafft sie die Schultern, hebt den Kopf und atmet tief ein. Sie kämpft gegen die Tränen an. »Hallo, Liebes«, begrüßt sie mich.

»Hi, Mom.« Und bevor ich es mir anders überlegen kann, gehe ich auf sie zu und umarme sie so stürmisch, dass ihre Frisur durcheinander gerät und ihre Bluse zerknittert. Doch sie entzieht sich mir nicht. Sie erwidert meine Umarmung und drückt mich fest an sich – eine Mutter, die ihr einziges Kind umarmt.

Als sie sich schließlich aus der Umarmung löst, fährt sie sich übers Haar und räuspert sich. »Ich glaube, das gehört dir«, sagt sie und reicht mir die silberne Halskette, die Wolfe mir an dem Abend schenkte, an dem ich zum ersten Mal das Herrenhaus betrat. Ich hatte sie völlig vergessen und lasse die Finger über den glatten schwarzen Stein gleiten. Es ist ihr bestimmt nicht leichtgefallen, mir die Kette zurückzugeben, da sie allem widerspricht, wofür sie gearbeitet hat. Ich weiß nicht, was ich sagen soll.

»Danke«, presse ich hervor.

»Gern geschehen.« Sie streicht mir mit dem Handrücken über

die Wange und schaut dann auf Wolfe. »Es gibt vieles, bei dem wir nicht übereinstimmen, aber du bist jetzt ein Teil unserer Familie. Ich hoffe, irgendwann wirst du uns auch als solche betrachten.«

»Danke«, sagt er. »Das dürfte nicht allzu schwierig sein – ich habe viel Übung darin, meinem Dad zu widersprechen.«

Bei diesen Worten zieht meine Mutter eine Grimasse, und schaut auf Galen, als sie antwortet: »Das kann ich mir vorstellen.«

»Manche Gewohnheiten lassen sich einfach nicht ausmerzen«, meint Galen.

»Da wir gerade von Meinungsverschiedenheiten sprechen«, sagt meine Mutter und deutet auf die Stühle, die meine Eltern aufgestellt haben, »es gibt viel zu besprechen.«

Wir nehmen Platz, jedoch deutlich getrennt voneinander. Wir mögen vielleicht eine Familie sein, sind im Augenblick aber auch Gegner, die versuchen müssen, eine gemeinsame Basis zu finden.

Ich beobachte, wie meine Mutter in ihre Rolle als Oberhaupt des Hexenzirkels schlüpft, die Augen zusammenkneift und sich aufrecht hinsetzt. »Hier hast du dein Treffen, Galen. Sag, was du zu sagen hast.«

»Tana wird an meiner Stelle sprechen, wenn du einverstanden bist.«

Langsam richtet sie den Blick auf mich und blickt überrascht. Dann nickt sie zustimmend. »Natürlich. Du hast das Wort, Tana.«

Ich rutsche auf meinem Sitz hin und her. Um mich zu beruhigen, verschränke ich die Hände. Mein Dad stellt seine Arbeit ein und bleierne Stille breitet sich aus. Ich hole tief Luft und erinnere mich an den Moment im Wasser, in dem ich Wolfe und seine Magie beobachtete und die Idee in mir Wurzeln schlug.

»Die Festlandbewohner glauben, dass ihr Schiff durch den Sturm gekentert ist, was euch etwas Zeit verschafft«, sage ich. »Aber sobald es noch weitere Ereignisse im Zusammenhang mit den Strömungen gibt, werden sie erkennen, was passiert ist, und euch dafür verantwortlich machen, dass Landon und seine Familie beinahe ertrunken wären. Jegliches Vertrauen in dich wird schwinden, und es könnte Jahre dauern, die Beziehung wieder aufzubauen – sofern sie dann überhaupt noch dazu bereit wären.«

Meine Mutter neigt den Kopf zur Seite, während sie zuhört. »Ja, das ist alles richtig. Wenn du etwas Hilfreiches vorschlagen kannst, bin ich ganz Ohr, aber du brauchst mir nicht Dinge zu erzählen, die ich bereits kenne.«

Ich halte kurz inne. Sie wird hassen, was ich jetzt sagen werde, aber ich sehe keinen anderen Ausweg. »Ihr könnt nicht weiterhin eure Magie ins Meer entladen. Gebt sie stattdessen uns.«

Sie holt tief Luft und atmet dann langsam aus. »Erklär mir genau, was du meinst.«

»Übertragt uns eure überschüssige Magie. Wir sind stark genug, sie aufzunehmen. Wir sind zu wenige, um den Schaden, den die *Erupten* angerichtet haben, allein mit unserer Magie zu beheben, doch mit eurer überschüssigen Magie wären wir dazu in der Lage. Wir könnten die Strömungen regulieren und so die Insel retten. Und die Festlandbewohner würden nie erfahren, dass eure Magie um ein Haar die prominenteste Familie des Festlands getötet hätte.«

»War das deine Idee?«, fragt sie in scharfem Ton. Es tut mir in der Seele weh, als ich erkenne, welcher Vorwurf in ihrer Stimme mitschwingt: Verrat. Sie fühlt sich verraten. Von mir.

»Ja.«

»Auf keinen Fall«, sagt sie mit Bestimmtheit, harte Worte, die im Raum schweben. Mein Vater lässt den Blick in die Ferne schweifen, wie er es zu tun pflegt, wenn er intensiv nachdenkt. Noch immer umklammert seine Hand den Stößel, aber er hat nicht wieder angefangen, zu arbeiten.

Er denkt über meine Worte nach.

»Ingrid«, sagt Galen, der neben mir sitzt, »es würde funktionieren. Es ist eine sehr kluge Idee. Ich wäre froh, wenn ich selbst darauf gekommen wäre.«

»Die Idee ist klug für *euch*«, erwidert meine Mutter, »denn das würde euren Hexenzirkel sehr viel stärker machen. Ihr könntet diese Macht für alles Mögliche nutzen. Es kommt nicht in Frage.«

Sie fixieren einander, und mir wird klar, dass ihr Verhältnis auf wackligen Beinen steht. Der neue Hexenzirkel schützt den alten, indem er dessen Existenz geheim hält. Wenn die Festlandbewohner über uns Bescheid wüssten, würden sie alles in ihrer Macht Stehende tun, um die Anwendung hoher Magie zu unterbinden. Und meine Mutter hat recht – wenn der neue Hexenzirkel seine überschüssige Magie auf uns übertragen würde, würde sich die Machtdynamik dramatisch verändern.

Wir wären stark genug, uns zur Wehr zu setzen, viel stärker, als wir es heute sind. Wenn wir mit all der Magie nicht vorsichtig umgehen würden, könnten wir unbeabsichtigt die Aufmerksamkeit der Festlandbewohner erregen, und das würde die Beziehung, die der neue Hexenzirkel über Generationen hinweg aufgebaut hat, völlig zerstören.

»Und wie wäre es, wenn wir die Magie mit einem Zauber belegten«, schlage ich vor. Meine Mutter und Galen sehen mich beide gleichzeitig an. »Wie wäre es, wenn wir die überschüssige Magie an den Vollmond binden und dadurch sicherstellen würden, dass wir sie nur einmal im Monat anwenden können? Wir könnten euch bei euren *Erupten* treffen, und ihr wüsstet genau, wann und wie die Magie genutzt wird, weil ihr uns dann beobachten könntet.«

»Das würde ihnen enorm viel Macht über uns verleihen«, sagt Galen.

»Nicht wirklich«, widerspreche ich. »Wir wären immer noch stärker als jetzt. Wenn wir unzufrieden sind, könnten wir die Strömungen wieder verstärken. Die Magie wäre zwar an den Vollmond gebunden, aber wir könnten sie immer noch nach Belieben anwenden. Es wäre für uns lediglich schwieriger, vor dem neuen Hexenzirkel etwas geheim zu halten.«

Doch Galen sieht nicht mich an, sondern meine Mutter. Sie beobachten einander – wortlos.

»Das Festland schützt den neuen Hexenzirkel, und dieser beschützt uns. Und wir schützen die Erde.« Kaum habe ich es ausgesprochen, bin ich davon überzeugt, dass es so sein soll. Ich bin völlig überwältigt, weil ich erkenne, dass der Weg, den ich verlassen habe, das Leben, dem ich den Rücken gekehrt habe, in den Diensten von etwas steht, das größer ist als ich. Größer als Landon und größer als der neue Hexenzirkel und größer als die hohe Magie.

Meine Mutter wägt meine Worte ab – ich sehe es ihr an –, und das ist ein größerer Fortschritt, als Galen ihn jemals aus eigener Kraft hätte erzielen können.

Das ist meine Bestimmung, und ich spüre, wie meine Wurzeln in diesen Boden eindringen, sich von ihm ernähren, bis ich durch die Erde stoße und meine Blüte entfalte.

Wolfe ergreift meine Hand. »Sie hat recht, Dad«, sagt er mit fester Stimme.

»Ich weiß«, erwidert Galen. »Was meinst du, Ingrid?«

Meine Mutter antwortet nicht. Sie lehnt sich auf ihrem Stuhl zurück, schaut an uns vorbei und überlegt. »Es ist einen Versuch wert«, sagt sie schließlich. »Doch bevor wir anfangen, müssen wir klare Grenzen setzen. Da mein Hexenzirkel der Meinung ist, dass ihr nicht mehr existiert, müssen wir am selben Strang ziehen, bevor wir diese Idee präsentieren und deutlich machen, dass ihr für mich genauso eine Überraschung seid wie für sie. Außerdem müssen wir dafür sorgen, dass dies vor den Festlandbewohnern verborgen bleibt. Wir können die Details besprechen, sobald wir beide die Zeit gefunden haben, über das Arrangement nachzudenken und uns mit unseren Ratsmitgliedern abzusprechen. Und natürlich werden wir sofort damit aufhören, unsere Magie auf euch zu übertragen, wenn ihr irgendetwas tut, das auch nur im Ansatz problematisch ist. Aber einen Versuch ist es wert.«

Alle stehen auf, und mein Dad kommt auf mich zu, legt den Arm um meine Schulter und zieht mich an sich. »Ich bin stolz auf dich«, sagt er.

»Ich auch«, erwidere ich.

Er schaut auf mich herab und lächelt. »Das ist alles, was ich mir je für dich gewünscht habe.«

Meine Mutter stellt sich auf die andere Seite meines Dads und lehnt sich an seine Schulter. »Was für eine unerwartete Wendung der Dinge«, sagt sie.

»Sie ist deine Tochter.«

Sie sieht mich an, und ein kleines Lächeln umspielt ihre Lippen. »Ja, das ist sie.«

Als sie an mir vorbeigeht, drückt sie mir die Hand. »Schließ ab, wenn du gehst«, sagt sie. Dann verlassen sie und mein Dad die Parfümerie und gehen Arm in Arm nach Hause.

Es ist eine ganz beiläufige Bitte, Worte, die sie schon Hunderte Male zu mir gesagt hat. *Schließ ab, wenn du gehst.* Und sie erfüllt mich mit all dem, was ich nicht mehr zu hoffen wagte. Sicherlich wird es zwischen den Hexenzirkeln Reibereien geben, während wir diese neue Beziehung aufbauen, und es wird zweifellos Dinge verändern, aber nicht jede Veränderung ist schlecht.

In der Veränderung liegt auch Wachstum.

Schönheit und Erfüllung.

Freude.

»Wenn du jemals an deinem Platz in der Welt gezweifelt hast, Tana, hoffe ich, dass dieser Zweifel verstummt ist«, sagt Galen. »Wir sehen uns in der Villa.«

Als die Tür hinter Galen ins Schloss fällt, nimmt mich Wolfe in die Arme und vergräbt das Gesicht an meinem Hals. »Da jetzt alle anderen verschwunden sind, habe ich ein paar eigene Forderungen«, sagt er und presst die Lippen auf meine Haut, was mich erschaudern lässt.

»Und die wären?«

Er hebt den Kopf, blickt mir tief in die Augen und sagt: »Lass mich dich lieben.« Seine Stimme ist leise und sanft, umhüllt mich wie ein warmes Bad in einer kalten Winternacht. »Lass mich dich lieben, bis du davon überzeugt bist, dass es Magie sein muss.«

Bevor ich reagieren kann, küsst er mich. Seine Lippen liegen sanft auf meinen. Ich ziehe ihn näher zu mir heran und lehne mich mit dem Rücken gegen den Tisch in der Mitte des Raums. Der Stößel meines Dads fällt zu Boden, aber ich rühre mich nicht von der Stelle.

Wolfe umfasst meine Hüften und hebt mich auf die Theke, wobei er nicht aufhört, mich zu küssen. Ich lege die Hände um seinen Hals, schlinge die Beine um seine Taille und drücke ihn an mich, während seine Lippen ihren Weg bis zu meiner Brust finden.

Ich lege den Kopf in den Nacken, flüstere seinen Namen und hoffe, dass er hört, dass ich mir bereits sicher bin. Ich hoffe, dass er weiß, dass er für mich Magie verkörpert, einen Zauber, den ich den Rest meines Lebens immer wieder heraufbeschwören werde.

Ich stehe unter seinem Zauber, jeder Teil von mir.

Und solange er meinen Namen sagt und mich berührt und auf dieser schönen Erde lebt, wird es immer so sein.

Zweiundvierzig

Es ist eine kalte Winternacht. Der Himmel ist klar, und über uns funkeln die Sterne. Morgen ist Vollmond, und zum ersten Mal wird der neue Hexenzirkel seine überschüssige Magie an uns abgeben. In der Villa herrscht Vorfreude, und die Spannung ist fast greifbar.

Aber ich weiß, dass unsere Vorfreude auch die Furcht widerspiegelt, die der neue Hexenzirkel empfindet. Die meine Eltern und Ivy empfinden. Die Vorstellung, uns mehr Macht zu verleihen, widerstrebt allem, woran sie glauben, und es wird viel Zeit brauchen, um Vertrauen zwischen den beiden Hexenzirkeln aufzubauen.

Vielleicht wird der Tag kommen, an dem der neue Hexenzirkel uns nicht länger dabei zusehen möchte, wie wir seine Magie anwenden. Vielleicht wird er erkennen, dass die Insel gesundet und die Strömungen sich beruhigen, und sicher sein, dass wir unser Wort halten.

Diese Vorstellung fasziniert mich, es ist eine Zukunft, an die ich mit meinem ganzen Wesen glaube. Und ich werde so hart wie möglich dafür kämpfen.

Ich schlinge die Arme um meine Brust und beobachte, wie mein Atemhauch vor mir herschwebt, bevor er sich auflöst. Die Wellen brechen sich am Ufer, eine nach der anderen, die ständige

Harmonie meines Lebens. Das Geräusch begleitet mich nach wie vor, egal, auf welchem Teil der Insel ich mich befinde oder welche Art von Magie ich praktiziere.

Ein Lichtblitz erregt meine Aufmerksamkeit. Ich drehe mich um und entdecke ein kleines, kreisförmiges Licht am Waldrand. Sobald ich es erblicke, verschwindet es blitzartig im Wald, ich springe auf und folge ihm.

Unter den Bäumen ist es dunkel, das Dach der Baumkronen ist so dicht, dass das Licht des Mondes nur mit Mühe durchdringen kann. Ich verlangsame meine Schritte und bewege mich vorsichtig, als das Licht vor mir auftaucht und sein sanfter Schein die Schatten durchbricht.

Nachdem mir das Licht eine Weile den Weg gewiesen hat, rast es auf eine Lichtung zu, wirbelt durch die Luft und verschwindet. Ich trete aus dem Wald und sehe vor mir einen kleinen, abgelegenen Strand.

In seiner Mitte steht Wolfe. Einen Augenblick lang halte ich die Luft an, bin völlig fasziniert von seinem Anblick im Licht des Mondes. Es grenzt an ein Wunder, dass ich überhaupt irgendetwas zustande bringe, seit ich mit ihm unter einem Dach lebe.

»Nun, Mr Hawthorne, Sie haben mich erfolgreich hierhergelockt. Was haben Sie nun vor?«

Er kräuselt die Mundwinkel und hält mir seine Hand hin. »Lass dich überraschen.«

Ich ergreife sie, und er führt mich zu einem Stück Land mit hohen Gräsern, durch die ein schmaler Feldweg führt. Ein kleines Holzgatter versperrt den Weg. Es knarrt, als ich es aufstoße. Das verwitterte Holz ist gesplittert und verblasst.

Die salzige Meeresluft vermischt sich mit einem süßen Duft. Als ich mich umschaue, sehe ich Dutzende von Blumen, die wild gewachsen sind und eine stattliche Höhe erreicht haben.

Nachtkerzen und schwarze Nieswurzen wärmen sich im Licht des Mondes, und eine einzelne weiße Mondblume wächst inmitten der nachtblühenden Blumen.

»Als du das erste Mal um Mitternacht meinen Namen gerufen hast, war ich in diesem Garten«, sagt Wolfe. »Als ich ihn hörte, fing mein Herz an, zu rasen, und ich sprang ins Wasser, hatte nur eines im Sinn: zu dir zu kommen. Und seither habe ich an nichts anderes mehr gedacht.«

»Wolfe«, sage ich und spreche seinen Namen ganz langsam aus, damit ich ihn mir auf der Zunge zergehen lassen kann. Ich trete noch näher an ihn heran.

»Wolfe.«

Und noch einen Schritt. Dieses Mal bin ich ihm so nah, dass ich ihn berühren kann. Ich fasse ihn am Hemdkragen und ziehe ihn an mich, streiche mit den Lippen über sein Ohr. »Wolfe.«

Er erschaudert, als ich seinen Namen sage.

»Du lenkst mich ab«, sagt er leise, als tue es ihm weh, dies zu sagen.

Ich hebe die Hände in gespielter Entschuldigung. »Du lässt dich leicht ablenken.«

»Nur von dir«, sagt er auf diese für ihn typische Art, bei der er wütend klingt, doch ich weiß es besser: Es macht ihm Angst, wie sehr er mich liebt. Jeder auf der Insel kennt jetzt seinen Schwachpunkt, und das ist eine Bürde, die er sich nie gewünscht hat.

Das Unfairste daran ist vielleicht, dass ich eine unermessliche Kraft daraus ziehe, das Einzige auf der Welt zu sein, für das er je schwach wurde. Meine Offenheit und meine Verletzlichkeit haben die harte Schale dieses verschlossenen Jungen aufgebrochen, Eigenschaften, die nur ein Dummkopf als schwach verurteilen würde.

Ich jedoch weiß es besser.

»Ich schwöre, meine Macht nicht zu missbrauchen«, sage ich scherzhaft, aber es steckt viel Wahrheit dahinter.

Wolfe lehnt sich an mich, sein warmer Atem vermischt sich mit der kalten Luft und jagt mir einen Schauer über den Rücken. »Nutze sie, wie immer du möchtest«, sagt er und seine Worte erwecken leidenschaftliches Verlangen in mir. »Ich vertraue dir.«

»Das weiß ich.«

»Gut.«

Wir lassen uns mehrere Atemzüge lang nicht aus den Augen. Dann nimmt Wolfe meine Hand und führt mich weiter in den Garten. Er pflückt die Mondblume und reicht sie mir. Als ich sie vor mein Gesicht halte, streifen die Blütenblätter meine Lippen.

»Jede Königin braucht ein Schloss«, sagt er, stößt noch ein Gatter auf und lässt meine Hand los. Ich trete hindurch und staune, als ich die Umgebung in mich aufnehme. So weit das Auge reicht, erstreckt sich ein Feld von Mondblumen, Tausende stehen trotz der Winterkälte in Blüte. Ihre Blütenblätter schimmern im Mondlicht und wiegen sich in der Brise, ein wogendes weißes Meer, das sich gegen die dunkle Nacht abhebt.

»Ist das alles dein Werk?«, frage ich, unfähig zu erfassen, was ich hier sehe. Es sind so viele.

»Ja.«

Ich wende mich ihm zu, halte immer noch die Blume in der Hand, die er mir gegeben hat. »Es ist unglaublich«, sage ich. »Danke.«

Langsam lasse ich mich zu Boden sinken und ziehe ihn mit mir hinunter. Im Nu liegen seine Lippen auf meinen, sein Atem wärmt mich und lässt mich vergessen, dass es Winter ist. Er könnte mir so viele Küsse geben, wie es Blumen auf diesem Feld gibt, und doch wären es nie genug.

Ich lege mich hin und er folgt mir. Ich präge mir ein, wie es sich anfühlt, seinen Körper auf meinem zu spüren, die Reaktion seines Atems, wenn ich ihn berühre.

»Wolfe«, sage ich und versuche, meine Lungen wieder mit der Luft zu füllen, die er mir geraubt hat, »willst du mit mir schwimmen?«

»Ja.«

Ich eile zum Ufer, Wolfe unmittelbar hinter mir. Dabei lache ich dem mitternächtlichen Himmel zu. Ich schließe die Augen und denke an die Sonne, denke an all die Stunden, in denen ich tagsüber Magie praktiziert habe. Ich lasse sie in die Wellen fließen und erwärme sie so weit, dass das Schwimmen erträglich wird.

Ich verzichte darauf, mein Nachthemd auszuziehen. Stattdessen tauche ich kopfüber ins Wasser und schwimme so weit hinaus, dass ich das Wasser kräftig treten muss, um mich an der Oberfläche zu halten. Wir schwimmen zusammen im Mondlicht, erzählen uns Geschichten, praktizieren Magie und kosten das Leben in all seiner Fülle aus.

Und während wir dies tun, staune ich, wie es sich anfühlt, Magie bei Nacht anzuwenden.

Wolfe will zum Ufer zurückkehren, aber ich bitte ihn, zu warten. Ich schwimme zu ihm, lege ihm die Arme um den Hals und küsse ihn voller Überschwang und Leidenschaft. Und dabei rufe ich meine Magie auf, die genauso wie meine Erregung von Augenblick zu Augenblick stärker wird.

Während meine Lippen noch auf Wolfes Lippen liegen, lasse ich meine Magie ins Meer strömen. Unsere Füße stehen fest auf dem Meeresboden, als sich die Wellen um uns herum auftürmen und uns in einen Strudel aus Salzwasser, Magie und Mitternacht ziehen. Endlose Mitternächte.

»Ob Ebbe, ob Flut, du lieber Mond, gib uns von der Liebe stets genug.«

Wolfe zieht sich zurück und beobachtet bewundernd, wie das dunkle Wasser um uns herumwirbelt, unter völliger Kontrolle der dunklen Magie.

Langsam lasse ich meine Magie schwächer werden. Das Wasser fließt zurück, hebt uns hoch, und gemeinsam schwimmen wir zum Strand. Wolfe fasst nach meiner Hand und wirft mir einen bedeutungsvollen Blick zu.

»Ich glaube, es wird Zeit, zur Villa zurückzukehren.« Sein Blick verharrt auf meinen Lippen und wandert dann weiter zu meinen Augen.

»Ich glaube, du hast recht.«

Ich verschränke meine Finger mit seinen. Doch bevor wir uns auf den Heimweg machen, wende ich mich noch einmal dem Wasser zu. Es sieht so vollkommen aus, wenn das Mondlicht auf der Oberfläche glitzert, voller Schönheit und Kraft, tiefer Stille und trügerischer Ruhe.

Eine Kraft, die die Magie in mir erkennt und sich ihr überlässt, weil sie weiß, dass ich sie beschützen werde.

Ein Zuhause, das meinem wilden Herzen stets die Freiheit lässt.

Ich habe immer geglaubt, dass ich zum Meer gehöre.

Doch ich habe mich geirrt.

Das Meer gehört zu mir.

Danksagung

Dieses Buch ist für mich etwas ganz Besonderes. Von dem Augenblick an, als die ursprüngliche Idee in meinem Kopf herumspukte, wollte ich sie unbedingt mit den Lesern teilen. Wenn Sie das Buch in die Hand genommen, es gelesen oder darüber gesprochen haben, danke ich Ihnen. Vielen, vielen Dank.

Viele großartige Menschen haben mir geholfen, *Bring Me Your Midnight* fertigzustellen, und ich bin sehr glücklich, dass meine Geschichten von ihrer Weisheit, ihrer Unterstützung und ihrer Begeisterung geprägt sind.

Als Erstes möchte ich Pete Knapp, meinem Literaturagenten, danken. Danke für deinen Glauben an mich und meine Geschichten und dafür, dass du so vehement für mein Werk eingetreten bist. Du gibst mir das Gefühl, dass alles möglich ist, und ich weiß, dass meine Hoffnungen und Ambitionen in den besten Händen sind.

Mein Dank gilt Annie Berger, meiner unglaublichen Lektorin. Du hast die Magie in dieser Geschichte erkannt, noch bevor ich sie zu Papier gebracht hatte, und hast mir geholfen, sie wiederzufinden, als ich den Faden verlor. Danke, dass du dieses Buch liebst und mir geholfen hast, die beste Version aus ihm hervorzuholen. Ich bin so froh über unsere Zusammenarbeit.

Danken möchte ich auch dem gesamten Team von Sourcebooks Fire für die großartige Arbeit, meine Geschichten in die Welt hinauszutragen. Karen Masnica, Madison Nankervis und Rebecca Atkinson, danke, dass ihr die Leser auf die coolste und aufregendste Weise auf dieses Buch aufmerksam gemacht habt. Ich danke Liz Dresner für den Entwurf des auffälligsten Covers aller Zeiten, Elena Masci dafür, dass sie es so wundervoll lebendig gestaltet hat, und Tara Jaggers für die hinreißende Innengestaltung. Erin Fitzsimmons danke ich für den traumhaften Umschlag und die Vorsatzblätter und Sveta Darasheva für die atemberaubendste Karte, die ich je gesehen habe. Thea Voutiritsas, Alison Cherry und Carolyn Lesnick, danke, dass ihr diesem Buch den letzten Schliff und Glanz verliehen habt. Gabbi Calabrese bin ich dankbar für die wertvolle Hilfe bei diesem Prozess. Mein Dank gilt auch Margaret Coffee, Valerie Pierce und Caitlin Lawler für ihre unermüdliche Bemühung, meine Bücher so vielen Buchhändlern, Pädagogen und Bibliothekaren wie möglich nahezubringen. Ashlyn Keil, du bist ein Event-Rockstar. Vielen Dank für all deine Bemühungen, mich mit Lesern in Kontakt zu bringen. Sean Murray, dank deiner Arbeit habe ich mein Buch auf so vielen Regalen entdeckt. Und schließlich danke ich meiner Verlegerin Dominique Raccah, ich bin gerne eine Sourcebook-Autorin.

Dem gesamten Team von Park & Fine schulde ich Dank, weil es mit seiner kollektiven Genialität hinter mir und meinen Büchern steht. Andrea Mai und Emily Sweet, danke für eure Strategie und Begeisterung. Stuti Telidevara, danke, dass du Ordnung im Chaos geschaffen hast. Kat Toolan und Ben Kaslow-Zieve, ich danke euch dafür, dass ihr meine Bücher auf der ganzen Welt verbreitet habt.

Debbie Deuble Hill und Alec Frankel, ihr seid großartige Berater in den Bereichen Film und Fernsehen. Vielen Dank.

Martha Courtenay, danke für deine Kreativität, deine Begeisterung und die Arbeit, die du mir abgenommen hast.

Danke, Elana Roth Parke, dass du dazu beigetragen hast, dieses Buch zu realisieren.

Herzlichen Dank den Autoren, die dieses Buch gelesen und wunderbare Klappentexte erstellt haben. Euer Enthusiasmus beflügelt mich, das Buch in die Welt hinauszuschicken.

Adalyn Grace, danke für die Stunden, die du auf der anderen Seite meines Bildschirms verbracht und Entwürfe mit mir gezeichnet hast. Mögen unsere Zeitpläne für immer übereinstimmen. Diya Mishra, du hast dieses Buch als Erste gelesen. Dein Enthusiasmus und übermäßiger Gebrauch des F-Worts haben meine Liebe zu ihm von Beginn an vertieft. Danke, Julia Ember, Miranda Santee, Tyler Griffin, Heather Ezell, Kristin Dwyer und Rosiee Thor, dass ihr nicht nur zu meinen Lieblingsmenschen gehört, sondern dieses Buch schon früh gelesen und mir zu wertvollen Einsichten verholfen habt. Rachel Lynn Solomon, Adrienne Young, Isabel Ibañez und Tara Tsai, ich würde diese Reise nicht ohne euch unternehmen wollen.

Angela Davis, du hast mir erlaubt, mir einen Weg vorzustellen, der mir wirklich entspricht. Danke, dass du mir geholfen hast, mein Glück zu finden.

Auch meinem Hund Doppler schulde ich Dankbarkeit, denn während ich diese Geschichten schreibe, leistet er mir Tag für Tag Gesellschaft und zerrt mich aus dem Büro, wenn ich es übertreibe.

Chip, ich kann dir gar nicht sagen, welchen Frieden du mir beschert hast, als du in unsere Familie kamst. Danke für dein goldenes Herz.

Mom, ich danke dir für deine stete Ermutigung und Unterstützung auf meinem Weg. Du hast immer an mein schriftstellerisches Talent geglaubt – ich bin dir unglaublich dankbar dafür. Dad, du hast mich nie an deiner Liebe zweifeln lassen und in den schwierigsten Augenblicken meines Lebens warst du mein sicherer Hafen und Zufluchtsort. Ich liebe euch beide so sehr.

Mir, nur wegen dir bin ich überhaupt fähig, zu schreiben. Die Art und Weise, wie du mich unterstützt, ermutigst und liebst, überwältigt mich, und ich kann mir keinen perfekteren Menschen wünschen, von dem ich so abhängig bin. Die Wahrheit ist: Ich habe großen Respekt vor dir. Ich liebe dich bis ans Ende meiner Tage.

Ty, du bist mein Ein und Alles, meine große Liebe, mein allerbester Freund. Ich würde jede noch so schwierige Reise unternehmen, wenn du mich am Ende erwarten würdest. Danke, dass du an mich glaubst und mich unterstützt, während ich einen Traum nach dem anderen verfolge. Ich hoffe, du weißt, dass du mein größter wahr gewordener Traum bist. Ich liebe dich so sehr.

Und schließlich möchte ich auch Jesus Danke sagen. Danke, dass du mich trotz all meiner Fragen und Zweifel unbeirrt geliebt hast.

Die New York Times-Bestsellerautorin **Rachel Griffin** ist an der Westküste Nordamerikas aufgewachsen. Sie hegt eine tiefe Liebe zur Natur, von den Bergen über den Ozean bis hin zu all den hoch aufragenden Bäumen dazwischen. Am wohlsten fühlt sie sich bei einem richtigen Gewitter und hofft, dass sich mehr Vampire in Washington-State niederlassen. Dort lebt sie mit ihrem Mann, einem kleinen Hund und einer wachsenden Sammlung von Zimmerpflanzen. Wenn sie nicht gerade schreibt, wandert sie an der Pazifikküste entlang, liest am Kamin oder trinkt Unmengen von Kaffee und Tee.

Antoinette Gittinger studierte Philosophie, Romanistik, Anglistik und Germanistik in Tübingen und München. Sie übersetzt aus dem Französischen, Spanischen und Englischen. Zu den von ihr übersetzten Autoren gehören u. a. der Dalai Lama, Eric Orsenna, Henry Miller, Agatha Christie, Steve Jobs, Guillaume Musso und Nicolas Vanier.

Cornelia Stoll, geboren 1953, studierte Anglistik und Pädagogik in Erlangen und Bamberg. Sie übersetzt seit über dreißig Jahren Kinder- und Jugendbücher sowie Sachbücher aus dem Englischen, u. a. von Agatha Christie und Philip Pullman.

Was dein Leseherz begehrt! Tauche ein in unsere Welt voller Bücher, Medien und mehr.

Ob Buch oder Hörbuch, gedruckt oder digital, für dich oder deine Liebsten: In unserem Webshop findest du garantiert, was du suchst!

Durchstöbere unser breites Angebot an fantasievollen und mitreißenden Geschichten für Kinder, Jugendliche und junge Erwachsene sowie Spiele und Geschenkideen für Groß & Klein.

Scanne einfach den QR-Code oder besuche uns auf **oetinger.de** und lass dich inspirieren!

Hier geht es direkt zum Webshop!

Weitere Informationen unter:
www.oetinger.de

Die besten Neuigkeiten aus der Welt der Bücher – abonniere jetzt unseren Newsletter!

Wenn es um deine Lieblingsheld*innen geht, möchtest du stets auf dem neuesten Stand sein? Dann registriere dich jetzt für unseren Newsletter und freue dich auf aktuelle Neuerscheinungen, tolle Sonderaktionen & Gewinnspiele, kostenlose Downloads, Spiele Geschenkideen und vieles mehr!

Genau auf dich zugeschnitten erhältst du regelmäßig Empfehlungen aus der Welt der Kinder- und Jugendliteratur. Und als besonderes Highlight verlosen wir unter allen Neu-Abonennt*innen monatlich ein spannendes Buchpaket.

Scanne einfach den QR-Code oder besuche uns auf **oetinger.de/newsletter** und werde Teil unserer Community!

Hier geht es direkt zur Newsletter-Anmeldung!

Weitere Informationen unter:
www.oetinger.de